KNAUR

*Warum Madame le Commissaire und nicht Madame la Commissaire?*
Das erste Buch dieser Reihe ist bereits 2014 erschienen. Damals waren im Französischen noch Berufsbezeichnungen wie Madame *le* Président oder Madame *le* Ministre gebräuchlich. Entsprechend auch Madame le Commissaire. Im Zuge der Genderdebatte wandelt sich auch in Frankreich die zuvor stark männlich geprägte Sprache, weshalb es heute wohl Madame la Commissaire heißen würde. Der Titel der Reihe ist also seiner Zeit geschuldet. Im Übrigen hat sich unsere Protagonistin schon vor Jahren in einem Dialog mit Apollinaire zu diesem Thema geäußert (im Buch *Madame le Commissaire und der tote Liebhaber*). Dabei hat sie klargestellt, dass sie sich nicht diskriminiert fühlt. Was natürlich Ansichtssache ist. Aber es passt zu ihrer Persönlichkeit.

*Von Pierre Martin sind im Knaur Taschenbuch folgende Titel erschienen:*
Madame le Commissaire und der verschwundene Engländer
Madame le Commissaire und die späte Rache
Madame le Commissaire und der Tod des Polizeichefs
Madame le Commissaire und das geheimnisvolle Bild
Madame le Commissaire und die tote Nonne
Madame le Commissaire und der tote Liebhaber
Madame le Commissaire und die Frau ohne Gedächtnis
Madame le Commissaire und die panische Diva
Madame le Commissaire und die Villa der Frauen
Madame le Commissaire und die Mauer des Schweigens
Madame le Commissaire und das geheime Dossier

Monsieur le Comte und die Kunst des Tötens
Monsieur le Comte und die Kunst der Täuschung

*Über den Autor:*
Pierre Martin ist das Pseudonym eines erfolgreichen Autors, der sich für seine Hauptfigur Madame le Commissaire eine neue Identität zugelegt hat. Alle seine Krimis um Isabelle Bonnet aus Fragolin landen bereits kurz nach Erscheinen unter den Top Ten der Bestsellerliste. »Madame le Commissaire und das geheime Dossier« war zuletzt Platz 1 der Spiegel-Bestsellerliste. Ebenfalls auf Platz 1 landete »Monsieur le Comte und die Kunst des Tötens« – der erfolgreiche Auftakt zu einer neuen Südfrankreich-Reihe um einen adeligen Auftragsmörder, der den festen Vorsatz hat, niemanden umzubringen.

PIERRE MARTIN

# Madame le Commissaire

## und die gefährliche Begierde

EIN PROVENCE-KRIMI

KNAUR

**Besuchen Sie uns im Internet:**
**www.droemer-knaur.de**

MIX
Papier | Fördert gute Waldnutzung
FSC® C083411
FSC www.fsc.org

Originalausgabe Mai 2025

Ein Imprint der Verlagsgruppe Droemer Knaur GmbH & Co. KG
Maria-Luiko-Straße 54, 80636 München

Redaktion: Dr. Gisela Menza
Covergestaltung: ZERO Werbeagentur GmbH, München
Coverabbildung: Composing von ZERO Werbeagentur unter
Verwendung von Motiven von Shutterstock.com
Satz und Layout: Sandra Hacke, Dachau
Druck und Bindung: CPI books GmbH, Leck
ISBN 978-3-426-52995-9

Kontaktadresse nach EU-Produktsicherheitsverordnung:
produktsicherheit@droemer-knaur.de

2 4 5 3 1

# Prologue

*Sie kam sich vor wie in Watte gepackt. Eigentlich ein schönes Gefühl. Gleichzeitig war ihr übel. Und sie wusste nicht, wo sie war. Das war weniger schön. Es fiel ihr schwer, die Augen zu öffnen. Warum sah sie alles unscharf? Sie stellte fest, dass sie auf einem Bett lag. Das Kopfkissen und das Leintuch waren ihr vertraut. Womöglich lag sie auf ihrem eigenen Bett?*

*Sie versuchte, sich aufzurichten. Im zweiten Anlauf schaffte sie es in eine sitzende Position. Tatsächlich, das war ihr Schlafzimmer. Na, immerhin. Warum aber war sie dann so benebelt? Und noch wichtiger: Warum war sie nackt? Am Handgelenk entdeckte sie ein hübsches Armband. Funkelnde Brillanten und blaue Saphire. Noch nie gesehen.*

*Sie fasste sich an den Kopf und versuchte verzweifelt, sich zu erinnern. Zumindest war ihr gerade eingefallen, wer sie war. Das war ja schon mal ein Anfang. Aber darüber hinaus? Fehlanzeige!*

*Die Balkontür war geöffnet. Der Vorhang wehte leicht im Wind. Draußen war es dunkel. Aber ihre Nachttischlampe war eingeschaltet. An ihr hing ein roter Büstenhalter mit schwarzen Spitzen. Sie wusste, wo sie ihn gekauft hatte. Sie machte also Fortschritte.*

*Der Verdacht lag nahe, dass sie Herrenbesuch hatte. Nur konnte sie sich nicht daran erinnern. Die letzten Stunden waren wie ausgelöscht. Ein Filmriss, wie sie ihn noch nie erlebt hatte. Dazu dieser taube Geschmack im Mund. Und ihr war immer noch übel.*

*Sie bemühte sich aufzustehen. Was ihr schwerfiel, denn ihre Beine gaben nach. Dabei ging sie regelmäßig ins Fitnessstudio. Schließlich schaffte sie es doch. Sie musste sich an einer Kommode festhalten, weil sich plötzlich um sie herum alles drehte. Als der Schwindel nachließ, torkelte sie ins Wohnzimmer. Dabei stützte sie sich an den Wänden ab. In einer Vase auf dem Couchtisch ein hübscher Blumenstrauß. Rote und weiße Rosen, Nelken, Chrysanthemen …*
*Sie ging ins Bad – und übergab sich in die Toilettenschüssel. Anschließend hielt sie den Kopf unter die kalte Dusche. Das tat gut. Doch die Erinnerung an die letzten Stunden wollte nicht zurückkehren.*
*Aus dem Kühlschrank holte sie eine Flasche Wasser. Sie fiel runter, war aber aus Plastik. Der Schwindel wurde wieder stärker. Und sie tat sich schwer beim Atmen.*
*Sie taumelte durch das Zimmer Richtung Balkon. Dabei stieß sie gegen den Couchtisch. Die Vase mit den Blumen kippte um. Es war ihr egal …*
*Auf dem kleinen Balkon angekommen, klammerte sie sich an das Geländer. Vom vierten Stock aus hatte man einen schönen Blick über die Dächer von Paris. Sogar den Eiffelturm konnte man sehen. Aber das interessierte sie nicht. Sie schnappte nach Luft. Ihr wurde schon wieder übel. Vor allem aber drehte sich erneut alles um sie herum. Die Dächer, der beleuchtete Eiffelturm … wie in einem Karussell …*
*Musste sie sich schon wieder übergeben? Sie beugte sich würgend über das Geländer – und verlor das Gleichgewicht.*
*Es gelang ihr nicht mehr, sich festzuhalten. Kopfüber stürzte sie in die Tiefe …*

# 1

Isabelles alter Fischkutter wurde von Touristen, die den Weg zur kleinen Marina an der Côte d'Azur fanden, häufig fotografiert. Kein Wunder, denn der *pointu,* wie diese traditionellen Holzboote in der Provence genannt wurden, war perfekt restauriert und liebevoll lackiert – bis hin zum Bugspriet mit der roten Spitze. Sie hatte das Boot von Thierry geerbt und achtete darauf, dass der Pflegezustand erhalten blieb. Dazu fühlte sie sich verpflichtet.

Isabelle liebte es, mit dem *pointu* an der Küste entlangzutuckern. Meist alleine, mit sich und ihren Gedanken. Sie hatte ihre Lieblingsbuchten, wo sie ankerte, ins Meer sprang und loskraulte. Ohne Badeanzug, aber mit Flossen. Thierry hatte mal gesagt, so sehe sie aus wie eine Meerjungfrau. Das mit der Jungfrau stimmte schon mal nicht.

Zu ihrem Ritual gehörte es, sich an Deck die nackte Haut von der Sonne trocknen zu lassen. Es interessierte sie nicht, dass das ungesund sein sollte. Isabelle lebte für den Augenblick. Ganz so unvernünftig war sie aber dann doch nicht: Sie hatte immer Trinkwasser dabei – aber auch eine Flasche Rosé in der Kühlmanschette. Außerdem: *une baguette, du jambon, un melon tranché …* ein Baguette, Schinken, eine aufgeschnittene Honigmelone. Fertig war ihr Paradies.

Aber auch im Paradies funktionierte nicht immer alles nach Plan. Heute zum Beispiel wollte sie schon früh am Morgen ablegen, doch der Diesel sprang nicht an. Jetzt stand ein alter Mechaniker vor dem Schacht mit dem Motor. Er wischte sich die ölverschmierten Hände an ihrem Badetuch ab und schüttelte den Kopf. »*Je suis désolé*. Tut mir leid, ich brauche ein Ersatzteil. Wird ein paar Tage dauern.«

In ihrem Leben hatte Isabelle schon schlimmere Schicksalsschläge hinnehmen müssen, also nahm sie den Motorschaden mit einem Schulterzucken zur Kenntnis. Weil es in der Provence nie zu früh für einen Schluck Wein sein konnte, öffnete sie die mitgebrachte Flasche, goss zwei Gläser ein und bedankte sich bei dem Mechaniker fürs schnelle Kommen.

»Für Sie doch immer«, sagte er mit einem breiten Grinsen. *»C'est un plaisir pour moi.«*

*

Auch ohne Bootsausflug nahm sich Isabelle vor, das Beste aus den nächsten Stunden zu machen. Sie packte ihren mitgebrachten Proviant in die großen Satteltaschen ihrer Harley-Davidson, startete das schwere Motorrad und fuhr zu einem nahe gelegenen Strand. Schließlich brauchte man kein Boot, um im Meer zu schwimmen.

Später ging es über Landstraßen zurück nach Fragolin. Sie fuhr langsam und genoss die Fahrt. Auf engen Kurven ging es durch die Wälder des *Massif des Maures*. Korkeichen, Kastanien und Kiefern wechselten sich ab. Mit jedem Kilometer entfernte sie sich vom Trubel der an der Küste gelegenen Ferienorte wie Sainte-Maxime, Saint-Tropez, Cavalaire-sur-Mer oder Le Lavandou. In Fragolin gingen die Uhren anders – vor allem langsamer. Isabelle fuhr auf ihren angestammten Parkplatz vor dem *Hôtel de ville*. Sie sah, dass die Fenster des Kommissariats im ersten Stock des Rathauses geöffnet waren. Ihre Harley war nicht zu überhören. Gleich würde Apollinaire seinen Kopf rausstrecken. Sie lächelte, als das überraschte Gesicht ihres Assistenten auftauchte. Bei welcher Tätigkeit sie ihn wohl störte? Bestimmt nicht bei der Arbeit, denn aktuell waren sie mit keinem Fall befasst.

Im Treppenhaus begegnete sie Chantal Lefèvre, der Bürgermeisterin.

»*Salut*, Isabelle, wo kommst denn du her? Wolltest du dir heute nicht freinehmen?«

»Freinehmen vom Nichtstun?« Isabelle lachte. »Hast recht, das wollte ich, aber der Motor meines Bootes streikt. Jetzt bin ich halt wieder hier. Wollen wir uns zum Mittagessen in Jacques' Bistro treffen?«

»*Bonne idee*. In einer Stunde?«

»Sehr gerne, *à bientôt*.«

Vor der Tür zu ihrem Kommissariat schaute sie kurz auf das Schild neben dem Eingang. *Police nationale* stand darauf, mit dem Zusatz *Commission spéciale*. Apollinaire hatte sich das ausgedacht. Sie fand *Commission spéciale* etwas hochtrabend. Aber in der Sache stimmte es, denn sie übernahmen keine regulären Polizeiaufgaben.

Ohne anzuklopfen, trat sie ein.

Apollinaire erwartete sie mit rotem Kopf. Weil er ein schlechtes Gewissen hatte?

»Wobei habe ich Sie gestört?«, fragte sie.

»Natürlich haben Sie mich ... haben Sie mich bei nichts gestört ...«

Er zog sich die hochgerutschten Hosenbeine nach unten. Ihr fiel auf, dass seine ansonsten wirren Haare oben flach gepresst waren. In der Ecke neben der Fahnenstange mit der Trikolore lag am Boden ein Kissen.

»Lassen Sie mich raten: Sie haben Ihre alten Yogaübungen wieder aufgenommen und gerade einen Kopfstand gemacht, als Sie mein Motorrad gehört haben. Stimmt's?«

Er sah sie erstaunt an.
»Woher können Sie das wissen?«
»Beobachtungsgabe, mein lieber Apollinaire. Ich bin Polizistin, da sieht man so was.«
»Madame, Sie werden mir immer unheimlicher. Aber Sie haben recht: Der Kopfstand heißt im Yoga *Sirsasana*. Er stärkt die Wirbelsäule, senkt die Atemfrequenz …«
»Und fördert die Durchblutung im Kopf.«
»Auch das. Man kann besser nachdenken.«
»Worüber haben Sie nachgedacht?«
Apollinaire kratzte sich am Kinn.
»Gute Frage. Habe ich vergessen …«
Isabelle nickte.
»Ich fasse zusammen, der Kopfstand fördert die Denkleistung, aber vermindert die Merkfähigkeit.«
»*Mais non*, so kann man das nicht sagen«, protestierte er.
Sie winkte lächelnd ab.
»Sie dürfen nicht immer alles wörtlich nehmen. Ich bin nur kurz hier, dann können Sie gerne mit Ihren Übungen fortfahren.« Isabelle deutete auf seinen leeren Schreibtisch. »Zu arbeiten gibt's ja aktuell nichts. Eigentlich könnten Sie auch heimgehen.«
»Letzteres, Madame, widerspricht meiner Dienstauffassung. Zweitens …«
Sie zog eine Augenbraue nach oben.
»Was ist mit erstens?«
»Nun, erstens bezog sich auf Letzteres, also auf meine soeben zitierte Dienstauffassung, zweitens danke ich Ihnen für Ihr großzügiges Angebot, viertens …«
»Was ist mit drittens?«
»Madame, Sie bringen mich völlig durcheinander …«
»Ich tippe eher auf Nachwirkungen Ihres Kopfstands.«

»Das möchte ich ausschließen. Wo war ich gerade? Ach ja, drittens suche ich in unseren Datenbanken nach unaufgeklärten Verbrechen. Cold Cases, denen wir uns widmen könnten.«
Tatsächlich, überlegte Isabelle, hatten sie damit in der Vergangenheit schon Erfolg gehabt. Eine Art Arbeitsbeschaffungsprogramm für ihr Kommissariat in Phasen, in denen sie aus Paris keine neuen Anweisungen oder Aufträge bekamen.
»Waren Sie erfolgreich?«
»Noch nicht, aber ich bleibe zuversichtlich. Viertens dachte ich, Sie hätten sich heute freigenommen. Weshalb ich mich fünftens frage, weshalb Sie jetzt hier sind. Ist was passiert?«
»Der Motor meines Kutters ist kaputt, sonst ist nichts passiert. Also mache ich mir einen schönen Tag in Fragolin. Ich treffe mich gleich mit unserer Bürgermeisterin zum Mittagessen. Später bereite ich unseren alten Herren eine Freude, indem ich mich mal wieder ihrer Boulerunde anschließe.«
Apollinaire grinste.
»Die Freude der Senioren wird nicht ungetrübt sein, wenn Sie wie üblich gewinnen.«
»Meine eigene Mannschaft hat nichts dagegen«, erwiderte sie lachend, »und das nächste Mal spiele ich dann halt mit den Verlierern.«
Zu diesem Zeitpunkt konnte sie nicht ahnen, dass sie an dem Spiel nicht teilnehmen würde – weder bei den Siegern noch bei den Verlierern.

*

Isabelle wartete in der Eingangshalle des Rathauses auf Chantal. Dabei betrachtete sie die ehrwürdigen Porträts früherer Bürgermeister. Sie hatten alle eines gemeinsam: Sie lebten nicht mehr. Ihr Vater war einem Attentat zum Opfer gefallen, als sie noch ein Kind war. Entsprechend verklärt waren ihre Erinnerungen an ihn. Ganz anders bei Thierry Blès. Es kam ihr vor, als ob er sie erst gestern verlassen hätte. Sie waren ein Paar gewesen – dann hatte man ihn umgebracht.

»Nicht sentimental werden«, sagte Chantal, die von hinten dazugetreten war.

»Nur ein bisschen, aber ich bin darüber hinweg.«

»Irgendwann wird auch ein Bild von mir hier hängen«, stellte die Bürgermeisterin fest.

»Bist dann aber hoffentlich noch lange am Leben. Das hättest du all deinen Vorgängern voraus.«

Chantal lachte.

»Das ist mein fester Vorsatz. So, jetzt lass uns gehen.«

Auf dem Weg zum Bistro kamen sie an Clodines Souvenirladen vorbei. An der Tür ein Schild: *Fermé. Je suis à la plage.*

»Ihre Boutique ist schon seit Tagen geschlossen«, bemerkte Chantal. »So lang kann sie doch nicht am Strand sein.«

»Vielleicht hat Clodine einen neuen Freund, der sie rund um die Uhr in Beschlag nimmt?«

Chantal lachte.

»Wäre nicht das erste Mal.«

Im Bistro angekommen, kümmerte sich Jacques persönlich um einen freien Tisch.

»Die Bürgermeisterin und *Madame le Commissaire.* Welche Ehre.«

Was lustig war, dachte Isabelle. Denn sie kamen fast täglich zum Essen. Nur selten zusammen.

Auf der Schiefertafel mit den *plats du jour* standen eine *soupe de poissons de roche, rouille et croûtons* sowie *gambas sauvages de Méditerranée, coriandre et gingembre.* Weil sie sich zwischen der Fischsuppe und den Gambas nicht entscheiden konnten, wählten sie ein drittes Gericht: *Pavé de thon grillé, provençale*

*de légumes, sauce vierge*. Den Thunfisch hatte Jacques nur selten auf seiner Tageskarte.
Sie zogen ihr Mittagessen in die Länge – weil sich herausstellte, dass Chantal Anfang der Woche Geburtstag gehabt hatte. Darauf mussten sie anstoßen. Mit dem Älterwerden hatte die Bürgermeisterin kein Problem, behauptete sie wenigstens. Zum Beweis zitierte sie Coco Chanel: Das Alter habe keine Bedeutung. Man könne mit zwanzig hinreißend sein, mit vierzig charmant und den Rest seiner Tage unwiderstehlich … Chantal lachte. Sie selbst befinde sich gerade in der charmanten Phase. Die Perspektive sei also gar nicht so schlecht.
Isabelle dachte nur kurz darüber nach, dass sie selbst weder hinreißend noch charmant sein wollte, erst recht nicht unwiderstehlich. Mit diesen Rollenbildern konnte sie sich nicht identifizieren. Aber sie sah auch nicht aus wie Coco Chanel. Und sie trug auch keine Perlenkette am Hals wie die Bürgermeisterin. Stattdessen einen schwarzen Totenkopf am Lederband. Dass es dennoch Männer gab, die von ihr fasziniert waren, war ihr unerklärlich.

# 2

Der Bouleplatz befand sich direkt vor dem Rathaus. Der alte Alain war schon da und begrüßte sie mit zwei Wangenküsschen. Weil Isabelle wusste, dass er eine filterlose Gauloise nach der anderen rauchte, hielt sie dabei die Luft an. Er roch wie ein Aschenbecher. Aber er war ein herzensguter Mann – und ein guter Boulespieler. Sie hatte ihn gern in ihrer Mannschaft. Der Dorfpfarrer kam mit einem quietschenden Fahrrad. Er war schwerhörig, weshalb er keine Beichte mehr abnahm. Ein pensionierter Lehrer gesellte sich dazu. Er war noch der Fitteste von allen, hatte aber die nervige Eigenschaft, den Mitspielern ständig die Regeln zu erklären. Dabei waren diese beim Pétanque, also der provenzalischen Variante des Boule, weder besonders kompliziert, noch gab es irgendwelche Tricks, sie zu umgehen. Zum Abstandmessen hatte er nicht nur ein Maßband dabei, sondern auch eine *tirette* mit ausziehbarem Stift und für ganz heikle Fälle einen Zirkel. Beliebt war er nicht. Isabelle war die einzige Frau, die in dieser Traditionsrunde mit spielen durfte. Ein Privileg, das sie zu schätzen wusste.

Als sie schließlich zu sechst waren und sich gerade zu einer *triplette* formiert hatten, bei der drei gegen drei spielten und jeder Spieler zwei Kugeln hatte, störte Chantal ihre Vorbereitungen.

Die Bürgermeisterin kam herbeigeeilt.

»Isabelle, ich muss dich dringend sprechen.«

»*C'est impossible*«, protestierte Alain. »Isabelle ist gerade dran, unser *cochonnet* zu werfen.«

*Cochonnet*, so wurde die hölzerne Zielkugel genannt, Schweinchen.
»Tut mir wirklich leid, ist wichtig.«
»Nichts ist wichtiger als Pétanque«, stellte der Lehrer fest. Fehlte nur noch, dass er der Bürgermeisterin einen Verweis erteilte.
Isabelle drückte Alain das Schweinchen in die Hand.
»Fangt schon mal an, bin gleich wieder da.«
Chantal zog sie zur Seite.
»Während wir beim Essen waren, hat meine Sekretärin einen merkwürdigen Anruf entgegengenommen. Er kam von einer psychiatrischen Klinik in der Nähe von Saint-Tropez. Man habe seit zwei Tagen eine verwirrte Patientin zur Behandlung, die unter einem massiven Gedächtnisverlust leide und sich nicht einmal an ihren eigenen Namen erinnern könne. Vor einer Stunde sei er ihr offenbar wieder eingefallen: Isabelle Bonnet, Fragolin. Mehr habe sie nicht gesagt. Jetzt wollte die Klinik vom Bürgermeisterbüro in Erfahrung bringen, ob eine Person mit diesem Namen in Fragolin bekannt sei und vermisst werde.«
Chantal hatte recht: Der Anruf war in der Tat merkwürdig – und unerklärlich.
»Meine Sekretärin«, fuhr Chantal fort, »hat zur Antwort gegeben, dass eine Isabelle Bonnet in Fragolin sehr wohl bekannt sei und garantiert nicht vermisst werde, denn sie sei gerade mit der Bürgermeisterin beim Mittagessen.«
»Haben wir eine Telefonnummer der Klinik?«
»Ja, haben wir. Sie erwarten deinen Anruf.«
Isabelle wandte sich an ihre Mitspieler.
»Tut mir leid, aber ich muss mich ausklinken.«
»Du solltest dir einen anderen Beruf suchen.«
Alain nickte. »Das kannst du nur mit einer Runde Pastis wiedergutmachen.«
Isabelle lachte.

»Dazu lade ich euch gerne ein. Vielleicht bin ich aber schon in zehn Minuten wieder zurück.«
»Der Pastis wird trotzdem fällig«, stellte der pensionierte Lehrer klar.
Der Pfarrer lächelte. »Mit dem Pastis sind dir deine Sünden vergeben.«
Wenn es im Leben nur immer so einfach wäre, dachte Isabelle. Dann lief sie mit Chantal ins Rathaus. Im Bürgermeisterbüro ließ sie sich einen Zettel mit der Telefonnummer geben. Anschließend ging sie hinunter ins Kommissariat.
»Wo kommen denn Sie plötzlich her?«, fragte Apollinaire. »Ich hab Sie doch gerade noch auf dem Bouleplatz gesehen?«
Tatsächlich hatte man von ihrem Büro freien Blick auf den Bouleparcours.
»Ist heute ein Tag voller Überraschungen. Ich muss in einer psychiatrischen Klinik anrufen. Ich schalte auf Lautsprecher, dann muss ich nichts erklären.«
Er nickte.
»Nichts erklären, ich verstehe …«
Ihm war anzusehen, dass er gerade nichts verstand. Ihr erging es kaum anders.
Minuten später hatte sie den Chefarzt am Apparat. Sie bestätigte ihm, dass sie ganz sicher nicht seine Patientin sei. Vielmehr sei sie bei der *Police nationale* und leite in Fragolin ein Kommissariat.
»Dann ist mir unerklärlich, warum uns die Frau einen falschen Namen genannt hat«, sagte der Arzt.
»Ist ja nicht falsch«, antwortete Isabelle. »Mich gibt's ja. Vielleicht will sie mit mir sprechen?«
»Das hätte sie ja dazu sagen können. Die Frau macht es uns wirklich nicht leicht.«
»Wie kommt sie in Ihre Klinik? Was ist passiert?«

»Würde ich Ihnen gerne persönlich sagen. Können Sie bei mir in den nächsten zwei Stunden vorbeikommen? So lange habe ich noch Dienst.«

Den Nachmittag hatte sie sich anders vorgestellt, dachte Isabelle.

»Einverstanden, ich komme. Aber können Sie mir vorab wenigstens eine Personenbeschreibung geben?«

»Nicht so gerne. Aber Sie werden ja die Frau bei mir kennenlernen.«

Isabelle fragte sich, warum sich Ärzte immer wieder schwertaten, offen mit der Polizei zu reden. Ihre Schweigepflicht stand doch keiner Personenbeschreibung im Wege.

»Wie alt habe ich mir die Person vorzustellen?«

»Sie ist im besten Alter.«

Was bitte hatte das zu bedeuten? Der Doktor nervte.

»Können Sie mir wenigstens einen Hinweis geben«, ließ Isabelle nicht locker, »wie die Frau in Ihre Klinik gelangt ist?«

»Nur so viel: Die Gendarmerie hat sie vorgestern an uns überwiesen. Die Frau wurde am frühen Morgen an der *Plage de Pampelonne* aufgefunden. Völlig verwirrt und orientierungslos. Sie kann sich an nichts erinnern, nicht einmal an ihren eigenen Namen.«

»Hatte sie keine Ausweispapiere bei sich, zum Beispiel einen Führerschein oder eine Bankkarte?«

»Sie hatte gar nichts bei sich. Nicht einmal was zum Anziehen. Die Frau war nackt!«

*

Nach Beendigung des Telefonats schüttelte Apollinaire fassungslos den Kopf. Eine nackte Frau, die sich an nichts erinnern könne, sei tatsächlich ein tragischer Fall. Er wolle nicht in der Haut dieses bemitleidenswerten Geschöpfes stecken. Er

räusperte sich. Was aus verschiedenen, nicht zuletzt aus anatomischen Gründen kaum möglich sei. Das mit der Haut habe er selbstverständlich im übertragenen Sinne gemeint.
Isabelle suchte im Polizeicomputer nach einer Vermisstenmeldung. Es gab keine.
»Haben Sie irgendeine Erklärung«, fragte er, »warum diese Frau *Ihren* Namen genannt hat und um wen es sich bei ihr handeln könnte?«
Isabelle dachte nach.
»Eine Erklärung habe ich nicht, aber eine Ahnung.«
»Wollen Sie mich an Ihrer Ahnung teilhaben lassen?«
»Sie kennen mich. Ahnungen behalte ich lieber für mich. So, dann werde ich mal aufbrechen. Ich nehme unser Einsatzfahrzeug.«
»*Soyez prudent sur la route* … fahren Sie vorsichtig!«
Schmunzelnd wies sie ihn darauf hin, dass er es war, der ihrem Polizeiwagen die bislang einzige Delle zugefügt hatte, beim Rückwärtsfahren gegen einen Olivenbaum.

# 3

Die *Clinique psychiatrique* lag versteckt in einem Pinienwald. Sie sah nicht so aus, als ob hier üblicherweise Patienten behandelt würden, die bei der Aufnahme keine goldene Kreditkarte hinterlegen konnten. Eher suchten hier überspannte Wohlstandsbürger nach ihrem seelischen Gleichgewicht. Aber vielleicht war nirgendwo sonst ein Bett frei gewesen? Außerdem achteten auch private Nobelsanatorien darauf, sich gelegentlich einen sozialen Anstrich zu geben.

Isabelle stellte das weiß-blaue Einsatzfahrzeug der *Police nationale* ziemlich weit hinten auf den Besucherparkplatz. Sie wollte die Idylle nicht stören und kein Aufsehen erregen.

Am Empfang wurde sie bereits erwartet. Eine *Concierge* brachte sie zur Abteilung in einen Seitenflügel, wo sie vom Chefarzt, mit dem sie telefoniert hatte, erwartet wurde. Er ließ sich ihren Polizeiausweis zeigen.

»Sie sehen nicht aus wie eine Kommissarin«, stellte er fest.

Den Spruch, dachte Isabelle, konnte sie nicht mehr hören. Sie wusste auch nicht, wie sie sich verändern müsste, dass sie wie eine Polizistin aussah. Kam hinzu, dass sie so wahrscheinlich dann auch nicht aussehen wollte.

»Kann ich zu ihr?«, fragte sie, ohne auf ihn einzugehen.

»Ich möchte mich mit Ihnen erst unter vier Augen unterhalten.« Er bat sie in sein Arztzimmer. »Sie sollten wissen, dass die Patientin zu aggressiven Ausbrüchen neigt. Ein Pfleger hat bereits Kratzwunden im Gesicht davongetragen. Wir sahen uns deshalb gezwungen, die Frau körperlich zu fixieren …«

»Sprechen Sie von einer Zwangsjacke?«
»*Mon Dieu,* so etwas gibt es bei uns nicht. Aber wir haben die Bewegungsfreiheit ihrer Hände eingeschränkt, das ist eine praktikable und vergleichsweise humane Methode. Alternativ hätten wir sie medikamentös sedieren müssen, doch damit hätten wir ihren kognitiven Heilungsprozess negativ beeinflusst.«
Isabelle sah ihn skeptisch an.
»Wir hoffen«, fuhr er fort, »dass die Patientin von selbst zur Ruhe kommt und im Zuge dessen auch ihre Erinnerung zurückkehrt. Medizinisch haben wir es mit einer retrograden Amnesie zu tun, die auch das autobiografische Gedächtnis betrifft. Leider kennen wir den Auslöser nicht, sonst könnten wir sie zielgerichteter behandeln.«
»Hat sie äußere Verletzungen?«
»Nein, keine. Wir konnten auch keine Einstichstelle einer Injektionsnadel feststellen. Zudem spricht ihre Gesamtverfassung gegen eine Drogenabhängigkeit.«
»Die Laborwerte?«
»Sind unauffällig.«
»Könnte sie ein Opfer von K.-o.-Tropfen geworden sein?«, äußerte sie einen naheliegenden Verdacht.
»Kann ich seriöserweise nicht ausschließen. Die Patientin wurde uns erst am späten Nachmittag überstellt. Viele Betäubungsmittel sind nach zwölf Stunden nicht mehr nachweisbar. Aber aufgrund der Symptomatik tippe ich eher auf ein traumatisches Erlebnis. Kommt hinzu, dass die sogenannten K.-o.-Tropfen vor allem in der Fantasie von Boulevardjournalisten existieren. In der Praxis kommen sie gar nicht so häufig vor.«
Genau das Gegenteil dürfte der Fall sein, dachte Isabelle.
»Zudem dienen K.-o.-Tropfen oft als faule Ausrede«, fuhr er fort, »wenn sich Frauen für etwas genieren, wozu sie sich in betrunkenem Zustand haben hinreißen lassen.«

Isabelle kam zu dem Schluss, dass der Arzt ein chauvinistischer Schwachkopf war. Aber es lohnte nicht, mit ihm zu streiten.

»Wurde sie vergewaltigt?«, fragte sie stattdessen.

»Die Patientin verweigert eine vaginale Untersuchung. Aber bei den meisten Vergewaltigungen sind an kritischen Stellen Hämatome zu erkennen. Diese charakteristischen Blutergüsse fehlen bei ihr. Wie gesagt, ich favorisiere ein traumatisches Erlebnis.«

»Eine Vergewaltigung *ist* ein traumatisches Erlebnis«, stellte Isabelle fest.

Er hob die Schultern. Eine Richtigstellung sah anders aus.

»Übrigens sind fehlende Hämatome kein hinreichendes Indiz«, ergänzte Isabelle. »Unter dem Einfluss von K.-o.-Tropfen lassen die Opfer einen Missbrauch oft ohne Gegenwehr über sich ergehen.«

Er runzelte die Stirn.

»Mag sein, aber das fällt dann wohl in Ihr Ressort. Ich bin Arzt und kein Kriminaler.«

Isabelle dachte, dass es unsinnig war, die Diskussion fortzusetzen.

»So, jetzt würde ich die Patientin gerne sehen«, entschied sie.

*

Als Isabelle das Krankenzimmer betrat, blieb sie konsterniert stehen. Sie hatte nicht wirklich damit gerechnet, dass sich ihre Ahnung bestätigen würde.

Denn auf dem Bett vor ihr lag … Clodine. Ihre Freundin sah sie mit verheulten Augen an. Die Hände waren mit Ledermanschetten an das Bettgestell gefesselt.

Sie versuchte, sich aufzurichten.

*»Enfin tu es là«,* sagte sie mit stockender Stimme. »Endlich bist du da!«

»Sie kennen die Patientin?«, fragte der Doktor überrascht.
»Ja, sehr gut sogar.«
Isabelle ging zum Bett und gab Clodine einen Kuss auf die schweißnasse Stirn.
*»Tout ira bien«,* sagte sie. »Alles wird gut.«
Isabelle begann, Clodines Fesseln zu lösen.
»Was machen Sie da?«, herrschte sie der Arzt an. »Die Frau ist aggressiv.«
»Unsinn. Höchstens gegenüber Pflegern, die sie grob behandeln. Sonst ist Clodine eine Seele von Mensch.«
»Vielleicht war sie das vor ihrem traumatischen Erlebnis. Aggressives Verhalten zählt zu den klassischen Symptomen einer posttraumatischen Belastungsstörung.«
»Sie können ja rausgehen, wenn Sie Angst haben«, schlug Isabelle vor. »Wäre mir sowieso lieber, wenn Sie uns alleine lassen.«
»Auf Ihre Verantwortung. Sie finden mich im Arztzimmer. Ich benötige dann noch die Personalien dieser Clodine. Und wir müssen entscheiden, wie weiter mit ihr zu verfahren ist.«
»Das müssen nicht *wir* entscheiden, das kann sie schon selber.«
Als sie alleine waren und sie die Ledermanschetten gelöst hatte, half ihr Isabelle beim Aufstehen. Clodine hatte ein gepunktetes Nachthemd an mit dem eingestickten Namen der Klinik. Sie klammerte sich an Isabelle.
»Du bringst mir mein Leben zurück«, flüsterte sie.
»Dein Leben war nie weg.«
»Dann war alles nur ein böser Traum?«
»Die Ärzte sagen, du hättest dein Gedächtnis verloren. Stimmt das?«
Clodine nickte.
»Du kannst dir nicht vorstellen, wie schlimm das ist …« Sie klopfte sich gegen die Schläfen. »In meinem Kopf war alles leer. Ich konnte mich an nichts erinnern. An absolut nichts. Ich

wusste nicht mehr, wer ich war ... Erst recht nicht, was mit mir passiert ist.«

»Aber jetzt ist deine Erinnerung wieder da, stimmt's?«

Clodine versuchte zu lächeln.

»Nicht ganz. Aber seit dem Aufwachen heute Morgen kehrt sie Schritt für Schritt zurück. Immerhin weiß ich jetzt wieder, wer ich bin. Und mir ist eingefallen, wer meine beste Freundin ist. Bei der Visite habe ich dem Arzt deinen Namen genannt und ihn gebeten, dich zu verständigen.«

»So kam das bei ihm nicht an«, sagte Isabelle. »Er dachte, du wärst ich.«

»Weil der Trottel nicht richtig zuhört ... Aber kann sein, dass ich undeutlich gesprochen habe«, gab sie zu. »Mein Mund war nach der Nacht total ausgetrocknet und meine Zunge schwer und dick wie eine Kartoffel.«

Offenbar, dachte Isabelle, hatte Clodine ihre Sprachschwierigkeiten überwunden. Sie drückte sich schon wieder so einfallsreich aus, wie sie es von ihr gewohnt war.

»Warum hast du ihm deinen Namen verschwiegen? Oder hat er da auch nicht richtig zugehört?«

»Weil, weil ...«

Isabelle ließ ihr Zeit.

»Weil ich Angst vor der Wahrheit hatte. Die habe ich noch immer. Ich hab keine Ahnung, was mit mir passiert ist. Vielleicht habe ich was Schlimmes angestellt, und die Polizei sucht nach mir ...«

»Tut sie nicht, das wüsste ich.«

»Ich hab so Flashbacks, da sehe ich mich nackt über einen Strand laufen ...«

»Das wäre kein Verbrechen. Es gibt Strände, da sieht man nur Nackte. Und nicht alle sehen so gut aus wie du.«

»Aber mir geistern noch andere bruchstückhafte Bilder durch

den Kopf. Da sehe ich mich mit jemandem kämpfen. Vielleicht habe ich ihn umgebracht?«
»Mit wem glaubst du gekämpft zu haben? Wie sah er aus?«
Clodine schüttelte den Kopf.
»Ich hab keinen Schimmer. Ist vielleicht nur eine Einbildung. Genauso wie die Szenen, bei denen ich wie wild tanze und mich mit ausgebreiteten Armen im Kreis drehe.«
»Scheint mir sehr realistisch«, sagte Isabelle lächelnd. »Ich hab dich auch schon wie ein Derwisch im Kreis tanzen sehen. Mir wird dabei schon beim Zuschauen schwindlig.«
Clodine sah sie erstaunt an.
»Wirklich? So etwas mache ich?«
»Und nicht nur das. Wird dir schon noch einfallen. So, und jetzt checken wir hier aus. Ich spreche mit dem Arzt, du kannst dich in der Zwischenzeit schon mal anziehen.«
»Ich hab doch nichts zum Anziehen …«
»Stimmt. Ich besorg dir einen Bademantel. Und tu mir in der Zwischenzeit einen Gefallen und kratz bitte keinem Pfleger die Augen aus.«
Clodine sah sie empört an.
»Käme mir nie in den Sinn.«
»Ich bin gleich wieder da.«

# 4

Isabelle hatte eine Erklärung unterschrieben, mit der sie die volle Verantwortung für die angeblich psychisch kranke Patientin Clodine Cassien übernahm. Erst dann wurde ihnen erlaubt, die *Clinique psychiatrique* zu verlassen.

Clodine war noch unsicher auf den Beinen, wollte aber nicht, dass Isabelle sie stützte. Sie trug einen rosafarbenen Bademantel. Die Klinik würde ihn auf die Rechnung setzen. Sie liefen durch einen langen Flur und kamen gerade an einer kleinen Theke mit einer Schale Orangen vorbei, als ihnen ein stämmiger Pfleger entgegenkam.

»Da kommt ja dieses rabiate Schwein«, murmelte Clodine. »*Connard* …«

Sie griff sich eine Orange und warf sie in Richtung des Pflegers. Die Attacke kam so abrupt, dass Isabelle sie nicht stoppen konnte – auch war der Pfleger zu überrascht, um auszuweichen. Am erstaunlichsten aber war, dass Clodine ihn trotz ihrer Gleichgewichtsstörungen aus drei Metern Entfernung zielsicher am Kopf traf.

Isabelle legte ihren Arm schützend um Clodine.

»Mein Fehler, pardon«, sagte sie. »Ich bin von der Polizei und hätte die Person davon abhalten müssen.«

Der Pfleger lächelte schief.

»War ja nur eine Orange. Aber es wird höchste Zeit, dass Sie diese renitente Frau von hier wegschaffen.«

Es war offensichtlich, dachte Isabelle, dass man in dieser Klinik nicht auf schwierige Patientinnen wie Clodine eingestellt war. Die Schönen und Reichen machten offenbar weniger Stress.

*

Als sie auf dem Weg zurück nach Fragolin im Auto saßen, versuchte Isabelle behutsam, herauszufinden, woran sich Clodine mittlerweile erinnerte. Tatsächlich war das schon ziemlich viel. Sie wusste sogar, dass sie einen Laden für Souvenirs betrieb und dass er *Aux saveurs de Provence* hieß. Nur was in der Nacht passiert war, bevor sie nackt am Strand aufgefunden wurde, daran konnte sie sich partout nicht erinnern.

Isabelle warf ihr von der Seite immer wieder forschende Blicke zu. Clodine war anzusehen, wie angestrengt sie nachdachte. Mit steilen Falten auf der Stirn.

»Ich glaub, da war eine Party«, sagte sie schließlich. »Das würde erklären, warum mir immer wieder Bilder in den Kopf kommen, auf denen ich mich tanzen sehe … Was aber Quatsch ist, man kann sich ja nicht selbst von außen sehen …«

»In Träumen schon«, sagte Isabelle. »Die einfachste Erklärung wäre, dass dir auf einer Party jemand K.-o.-Tropfen in dein Getränk gegeben hat. Die haben dich dann ausgeknockt. Ich weiß, dass es Substanzen gibt, die nicht nur die nächsten Stunden aus der Erinnerung löschen, sondern auch zu lang anhaltenden Gedächtnisstörungen führen können.«

»Ich pass eigentlich immer auf, dass mir keiner was reintut. Ich bin ja nicht doof.«

»Kann aber trotzdem passieren.«

»Ja, kann es …«

»Darf ich dich was Intimes fragen? Wurdest du missbraucht?«

»Hat mich dieser Volltrottel von Arzt auch schon gefragt. Um ehrlich zu sein: Ich weiß es nicht.«

Isabelle sah erneut zu ihr rüber. Dabei entdeckte sie an ihrem Handgelenk ein glitzerndes Armband.

»Was ist das für ein *bracelet?*«, fragte sie. »Habe ich bei dir noch nie gesehen.«

»Ich auch nicht. Muss mir jemand geschenkt haben.«

»Wirklich? Sieht wertvoll aus.«

»Dachte ich zunächst auch.«

Clodine nahm das Armband ab und drehte es zwischen den Fingern.

»Sind aber leider keine Brillanten, sondern geschliffene Glaskristalle. Dazwischen blaue Saphire, sind aber auch nicht echt. Ich kenn mich mit Modeschmuck aus, ich verkauf ja selber welchen. Trotzdem ist das Armband schön und bestimmt nicht billig.«

»Und du weißt tatsächlich nicht, von wem du es hast?«

»Sagte ich doch gerade, nein, ich hab keine Ahnung.«

Isabelle glaubte ihr. Doch einen Reim konnte sie sich nicht darauf machen.

*

In Fragolin angekommen, fuhr Isabelle direkt bis vor Clodines Haustür. Sie wollte ihr ermöglichen, schnell und unauffällig in ihrer Wohnung zu verschwinden. Sollte sie in einem rosafarbenen Bademantel gesehen werden, würde das die Fantasie der Dorfbewohner beflügeln. In Fragolin passierte nicht viel, da genügten kleinste Anlässe, um zum Gesprächsthema zu werden.

Ein kleines Hindernis gab es noch: Clodine war nicht nur ihre Bekleidung abhandengekommen, sondern auch ihr Hausschlüssel. Aber Isabelle kannte ihr brillantes Versteck für den Zweitschlüssel. Sie fand ihn am Fenstersims unter einem Blumentopf.

»Kann ich dich eine Weile alleine lassen?«, fragte Isabelle, als sie

schließlich in der Wohnung waren. »Ich komm in einer Stunde wieder und bring was zum Essen mit.«
»Musst dir keine Sorgen machen, ich bin gerade gerne etwas alleine … Und bring nicht nur was zum Essen mit, sondern auch eine Flasche Rosé. Mein Kühlschrank ist leer.«
Isabelle lächelte.
»Daran kannst du dich erinnern? Du machst Fortschritte.«

# 5

Apollinaire schaute ungläubig, als ihm Isabelle die Identität der Patientin offenbarte.

»Clodine, *vraiment?* Unsere Clodine? Was macht sie aber auch für Sachen?«

»Oder was hat man mit *ihr* gemacht? Das wäre die richtigere Frage.«

Er fuhr sich durch die Haare.

»Stimmt, sollte man meinen. Muss aber nicht zwingend sein. Spontane Gedächtnisverluste können auch medizinische Ursachen haben, zum Beispiel durch eine Gehirnentzündung ausgelöst werden oder durch einen Schlaganfall.«

Isabelle sah ihn skeptisch an.

»Woher wollen Sie das wissen? Sagen Sie bloß, Sie haben das wieder in einem Ihrer Hollywoodfilme gesehen?«

»Wäre möglich, da haben Sie recht. Ich erinnere mich an einen Thriller ...« Er schnippte mit den Fingern. »Wie war doch gleich der Titel? Na egal, aber um ehrlich zu sein, ich habe während Ihrer Abwesenheit im Internet recherchiert.«

»Einen Schlaganfall hatte Clodine ganz gewiss nicht, sie trifft aus drei Metern eine Orange ins Ziel.«

»Eine Orange? Hätte nicht gedacht, dass das Werfen einer Orange zu den therapeutischen Praktiken einer psychiatrischen Klinik zählt.«

Isabelle schmunzelte.

»Ich auch nicht. Aber im Ernst, der Verdacht liegt nahe, dass Clodine mit K.-o.-Tropfen außer Gefecht gesetzt wurde.«

»Habe ich in der Zwischenzeit auch nachgelesen. Normalerweise führen solche Betäubungsmittel nur zu einem temporären Erinnerungsverlust, der die Zeit unmittelbar nach der Einnahme betrifft. Aber es sind auch weitaus dramatischere Fälle dokumentiert – bis hin zu Todesfällen. Ist eine Frage der Dosierung.«
Wie so oft im Leben, dachte Isabelle.
»Die Dosierung ist nur ein Aspekt«, fuhr er fort, »die Wahl des Betäubungsmittels ein anderer. Ich hab nachgelesen, dass es weit über hundert verschiedene Substanzen gibt, mit ganz unterschiedlichen Folgen und Nebenwirkungen.«
»Clodine glaubt sich an eine Strandparty zu erinnern. Da käme dann wohl Liquid Ecstasy infrage. Wobei ich nicht weiß, ob diese Droge zu so massiven Gedächtnisstörungen führen kann.«
»Ich werde mich schlaumachen«, versicherte Apollinaire. »Aber wenn Sie erlauben, möchte ich den Blickwinkel öffnen.«
»Den Blickwinkel?«
»Nun ja, bei aller Sympathie für Clodine muss sie ja selber nicht ganz unschuldig sein. Vielleicht hat sie freiwillig eine Partydroge genommen, um sich aufzuputschen – und ist dabei über das Ziel hinausgeschossen.«
Wäre ihr zuzutrauen, dachte Isabelle. Auch dass sie sich im Rausch selber ausgezogen hat, um nackt zu tanzen.
»Der Arzt in der Klinik hat gesagt, er glaube eher an ein Trauma als Auslöser. Aber er hatte auch keine Idee, wie ein solches Schlüsselerlebnis in ihrem Fall aussehen könnte. Clodine ist äußerlich völlig unverletzt.«
Apollinaire klopfte sich mit einem Lineal an die Stirn.
»Darüber müssen wir nachdenken …«
Isabelle vermutete, dass er zu diesem Zweck alle ihm bekannten Hollywoodfilme durchsehen würde. Er hielt sie für einen unendlichen Quell der Weisheit. Noch wichtiger waren für ihn nur noch fernöstliche Philosophen wie Konfuzius oder Laotse.

Aber zum Thema Partydrogen würde er bei ihnen kein passendes Zitat finden.

»Bevor Sie damit anfangen, sollten wir uns um die naheliegenden Fragen kümmern. Wo genau wurde Clodine an der *Plage de Pampelonne* aufgefunden? Der Strand ist über vier Kilometer lang. Wir brauchen das Protokoll der Gendarmerie. Gibt es irgendwelche Zeugenaussagen? Hat man ihre Kleider gefunden? Wo hat Clodine ihr Auto geparkt? Was ist mit ihrem Handy? Es ist ausgeschaltet, das habe ich schon überprüft.«

Apollinaire machte sich Notizen.

»Protokoll, Zeugen, Kleider, Auto, Handy«, wiederholte er. »Wird prompt erledigt.«

»Muss nicht mehr heute sein. Morgen reicht völlig. Ich sollte jetzt sowieso wieder aufbrechen und nach Clodine sehen. Ich glaub nicht, dass ich sie heute Nacht allein lassen sollte.«

»Vielleicht fällt ihr bis morgen alles wieder ein? Dann können wir uns die Arbeit sparen.« Er zog eine Grimasse. »Wäre schade, ausgesprochen schade.«

»Warum schade?«

»Weil mir Spaß machen würde, in diesem Fall zu ermitteln. Ich kann ja nicht den ganzen Tag Kopfstände machen oder unserem Kaktus beim Wachsen zusehen.«

# 6

Clodine öffnete Isabelle die Tür mit nassen Haaren.

»Ich bin gerade ewig unter der Dusche gestanden«, erklärte sie. »Was immer mit mir auch passiert sein sollte, ich hab alles von mir abgewaschen.«

Wenn das nur so einfach wäre, dachte Isabelle.

»Auch dieser Parfumduft ist jetzt endgültig weg.«

»Was für ein Parfum?«

»Keine Ahnung. Irgendjemand hat mich wohl damit eingesprüht.«

Kurz darauf saßen sie gemeinsam am Tisch. Isabelle hatte eine gekühlte Flasche Côte de Provence mitgebracht und eine provenzalische Pizza. Genau genommen handelte es sich um eine *pissaladière*, eine Spezialität, die in Nizza ihren Ursprung hatte. In ihrem Fall belegt mit Zwiebeln, Tomaten, Sardellen und schwarzen Oliven.

Clodine aß mit Appetit und stieß mehrfach mit Isabelle an. *Merci, merci*, flüsterte sie immer wieder.

Isabelle ließ sich Zeit, bis sie wie beiläufig die erste Frage stellte.

»Kann es sein, dass dich ein Freund auf die Party eingeladen hat?«

Clodine riss die Augen auf.

»Was? Ich habe einen Freund?«

»Davon gehe ich aus.«

Tatsächlich war Clodine nie lange solo. Sie verliebte sich ständig aufs Neue. Nur hielten ihre Beziehungen selten länger.

»Ein Freund wäre toll. Zu dumm, dass ich mich an keinen er-

innern kann. Ich hoffe, er ist gut aussehend und meldet sich bei mir.«
»Könnte schwierig sein. Du hast zu Hause kein Festnetz, und dein Handy ist weg.«
»*Merde.* Jetzt habe ich womöglich einen Freund, von dem ich nichts weiß, und er kann mich nicht anrufen.«
Isabelle lächelte.
»Wir besorgen dir morgen ein neues Handy. Vielleicht können wir deine alte Nummer übernehmen.«
»Das wäre großartig. Womöglich liegt das Handy aber in meinem Auto. Hast du dort mal nachgeschaut?«
»Mache ich gern«, antwortete Isabelle schmunzelnd. »Wo hast du den Autoschlüssel?«
»Den Autoschlüssel?« Sie blickte ratlos um sich. »Verdammt ... der ist ja auch weg.«
»Weißt du, wo du deinen Renault geparkt hast? Auf seinem angestammten Platz hinter deinem Laden steht er jedenfalls nicht.«
»Dort steht mein *bébé* nicht? Dann werde ich wohl mit meinem Schnuckelauto dort hingefahren sein, wo, wo ...« Clodine langte sich an die Schläfen. »So ein Mist. Ich hab keine Ahnung.«
»Mach dir keinen Kopf. Wir werden ihn gleich morgen suchen und bestimmt schnell finden.«
Das sollte tatsächlich nicht schwer sein, dachte Isabelle. Halt irgendwo an der *Plage de Pampelonne,* und zwar in der Nähe der Stelle, wo sie von der Gendarmerie aufgegriffen wurde. Blieb die Frage, wie sie den Renault ohne Schlüssel wegfahren konnten.
»Gibt es für dein Auto einen Zweitschlüssel?«, fragte sie deshalb.
»Natürlich gibt es einen Zweitschlüssel. Leider habe ich ihn vor einigen Monaten bei einer Kajaktour vor dem Cap Camarat verloren.«

»Ich gratuliere.«
»Wozu?«
»Dass du dich daran erinnern kannst.«
»Ach so … ja, ich mache Fortschritte.«
Isabelle sah auf ihr Handgelenk.
»Wo ist eigentlich das Armband?«
»Habe ich beim Duschen abgelegt. Solange ich nicht weiß, ob ich mit dem Armband gute oder schlechte Erinnerungen verbinden soll, bleibt es in meiner Küchenschublade.«
»Darf ich es mir ausleihen? Vielleicht bringt es uns auf eine Spur?«
»*Bien sûr*. Nimm es mit!«
Isabelle sah ihre Freundin prüfend an.
»Kann ich dich heute Nacht alleine lassen, oder soll ich bei dir auf der Gästecouch schlafen?«
»Warum denn das? Ich bin schon ein großes Mädchen und hab alles im Griff. Außerdem bin ich hundemüde. Musst dir also keine Sorgen machen. Und wenn ich dich doch brauchen sollte, rufe ich dich einfach an.«
*Einfach* würde das nicht sein, dachte Isabelle … ohne Telefon. Aber Clodine hatte schon recht: Sie war ein großes Mädchen und konnte normalerweise gut auf sich selber aufpassen. Und im Rosé, den sie gerade tranken, waren definitiv keine K.-o.-Tropfen.

# 7

Am nächsten Morgen brachte Isabelle ihrer Freundin frische Croissants vorbei. Dabei überzeugte sie sich, dass es ihr gut ging. Clodine war noch schlaftrunken. Isabelle füllte gemahlenen Kaffee in die Pressstempelkanne und goss ihn mit heißem Wasser auf.

»Du bist ein Schatz«, murmelte Clodine. »*Tu es un amour* … Darf ich dich heiraten, falls ich keinen Mann finde?«

Isabelle lachte.

»Wird nicht passieren. Du findest immer einen Mann.«

Vielleicht nicht immer den richtigen, dachte Isabelle. Wie zum Beispiel in besagter Nacht.

»Stimmt, bisher hatte ich diesbezüglich keine Probleme. Wird wohl an meinem unwiderstehlichen Aussehen liegen.«

»Schön, dass du wieder zur Selbstironie fähig bist. Gerade schaust du aus wie ein toter Fisch.«

Clodine hob den Zeigefinger.

»Aber ich riech besser.«

»Stimmt, und ganz so schlimm siehst du auch nicht aus. Hast ja einiges durchgemacht. Darf ich fragen, ob dir seit gestern Abend noch irgendwas eingefallen ist?«

Clodine nickte.

»Absolut, nämlich dass ich so schnell wie möglich meinen Laden wieder öffnen muss. Die Kunden stehen bestimmt schon Schlange … Aber im Ernst: Nein, die Erinnerungslücke bleibt. Ich weiß nicht, was in jener Nacht geschehen ist. Nur, dass ich auf einer Party war, das scheint mir immer wahrscheinlicher.

Das würde zu den Bildern passen, die durch meinen Kopf spuken. Aber sicher weiß ich auch das nicht.«
»Wir werden es herausfinden.«
Clodine kniff die Augen zusammen und legte den Kopf zur Seite.
»Warum eigentlich? Vielleicht ist es besser, alles zu vergessen?«
Da mochte sie sogar recht haben, dachte Isabelle. Aber sie war Polizistin. Sie konnte nicht ignorieren, was passiert war. Falls Clodine jemand K.-o.-Tropfen verpasst und sich womöglich an ihr vergangen hatte, durfte er nicht ungestraft davonkommen.
»Wir werden diskret vorgehen«, versprach Isabelle.
»Wer ist *wir?*«
»Apollinaire und ich, nur wir zwei.«
»*D'accord.* Apollinaire vertraue ich.«
»Du könntest allerdings auch einen Beitrag leisten: Hör dich doch mal bei deinen Freundinnen um, ob jemand mit dir auf einer Party war. Oder ob du vorher davon erzählt hast. Kannst ja beiläufig in ein Gespräch einfließen lassen.«
»Damit sie nicht neugierig werden? Ja, ich denke, das bekomme ich hin. Aber ... aber ich hab kein Handy.«
»Apollinaire wird sich darum kümmern.«
Clodine überlegte kurz.
»Muss er nicht. Der Inhaber unserer *Boutique de téléphonie* macht mir immer schöne Augen. Er freut sich bestimmt über meinen Besuch.«

*

Eine halbe Stunde später betrat Isabelle das Kommissariat im Rathaus. Diesmal sah ihr Assistent nicht so aus, als ob sie ihn gerade bei einem Kopfstand gestört hätte. Vielmehr saß er konzentriert vor seinem Computer und traktierte seine Tastatur. Kein Wunder, dass er alle paar Monate eine neue benötigte. Er unterbrach seine Arbeit und sah sie erwartungsvoll an.

»*Bonjour, Madame*. Haben Sie schon mit Clodine gesprochen?«

»Ja, habe ich.«

»Und?«

Isabelle wusste, worauf er hinauswollte. Hielt er gerade die Luft an?

»Sie kann sich immer noch nicht erinnern.«

Er atmete tief aus.

»Gott sei Dank … Ich meine, natürlich wäre es schön … Also, was ich sagen will …«

Isabelle sah ihn lächelnd an.

»Sie wollen sagen, dass Sie sich freuen, einen neuen Fall zu haben. Sie trauen sich aber nicht, es auszusprechen, weil Sie Clodine natürlich nur das Beste wünschen.«

»Nur das Beste … *naturellement*, das versteht sich ja von selbst. Übrigens bin ich schon dabei, unsere Liste abzuarbeiten. Das Protokoll der Gendarmerie habe ich ausgedruckt, es liegt auf Ihrem Schreibtisch.«

»Was steht drin?«

»Wollen Sie, dass ich es Ihnen vorlese?« Er runzelte die Stirn. »*Mais non,* ich verstehe, Sie wollen von mir quasi die Quintessenz hören, also den substanziellen Kern des Protokolls.«

»So könnte man es ausdrücken.«

»Nun, im Protokoll wird der Strandabschnitt genannt, wo man Clodine an der *Plage de Pampelonne* aufgegriffen hat. Wir wissen also, wo wir nach ihrem Auto suchen können. Sie wird ja nackt nicht allzu weit gelaufen sein.«

»Kann man bei Clodine nicht wissen.«

»Wir könnten die Gendarmerie bitten, nach Clodines Renault zu suchen.«

»Den Gefallen werden sie uns kaum tun. Das machen wir selber. Was gibt's noch?«
»Was es noch gibt? Also nur das, was es nicht gibt. So wurden keine Kleider am Strand gefunden. Kein Handy und nichts. Aber um ehrlich zu sein, kann ich mir nicht vorstellen, dass die Gendarmerie groß danach gesucht hat.«
»Gibt's einen Hinweis auf eine nächtliche Strandparty? Vielleicht eine Anzeige wegen Ruhestörung?«
»Ist nichts vermerkt, aber ich kann nachfragen.«
»Was ist mit Zeugen?«
»Im Protokoll ist namentlich nur ein älteres Ehepaar und ihr Hund vermerkt, denen beim morgendlichen Gassigehen die verwirrte Clodine in die Arme gelaufen ist. Sie haben daraufhin die Gendarmerie verständigt. Ich bezweifle, dass sie uns weiterhelfen können, aber ich werde sie selbstverständlich kontaktieren und eingehend befragen.«
Isabelle bemerkte, dass Apollinaire immer wieder auf ihr rechtes Handgelenk blickte. Dort trug sie Clodines Armband. Offenbar war ihm aufgefallen, dass es neu war. Aber er war zu taktvoll, um sie darauf anzusprechen.
Sie streifte das Armband ab und legte es ihm auf den Schreibtisch.
»Wollen Sie es sich genauer anschauen?«
Er bekam einen roten Kopf.
»Madame, das ist mir jetzt aber peinlich. Ich hätte meine Neugier besser verbergen sollen. Schließlich geht es mich nichts an … Nein, wirklich nicht. Das Armband ist Ihre Privatsache …«
Sie lächelte.
»Ist nicht *mein* Armband, ist von Clodine.«
»Von Clodine? Hätte ich mir denken können. Das Armband passt nicht zu Ihrem Style.«
»Warum eigentlich nicht?«

»Nun, wie soll ich sagen … also, das Armband ist zu klassisch und zu damenhaft.«
Isabelle hob eine Augenbraue.
»Bin ich in Ihren Augen keine Dame?«
Er kratzte sich am Kinn.
»Sie bringen mich in Erklärungsnot. Natürlich sind Sie eine Dame, aber eine, die Männer mit einem Handkantenschlag außer Gefecht setzen oder während einer Hechtrolle mit der Pistole ins Schwarze treffen kann.« Er räusperte sich. »Was ich sagen will: Sie sind keine damenhafte Dame im klassischen Sinne. Was Sie bitte als Kompliment verstehen.«
Isabelle wusste auch nicht, warum sie Apollinaire mit ihrer provokanten Frage in Verlegenheit gebracht hatte. Aber sie liebte es, sich von Zeit zu Zeit mit ihm zu necken. Außerdem hatte er sich gut aus der Affäre gezogen. Sie lachte.
»Akzeptiert!«
Dann berichtete sie ihm, was Clodine über das Armband erzählt hatte. Dass sie es nach der verhängnisvollen Nacht plötzlich am Handgelenk vorgefunden habe – ohne zu wissen, wie sie dazu gekommen sei. Die funkelnden Brillanten und die blauen Saphire seien nicht echt, sondern geschliffene Glaskristalle. Dennoch dürfte ein solches Armband nicht billig sein.
»Clodine geht davon aus, dass ihr das Armband jemand geschenkt hat«, erklärte Isabelle. »Aber sie hat keine Ahnung, wer das sein könnte. Übrigens habe ich Ihnen noch eine Information vorenthalten: Clodine glaubt sich schemenhaft zu erinnern, mit einem Mann gekämpft zu haben. Sie hält es aber auch für möglich, dass diese Szene ihrer Fantasie entspringt. Auch hat sie dabei kein Gesicht vor Augen.«
Apollinaire nahm sein Lineal zur Hand und klopfte es gegen den Schreibtisch. Noch eine seiner Angewohnheiten. Irgendwann würde ihm gelingen, es auseinanderzubrechen.

»Können Sie bitte damit aufhören. Es nervt.«
Apollinaire stoppte sofort.
»Pardon, aber so kann ich besser nachdenken.«
»Worüber denken Sie nach?«
»Über alternative Szenarien. Zugegeben, am wahrscheinlichsten ist, dass Clodine K.-o.-Tropfen verabreicht wurden. Oder sie hat sich aus eigenen Stücken mit Ecstasy in einen Rausch versetzt. Sie haben den Arzt erwähnt, der als Auslöser ein traumatisches Erlebnis für möglich hält. Ich frage mich, wie könnte ein solches Ereignis aussehen? Vielleicht hatte Clodine am Strand Sex, was erklären würde, warum sie nackt war. Dabei sind sie von einem gewaltbereiten Spanner gestört worden. Es kam zu einer Rangelei. Clodines Sexualpartner hat die Flucht ergriffen …«
»Als Trauma reicht mir das noch nicht aus.«
»Okay, dann halt so: Clodines Sexualpartner ist nicht geflüchtet, sondern hat heldenhaft mit dem Störenfried gekämpft … Dabei wurde er von ihm getötet. Anschließend hat der Wüstling Clodine vergewaltigt …« Er sah sie triumphierend an. »So, ich denke, das würde für ein Trauma ausreichen.«
»Aus welchem Film haben Sie denn diese wilde Geschichte?«
»Kein Film. Das Drehbuch habe ich mir gerade selber ausgedacht.«
»Apollinaire, ich muss schon sagen, Sie haben eine blühende Fantasie.«
»Sie haben mal selber gesagt, ein guter Ermittler müsse auch fähig sein, das Undenkbare zu denken.«
»Das ist Ihnen gerade zweifellos gelungen.«
Während Isabelle noch überlegte, ob an seiner Geschichte vielleicht doch was dran sein könnte, fuhr er fort:
»Also sollten wir nicht nur nach Clodines Auto und Habseligkeiten suchen, sondern auch nach einer männlichen Leiche.«

»Die hätte man längst gefunden«, stellte sie fest. »Um diese Jahreszeit herrscht an der *Plage de Pampelonne* Hochbetrieb. Da liegt niemand lange unbemerkt rum.«
Apollinaire war anzusehen, dass er seine Theorie nicht so schnell aufgeben wollte.
»Okay, dann hat er sich schwer verletzt nach Hause geschleppt und ist dort seinen Verletzungen erlegen.«
Isabelle schüttelte den Kopf.
»Ihre Mutmaßungen in Ehren, aber wir sollten auf den Boden der Tatsachen zurückkehren und uns auf konventionelle Polizeiarbeit konzentrieren. Dazu gehört, dass wir als Nächstes Clodines Auto finden und womöglich auch ihr Handy. Dies wäre ein erster Schritt, um von dort ausgehend die Ereignisse zu rekonstruieren. Des Weiteren bitte ich Sie, sich das Armband genauer anzuschauen. Finden Sie heraus, wo man ein solches *bracelet* kaufen kann. Bei der Gendarmerie erkundigen wir uns, ob in besagter Nacht am Strand irgendwelche Zwischenfälle gemeldet wurden. Sie befragen das ältere Ehepaar, dem Clodine in die Arme gelaufen ist. Wir sollten überprüfen, ob es aktuell andere Ereignisse mit K.-o.-Tropfen gegeben hat. Ach ja, noch was, ich habe Clodine versprochen, dass wir diskret vorgehen. Sie möchte nicht, dass der Vorfall bekannt wird.«
Apollinaire nickte verständnisvoll.
»Diskretion ist mein zweiter Vorname.«
Wie kam er denn auf diese abwegige Idee? Mit Apollinaire hatte sie im Gegenteil die Erfahrung gemacht, dass er sich häufig wie der sprichwörtliche Elefant im Porzellanladen verhielt – ohne es selber zu bemerken.

# 8

Isabelle war gerade unterwegs zu Clodines Laden, weil sie wissen wollte, ob sie ihn wieder geöffnet hatte, als sie einen Anruf erhielt. Es war Nicolas. Ihr langjähriger Malerfreund hatte sich in den letzten Wochen rargemacht. Sie war es gewohnt, dass er tagelang nichts von sich hören ließ. Er brauche diese kreativen Auszeiten, pflegte er zu argumentierten. Doch diesmal war es irgendwie anders. Sie glaubte zu spüren, dass seine Zurückhaltung Gründe hatte, die nicht nur mit seiner Arbeit zu tun hatten. Und auch sie selbst empfand, dass sich etwas verändert hatte. Ihre Liebesbeziehung, die früher von charmanter Leichtigkeit geprägt war, aber auch von Toleranz und gegenseitigem Respekt, hatte Risse bekommen. Dies zu einer unerwarteten Zeit, denn ihre gleichzeitige Liaison mit Rouven Mardrinac, die Nicolas ohne übertriebene Eifersucht über Jahre akzeptiert hatte, war vorbei. Der Milliardär und Kunstsammler stand kurz davor, eine andere Frau zu heiraten. Also hätte Nicolas sie jetzt ganz alleine.

»*Salut,* Nicolas«, meldete sie sich am Telefon. »Schön, von dir zu hören.«

»*Bonjour,* ich hoffe, dir geht's gut?«

»Natürlich, wie immer …«

»Ich muss mit dir sprechen. Kannst du bei mir vorbeikommen?«

Sie hörte an seinem Ton, dass was nicht stimmte.

»Gerade passt es schlecht«, antwortete sie. »Wie wäre es mit heute Abend?«

»Gleich wäre mir lieber, kannst du es nicht einrichten? Dauert auch nicht lang.«

»Ist es so dringend?«
»Nicht wirklich, aber es ist wichtig. Und ich möchte es hinter mich bringen.«
»Okay, aber ich hab nicht viel Zeit«, stimmte sie zu.
»Ich danke dir, du findest mich im Atelier.«

*

Obwohl Nicolas' Bastide etwas abseits am Ortsrand lag, dauerte der Fußweg nicht allzu lang. Aber er war lang genug für verstörende Gedanken. Was konnte gleichzeitig wichtig und nicht dringend sein? Aber doch so eilig, dass Nicolas sofort mit ihr darüber sprechen wollte? Weil er es hinter sich bringen wollte? Was wohl bedeutete, dass es ihn einige Überwindung kostete, das Gespräch mit ihr zu führen.
Die große Schiebetür war einen Spalt offen. Isabelle schob sie so weit auf, dass sie eintreten konnte. Nicolas' Atelier befand sich in einer riesigen alten Scheune. Er hatte großflächige Dachfenster einbauen lassen, um ausreichend Tageslicht für seine künstlerische Arbeit zu haben. Auch standen leistungsfähige Scheinwerfer herum, die an ein Filmstudio erinnerten, und mächtige Lautsprecherboxen, weil er sich beim Malen gerne mit klassischer Musik zudröhnte. Alles in seinem Atelier war groß dimensioniert – genauso wie die riesigen Gemälde, die hier entstanden. Außer ihr wusste kaum jemand, dass hier der international renommierte Künstler CLAC tätig war. Nicolas versteckte sich hinter diesem Pseudonym. Im Dorf hielt man ihn für einen jener sympathischen, aber erfolglosen Künstler, von denen es in der Provence so viele gab. In Wahrheit erzielten seine Meisterwerke auf dem Kunstmarkt Höchstpreise.
Oft turnte er bei seiner Arbeit auf einem Baugerüst herum. Zwangsweise, denn nur so kam er mit Pinsel, Spachtel oder

Spritzpistole überall hin. Doch heute ... heute saß er mitten im aufgeräumten Atelier auf einem umgedrehten Stuhl. Die Arme hatte er über der Lehne verschränkt. Er starrte auf eine etwa zwanzig Meter entfernte Leinwand, die vom Boden bis zur Decke reichte. Sie war jungfräulich weiß.
Langsam wendete er seinen Blick zu ihr.
»*Merci*, dass du gekommen bist.«
Er machte keine Anstalten, aufzustehen. Auch gab es keinen zweiten Stuhl, auf den sie sich setzen konnte. Isabelle fühlte sich unbehaglich.
»Was gibt es so Dringendes?«
Nicolas deutete auf die leere Leinwand.
»Darüber will ich mit dir sprechen. Ich hoffe, du wirst mich verstehen.«
Isabelle strich sich eine Locke aus der Stirn. Eine Verlegenheitsgeste, denn sie konnte mit seiner Erklärung nichts anfangen.
»Was soll ich verstehen?«
»Ich sitze schon seit Tagen vor diesem gähnenden Nichts. Die weiße Fläche wartet darauf, von mir bearbeitet und in ein Kunstwerk transformiert zu werden. Aber ich habe keine Idee, wie das gehen soll. Mir fällt nichts ein. Das ist mir noch nie passiert.«
Ihm war seine Verzweiflung anzusehen.
»Hört sich schrecklich an.«
»Schrecklich ist noch untertrieben. Um es auf den Punkt zu bringen: Ich habe eine veritable Schaffenskrise. Letzte Nacht habe ich mit dem Gedanken gespielt, mich in meinem Atelier aufzuhängen ...« Er rang sich ein gequältes Lächeln ab. »Aber da hatte ich zwei Flaschen Rotwein intus. Außerdem habe ich kein geeignetes Seil gefunden.«
»Bist du verrückt? Nur weil dir gerade nichts einfällt, kannst du dich doch nicht umbringen. Du bist bestimmt nicht der erste große Künstler, der so etwas durchmacht.«

»Stimmt, Henri Matisse geriet in eine Schaffenskrise, nachdem er 1916 von Paris nach Nizza zog ...«
»Soviel ich weiß, hat er sich nicht aufgehängt.«
»Hätte aber auch anders ausgehen können. Picasso hatte nie eine Schaffenskrise ...«
Isabelle wusste nicht, ob das zutraf. Mit Künstlerbiografien kannte sie sich nicht aus. Picasso war ein Genie. Van Gogh hatte sich ein Ohr abgeschnitten. Aber wohl aus anderen Gründen. Van Gogh war also auch kein gutes Argument.
»Du kommst darüber hinweg«, sagte sie. »Davon bin ich überzeugt. Du darfst dich nur nicht unter Druck setzen.«
»Mein letztes Bild habe ich als Auftragsarbeit für Rouven gemalt. Mit festem Abgabetermin. Da hatte ich zum ersten Mal richtigen Druck. Vielleicht war das mein Sündenfall? Zur Strafe wurde ich aus dem Paradies vertrieben.«
Sie sah ihn zweifelnd an.
»Kann es sein, dass du schon wieder getrunken hast?«
»Weil dir der Vergleich abwegig erscheint? Hast wahrscheinlich recht, aber getrunken habe ich nur Kaffee.«
Isabelle fragte sich, warum er sie herbestellt hatte. Er erwartete wohl kaum, dass sie ihn aus seiner Schaffenskrise erlöste.
»Du hast gesagt, es wäre dir wichtig, dass ich komme. Du wolltest etwas hinter dich bringen. Was meintest du damit?«
Nicolas erhob sich, ging auf Isabelle zu und umarmte sie.
»Bitte entschuldige. Ich hab dich noch gar nicht richtig begrüßt.«
»Ist mir auch aufgefallen.«
»Lass uns in den Garten gehen. Dort werde ich es dir erklären.«
Er ging voraus. Mit hängenden Schultern und schlurfenden Schritten. Selbst von hinten konnte sie seine Niedergeschlagenheit erkennen. Der Nicolas, in den sie sich mal verliebt hatte, war schon von Weitem an seinem lässigen, aufrechten Gang zu erkennen gewesen.

Sie setzten sich auf eine alte Hollywoodschaukel. Dort hatten sie schon viele schöne Stunden verbracht, Wein getrunken und in den Sternenhimmel geschaut. Bevor sie dann ins Haus gegangen waren ... *pour faire l'amour.* Fast wehmütig dachte Isabelle an frühere Zeiten.
»Du weißt von meinem amerikanischen Galeristen«, begann Nicolas. »Mit ihm habe ich intensiv über meine Krise gesprochen. Er hat mir einen Ausweg gezeigt ...« Ihm fiel es schwer, weiterzusprechen. »Er ist davon überzeugt«, fuhr er nach einer Pause fort, »dass ich hier in Fragolin zwar eine wunderschöne Idylle gefunden habe, aber die provenzalische Abgeschiedenheit würde meine Fantasie einschläfern. In meinem Genre sei ich auf Inspiration angewiesen. Mir mangele es an Abwechslung, an überraschenden Erlebnissen. Die Welt da draußen drehe sich immer schneller. Ein CLAC müsse an ihr teilnehmen und nicht in der Hängematte seinen Träumen nachhängen.«
Da mochte sein Galerist sogar recht haben, dachte Isabelle. Ihr wurde klar, worauf Nicolas hinauswollte. Jetzt verstand sie, warum er das Gespräch möglichst bald hinter sich bringen wollte.
»Musst dir keine Gedanken machen«, sagte sie beruhigend. »Es gibt Momente im Leben, da muss man eine Entscheidung treffen. Wie auch immer deine ausfällt, ich respektiere sie.«
Er nahm ihre Hand.
»Du bist eine tolle Frau.«
Isabelle lächelte.
»Ich weiß.«
»Zunächst habe ich an eine lange Reise in ferne Länder gedacht, aber mein Galerist hatte eine bessere Idee: Er hat für mich ein Atelier in der aufregendsten Stadt der Welt gemietet – in New York.«
Ups, New York war ganz schön weit weg.
»Da muss ich nur vor die Tür treten und erlebe so viel wie nir-

gendwo sonst«, setzte Nicolas seine Begründung fort. »Zurück im Studio, kann ich meine Eindrücke sofort in meine Arbeit einfließen lassen.«

»Das leuchtet mir ein«, sagte Isabelle. »Und ich wünsche dir, dass es funktioniert. Die Kunstszene wartet auf den nächsten CLAC.«

Nicolas atmete tief durch.

»Mir fällt ein Stein vom Herzen. Ich hatte Angst, dass du mich nicht verstehen könntest. Mir ist die Entscheidung unglaublich schwergefallen. Du wirst mir fehlen.«

Es war mit ihnen in der letzten Zeit nicht so gut gelaufen wie früher, dachte Isabelle. Dennoch würde auch er ihr fehlen.

»Ist das ein Abschied für immer?«, fragte sie.

Er schlug die Hände über dem Kopf zusammen.

»*Mon Dieu,* natürlich nicht. Zunächst habe ich das Atelier für ein halbes Jahr. Dann wird man weitersehen. Und übrigens …«

»Übrigens?«

»Kannst du mich ja besuchen kommen. Warst du schon mal in New York?«

»Nein«, log Isabelle. Tatsächlich hatte sie dort vor Jahren an einem mehrwöchigen Geheimtreffen teilgenommen, bei dem es um die Koordination der nationalen Antiterroreinheiten gegangen war.

»Dann wird es höchste Zeit. *By the way* …«

Jetzt sprach er schon Englisch, stellte sie fest.

»Meine Bastide in Fragolin werde ich behalten. Ich möchte dich bitten, dort von Zeit zu Zeit nach dem Rechten zu sehen.«

Sie war keine Hausmeisterin, dachte Isabelle. Aber sie wollte ihm keinen Korb geben.

»Kann ich übergangsweise machen. Wann wirst du abreisen?«

Nicolas wurde rot.

»Schon übermorgen. Meine Koffer habe ich bereits gepackt.«

Isabelle hob eine Augenbraue.
»Also hast du mich angeschwindelt. Von wegen, dass unser Gespräch nicht dringend wäre.«
Er lächelte verlegen.
»Nun, morgen wäre ja auch noch gegangen.«

# 9

Eine halbe Stunde später war sie unterwegs zu Clodine. Einen tränenreichen Abschied hatte es zuvor mit Nicolas nicht gegeben. Erstens hasste sie solche Sentimentalitäten – und zweitens hatten sie verabredet, sich morgen Abend noch einmal zu sehen. Es war ihm wichtig, im Guten und mit Stil auseinanderzugehen. Wobei die Trennung ja nicht für immer sei, hatte er betont. Nur für einige Monate.

Isabelle glaubte, dass er sich da etwas vormachte – damit ihm der Aufbruch leichter fiel. Sie war Realistin genug, um seine Hoffnung nicht zu teilen.

»Hallo, meine Lebensretterin«, wurde sie von Clodine begrüßt. Sie langte sich theatralisch an den Kopf. »Wie war doch gleich dein Name?«

»Brigitte Bardot«, antwortete Isabelle.

»Du musst dich täuschen. Die Bardot sieht heute nicht mehr so gut aus wie früher. Aber die Jane Birkin bist du auch nicht, die ist schon tot.«

Isabelle nahm Clodine am Arm.

»Das Thema ist zu ernst, um uns darüber lustig zu machen. Sag ehrlich, wie geht's dir? Was macht deine Erinnerung?«

»Sich lustig zu machen und Spaß zu haben ist die beste Überlebensstrategie. Aber mir geht's tatsächlich wieder ziemlich gut. Ich versuche, über das Geschehene nicht mehr nachzudenken.«

»Das ist zwar verständlich, aber keine Hilfe«, widersprach Isabelle. »So erfahren wir nie, was passiert ist.«

»Spielt das eine Rolle? Ich will es gar nicht wissen.«
»Aber ich. Hast du mit deinen Freundinnen gesprochen?«
»Ich hab etwas herumtelefoniert. Vom Festnetz im Laden.«
»Wissen die was von einer Party, auf der du gewesen sein könntest?«, half ihr Isabelle auf die Sprünge.
»Nein, leider nicht. Sie sagten, dass sie gerne dabei gewesen wären. Warum ich nichts von einer Party gesagt hätte? Die Frage stelle ich mir auch. Sieht mir gar nicht ähnlich, alleine auf eine Party zu gehen.«
»Vielleicht hattest du einen männlichen Begleiter oder ein Rendezvous, das du für dich behalten wolltest?«
Clodine lächelte versonnen.
»Gut möglich. Daran würde ich mich dann doch gerne erinnern.«
»Vorausgesetzt, es war nicht dieser Mann, der dir K.-o.-Tropfen verabreicht hat.«
»Warum sollte er das tun? Man muss mich nicht betäuben, um mit mir zu schlafen. Außerdem hätte er dann nur den halben Spaß.«
Die Antwort war typisch für Clodine, dachte Isabelle. Ihre Lockerheit hatte unter den Ereignissen nicht gelitten. Und stichhaltig war das Argument zudem.
»Du hast mich überzeugt«, sagte Isabelle. »Wenn du ihm nicht den Laufpass gegeben hast, wird er sich also bei dir melden.«
»In zwei Stunden bekomme ich ein neues Handy mit meiner alten Nummer. Dann stehe ich wieder mitten im Leben.«
»Wie es scheint, muss ich mir wirklich keine Sorgen mehr um dich machen. Bitte sag mir Bescheid, falls sich der ominöse Unbekannte bei dir meldet.«
»Aber klar, meine Liebe, du erfährst es als Erste … aber …« Clodines Miene verfinsterte sich. »Aber natürlich könnte alles auch ganz anders gewesen sein. Vielleicht gab es gar keine Strand-

party, und die Bilder existieren nur in meiner Fantasie …« Sie fuhr sich über die schweißnasse Stirn. »Vielleicht wurde ich entführt …«
Isabelle nickte.
»Auch das könnte sein. Und genau deshalb will ich herausfinden, was passiert ist.«

*

Im Rathaus angekommen, führte Isabelles Weg zunächst ins Bürgermeisterbüro. Gestern hatte sie Chantal nur kurz am Telefon informiert, um wen es sich bei der mysteriösen Patientin in der psychiatrischen Klinik handelte. Die Bürgermeisterin war aus allen Wolken gefallen. Jetzt hatte sie ein Anrecht darauf, Genaueres zu erfahren. Immer wieder schüttelte sie ungläubig den Kopf. Aber sie musste auch lachen – als Isabelle von der Orange erzählte, die Clodine einem Pfleger an den Kopf geworfen hatte.
»Dafür hat Clodine den Orden für Amazonen mit Zivilcourage verdient«, sagte Chantal. »Am Hosenband.«
»So einen Orden gibt es?«
»Nicht dass ich wüsste. Aber im Ernst: Wie geht es Clodine aktuell?«
»Sie hat sich überraschend schnell erholt und sogar schon wieder ihr Geschäft eröffnet. Sie kann sich wieder an alles in ihrem Leben erinnern. Nur nicht an die Geschehnisse jener verhängnisvollen Nacht.«
»Hört sich sehr nach K.-o.-Tropfen an. Findest du nicht?«
Isabelle nickte.
»Doch. Jedenfalls wäre dies die plausibelste Erklärung.«
Chantal sah sie fragend an.
»Ich vermute, du ermittelst in dieser Angelegenheit?«

»Nun, Clodine ist keine *Angelegenheit,* sondern eine alte Freundin. Deshalb kümmere ich mich darum.«
»Fällt nicht in dein Ressort, ich weiß. Aber K.-o.-Tropfen sind eine schlimme Zeiterscheinung. Erinnerst du dich an den Fall des Senators Joël Guerriau, der einer befreundeten Parlamentsabgeordneten Ecstasy in den Champagner gegeben haben soll, mit der Absicht, sich an ihr sexuell zu vergehen?«
»Ja, ich hab davon gelesen.«
»Viel schlimmer sind die Fälle, die unentdeckt bleiben und denen nicht nachgegangen wird«, ereiferte sich Chantal. »Viele Frauen scheuen sich, zur Polizei zu gehen. Erst recht die jungen Mädchen, denen Ecstasy oder irgendeine andere Droge auf Partys verabreicht wurde …«
So jung war Clodine nicht mehr, dachte Isabelle. Das mit der Party könnte dennoch stimmen.
»Ich halte dich auf dem Laufenden.«
*»Bonne chance«,* sagte Chantal zum Abschied. »Jedes überführte Schwein ist ein Schwein weniger.«

# 10

Apollinaire deutete auf sein geliebtes Flipchart. Er habe eine neue Seite angelegt, sagte er.

Isabelle betrachtete das Blatt. Viel stand noch nicht darauf. Aber schon die Überschrift verwirrte sie: IDLOCNE.

»Was soll das heißen?«, fragte sie.

»Madame, Sie haben mich doch um äußerste Diskretion gebeten. Um sicherzustellen, dass kein zufälliger Besucher erfährt, in welchem Fall wir ermitteln, habe ich ein Anagramm gewählt.«

Sie runzelte die Stirn.

»Von hinten nach vorne gelesen ergibt das aber auch keinen Sinn.«

Apollinaire hob dozierend sein Lineal.

»Dann wäre das ein Palindrom, wie etwa bei *Eve* oder *Elle* oder *Hannah*. Das geht auch mit ganzen Sätzen. Ein berühmtes Beispiel ist: *Eh, ça va la vache*. Lesen Sie es mal von hinten!«, forderte er sie auf.

Abgesehen davon, dass »He, wie geht's, Kuh« wenig Sinn machte, verstand sie, was er meinte. Auch hatte sie soeben seine Überschrift dechiffriert.

»Bei IDLOCNE haben Sie nur die Buchstaben durcheinandergewürfelt, um nicht Clodine zu schreiben.«

Apollinaire grinste.

*»Eh voilà!«*

»Hoffen wir nur, dass unser Fall genauso einfach zu lösen ist wie Ihre Überschrift.«

»Davon gehe ich aus. Übrigens habe ich mit der Gendarmerie

gesprochen, das wäre Punkt eins auf dem Chart. Es wurde keine nächtliche Ruhestörung gemeldet. Punkt zwei: Auch ist nicht bekannt, dass es eine Strandparty gegeben hätte. Punkt drei: Die Gendarmerie hat von mir die Personalien der aufgefundenen Person bekommen.« Apollinaire schmunzelte. »Wie Sie sehen, auch hier habe ich keinen Namen notiert. Punkt vier: Da keine Anzeige vorliegt und auch keine relevante Straftat, hat die Gendarmerie die Akte geschlossen. Der Fall liegt also bei uns. Punkt fünf: Ich habe mit dem älteren Ehepaar telefoniert, das beim Gassigehen die verwirrte und entblößte Person am Strand aufgefunden hat. Sie konnten tatsächlich keine weiteren Angaben machen. Dafür weiß ich jetzt, dass ihr Hund Flöhe hat.«

»Sehr aufschlussreich«, kommentierte Isabelle. »Ich meine, all Ihre Punkte von eins bis fünf mit Ausnahme Ihrer Schlussbemerkung.«

»Ich habe den Herrschaften empfohlen, ihren Hund mit Teebaum- oder Kokosöl zu waschen. Flöhe hassen ätherische Öle.«

»Hunde vielleicht auch. Aber zurück zu unserem Fall. Wir wissen, wo Clodine an der *Plage de Pampelonne* entdeckt wurde. Ich werde jetzt hinfahren und mich umsehen.«

»Was hoffen Sie, dort zu finden?«

»Keine Ahnung. Vielleicht ihr Auto? Oder weitere Zeugen? Irgendwo müssen wir ja anfangen.«

»Ich verstehe. Wenn man nicht am Anfang anfangen kann, muss man am Ende beginnen. Das ist übrigens bei fast jedem Kriminalfall so.«

»Was Sie nicht sagen.«

»Ich intensiviere in der Zwischenzeit meine Onlinerecherchen. Unter anderem durchstöbere ich das Internet nach Hinweisen auf Clodines Armband.«

Er hatte es vor sich auf dem Tisch liegen.
»Dann wünsche ich Ihnen viel Erfolg dabei. Wenn sich irgendwas ergibt, rufen Sie mich bitte an.«
*»D'accord. Je le fais certainement!«*

*

Isabelle genoss die Fahrt hinunter an die Küste. Es machte Spaß, mit einer schweren Harley-Davidson durch das *Massif des Maures* zu cruisen. Vorausgesetzt, man ließ sich Zeit und beherrschte die richtige Kurventechnik. Denn die Maschine fuhr am liebsten geradeaus. Das lag gewissermaßen in ihrer DNA. Sie dachte an den Filmklassiker *Easy Rider* und stellte sich vor, wie Peter Fonda und Dennis Hopper auf einem schnurgeraden Highway dem Sonnenuntergang am Horizont entgegenfuhren. Auf einem Chopper von Harley-Davidson. Zur Musik von Steppenwolf: *Born to be wild …*
Sie dagegen saß im Sattel einer Fat Boy. Eine ähnliche Harley hatte Arnold Schwarzenegger im Film *Terminator 2* gefahren. Nicht gerade ein Motorrad für Frauen. Doch genau das gefiel ihr an der Maschine. Isabelle sprengte gerne die Rollenklischees.
Zwar trauerte sie noch immer ihrem alten Ford Mustang nach, der den Feuertod gestorben war, aber als Ersatz war die Harley keine schlechte Alternative. Zumindest vorübergehend.
Wenn wie heute kein Zeitdruck bestand, wählte Isabelle nicht immer die kürzeste Strecke. Oft entschied sie sich an einem *rond-point* spontan für eine andere Abzweigung. Auf Umwegen kam sie dann doch irgendwie ans Ziel – und lernte dabei neue Gegenden kennen.
Über Grimaud und Cogolin gelangte sie zur *Route des Plages*. Die Straße führte parallel zur Küste. Von ihr zweigten Stich-

straßen ab, die zu den verschiedenen Abschnitten der *Plage de Pampelonne* führten. Bei den Hinweisschildern könnte man glauben, man sei in der Südsee: Tahiti, Moorea, Tiki … Isabelle kannte sie alle. Nicht immer verband sie positive Erinnerungen mit ihnen. So war sie in einem ihrer ersten Kriminalfälle ausgerechnet hier über eine männliche Leiche gestolpert. Der Beginn einer aufregenden Jagd nach einer rachsüchtigen Serienmörderin. Damals hatte der Mistral an den Fensterläden gerüttelt und das Meer aufgepeitscht. Im Vergleich war ihr heutiger Ausflug geradezu idyllisch. Es war bestes Badewetter. Die Grillen zirpten, und es wehte nur ein laues Lüftchen. Außerdem gab es weder eine Leiche noch einen Serientäter. Genau genommen hatte sie nicht einmal einen Ermittlungsauftrag.

Isabelle wusste, wo Clodine von dem älteren Ehepaar entdeckt worden war. Sie fuhr durch einen Pinienwald. Am Ende gab es einen Parkplatz mit Schranke. Man musste ein Ticket lösen. Den anarchischen Charme der Fünfzigerjahre hatte die *Plage de Pampelonne* längst verloren. Die Kommune von Ramatuelle sorgte für Ordnung. Isabelle ignorierte die geschlossene Schranke und steuerte ihr Motorrad über einen schmalen Fußweg auf den Parkplatz. Er war voll belegt. Im Schritttempo fuhr sie die Reihen mit den abgestellten Autos ab. Sie kannte das Kennzeichen von Clodines rotem Renault.

Ein Mann stellte sich ihr in den Weg. Geschminkt war er wie eine Frau. Er trug eine bunt bedruckte Tunika. Seine Zehennägel in den Sandalen waren rot lackiert.

»*Que faites-vous?*«, rief er aufgebracht. »Was machen Sie hier? Unser *parking* ist kein Parcours zum Slalomfahren. Außerdem haben Sie kein Ticket gezogen … «

Isabelle stoppte den Motor, nahm den Helm ab und sah ihn freundlich an.

»Sind Sie hier der Parkwächter?«

»Klug erkannt. Das süffisante Lächeln können Sie sich sparen. Sie haben eine Ordnungswidrigkeit begangen, die ich zur Anzeige bringen werde.«

»Sind Sie immer so energisch?«

»Was soll denn diese Frage?«

Er ging um das Motorrad herum und fotografierte das Kennzeichen.

»Die Mühe erübrigt sich«, sagte sie und zeigte ihm ihren Polizeiausweis.

Er kniff die Augen zusammen.

»Sie sind von der *Police nationale*? So sehen Sie aber nicht aus.«

»Und Sie nicht wie ein Parkwächter«, erwiderte sie.

»Weil ich das nur nebenher mache. Hauptberuflich bin ich Travestiekünstler. Jetzt will ich aber doch wissen, warum Sie hier zwischen den Autos herumkurven?«

»Ich suche einen kleinen roten Renault, der hier schon seit Tagen geparkt sein müsste.«

»Der ist nicht hier, die Suche können Sie abbrechen.«

Sie sah ihn zweifelnd an.

»Sie wollen doch nicht behaupten, dass Sie alle Autos im Kopf haben, die hier abgestellt sind.«

»Natürlich nicht, aber als ich heute früh gekommen bin, waren über Nacht nur vier Fahrzeuge geparkt. Ein roter Renault war nicht darunter. Darf ich fragen, warum Sie nach ihm suchen? Wurde er als gestohlen gemeldet?«

»Nein, wurde er nicht. Primär geht es auch nicht um das Auto. Ich ermittle in einem Fall, bei dem vor drei Tagen am frühen Morgen eine verwirrte Frau am Strand aufgegriffen wurde.«

»*Ah, la nudiste*«, sagte er lachend. »Von der Nackten habe ich gehört. Die Gendarmerie hatte sie aber schon mitgenommen, als ich zur Arbeit gekommen bin. Schade, soll einen guten Körper gehabt haben.« Der Parkwächter klimperte mit den aufgeklebten Wimpern. »Pardon, ich weiß, so was sagt man nicht«, entschuldigte er sich. »Aber als Travestiekünstler bin ich schon berufsbedingt ein notorischer Voyeur. Dabei liebe ich grundsätzlich alle schönen Körper, seien sie männlich, weiblich oder divers. Jung oder älter. Erotik ist keine Frage des Geschlechts oder des Alters, sondern der Perspektive.«

Da mochte er sogar recht haben, dachte Isabelle, aber darüber wollte sie sich mit ihm nun wirklich nicht unterhalten.

»Haben Sie was von einer Party mitbekommen«, fragte sie stattdessen, »die am Abend oder in der Nacht davor am Strand stattgefunden hat?«

»Am Abend bin ich nicht mehr hier. Und was am Strand geschieht, strafe ich mit Verachtung. Sind doch sowieso alles neureiche Spießer. Mein natürliches Habitat ist die Clubszene von Saint-Tropez. Da pulst das wahre Leben.«

»Kann ich mir vorstellen. Aber schade, ich hatte gehofft, Sie könnten mir was erzählen.«

Er zupfte am Ärmel seiner Tunika.

»Ich nicht, aber fragen Sie mal Gisbert.« Er deutete zum Strand, den man hinter den angrenzenden Pinien erahnte. »Gisbert ist Barkeeper im Club Maupiti.«

»*Merci beaucoup*, dann mache ich das mal. Wo darf ich solange mein Motorrad abstellen?«

»Gleich neben dem Schild *Valet Parking*.«

»Sie nehmen Gästen auch das Parken ab?«

»Natürlich, aber das kostet extra. Ich kann jedes Auto fahren, vom Ferrari bis zum Rolls-Royce. Allerdings …« Er kicherte. »An eine Harley traue ich mich dann doch nicht ran.«

*

Das Eingangstor zum Beachclub war im polynesischen Stil aus Holz geschnitzt. Darüber stand: Aloha! Isabelle kannte den Club Maupiti. Schon einmal hatte ein Kriminalfall sie hierhergeführt. An der Seite einer Diva. Vor allem aber war sie hier häufig mit Rouven gewesen. Ganz privat. Dazu würde es nie mehr kommen, ging ihr unweigerlich durch den Kopf. Rouven hatte sie an eine andere Frau verloren. Und Nicolas? Mit dem war sie nie hier gewesen. Außerdem suchte er gerade das Weite.

Letztes Jahr hatte beim Club Maupiti der Besitzer gewechselt und mit ihm die ganze Mannschaft. Sie kannte also niemanden mehr. Auch nicht einen Barkeeper namens Gisbert.

Wie sich herausstellte, stand er nicht nur hinter der Theke, sondern kümmerte sich auch um den Service bei den Sonnenliegen am Strand. Gisbert war braun gebrannt und sah so aus, als ob ihn die Frauen lieben würden. Er habe gleich Zeit für sie, sagte er. Er müsse nur noch schnell eine Flasche Champagner an eine Doppelliege in der ersten Reihe servieren. Mit Eiswürfel … Gisbert schüttelte sich im gespielten Grausen. Nicht im Kühler, sondern im Glas. Schade um den Ruinart.

Ihr Handy klingelte. Apollinaire war dran.

»Die Suche nach Clodines Auto können Sie einstellen«, sagte er. »Ich weiß, wo es ist.«

Es war eine Eigenart von ihm, an entscheidenden Stellen nicht weiterzusprechen.

»Wie schön. Verraten Sie mir auch, wo?«

»Auf einem Hof der *Police municipale*. Der Renault wurde abgeschleppt, weil ihn Clodine verbotswidrig am Straßenrand geparkt hatte. Am Morgen ist ein Mülllaster nicht durchgekommen.«

»Von welchem Straßenrand sprechen Sie?«

»Ach ja, das ist interessant. Ausgesprochen interessant sogar.

Ich spreche von der Zufahrt zum Beachclub Maupiti an der *Plage de Pampelonne.*«

Isabelle lächelte zufrieden.

»Genau da bin ich gerade. Bis zur Stelle, wo man Clodine am Strand gefunden hat, sind es von hier vielleicht vierhundert Meter.«

»Ich würde sagen, das passt ... das passt wie die Faust aufs Auge. Beziehungsweise im Gegenteil ... na, Sie wissen schon, wie ich das meine.«

Sie sah Gisbert zurückkommen.

»Ich muss Schluss machen. Ja, ich weiß, wie Sie das meinen. Danke für die Info. *Bonne journée!*«

Gisbert nahm Isabelle am Arm und zog sie etwas zur Seite, damit sie ungestört reden konnten. Als Polizistin hatte sie sich schon bei der Begrüßung ausgewiesen. Auch hatte sie angedeutet, worum es ging.

»Ich muss Sie enttäuschen«, sagte Gisbert. »Unser Beachclub hat abends geschlossen. Die Frau war ganz sicher nicht unser Gast. Und am nächsten Tag war sie schon weg, als ich aufgewacht bin.«

Isabelle stolperte über seine Formulierung.

»Aufgewacht?«

Er strich sich verlegen über das Kinn.

»Sie sind von der Polizei, also sollte ich es besser nicht sagen ...«

»Ich bin von der Mordkommission, solange Sie niemanden umgebracht haben, können Sie mir alles sagen.«

»Mordkommission? Hat die Frau jemanden ermordet?«

Das war eine folgerichtige Frage, dachte Isabelle. Vor allem gab es in ihrem Kommissariat überhaupt keine Mordkommission. Manchmal improvisierte sie, ohne zuvor nachzudenken.

»Nein, hat sie nicht ... Also, wo sind Sie aufgewacht?«

»Nun, ich hab in dem Vorratsraum hinter der Strandbar geschlafen. Dort lagern wir auch die Matratzen für die Sonnenliegen. Ist also recht bequem. Das darf ich natürlich nicht. Aber wen stört's?«

»Mich nicht, ganz im Gegenteil. Ich suche nämlich einen Zeugen, der mir berichten könnte, was in jener Nacht am Strand passiert ist.«

»Was soll schon passiert sein? Wir hatten einen wunderschönen Sonnenuntergang ...«

Wollte er sie auf den Arm nehmen?

»Was Sie nicht sagen«, erwiderte sie spöttisch.

»Aber es ist nicht wirklich dunkel geworden«, sprach er unbeirrt weiter. »Denn in jener Nacht war Vollmond. Der hat unseren Strand und das Meer in ein magisches Licht getaucht. *La pleine lune* ... Ich liebe diese Stimmung. Und nicht nur ich. Bei Vollmond treffen sich regelmäßig Menschen am Strand, um zu feiern. Sie machen Musik, trinken und tanzen.«

Isabelle nickte. Das würde zu Clodines schemenhafter Erinnerung passen.

»Deshalb sind Sie nicht nach Hause gefahren, sondern haben mitgefeiert, richtig?«

Gisbert grinste.

*»Bien sûr. J'aime la vie ...«*

Dass er das Leben liebte, glaubte sie ihm sofort.

Sie zeigte Gisbert ein Bild von Clodine.

»Können Sie sich an diese Frau erinnern?«

Er nahm sich Zeit. Gut so. Sie misstraute Zeugen, die nach einem sekundenschnellen Blick versicherten, eine Person nie gesehen zu haben.

»Hat ein nettes Grübchen«, stellte er fest. »Und sympathische Augen. Aber nein, ich kann mich nicht erinnern. Ist das die verwirrte Frau vom Strand?«

Ihr gefiel, dass er ihre Nacktheit unerwähnt ließ.

»Ja, das ist sie«, bestätigte Isabelle. »Die Frau kann sich nicht erinnern, was in besagter Nacht geschehen ist. Allerdings hat sie Bilder einer Strandparty im Kopf.«

»Kann gut sein, dass sie bei den Mondsüchtigen dabei war. Aber so hell war es nun auch nicht, dass ich jedes Gesicht wahrgenommen hätte. Außerdem war ich nicht mehr nüchtern und hatte nur Augen für eine Blondine aus Amsterdam. Ich glaube, sie hieß Nora …«

»Sie glauben?«

»Nun ja, ich hab sie erst am Abend kennengelernt. Und bei einem One-Night-Stand achte ich nicht so sehr auf den Vornamen.«

Isabelle sah ihn schmunzelnd an.

»Sollten Sie aber, dann wird's persönlicher. Was ich Sie noch fragen möchte: Wurden bei der Party auch bewusstseinserweiternde Drogen konsumiert, Ecstasy zum Beispiel?«

»Ich würde mich wundern, wenn nicht.« Er hob die Hände. »Aber nicht von mir. Ich komm auch so in Stimmung.«

»Wir vermuten, dass der Frau K.-o.-Tropfen verabreicht wurden …«

»Ah, jetzt verstehe ich. Sie suchen den Mann, der ihr das angetan hat?«

»So ist es.«

»Wurde sie vergewaltigt?«

»Wissen wir nicht.«

»Ich würde Ihnen wirklich gerne weiterhelfen …« Gisbert blickte nachdenklich hinaus aufs Meer. »Eine Idee hätte ich. Nora hat mit ihrem Handy fortwährend fotografiert und auch kleine Filmchen von der Party gedreht. Jedenfalls zu Beginn.« Er schmunzelte. »Später hatte sie andere Prioritäten.«

»Die Bilder würden uns tatsächlich weiterhelfen. Mit ihnen könnten wir versuchen, die Teilnehmer der Party zu identifizieren.«

»Nora hat mir ihre Nummer gegeben. Ich werde sie kontaktieren.«

Isabelle gab ihm ihre Visitenkarte.

»Wäre großartig, wenn mir Nora die Fotos und Filme mailen könnte.«

»Macht sie bestimmt.« Gisbert grinste. »Sie ist sehr zuvorkommend.«

# 11

In der folgenden Nacht lag Isabelle lange wach. Zu viele Gedanken gingen ihr durch den Kopf. Natürlich alles, was mit Clodine zusammenhing. Sie überlegte, dass sich eine normale Polizeistelle kaum so engagieren würde, wie sie es gerade tat. Warum auch? Clodine hatte ihr Gedächtnis wiedererlangt – bis auf wenige Stunden, die ihr fehlten. Das war kein hinreichender Grund für polizeiliche Ermittlungen. Ihr wurde, wie es schien, keine physische Gewalt angetan. Clodine hätte eine Anzeige gegen Unbekannt erstatten können. Aber sie hatte es unterlassen, weil nicht hundertprozentig sicher war, ob sie tatsächlich Opfer von K.-o.-Tropfen geworden war. Auch konnte sie sich an keine Vergewaltigung erinnern. Doch warum machten sich Männer sonst Frauen mit Betäubungsmitteln gefügig? Bestimmt nicht, um mit ihnen zu plaudern.

Nach Isabelles Überzeugung machte sich Clodine etwas vor. Am liebsten würde sie alles abschütteln und vergessen. Vergessen? Sie konnte sich an die entscheidenden Stunden ohnehin nicht erinnern. Nur an das Martyrium in der Nervenklinik, wo sie auf der qualvollen Suche nach sich selbst gewesen war. Aber auch das hatte sie offenbar verdrängt und mit keinem Wort mehr erwähnt.

Isabelle wälzte sich im Bett hin und her. Sie war hundemüde – und konnte doch nicht einschlafen.

Warum also, geisterte durch ihren Kopf, ging sie Clodines Fall überhaupt nach? Weil sie befreundet waren? Nun, das spielte sicher eine Rolle. Der Hauptgrund aber war ein anderer: Wer sich eine Frau mit Betäubungsmitteln gefügig machte, durfte nach ihrer Überzeugung nicht ungestraft davonkommen. Schon deshalb nicht, weil es so leicht war. Weitere Frauen würden folgen …

Isabelle stand auf, tappte in die Küche und goss sich ein Glas Cognac ein. Oft half der Weinbrand gegen Schlafstörungen. Oft aber auch nicht. Weil sich das Karussell der Gedanken dennoch unablässig weiterdrehte.

Zurück im Bett, zog sie sich das Kissen über den Kopf. Als ob das helfen würde? Sie bekam nur schlechter Luft. Früher hatte sie nicht schlafen können, weil sie Schmerzen hatte, die von ihren Verletzungen herrührten, die sie bei einem Bombenattentat erlitten hatte. Gegen die Schmerzen hatte sie Morphium genommen. Im Vergleich war ein Glas Cognac fast schon homöopathisch.

In ihren Wachträumen ging es plötzlich nicht mehr um Clodine. Sie sah Nicolas auf einem umgedrehten Stuhl in seinem Atelier sitzen. Und sie glaubte, seine stockende Stimme zu hören, wie er ihr von New York erzählte. O ja, das war das wirklich einschneidende Erlebnis am vergangenen Tag gewesen. Nicht die harmlosen Ermittlungen im Zusammenhang mit Clodine. Die würden ihr nicht den Schlaf rauben. Ganz bestimmt nicht. Aber Nicolas … Mit seinem angekündigten Weggang würde sich ihr Leben verändern. All die letzten Jahre hatte sie zwei Männer an ihrer Seite gehabt. Nicolas für den Alltag … und Rouven für die Extravaganzen.

Für den Alltag? Damit tat sie Nicolas unrecht. Er war zweifellos ein besonderer Mann und ganz gewiss nicht alltäglich. Auch wenn es in der letzten Zeit einige Irritationen gegeben hatte, würde sie ihn vermissen. Genauso wie sie Rouven schon jetzt vermisste. Hatte sie einen Fehler gemacht, als sie sich vor einiger Zeit geweigert hatte, Rouven zu heiraten? Einen der begehrtesten Junggesellen Frankreichs. Von Geburt an steinreich. Aber sie hatte ihre Gründe gehabt. Denn in der Konsequenz hätte sie ein Jetset-Leben führen müssen. Davor graute ihr. Jetzt musste sie die Konsequenzen tragen. So einfach war das.

Im Halbschlaf sah sie sich selbst – als einsame Figur in einer menschenleeren Wüste stehend. Isabelle atmete tief durch. Das fehlte noch, dass sie sich selbst bemitleidete ... Sie hatte sich den Luxus zweier Männer gegönnt. Clodine hatte sie um beide beneidet. Und jetzt? Jetzt war sie nicht einsam, sondern ungebunden. Sie nahm sich vor, ihre Freiheit zu genießen.

Isabelle kam ihre letzte Begegnung mit Rouven in Erinnerung. Das war anlässlich der Eröffnung eines von ihm gestifteten Kunstzentrums bei Valence gewesen. Bei der Gelegenheit hatte sie seine Verlobte Angela d'Agostin kennengelernt. Und ihren Bruder Morgan Dumas, einen Filmschauspieler, der sie spontan auf sein südfranzösisches Weingut eingeladen hatte. Bislang war sie seiner Einladung nicht gefolgt ... Warum eigentlich? Er war nett und sah gut aus ...

Mit einem Lächeln auf den Lippen schlief sie dann doch irgendwann ein.

*

Als sie am nächsten Morgen ins Kommissariat kam, fühlte sie sich wie gerädert. Und sie ging davon aus, dass sie genauso aussah. Vorsichtshalber hatte sie sich im Spiegel nicht angeschaut. Nicht viele Frauen konnten das. Ihr dagegen fiel das erstaunlich leicht.

Apollinaire hatte einen frischen Kaffee aufgebrüht. Der Geruch weckte ihre Lebensgeister. Was nicht so wichtig war, denn sie hatte einen Entschluss gefasst: Gleich würde sie Apollinaire mitteilen, dass sie Clodines Fall mit weniger Nachdruck verfol-

gen würden. Zwar zielgerichtet, aber ohne übertriebene Hektik. Dafür gebe es keinen Anlass.
Aber wie das so war mit Vorsätzen, oft wurden sie im Keim erstickt. Apollinaire überraschte sie mit einer Nachricht.
»Madame, wir haben … also, wir können davon ausgehen …«, stotterte er. »Nein, wir müssen sogar zwingend davon ausgehen, dass wir es …« Er holte tief Luft. »Dass wir es mit einem Wiederholungstäter zu tun haben«, vollendete er seinen Satz.
»Wie kommen Sie denn darauf?«, fragte sie mit der Kaffeetasse in der Hand.
»Bei meinen Recherchen bin ich auf einen vergleichbaren Fall gestoßen. Er hat sich vor drei Monaten in Aix-en-Provence zugetragen. Einer jungen Frau wurden in einem Hotel nachweislich K.-o.-Tropfen verabreicht …«
»Ich sag ja, das kommt häufiger vor, als man denkt. Aber was ist an dem Fall vergleichbar? Aix ist weit weg. Und ein Hotel ist kein Strand.«
Apollinaire fuhr sich durch die Haare.
»Die Sache ist ausgesprochen tragisch ausgegangen. Die Frau hatte eine angeborene Herzschwäche und hat die K.-o.-Tropfen, die in ihrem Blut nachgewiesen werden konnten, nicht überlebt.«
»Ich stimme Ihnen zu: Das ist ausgesprochen tragisch. Aber ich sehe immer noch keinen Zusammenhang mit Clodine.«
»Ist mir auch nicht sofort aufgefallen. Aber wie Sie wissen, vertiefe ich mich gerne in Akten. Deshalb habe ich mir nicht nur das in unserer Datenbank hinterlegte Protokoll genau durchgelesen, sondern mir auch die Fotos der Spurensicherung angeschaut. Und auf einem Bild ist es ganz deutlich zu sehen, unverkennbar, *sans aucun doute* …« Er drehte ihr seinen Monitor hin. »Ich habe den Ausschnitt vergrößert.«
Isabelle stellte die Kaffeetasse ab und beugte sich nach vorne.

»Sie haben recht«, murmelte sie. *»Sans aucun doute.«*

»Das Armband ist quasi identisch mit Clodines. Geschliffene Kristalle, die wie Brillanten aussehen, und blaue Saphire. Für mich steht zweifelsfrei fest: Wir haben es mit einem Wiederholungstäter zu tun, der den Frauen als Wiedergutmachung oder aus welchen abstrusen Motiven auch immer ein Armband über die Hand streift.«

Isabelle nickte. Eine andere Erklärung fiel ihr auch nicht ein.

»Normal ist das nicht«, konstatierte Apollinaire.

»Kann man wohl sagen. Auch nicht besonders klug ...«

»Warum macht er das?«

»Das genau müssen wir herausfinden. Übrigens suchen wir ab jetzt nicht nur einen mutmaßlichen Wiederholungstäter, sondern einen Mann, der sich der fahrlässigen Tötung schuldig gemacht hat.«

Apollinaire sah sie erwartungsvoll an.

»Womit wir jetzt einen richtigen Kriminalfall hätten, habe ich recht?«

Vor wenigen Minuten, dachte Isabelle, war sie noch vom Gegenteil ausgegangen. Allerdings war sie nicht so euphorisch wie Apollinaire. Es drängte sie nicht danach, einen Triebtäter zu verfolgen. Aber ihr Assistent hatte recht: Spätestens jetzt hatten sie es mit einem veritablen Kriminalfall zu tun!

# 12

Isabelle vertiefte sich in die Protokolle der *Police nationale* in Aix-en-Provence. Schnell stellte sie fest, dass die Ermittlungen zwar nicht eingestellt, aber offenbar im Sande verlaufen waren. Der Name des Opfers war Adèle Rousseau. Vierunddreißig Jahre alt. Ledig. Kinderlos. Wohnhaft in Toulouse, wo sie bei Airbus in der Verwaltung arbeitete. Der Zimmerservice des Hotels hatte sie am frühen Morgen leblos auf ihrem Bett vorgefunden. Nackt und mit Schaum vor dem Mund. Polizei und der Rettungsdienst SAMU trafen etwa zeitgleich ein. Der Versuch einer Wiederbelebung erübrigte sich. Sie war wohl schon einige Stunden tot. Der Notarzt tat sich schwer, eine eindeutige Todesursache festzustellen. Möglicherweise Herzversagen, warum dann aber der Schaum vor dem Mund? Ob Adèle eines natürlichen Todes gestorben war, konnte er nicht zweifelsfrei bestätigen. Weil ein Verbrechen also nicht auszuschließen war, nahm die Polizei ihre übliche Routine auf. Die Spurensicherung rückte an. Nach Beendigung ihrer Arbeit kam Adèles Leichnam in die Gerichtsmedizin. Dort bestätigte sich, dass sie an Herzversagen gestorben war. Ausgelöst durch Ketamin, womöglich in Kombination mit anderen Substanzen. Das Narkosemittel Ketamin konnte im Blut zweifelsfrei nachgewiesen werden. Umgangssprachlich zählte Ketamin zu den K.-o.-Tropfen. Im Normalfall hätte die Dosis wohl nicht zum Tode geführt, aber Adèle litt unter einer angeborenen Herzschwäche.

Eine Vergewaltigung schloss die forensische Pathologie aus. Weil Adèle gestorben war, bevor es dazu kommen konnte?

Das Armband, das auf den Fotos der Spurensicherung deutlich zu sehen war, wurde im Protokoll mit keinem Wort erwähnt. Offenbar war man davon ausgegangen, dass das Adèles persönlicher Schmuck war und deshalb keine weitere Aufmerksamkeit verdiente.
Die Kollegen der *Police nationale* hatten versucht, die Begleitumstände aufzuklären. Die Mitarbeiter im Hotel waren befragt worden, auch Gäste des Hauses. Ohne Ergebnis. Die Videokameras im Hotel hatten sich als nutzlos erwiesen. Die Aufzeichnungen wurden nach vierundzwanzig Stunden automatisch gelöscht.
In den Polizeiakten stand, dass Adèle einen Bruder hatte. Nick Rousseau hatte nicht nur die Trauerfeier organisiert, sondern auch Anzeige erstattet: gegen Unbekannt!
Das war's dann … Sehr viel mehr konnte Isabelle den Protokollen nicht entnehmen.
Sie lehnte sich zurück und verschränkte die Arme hinter dem Kopf.
»Wir haben es mit einem Phantom zu tun«, sagte Apollinaire. »Eine Geistererscheinung.«
»Phantome existieren nur in der Fantasie. Unser Mann aber ist Realität.«
»Sie haben natürlich recht. Da fällt mir ein faszinierender Film aus den Sechzigerjahren ein. *Fantomas* mit Jean Marais. Der Kommissar wurde von Louis de Funès gespielt …«
Isabelle warf ihm einen empörten Blick zu.
»Bitte kommen Sie nicht auf die Idee, mich mit Louis de Funès zu vergleichen. Das wäre ein Grund, Sie fristlos zu entlassen.«
Apollinaire hob abwehrend die Hände.
»Nichts liegt mir ferner. Schon eher mit Fantomas, nein … das natürlich auch nicht. Der Mann war zwar genial, aber ein Verbrecher … Was ich sagen wollte … «

Isabelle lachte.
»Sprechen Sie nicht weiter, sonst schaufeln Sie sich noch Ihr eigenes Grab! Stattdessen sollten wir überlegen, was wir als Nächstes zu tun haben.«
»Selbstverständlich. Ruhig und besonnen und nicht so hektisch wie Funès. Können Sie sich an seine Rolle als Gendarm von Saint-Tropez erinnern? Pardon, ich schweife schon wieder ab.« Er deutete auf sein Flipchart. »Als Erstes werde ich ein Koordinatennetz anlegen: Aix-en-Provence, *Plage de Pampelonne*, Toulouse, Fragolin …«
»Das sei Ihnen unbenommen, wird uns aber nicht weiterbringen. Wichtiger wäre, die Gästeliste des Hotels zu überprüfen. Im Protokoll steht nur, dass man Einsicht genommen habe. Das ist mir zu wenig. Außerdem würde mich interessieren, was Adèle nach Aix geführt hat. Hat sie da jemand besucht oder was war der Grund?«
»Wir sollten ihren Bruder Nick Rousseau kontaktieren. Vielleicht weiß er was?«
»Mit ihm sollten wir auf jeden Fall reden.«
»Das könnte ich übernehmen.«
Sie dachte an Apollinaires Talent, auch in kurzen Gesprächen für maximale Verwirrung zu sorgen.
»Das mache ich«, entschied Isabelle. »Für Sie habe ich andere Aufgaben. Unser primärer Fokus muss ja weiterhin auf Clodine gerichtet bleiben. Und da gibt es einige Neuigkeiten.«

*

Isabelle berichtete von ihren gestrigen Recherchen an der *Plage de Pampelonne*, vom Parkwächter, der eigentlich Travestiekünstler war. Vom Beachclub Maupiti und vom Barmann Gisbert. Vom Vollmond und von der nächtlichen Party am Strand.

Und von Gisberts Holländerin Nora, die fleißig fotografiert und gefilmt hatte. Neben der Gästeliste vom Hotel in Aix-en-Provence sei die Auswertung des Bildmaterials eine weitere Spezialaufgabe für Apollinaire. Erstens müsse überprüft werden, ob Clodine wirklich an der Party teilgenommen habe. Und wenn ja, gelte es, einen Mann zu identifizieren, der als Täter infrage komme.

»Dann wäre da noch Clodines abgeschleppter Renault«, stellte Apollinaire fest. »Was machen wir mit dem Auto?«

»Ich denke, Clodine hätte ihr *bébé* gerne zurück. Dummerweise ist der Autoschlüssel weg.«

»Stimmt nicht. Der Schlüssel lag unter dem Sitz. Die Polizei hat ihn gefunden. Clodine hat sich wohl gedacht, den alten Renault klaut eh keiner. Und bevor sie den Schlüssel im Sand verliert, hat sie ihn gar nicht mitgenommen und das Auto offen gelassen.«

Das passte zu Clodine. Der Leichtsinn gehörte zu ihrer südfranzösischen Lebensart. Gemäß der Devise: *Tout ira bien …* es wird schon nichts passieren. Meistens stimmte es ja auch. Aber nicht immer.

»Wir sagen ihr, wo sie die Strafe bezahlen und das Auto abholen kann. Clodine wird schon jemanden finden, der sie hinbringt.«

»Ich könnte das machen.«

»Nett von Ihnen. Aber Sie sind nicht ihr Chauffeur. Wir haben Wichtigeres zu tun.«

Was auch in Clodines Interesse liegen sollte, dachte Isabelle. Außerdem sollte sie sich nicht daran gewöhnen, dass man ihr alles abnahm.

»Ach so, bevor ich es vergesse …«, fuhr Isabelle fort.

*»Quoi?«*

»Ich möchte Ihnen ein Kompliment aussprechen. Großartig, dass Sie auf den Fall in Aix gestoßen sind.«

Apollinaire wurde rot.
»Das war doch selbstverständlich …«
»Selbstverständlich war das nicht. Da musste man schon ganz genau hinschauen, um das Armband auf den Fotos zu entdecken. Wie gesagt, das haben Sie gut gemacht. *Mes compliments!*«

# 13

Der weitere Tag hielt wenige Überraschungen bereit. Apollinaire arbeitete mit großem Enthusiasmus seine Liste ab. Isabelle besuchte Clodine in ihrem Laden und überzeugte sich, dass es ihr gut ging. Ihre Freundin dekorierte gerade bunte Seidenschals, die sie neu in ihr Sortiment aufgenommen hatte. »Typisch provenzalisch«, wie sie versicherte. Immerhin behauptete sie nicht, dass die *foulards de soie* handgefertigt waren und aus der Region stammten. Die abgeschnittenen »Made in China«-Etiketten lagen noch auf ihrem Arbeitstisch.
Clodine zeigte stolz ihr neues Handy. Ihr Verehrer im Telefonladen sei ein Schatz. Sie habe sogar ihre alte Nummer wiederbekommen. Nur seien mit der SIM-Karte alle gespeicherten Adressen und Nachrichten verloren gegangen. Da könne er leider auch nichts machen. Aber egal. Vielleicht brauche es ab und zu einen Neuanfang.
Die positive Haltung war typisch für Clodine. Was nicht zu ändern war, tat sie mit einem Lächeln ab. Isabelle dachte, dass dies keine schlechte Überlebensstrategie war. Sie selbst war dazu nicht in der Lage.
Clodine wollte ihr einen Schal schenken. Mit lauter Zikaden drauf. Gab es die auch in China?
Isabelle schüttelte den Kopf. Lieber hätte sie ein paar dieser Stoffsäckchen, sagte sie, gefüllt mit Lavendel, Thymian und Rosmarin. Die brauchte sie zwar auch nicht wirklich, aber sie wollte nicht undankbar erscheinen.
Dass ihr schnuckliges Auto wieder aufgetaucht war, freute

Clodine. Sie könne sich zwar nicht erinnern, aber gut möglich, dass sie im absoluten Verbot geparkt habe. Isabelle wisse ja, dass sie sich gerne über unsinnige Vorschriften hinwegsetze. Ihre Freundin Carla sei sicher bereit, sie morgen zum Stellplatz der Polizei zu bringen. Und die Strafe sowie die Abschleppgebühr? Sie zuckte lächelnd mit den Schultern. *Tant pis* … Pech gehabt.

»Apropos Carla«, fiel ihr plötzlich ein. »Sie hat vorhin bei mir vorbeigeschaut und mich nach der Vollmond-Party am Strand gefragt. Ob es nett gewesen sei?«

Isabelle sah sie erstaunt an. Wie konnte Clodine erst jetzt damit rausrücken? Quasi en passant.

»Woher wusste Carla von der Party?«

»Das habe ich sie natürlich auch sofort gefragt. Offenbar bin ich Carla zufällig begegnet, als ich am Abend aufbrechen wollte. Dabei habe ich ihr davon erzählt. Und auch, dass mich dazu eine neue Bekannte eingeladen hätte.«

»Eine neue Bekannte? Wer soll das sein?«

Clodine zuckte mit den Schultern.

»Ich hab keinen Schimmer. Vielleicht eine Kundin aus dem Laden?«

Bisher suchten sie nach einem Mann, dachte Isabelle. Vielleicht lagen sie mit dieser Annahme falsch? Dann würden sie in die völlig falsche Richtung ermitteln. Aber sehr wahrscheinlich war das nicht.

»Bitte versuche, dich zu erinnern«, forderte Isabelle sie auf.

Clodine klopfte sich gegen die Schläfe.

»Mache ich doch. Wird mir schon noch einfallen. Dann sage ich dir sofort Bescheid.«

*

Gisbert vom Club Maupiti rief an. Nora habe sich gemeldet und ihm die Bilder und Filme vom Abend geschickt. Sie beträfen allerdings nur die erste halbe Stunde. Gisbert lachte. Danach habe sie nur noch Augen für ihn gehabt. Jedenfalls werde er die Datei sofort an sie weiterleiten. Viel sei darauf nicht zu erkennen, so hell sei der Vollmond wohl doch nicht gewesen. Aber immerhin habe er sich selber erkannt. Und es gebe einige Frauen, die zum Foto passen könnten, das sie ihm gezeigt habe. Eine drehe sich mit ausgebreiteten Armen wie verrückt im Kreis.
Apollinaire versprach, sich das Material genau anzuschauen. Es gebe Programme, mit denen könne man die Fotos aufhellen und nachschärfen. Vielleicht sei so doch jemand zu erkennen.
»Achten Sie nicht nur auf verdächtige Männer«, sagte Isabelle. »Mich interessieren auch die Frauen.«

*

Am Nachmittag telefonierte Isabelle mit der Polizei in Aix-en-Provence. Der Kollege, der den Fall Adèle Rousseau bearbeitet hatte, sei heute auf einer Fortbildung. Aber morgen könne sie Capitaine Garcia im Kommissariat erreichen. Sie verabredete, ihn um elf Uhr anzurufen.
Kaum hatte sie aufgelegt, änderte sie ihren Plan. Sie würde nicht telefonieren, sondern Garcia persönlich in Aix besuchen. Zwar würde sie dabei kaum mehr erfahren – aber vielleicht doch. Denn es zählten bei Ermittlungen nicht nur die harten Fakten, die standen in diesem Fall sowieso schon im Protokoll, sondern auch weiche Faktoren. Und nicht selten führten Abschweifungen, die sich in einem persönlichen Gespräch ergaben, auf eine wichtige Spur. Zudem konnte sie sich bei einem Besuch in Aix-en-Provence das Hotel ansehen, in dem Adèle Rousseau verstorben war. Sie würde sich ihr Zimmer zeigen lassen und

mit dem Personal sprechen. Und danach vielleicht in der Umgebung spazieren gehen. In einem Café eine *noisette* trinken, einen Espresso mit einem Kännchen Milch. Und nachdenken …

Apollinaire nannte diese investigative Methode: *Faire des recherches sans but*. Er habe von ihr gelernt, wie wichtig dieses scheinbar »ziellose Recherchieren« sein könne. Was natürlich nicht ganz richtig war, dachte Isabelle, denn ihr Ziel verlor sie dabei nie wirklich aus den Augen.

*

Isabelle lief gerade durch den Ort nach Hause, als sie eine Textnachricht erhielt. Sie blieb im Schatten einer Platane stehen, um sie besser lesen zu können. Sie musste lächeln, als sie den Absender erkannte. Erst letzte Nacht hatte sie an ihn gedacht … an Morgan Dumas.

»*Salut*, Isabelle«, schrieb er. »Darf ich Sie diskret an meine Einladung erinnern? Sie würden mir wirklich eine große Freude machen. Wann passt es bei Ihnen? *Je vous embrasse!* Morgan Dumas.«

Letzteres war zwar eine gängige Floskel, aber die Vorstellung einer Umarmung gefiel ihr.

Die Einladung auf sein Weingut *Château Palmier* hatte er schon kurz nach der Vernissage ausgesprochen. Es sei ganz in der Nähe, hatte er behauptet. Was schon deshalb nicht stimmen konnte, weil im *Massif des Maures* kaum Wein angebaut wurde. Aber die Halbinsel am Cap Bénat war so weit entfernt nun auch nicht. Erst recht gemessen an der Größe Frankreichs.

Sie kalkulierte, wie lange sie morgen nach Aix-en-Provence brauchen würde. Mit dem Motorrad vielleicht eineinhalb bis zwei Stunden? Der Termin mit Capitaine Garcia sollte nicht allzu lange dauern. Auch ihre *recherches sans but* wollte sie nicht endlos ausdehnen. Selbst wenn ihr anschließend noch etwas anderes einfiel, könnte sie auf der Rückfahrt problemlos bei ihm vorbeischauen.

Sie überlegte, ob es *uncool* war, umgehend zu antworten. Aber sie war kein Teenager, und ihr Besuch war kein Rendezvous, bei dem man sich zieren sollte.

»*Salut*. Schön, von Ihnen zu hören. Wie wäre es gleich morgen am Nachmittag? Ich habe einen Termin in Aix und könnte auf der Rückfahrt bei Ihnen vorbeischauen. *Bien amicalement*. Isabelle.«

Auch er brauchte keine Bedenkzeit. Nach wenigen Sekunden kam bereits die Reaktion.

»Ich freu mich. Bin den ganzen Tag da. Kommen Sie, wann immer es Ihnen passt – je früher, desto besser. Ich erwarte Sie. *À demain.*«

Als Antwort schickte sie ein Smiley und einen Daumen nach oben. War das cool genug?

Sie setzte ihren Heimweg fort und dachte an Morgan Dumas, den sie genau genommen kaum kannte. Seit der Eröffnungsgala in Valence hatte sie ihn nicht mehr gesehen.

Es blieb nicht aus, dass ihre Gedanken zu Nicolas abschweiften. Später waren sie verabredet, um sich voneinander zu verabschieden. Ihr fiel ein Spruch ihrer Großmutter ein: *La vie est comme une maison avec beaucoup de portes* … Das Leben ist wie ein Haus mit vielen Türen. Geht eine Tür zu, öffnet sich eine neue. Gut möglich, dass sich das gerade bewahrheitete. Aber ihre Großmutter hatte nichts von einer Drehtür gesagt …

*

Nicolas erwartete sie in Jacques' Bistro. Dass sie hier keine wirkliche Privatsphäre hatten, war ihnen beiden klar. Aber das war beabsichtigt. Würden sie in Nicolas' Bastide Abschied voneinander nehmen, wäre ein emotionaler Verlauf fast unvermeidbar. Sie selbst hasste solche Sentimentalitäten – und Nicolas war dafür zu feige. Schließlich hatte er ein schlechtes Gewissen, sie vor vollendete Tatsachen gestellt zu haben.
Als sie auf der Terrasse zu ihrem Lieblingstisch ging, saß er schon da. Er stand auf, um sie zur Begrüßung zu umarmen. Auch gab er ihr die obligatorischen Wangenküsschen. Alles war wie immer. Jedenfalls nach außen.
Nicolas trug einen weißen Leinenanzug, wie üblich ungebügelt, aber heute ohne Farbspritzer. Kein Wunder, denn aktuell hatte er kein Gemälde in Arbeit. Was ja der Kern seines Problems war. Sein Lächeln wirkte weniger locker, als sie es von ihm gewohnt war. Aber man musste ihn schon gut kennen, um es zu bemerken.
Jacques brachte eine Flasche Champagner, die Nicolas offenbar kurz zuvor bestellt hatte. Ob sie was zu feiern hätten, fragte er beim Öffnen. Nicht wirklich, antwortete Nicolas. *Juste comme ça* … einfach nur so.
Wäre es nach ihr gegangen, hätten sie keinen Champagner bestellt. Worauf wollten sie anstoßen? Auf ihre Trennung?
Nicolas hob sein Glas und sah sie niedergedrückt an.
»Auf die schöne Zeit, die wir miteinander hatten«, sagte er leise. »Ich möchte keine Sekunde missen.«
Doch, dachte Isabelle, darauf konnten sie anstoßen.
»Lieb von dir. Geht mir genauso. *Santé!*«
»Ist ja nicht für immer, nur eine Auszeit, die nichts mit uns beiden zu tun hat. Sie ist quasi berufsbedingt. Irgendwann, vielleicht schon in einem halben Jahr …«
Er sprach nicht weiter.

Isabelle strich sich eine Locke aus der Stirn.
»Nicolas, du bist ein Träumer. Das mag ich an dir. Aber ein Realist bist du nicht. Für dich beginnt in New York ein neuer Lebensabschnitt, für den ich dir nur das Beste wünsche. Du wirst deine Blockade überwinden und schon bald einen neuen, fantastischen CLAC in Angriff nehmen. Davon bin ich überzeugt. Aber den Nicolas, den ich kenne, wird es bald nicht mehr geben. So ist das Leben. *C'est la vie!*«
Er betrachtete das Champagnerglas in seiner Hand. Erhoffte er sich von den aufsteigenden Perlen eine Antwort?
»Wahrscheinlich hast du recht«, stellte er schließlich fest.
Jacques trat an den Tisch. Eine Unterbrechung, die genau zur richtigen Zeit kam.
»Zum Champagner empfehle ich *cailles rôties*. Gebratene Wachteln mit Noilly Prat, Thymian und Speck.« Jacques küsste seine Fingerspitzen. »*Quel goût délicieux!*«
Isabelle gefiel es immer wieder, wie sehr sich Jacques für seine eigene Küche begeistern konnte. Den Noilly Prat hätte er nicht gesondert erwähnen müssen. In anderen Regionen mochte der südfranzösische Wermut als Geheimwaffe der gehobenen Küche gelten. In Südfrankreich begleiteten seine Aromen typischerweise viele Gerichte. Bei Jacques war er so unverzichtbar wie ... wie in den USA der Ketchup zum Hamburger.
Nicolas sah Isabelle fragend an.
»Dann nehmen wir die Wachteln, oder?«
Sie nickte.
»Seine Küche wird dir in New York fehlen«, sagte sie, als Jacques gegangen war.
»Könnte sein, aber da muss ich durch.«
Dass der weitere Abend dann doch einen fröhlichen Verlauf nahm, lag an Clodine. Sie kam zufällig vorbei, entdeckte die beiden und setzte sich sofort an ihren Tisch.

Sie deutete auf den Champagner. »Habt ihr was zu feiern?«, fragte auch sie.
»Nein, aber du kannst gerne mittrinken.«
»Ihr seid wahre Freunde.«
Clodine machte Späße und kicherte wie eh und je. Isabelle war es ein Rätsel, wie sie es geschafft hatte, sich so schnell von den traumatischen Erlebnissen am Strand und in der Nervenklinik zu befreien. Andere Menschen bräuchten therapeutische Hilfe. Bei Clodine genügte ihr sonniges Gemüt.
Nicolas erwähnte den ganzen Abend über mit keinem Wort, dass er Fragolin bereits morgen für unbestimmte Zeit verlassen würde. Clodine würde es schon früh genug merken.
Gegen elf Uhr übernahm er die Rechnung.
»Du gehst schon?«, fragte Clodine.
»Ja, leider. Ich muss früh raus.«
»Ich auch«, sagte Isabelle und stand auf.
»Aha, ich verstehe«, kombinierte Clodine augenzwinkernd. »Viel Spaß euch beiden.«
Meist hatte Clodine ein gutes Gespür für Zwischenmenschliches. Doch heute täuschte sie sich. Sie hatte nichts verstanden. Aber wie konnte sie auch?
Auf der halben Strecke zur Bastide blieben Nicolas und Isabelle stehen. Sie umarmten sich. *Au revoir* flüsterte er. Dann trennten sich ihre Wege.

# 14

In den Augen vieler Franzosen gilt Aix-en-Provence als lebenswerteste Stadt des Landes. Tatsächlich hat der im Département Bouches-du-Rhône gelegene Ort viel zu bieten. Nicht nur ein angenehmes Klima und südfranzösisches Flair, sondern gleichermaßen Kultur und Geschichte, eine stilvolle Altstadt, eine Universität mit Studenten aus aller Welt, eine Kathedrale mit Bischofssitz … Berühmt ist die von Platanen gesäumte Prachtstraße Cours Mirabeau mit dem Bistro Les Deux Garçons, in dem schon Émile Zola und Jean Cocteau einkehrten. Natürlich zählte auch der prominenteste Sohn der Stadt zu den Stammgästen: Paul Cézanne. Legendär seine Gemälde der nahe gelegenen Montagne Sainte-Victoire. Immer und immer wieder hat er den etwa fünfzehn Kilometer entfernten Berg gemalt – bis ins hohe Alter. Um schließlich beim Rückweg von seinem Lieblingsmotiv einen Schwächeanfall zu erleiden, der wenige Tage später zu seinem Tod führte.

Nicht zuletzt ist Aix für seine Kunst- und Kultureinrichtungen bekannt – und für sein internationales Musikfestival.

Auf der Fahrt nach Aix erinnerte sich Isabelle an eine Aufführung im Grand Théâtre de Provence. Von selbst wäre sie damals kaum auf die Idee gekommen, dort eine Oper zu besuchen. Aber in Begleitung von Rouven Mardrinac hatte sie vieles erlebt, was ihr im Leben sonst entgangen wäre.

Isabelle war fast pünktlich, als sie von der A8 kommend in die Avenue Henri Mouret abbog. Zum *Hotel de Police* in der Avenue de l'Europe war es nicht mehr weit. Sie parkte ihr Motorrad gleich neben dem grauen Betongebäude auf einem für die Polizei reservierten Stellplatz. Sie hatte gerade ihren Helm abgenommen, da kam schon ein junger Polizist auf sie zugestürzt. Was ihr einfalle, ihr Motorrad hier abzustellen, herrschte er sie an.

»Sie kommen wie gerufen«, antwortete sie lächelnd. »Wären Sie bitte so freundlich, in der nächsten Stunde auf meine Harley aufzupassen.«

Er bekam einen roten Kopf.

»Ich glaube, Sie ticken nicht richtig«, erregte er sich. »Entweder fahren Sie sofort weg, oder ich lasse Ihren Feuerstuhl abschleppen …«

»Viel Vergnügen dabei. Die Maschine wiegt über dreihundert Kilo und fällt leicht um. Aber die Mühe können Sie sich sparen.« Sie zeigte ihm ihren Polizeiausweis. »Die Harley gehört zum Fuhrpark der *Police nationale*. Ich hab einen Termin bei Capitaine Garcia.«

Er sah sie verdattert an.

»Zum Fuhrpark? Unglaublich … Was muss man tun, um ein solches Motorrad fahren zu dürfen?«

Isabelle stach der Hafer.

»Mit dem Polizeichef schlafen«, antwortete sie. »Aber dafür müssten Sie so aussehen wie ich.«

Ihm fiel die Kinnlade runter.

*

Wenige Minuten später saß sie im Büro von Capitaine Gabriel Garcia. Ein stämmiger Mann mit vernarbtem Gesicht und einer Kette mit seiner Polizeimarke vor der Brust. Im Schulterholster steckte seine Dienstwaffe. Fürchtete er, im zweiten Stock des Kommissariats überfallen zu werden?

Er sah sie misstrauisch an. Er habe nicht mit ihrem Besuch gerechnet, sagte er. Ein Telefonat hätte wirklich gereicht. Außerdem verstehe er nicht, was sie an dem Fall so interessiere. Adèle Rousseau sei eine unbedeutende Büroangestellte aus Toulouse gewesen, die das Pech gehabt habe, K.-o.-Tropfen nicht zu vertragen. Mit einem schwachen Herzen solle man zu Hause bleiben und sich ins Bett legen. Stattdessen habe sie einen fremden Kerl in ihr Hotelzimmer gelassen und sich nackt ausgezogen. Selber schuld.
Garcia war ein abgebrühter Zyniker, dachte Isabelle. Die menschenverachtende Einstellung hatte er mit vielen leidgeprüften Kollegen gemeinsam. Nur hätte sie einen solchen Mann eher in den gewaltbereiten Banlieues von Marseille erwartet als im vergleichsweise friedlichen Aix-en-Provence.
Er klopfte auf eine dünne Mappe, die auf seinem Schreibtisch lag. Die könne sie gerne mitnehmen, sagte er, da stehe alles drin.
»Auch, dass Sie den Fall gedanklich längst abgeschlossen haben? Weil eine kleine Büroangestellte keine weitere Aufmerksamkeit verdient und Ihnen am Arsch vorbeigeht, wer sie auf dem Gewissen hat?«
Garcia kniff die Augen zusammen.
»Das muss ich mir von einer Provinzkommissarin aus Fragolin nicht sagen lassen. Besser, Sie nehmen die Mappe und verziehen sich. Sonst …«
Isabelle sah ihn herausfordernd an.
»Sonst was?«
»Beschwere ich mich über Sie an höherer Stelle. Wer ist Ihr direkter Vorgesetzter?«
»Das wollen Sie wirklich wissen?« Sie nahm ihr Handy. »Am besten verbinde ich Sie gleich mit ihm. Mein direkter Vorgesetzter ist Maurice Balancourt in Paris. Ich bin unmittelbar dem Innenministerium unterstellt.«

Aus Garcias Gesicht wich die Farbe.
»Sagten Sie Balancourt? Doch nicht etwa …?«
»Doch, ich meine genau jenen Maurice Balancourt, der Sie jederzeit in den Vorruhestand versetzen kann, wenn Sie seiner Sonderermittlerin dumm kommen.«
Das war dick aufgetragen, dachte Isabelle. Aber Garcia hatte sie unnötig provoziert.
»Sonderermittlerin? Ähm … das konnte ich natürlich nicht wissen. Darf ich noch mal Ihren Ausweis sehen?«
Noch mal? Sie hatte ihn bislang gar nicht gezeigt.
Er brauchte nur einen kurzen Blick. Dann gab er ihr die Plastikkarte zurück.
»*Sie* sind Isabelle Bonnet?«
»So steht's drauf, und so habe ich mich vorgestellt.«
»Pardon, da habe ich wohl nicht richtig hingehört. Ich kenne Sie aus Ihrer Zeit als Kommandeurin einer Antiterroreinheit. Deshalb auch der Vermerk mit dem Élysée auf Ihrem Ausweis. Jetzt versteh ich.«
Isabelle steckte den Ausweis wieder ein. Was glaubte er zu verstehen? Bestimmt nicht das Richtige. Fast war ihr unangenehm, dass sie sich auf dieses kindische Machtspielchen eingelassen hatte.
»Am besten fangen wir noch mal von vorne an«, schlug sie vor.
»Von vorne? Selbstverständlich, das ist eine gute Idee. Ich erzähle Ihnen alles, was ich weiß …« Garcia kratzte sich nachdenklich am Kinn. »Jetzt komm ich drauf, warum diese Adèle Rousseau so wichtig sein könnte. Sie hat bei Airbus in Toulouse gearbeitet. Wahrscheinlich bei Airbus Defence im Rüstungsbereich? Dann liegt der Verdacht nahe, dass sie eine Geheimnisträgerin war und demzufolge die Attacke mit den K.-o.-Tropfen keinen sexuellen Hintergrund hatte, sondern in den Bereich der Spionage fällt. Deshalb eine Sonderermittlerin …«

Sie ließ sich ihre Überraschung nicht anmerken. Da hatte sich Garcia aus dem Stand eine plausible Erklärung einfallen lassen. Hätte Adèle Rousseau nicht dieses ominöse Armband getragen, könnte an seiner Theorie sogar was dran sein. Clodine hatte ebenfalls die geschliffenen Glaskristalle am Handgelenk gehabt – aber Clodine war ganz sicher nicht mit der Herstellung von Rüstungsgütern befasst.

»Sie verstehen, dass ich dazu nichts sagen darf«, erwiderte sie vieldeutig.

Sollte er ruhig glauben, dass er mit seiner Spekulation richtiglag. Entsprechend motiviert würde er jetzt sein.

Tatsächlich erhob sich Garcia und schloss die gläserne Tür zu seinem Büro. Dann schlug er die Mappe auf und begann haarklein von den Ermittlungen zu berichten. Obwohl Isabelle vieles gar nicht so genau wissen wollte, ließ sie ihn reden. Besser so als andersherum. Er zeigte ihr die Fotos, die sie aus dem Protokoll bereits kannte. Er zitierte aus der Befragung der Hotelangestellten, die nichts ergeben hatte. Er erwähnte ihren Bruder Nick, der Anzeige gegen Unbekannt erstattet hatte. Aber auch das wusste sie schon.

Neu war, dass Adèle Rousseaus abgelegte Kleidung fein säuberlich zusammengefaltet neben ihr auf dem Bett gefunden wurde. Von der Bluse über den Rock bis zum Slip. Das passte nicht zum Bild, dass sie sich unter dem Einfluss von K.-o.-Tropfen ausgezogen hatte. Erst recht nicht zu einem Triebtäter, der sie so schnell wie möglich hatte nackt sehen wollen. Sehr merkwürdig – aber eine Erklärung fiel Isabelle auch nicht ein.

Ausführlich ging Garcia auf die Laborwerte ein. Im Blut und im Urin des Opfers habe die Rechtsmedizin zweifelsfrei Spuren von Ketamin nachgewiesen. Ein starkes Betäubungsmittel, das bevorzugt in der Tiermedizin Anwendung finde, aber auch in Notfällen beim Menschen, weil es akute Schmerzen unterdrücke.

Ihr fiel auf, dass Garcia alles Zeile für Zeile ablesen musste. Manches schien auch für ihn überraschend. Das bestätigte ihren ersten Eindruck, dass sich der Capitaine nie wirklich um den Fall gekümmert hatte.

Er blätterte vor und zurück. Dann fand er die Stelle, wo beschrieben wurde, dass Ketamin zu den sogenannten Partydrogen zählte. Man könne das Mittel durch die Nase schnupfen, schlucken oder spritzen. Als K.-o.-Tropfen unbemerkt in einen Drink gemixt, würde Ketamin zu Halluzinationen führen und die Zielperson in einen willenlosen Zustand versetzen, der bis zur Bewusstlosigkeit reichen könne. Oder im Extremfall ... Garcia räusperte sich ... im Extremfall offenbar auch zum Tod.

Er gab Isabelle ein Beiblatt der Rechtsmedizin. Auf dem seien alle Wirkungen der K-Droge Ketamin beschrieben. Dazu gehörten stimulierende Wahnvorstellungen und Nahtoderfahrungen. Aber auch ein unkontrollierter Anstieg des Blutdrucks und der Herzfrequenz.

Alles nicht gut bei einer angeborenen Herzschwäche, merkte Garcia trocken an.

Dass es bei Einnahme von Ketamin, erst recht in Kombination mit anderen psychotropen Substanzen, auch zu länger andauernden Gedächtnisverlusten kommen konnte bis hin zu einer retrograden Amnesie, stand ebenfalls auf dem Beiblatt, und das hatte auch schon Apollinaire herausgefunden. Weil Clodine genau diese Symptome gezeigt hatte, war wohl auch sie Opfer von Ketamin geworden – selbst wenn es nicht mehr nachgewiesen werden konnte.

»Übrigens können sich die Opfer hinterher meist nicht mehr erinnern, was passiert ist«, erwähnte Garcia wie zur Bestätigung. »Bei Adèle Rousseau spielt das keine Rolle, weil sich Tote sowieso an nichts erinnern können.«

Da war er wieder, dachte Isabelle, Garcias Hang zu zynischen Bemerkungen. Sie beschloss, darüber hinwegzugehen.

»Sie sagten, dass Ketamin häufig in der Tiermedizin zum Einsatz kommt«, sagte sie stattdessen. »Haben Sie überprüft, ob sich unter den Hotelgästen zufällig ein Veterinär befunden hat?«

Garcia lachte.

»Die Überprüfung konnten wir uns sparen. Das halbe Hotel war mit Tierärzten belegt. Sie waren Teilnehmer eines Kongresses der *Association Vétérinaire*.«

Dumm gelaufen, dachte Isabelle.

»Wissen wir eigentlich, was Adèle Rousseau in Aix gemacht hat? Für wie viele Nächte hatte sie gebucht?«

»Nur für eine Nacht. In der Jacke ihres Kostüms haben wir eine Konzertkarte gefunden. Ein Klavierabend mit Werken von Chopin im Grand Théâtre. Wie es scheint, war sie Musikliebhaberin.«

»Kann ich die Karte haben?«, fragte sie.

»Ist in der Asservatenkammer. Aber ich suche sie gerne raus und schicke Ihnen ein Foto.« Garcia klappte die Mappe zu. »So, das war alles. Mehr habe ich nicht zu bieten. Wie Sie sehen, haben wir sorgfältig gearbeitet ... Aber wir konnten natürlich nicht ahnen, dass hinter dem Tod der jungen Frau mehr stecken könnte ...«

»Nein, das konnten Sie nicht«, bestätigte Isabelle. »Ab jetzt kümmere ich mich um den Fall. Die Mappe nehme ich mit.«

Garcia war anzusehen, dass er froh war, den Fall abgeben zu können.

»Sehr gerne. Und wenn Sie irgendeine Unterstützung brauchen, lassen Sie es mich wissen.«

»Was ist eigentlich mit Adèles Bruder Nick Rousseau?«, fragte Isabelle. »Sie haben ihn nur beiläufig erwähnt, obwohl von ihm eine Anzeige gegen Unbekannt vorliegt.«

»Weil der Mann eine Nervensäge ist und ich froh bin, wenn ich nicht an ihn denken muss. Er hat fast täglich bei mir angerufen und mir die Hölle heißgemacht. Ich solle verdammt noch mal den Mörder seiner Schwester finden. Einmal ist er sogar in meinem Büro aufgetaucht und hat mich angeschrien. Hat nicht viel gefehlt und ich hätte ihm eine gescheuert. Aber so was mache ich nicht ... außerdem hätte er wahrscheinlich zurückgeschlagen, und dann hätte es eine wilde Keilerei gegeben ...«
Isabelle sah Garcia ungläubig an. Er wirkte nicht so, als ob sich jemand freiwillig mit ihm anlegen würde.
»Zurückgeschlagen? Das hätte er sich getraut?«
»Nick Rousseau hat eine kurze Zündschnur. Außerdem ist er fast zwei Meter groß und war Profifußballer, bei Olympique Marseille in der Verteidigung. Doch ja, er hätte sich getraut.«
»Den Mann würde ich gerne kennenlernen.«
Garcia grinste schief.
»Wirklich?«
»Vielleicht kann er mir etwas mehr über seine Schwester erzählen.«
»Das kann er bestimmt. Offenbar hat er seine kleine Adèle abgöttisch geliebt. Er lebt in Marseille und trainiert dort eine Jugendmannschaft. Wenn ich mich recht erinnere, ist er verheiratet und hat zwei Kinder.« Er schrieb Nick Rousseaus Kontaktdaten auf einen Zettel. »Viel Spaß mit ihm.«
Isabelle stand auf und gab Garcia die Hand.
»Okay, das war's dann wohl.« Sie drückte so fest zu, wie sie konnte. Sie hatte einen Spezialgriff, bei dem schon manchen Männern die Tränen gekommen waren. Garcia verzog keine Miene. »Schön, dass wir uns dann doch so gut verstanden haben«, sagte sie.
»War doch selbstverständlich. Viel Erfolg bei Ihren weiteren Ermittlungen.«

# 15

Die Mappe mit den Polizeiprotokollen verstaute sie in der Satteltasche ihrer Harley. Sie bestand aus schwerem Büffelleder und hatte ein Nummernschloss. Isabelle startete die Maschine und setzte ihren Helm auf. Ob Garcia sie aus seinem Bürofenster im zweiten Stock beobachtete? Dann könnte er gleich feststellen, dass ihre Fat Boy über einen Rückwärtsgang verfügte. Sie rangierte aus der Lücke. Der junge Polizist, den sie beim Eintreffen kennengelernt hatte, deutete einen militärischen Gruß an. Er zumindest war schwer beeindruckt. Dann ließ sie den ersten Gang einrasten – und fuhr langsam vom Hof.

Ihr nächstes Ziel war das Hotel, in dem Adèle die letzte Nacht ihres Lebens verbracht hatte. Es lag am südlichen Ortsrand und war größer als erwartet. Was keine gute Nachricht war, denn je größer ein Hotel war, desto anonymer die Gäste. Tatsächlich konnte man ihr an der Rezeption nicht weiterhelfen. Zwar erinnerte sich der Concierge an den tragischen Vorfall vor drei Monaten. Auch, dass die Polizei im Hotel einige Befragungen durchgeführt hatte. Aber man habe zu viele Gäste, um jeden einzelnen im Auge behalten zu können. Dass es keine Aufzeichnungen der Videokameras gab, wusste sie schon aus dem Protokoll.

Adèles Hotelzimmer konnte sie sich nicht ansehen, es war belegt. Tatsächlich war der Flur davor viel interessanter. Es zeigte sich, dass gleich in der Nähe zwei Lifte stoppten, zudem gab es hinter einer Feuerschutztür einen Treppenaufgang. Genug Möglichkeiten also, unbemerkt in ihr Zimmer zu gelangen. Entweder zu zweit, Arm in Arm? Oder alleine … erst Adèle … und etwas später der Mann, der ihr zum Verhängnis werden sollte. Vielleicht hatte sie ihn eingeladen, auf ihr Zimmer zu kommen? Oder er hatte geklopft und sich als Zimmerservice ausgegeben? Isabelle konnte sich viele Szenarien vorstellen. Wie es sich wirklich zugetragen hatte, würde wohl nie geklärt werden. Und war im Grunde auch ohne Belang.

Isabelle verließ das Hotel und sah sich in der Umgebung um. Nach einem kurzen Spaziergang stieß sie auf einen Brunnen mit einer steinernen Bank. Weil außer einigen Kindern gerade niemand in der Nähe war, beschloss sie, diverse Telefonate zu führen. Als Erstes wählte sie die Nummer von Adèles Bruder Nick Rousseau, den sie auf Anhieb erreichte. Sie erklärte ihm, dass sie den Fall seiner verstorbenen Schwester von Capitaine Garcia übernommen habe und ihren Tod erneut untersuchen wolle. Aus diesem Grund würde sie sich gerne mit ihm in Marseille treffen. Am liebsten gleich heute Mittag. »Ich hab nicht mehr damit gerechnet«, bekam sie zur Antwort, »dass die Polizei noch was unternimmt. Natürlich nehme ich mir die Zeit für ein Treffen. Wann und wo?«

»Zwei Uhr? Am alten Hafen. Quai de Rive Neuve, bei den Shuttlebooten.«

»Ich werde da sein. Wie erkenne ich Sie?«

»Nicht nötig, ich erkenne Sie. *À tout à l'heure.*«

Nach dem Auflegen googelte sie Nick Rousseau. Dass er fast zwei Meter groß war, wusste sie schon von Garcia. Als ehemaliger Fußballer bei Olympique Marseille hatte er einen eigenen Fanclub. Fotos von ihm gab es reichlich. Ja, kein Problem, sie würde ihn erkennen.

Als Nächstes rief sie Apollinaire an. Er komme gerade von Clodine, berichtete er. Er habe ihr Noras Fotos von der Strandparty gezeigt. Zuvor habe er die Bildqualität verbessert. Einige Gesichter könne man recht deutlich sehen, andere wiederum gar nicht. Clodine habe sich wirklich bemüht – aber niemanden erkannt. Nur sich selber. Weshalb der Erkenntnisgewinn gleich null sei. Aber schon Konfuzius habe gesagt, dass es besser sei, ein einziges kleines Licht anzuzünden, als die Dunkelheit zu verfluchen. Folgerichtig werde er jetzt ein weiteres Lichtlein entzünden – er wisse aber noch nicht, wo.

Isabelle lächelte. Endlich mal wieder hatte Apollinaire eine fernöstliche Weisheit zum Besten gegeben. Eine willkommene Abwechslung zu seinen Hollywoodfilmen. Da machte es nichts, dass sie den Bezug zu ihren Ermittlungen nicht wirklich verstanden hatte. Das ging ihr meistens so. Ohne weiter darauf einzugehen, erzählte sie ihm von ihrem Besuch bei Garcia in Aix-en-Provence. Und dass sie sich später mit Adèles Bruder Nick in Marseille treffen werde. Einen weiteren Termin verschwieg sie ihm – auf einem Weingut beim Cap Bénat.

Nach Beendigung des Gesprächs sah Isabelle eine Weile dem Wasserspiel des Brunnens zu. Ihre Gedanken schweiften ab ... Bevor sie sich endgültig verloren, gab sie sich einen Ruck und rief in Paris an. Schließlich war es höchste Zeit, Maurice Balancourt ins Bild zu setzen. Ihr Chef sollte wissen, dass sie mit einem neuen Fall befasst war. Diesmal hatte sie den Auftrag nicht von ihm erhalten, sie hatte sich auch nicht selbst um ihn bemüht, er war ihr quasi in den Schoß gefallen.

»Ich finde gut, dass du dich auch um solche Delikte kümmerst«, sagte Balancourt, nachdem sie ihm den Fall geschildert hatte. »Lorbeeren kannst du dir damit nicht verdienen. Aber das hast du ja auch nicht nötig.«

»Lorbeeren waren mir schon immer egal, das weißt du doch. Ich will nur deine Zustimmung, in diesem Fall weiter zu ermitteln.«

»*Bien sûr,* die hast du natürlich. Aber nur so lange, bis ich dich für was anderes brauche.«

»Steht was an?«

Balancourt hustete. Eine Reaktion, die in diesem Fall nicht auf seine Zigarren zurückzuführen, sondern Ausdruck seiner Verlegenheit war.

»Nein, ich wollte nur die Prioritäten klarstellen. Aber natürlich kann es nicht schaden, einen Mann zu überführen, der sich Frauen mit K.-o.-Tropfen gefügig macht …«

»Eine ist dabei zu Tode gekommen.«

»Ja, schrecklich. Als ich jung war, gab es so etwas nicht. Meine Frau habe ich bei einem Glas Champagner kennengelernt. Wenn man damals was ins Glas getan hat, dann war das ein Schuss Crème de Cassis. Der rote Johannisbeerlikör war nicht zu übersehen. Aber K.-o.-Tropfen? *Mon Dieu,* was fällt den jungen Menschen nur ein?«

»Nicht nur den jungen. Clodine ist in meinem Alter.«

Balancourt lachte.

»Sag ich doch. Aus meiner Seniorenperspektive seid ihr noch blutjung.«

»*J'aimerais bien,* schön wär's.«

# 16

Von Aix-en-Provence nach Marseille war es nicht weit. Selbst mit Stau weniger als eine Stunde. Auf der Fahrt ging ihr durch den Kopf, dass sie ihre Ermittlungen schon bei vielen Fällen immer wieder in die Hauptstadt des Départements Bouches-du-Rhône geführt hatten. Was nicht überraschend war, denn Marseille war nach Paris die zweitgrößte Stadt Frankreichs. Entsprechend dominierte sie die französische Mittelmeerküste. Auch in krimineller Hinsicht. Marseille galt lange Zeit als Hochburg des Verbrechens. Mit der Wahl zur Kulturhauptstadt Europas im Jahr 2013 hat sich allerdings vieles zum Positiven gewandelt. So ist die Innenstadt rund um den *vieux port*, den alten Hafen, heute ein beliebter Anziehungspunkt für Touristen.

Isabelle war gerne in Marseille. Sie mochte die Atmosphäre. Weshalb sie ein Treffen am *vieux port* vorgeschlagen hatte. Sie bummelte gerne am alten Hafen entlang. Oft mit einem Abstecher zur belebten Einkaufsstraße La Canebière. Oder noch lieber in das pittoreske Altstadtviertel Le Panier.

Ihr Motorrad stellte sie vor einem Straßencafé ab. Die letzten Meter ging sie zu Fuß. Gerade legte ein Shuttleboot ab, mit dem man auf die andere Hafenseite übersetzen konnte. Ihre Aufmerksamkeit richtete sich auf ein heftig miteinander streitendes Paar. Ein untersetzter, aber kräftiger Mann schrie auf eine junge Frau ein. *Sale pute*, dumme Hure … Er packte sie an den Schultern und zog sie an den Haaren. *Pauvre cloche*, blöde Nuss … Dann schlug er ihr mit der flachen Hand ins Gesicht. So fest, dass sie fast gestürzt wäre.

Isabelle mischte sich ungern in die Privatangelegenheiten fremder Menschen ein. Aber sie hatte was gegen männliche Gewalt. Die Frau versuchte, sich loszureißen. Er umklammerte ihr Handgelenk.
Isabelle ging auf die beiden zu.
»Lassen Sie sie sofort los!«, herrschte sie ihn an.
Er drehte ihr sein Gesicht zu. Es war vor Wut rot angelaufen.
»Noch so eine blöde Kuh. Halt dich hier raus! Mit meiner Frau kann ich machen, was ich will.«
»Das sehe ich anders.«
Wieder versuchte die Frau, sich aus seiner Umklammerung zu befreien. Vergeblich.
Er ballte die freie Hand zur Faust und drohte Isabelle.
»Verpiss dich, oder ich hau dir auch gleich eine rein.«
Isabelle konnte seine Alkoholfahne riechen. Aber verminderte Zurechnungsfähigkeit war keine Entschuldigung.
Aus dem Augenwinkel sah sie einen groß gewachsenen Mann näher kommen. Sie erkannte Nick Rousseau. Er würde sich noch einen Moment gedulden müssen.
Mit einem schnellen Griff packte sie die Faust des Blödmanns und drehte sie herum. Das Überraschungsmoment war auf ihrer Seite. Er hatte nicht damit gerechnet, dass die zweite »blöde Kuh« auf ihn losging. Er ließ seine Frau los, um sich mit der anderen Hand zur Wehr zu setzen.
»Na bitte, geht doch«, zischte Isabelle.
Sie hatte kein Problem damit, seinem Schlag auszuweichen. Sekunden später hatte sie ihm seine Arme auf den Rücken gedreht. Sie schob ihn vor sich her – zum Hafenbecken.
»Au, das tut weh …«
»Eine Abkühlung wird Ihnen guttun«, sagte Isabelle. Dann stieß sie ihn ins Wasser.
Von einigen umstehenden Menschen kam Applaus.

Isabelle sah, wie der Wüterich prustend wieder an die Oberfläche kam. Offenbar konnte er schwimmen. Gott sei Dank, denn sie hatte keine Lust, ihn vor dem Ertrinken retten zu müssen.

Sie blickte um sich und suchte nach der Frau.

»Hat sich aus dem Staub gemacht«, sagte Nick Rousseau, der jetzt genau vor ihr stand.

Sie hätte sich wenigstens bedanken können, dachte Isabelle.

»Gute Entscheidung«, sagte sie dennoch.

»Ich wollte Ihnen gerade zur Seite springen, aber Sie waren zu schnell. Kompliment!«

Hinter ihnen halfen einige Passanten dem Trunkenbold aus dem Wasser.

»Ich zeige Sie an!«, schrie er in ihre Richtung.

»Viel Vergnügen dabei«, erwiderte sie, ohne sich umzudrehen.

»Falls Sie einen Zeugen brauchen«, sagte Nick Rousseau, »ich hab alles gesehen.«

Isabelle lächelte.

»Sehr freundlich, aber wird nicht nötig sein. Mein Name ist Bonnet. Wir sind verabredet.«

*

Minuten später saßen sie auf der Terrasse eines nahe gelegenen Cafés und unterhielten sich. Nach Garcias Beschreibung hatte sie einen cholerischen Charakter erwartet. Das war Adèles Bruder vielleicht auch, aber vermochte offenbar, sich zu beherrschen. Er sprach mit einer ruhigen, geradezu sanften Stimme, die gar nicht zu seiner hünenhaften Gestalt passte. Zunächst bedankte er sich für die Wiederaufnahme der Ermittlungen. Er habe nicht verstehen können, warum die Polizei keine weiteren Anstrengungen unternommen habe, den Mörder seiner Schwes-

ter zu finden. Doch ja, in seinen Augen handle es sich eindeutig um Mord. Auch wenn der Täter vielleicht nicht vorgehabt habe, Adèle umzubringen. Faktisch habe er genau das getan.
Selbst diese Anschuldigung trug Rousseau kontrolliert vor. Isabelle fragte sich, wie es Garcia geschafft hatte, ihn so aus der Reserve zu locken, dass sie kurz davorstanden, aufeinander loszugehen.
»Sie müssen wissen«, lieferte Rousseau von selbst die Erklärung, »ich habe meine kleine Schwester geliebt. Unsere Eltern sind früh gestorben, ich war für sie verantwortlich. Ich hab immer auf Adèle aufgepasst, erst recht, weil sie ein schwaches Herz hatte. Ich hab ihr einen stressfreien Bürojob bei Airbus besorgt. Mit den Männern hatte sie kein Glück, aber das hätten wir auch noch hinbekommen. Und dann fällt sie ausgerechnet einem Schwein in die Hände, der sie mit K.-o.-Tropfen zum Sex zwingen will. Für mich ist nicht akzeptabel, dass er ungestraft davonkommen soll.«
Isabelle nickte. Sie konnte ihn verstehen. Und auch, dass er mit dem Zyniker Garcia, der kein besonderes Interesse an der Aufklärung gezeigt hatte, nicht klargekommen war.
»Ich werde alles daransetzen, den Täter zu finden«, sagte sie. »Kommt hinzu, dass wir es offenbar mit einem Mehrfachtäter zu tun haben. Wir wissen zumindest von einem weiteren Opfer.«
»Ist sie auch tot?«
»Nein, sie ist bei guter Gesundheit, kann sich nur an nichts erinnern.«
»Dann hatte sie mehr Glück als meine Adèle.«
»Sie erwähnten, dass Ihre Schwester Pech mit Männern hatte. Wäre es möglich, dass einer ihrer Verflossenen …?«
»Leider nein. Ich hab mit allen gesprochen. Sind außerdem alles Hosenfurzer, die sich so was nie trauen würden. Aber wenn Sie

möchten, schicke ich Ihnen eine Namensliste. Allzu lang ist sie nicht.«
»Ja, das wäre nett. Ihre Schwester mochte klassische Musik?«
»Sehr sogar. Sie spielte leidenschaftlich Geige.« Er lächelte. »Ein Talent, das mir völlig abgeht. Dafür konnte ich schon als Kind gut kicken.«
»Wissen Sie, ob Ihre Schwester zum Konzert, das sie vor ihrem Tod besucht hat, eingeladen wurde?«
»Adèle hat ihren Arbeitskollegen in Toulouse nichts von einer Einladung gesagt. Nur, dass sie nach Aix zu einem Konzert fahren wolle. Das war für sie nicht ungewöhnlich.«
Ihre Konzertkarte könnte Aufschluss geben, dachte Isabelle. Zumindest, wo und wie sie gekauft wurde. Garcia hatte versprochen, ihr das Ticket oder ein Foto zu schicken. Jedenfalls wäre eine Einladung, in welcher Form auch immer, eine Parallele. Denn auch Clodine war eingeladen worden. Allerdings von einer neuen Bekannten – an die sie sich nicht mehr erinnern konnte.
»Hatte Ihre Schwester eine beste Freundin«, fragte Isabelle, »der sie alles anvertraut hat?«
Rousseau schüttelte den Kopf.
»Auch wenn es komisch klingen mag, aber ihre beste Freundin, das war ich. Auch mit meiner Frau hat sie sich gut verstanden. Uns hat sie nichts von einer Einladung erzählt.«
Zwei uniformierte Polizisten tauchten vor ihrem Tisch auf. Weiter hinten, in sicherer Entfernung, entdeckte Isabelle den Mann, den sie ins Hafenbecken gestoßen hatte.
»Hallo, Nick«, begrüßten sie Rousseau. »Wir wollen nicht stören, aber Ihre Begleitung wird beschuldigt, einen Mann tätlich angegriffen zu haben.«
Ihnen war der Respekt anzusehen, den sie Rousseau entgegenbrachten. Wie wahrscheinlich jedem, der mal bei Olympique gespielt hatte.

»Der Mann ist ein Idiot«, sagte Isabelle mit einem Lächeln, »wahrscheinlich ist er immer noch betrunken.«
Die Polizisten sahen sie fragend an.
»Sie geben also zu, dass Sie den Mann ins Hafenbecken gestoßen haben?«
»Natürlich gebe ich das zu.«
»Dann müssen wir Ihre Personalien aufnehmen.«
»Sehr gerne«, sagte Isabelle und reichte den Beamten ihren Ausweis der *Police nationale*. »Da steht alles drauf.«
»Ach so ...«, stammelten die beiden, »das konnten wir ja nicht wissen.«
»*Pas de problème*. Bitte vermerkt im Protokoll, dass der Mann nur auf diese Weise davon abzuhalten war, weiter Gewalt gegen eine Frau auszuüben. Meine Aktion diente der Deeskalation.«
Nick Rousseau lachte.
»Das kann ich bezeugen.«
»Ähm ... das wird natürlich nicht nötig sein. Der Mann ist wirklich ein Idiot, sich ausgerechnet mit einer Kommissarin der *Police nationale* anzulegen. Sollen wir ihn aufs Revier mitnehmen?«
»Das müsst ihr schon selber entscheiden. Ich für meinen Teil verzichte auf eine Anzeige. Ich mach mir nur Sorgen um die Frau. Wenn er sie wieder in die Fänge kriegt, lässt er wahrscheinlich seine Wut an ihr aus.«
»Das werden wir verhindern. Also entschuldigt die Störung.«
Isabelle warf dem tropfnassen Mann im Hintergrund einen Blick zu. Sein dummes Gesicht überraschte sie nicht.

# 17

Fuhr man von Bormes-les-Mimosas oder La Môle kommend in westlicher Richtung auf der D 98 nach Hyères, ließ man die Halbinsel mit dem Cap Bénat meist im wahrsten Sinne des Wortes links liegen. Jetzt kam sie aus der entgegengesetzten Richtung. Die relative Abgeschiedenheit lag unter anderem daran, dass es keine Straße gab, die an der Küste entlangführte. Zudem waren weite Teile in privater Hand oder standen unter Naturschutz. Isabelle kannte das Fort de Brégançon, eine auf einer kleinen Insel gelegene mittelalterliche Festung, die seit Charles de Gaulle den französischen Präsidenten als Sommerresidenz diente. Sie hatte mal das zweifelhafte Vergnügen gehabt, dort ein Attentat mit einer Panzerabwehrrakete zu verhindern. Aber das war schon eine Weile her, doch damals hatte sie die zur Küste führende Route de Cabasson kennengelernt. Vom Vorbeifahren erinnerte sie sich an die Weingüter Château de Brégançon und Château Malherbe. Auf der Karte, die sie sich heute Morgen eingeprägt hatte, war sie in der weiteren Umgebung auf das Château Léoube gestoßen und auf das Clos Mireille, das zu den berühmten Domaines Ott zählte. Die Namen waren Isabelle vor allem deshalb geläufig, weil sie bei Jacques auf der Weinkarte standen. Außerdem trank sie, seit sie in der Provence lebte, regelmäßig Rosé. Irgendwann waren einem die wichtigsten Weingüter ein Begriff.

Auch von Dumas' *Château Palmier* hatte sie schon gehört, wobei sie sich nicht erinnern konnte, schon mal seinen Wein getrunken zu haben. Vermutlich würde sich das bald ändern. Nur noch

wenige Kilometer waren es bis zur angegebenen Adresse. Ihre Harley bollerte zuverlässig vor sich hin. Der Motor war ein Muster an Gleichmut. Sie selbst war auch nicht sonderlich aufgeregt. Ob ihr der Mann immer noch sympathisch war? Ihr fiel ein, dass sie in Valence spontan an den verstorbenen Sänger und Schauspieler Harry Belafonte gedacht hatte. So gut aussehend wie in seinen besten Jahren. Sie hatte nachgelesen, dass Belafontes Vater von der karibischen Insel Martinique stammte. Das hatte er mit Morgan Dumas gemeinsam, auch er war auf Martinique geboren. Seine geschiedene Frau lebte noch immer in dem französischen Übersee-Département. Zusammen mit seiner kleinen Tochter, die ihn nur einige Wochen im Jahr besuchen durfte. Sie hatte Naomi kennengelernt. Sie war entzückend, wie wahrscheinlich die meisten Mädchen in ihrem Alter. Woher sie das alles wusste? Einiges hatte er angedeutet. Alles Weitere hatte sie – das musste sie zugeben – im Internet recherchiert. Auch, dass Morgan Dumas als Schauspieler eine internationale Berühmtheit war. Vor einigen Jahren war er für den Oscar nominiert gewesen. Er hatte den Golden Globe Award gewonnen und war Jury-Mitglied bei den Filmfestspielen in Cannes. Auch hatte er beim Filmfestival in Paris den César d'honneur gewonnen. Er hatte ihr verraten, dass er in Zukunft nicht mehr so oft vor der Kamera stehen wolle. Er trachte danach, sein Leben zu entschleunigen und sich einer neuen Leidenschaft zu widmen: seinem Weingut *Château Palmier*, das er vor einigen Jahren gekauft hatte.
Hatte sie was vergessen? Ach ja, Morgan Dumas war der Bruder von Rouvens Verlobter Angela d'Agostin. Halbbruder, um genau zu sein. Offenbar hatte Angelas Vater mal eine Beziehung mit einer kreolischen Schönheit auf der Karibikinsel Martinique gehabt.
Isabelle kam zu einer Abzweigung mit dem Schild: *Château Palmier. Cave et dégustation*. Gefunden, beglückwünschte sie

sich, auf Anhieb und ohne Hilfe eines Navis. Sie bog in eine frisch gepflasterte, schnurgerade Straße, die von neu gepflanzten Zypressen gesäumt war. Irgendwann würde das eine schöne Allee werden. Schon auf den ersten Metern bekam man den Eindruck, dass hier jemand viel Geld investiert hatte.
Nach fast einem Kilometer, wobei hinter den Zypressen überall Rebstöcke zu sehen waren, mündete die Zufahrt in einen kreisrunden Platz, in dessen Mitte symbolträchtig eine riesige Palme stand. Bei dem Namen *Château Palmier* fast schon eine Selbstverständlichkeit. Allerdings handelte es sich um keine echte Palme, sondern um eine moderne Skulptur aus rostigem Stahl. Wahrscheinlich das Werk eines bedeutenden Künstlers, dachte Isabelle. Einen Vorteil hatte sie schon mal: Sie war davor gefeit, vom Roten Palmrüssler befallen zu werden, der die Palmen mit seinen Larven von innen auffrisst. Nicht nur an der von Palmen gesäumten Promenade des Anglais in Nizza, sondern an der ganzen französischen Mittelmeerküste ist dieser schleichende Tod der Phönixpalmen ein gewaltiges Problem.
Isabelle folgte dem Hinweis *Parking* und gelangte zu einer modern gestalteten Vinothèque. Die Architektur gefiel ihr: viel altes Gemäuer, durchbrochen von großen Glasflächen. Sie stellte die Harley ab und ging zum Empfang. Am *accueil* wurde sie von einer freundlichen jungen Frau begrüßt. *Bienvenue à la cave …* Sie deutete zu einer langen Theke. Gerne könne sie die Weine des Châteaus verkosten, sagte sie. Und mit einem Lächeln: Und natürlich auch kaufen, aber das sei selbstverständlich keine Voraussetzung.
»Ich bin mit dem Motorrad gekommen«, sagte Isabelle. »Mehr als zwei Flaschen bringe ich in meinen Satteltaschen nicht unter.« In einer hatte sie die Ermittlungsakten von Garcia, fiel ihr ein. »Außerdem bin ich privat hier. Ich bin mit Morgan Dumas verabredet.«

»Ach, Sie sind das? Er hat schon dreimal nach Ihnen gefragt.«
»Wo kann ich ihn finden?«
»Er ist im Haupthaus. Am besten fahren Sie nach links zum großen Tor. Ich kann es von hier mit der Fernsteuerung öffnen. Dann immer geradeaus. Ich werde den *patron* anrufen und Ihr Kommen ankündigen.«

*

Hinter ihr schloss sich das Tor mit dem Schild *Privée*. Sie fuhr an einem Teich vorbei, dann öffnete sich der Blick auf das »Château«. Sie hatte ein herrschaftliches Anwesen erwartet. Doch das mit Efeu bewachsene Haupthaus und die Nebengebäude hatten nichts mit einem Schloss gemein. Sie verfügten nur über zwei Stockwerke, die Dächer waren mit roten Ziegeln gedeckt – und davor stand ein Traktor. Der idyllische Anblick, dachte Isabelle, gefiel ihr.
Sie parkte neben dem Traktor und stellte den Motor ab. Zwei wild laufende Hühner kamen vorbei.
Hinter dem Haus tauchte Morgan Dumas auf. In kurzen Hosen, in einem verwaschenen Poloshirt und in Gummistiefeln.
»*Salut*, Isabelle«, begrüßte er sie mit ausgebreiteten Armen. »Jetzt hast du es doch einrichten können. Ich freu mich.«
Sie klappte den Seitenständer raus und nahm den Helm ab. Hatte er sie gerade geduzt? Das ging aber schnell.
»Ich freu mich auch. Schön hast du es hier.«
Er umarmte Isabelle und küsste sie auf die Wangen.
»Früher war hier tatsächlich ein Château«, erklärte er. »Aber es war verfallen und wurde schon vor Jahrzehnten abgerissen. Die mittelalterliche Ruine ist weg, aber der Name geblieben.« Morgan grinste. »Das verleiht meinem Wein eine gewisse Würde, das kann nicht schaden.«

»Wann hast du das Gut gekauft?«
»Vor gut drei Jahren. Ein spontaner Entschluss, den ich aber noch keine Sekunde bereut habe.« Er deutete auf ihre Harley. »Tolles Fortbewegungsmittel. Rouven hatte recht, du bist eine ungewöhnliche Frau.«
Ob das eine gute Idee war, dachte Isabelle, ausgerechnet jetzt Rouven zu erwähnen? Andererseits war es egal.
Er nahm sie am Arm.
»Komm, lass uns zur Terrasse gehen. Dort lass ich dich kurz alleine und zieh mir was anderes an. Ich war nämlich gerade im Weinberg. Ich wusste ja nicht, wann du eintriffst.«
»Wegen mir kannst du so bleiben.«
»Ist mir unangenehm …«
»Muss es nicht. Ich komm mit dem Motorrad aus Marseille und könnte ebenfalls frische Klamotten vertragen.«
»Okay, dann bleib ich so.«
Er setzte sich auf ein Mäuerchen, zog seine Gummistiefel aus und warf sie in die Wiese. Anschließend führte er sie hinters Haus zur Terrasse. Sie wurde von Terrakottatöpfen mit Oleander und Lavendel umrahmt. Dahinter ein Swimmingpool. Im Schatten eines großen weißen Marktschirms ein runder Bistrotisch und zwei Holzlattenstühle mit Armlehnen.
»Wenn du Lust hast, führe ich dich später etwas herum und zeige dir die Rebstöcke und den Weinkeller. Aber vorher sollten wir ein Glas trinken.«
Isabelle sah ihn lächelnd an.
»Das ist der einzige Grund, warum ich hier bin.«
»Ist mir klar, davon bin ich ausgegangen.«
Kurz darauf tauchte eine ältere dunkelhäutige Frau auf. Sie schob einen Rollwagen über die Terrasse.
»Darf ich vorstellen? Das ist Rose, meine Perle von Martinique. Ohne sie wäre ich verloren.«

*»Bonjour, Madame«*, grüßte Rose mit einem Nicken.
Er stand auf und hob vom Rollwagen ein Tablett mit Gläsern auf den Tisch. Dazu mehrere Flaschen.
»Zum Probieren. Müssen wir ja nicht alle austrinken.«
»Warum nicht?«, sagte sie im Spaß.
Rose servierte eine Platte mit provenzalischen Leckereien: *du pain grillé avec figues et fromages de brebis, olives marinées, artichauts, champignons grillés, tomates séchées …* geröstetes Brot mit Feigen und Schafskäse, marinierte Oliven, Artischocken, gegrillte Champignons, getrocknete Tomaten …
Morgan wartete, bis sie sich zurückgezogen hatte, dann sagte er, dass Rose die Platte zu früh serviert habe. Aber er habe sie nicht kritisieren wollen. Für die Verkostung hätte eine Baguette gereicht.
Er begann mit einem leichten Rosé. Eine Cuvée aus den Rebsorten Cinsault und Grenache, und mit Syrah, wie beim berühmten *Whispering Angel* vom Château d'Esclans.
Isabelle hatte sich bei einem Wein noch nie für die Trauben interessiert. Hauptsache, er schmeckte.
Er experimentiere auch mit der Vermentino-Traube, fuhr er fort, die in der Provence *Rolle* genannt werde.
Morgan ließ den Wein im Glas kreisen. Er atmete die Aromen ein, neigte das Glas und kontrollierte die Farbe. Erst dann nahm er einen Schluck. Isabelle schaute ihm amüsiert zu.
Es folgte ein weiterer Rosé, dann zwei Weißweine und schließlich ein Rotwein. Immer begleitet von kurzen Erläuterungen.
Er wolle sie nicht langweilen, sagte er. Und um ehrlich zu sein, verstehe er gar nicht so viel vom Wein. Zwar habe er in der letzten Zeit viel dazugelernt, aber er mache es so wie sein Schauspielerfreund Brad Pitt mit dem Miraval. Damals noch zusammen mit Angelina Jolie habe er den bekannten Weinexperten Marc Perrin verpflichtet. Perrin sei die Qualität und der Erfolg

des Miraval zu verdanken. Auch ihm sei es gelungen, einen kompetenten Winzer zu finden, dessen Familie schon seit Generationen im Weinbau tätig sei.
Isabelle nickte. Langsam begann er sie wirklich zu langweilen. Der zweite Wein hatte ihr am besten geschmeckt. Sie nahm die Flasche und schenkte sich selbstständig nach.
Morgan grinste. Er habe verstanden, sagte er. Er stellte die Flaschenbatterie zurück auf den Rollwagen und schob ihn zur Seite.
»Wir hätten die Weinprobe auch weglassen können«, sagte er. »Aber ich wollte meiner Einladung einen seriösen Anstrich geben.«
Sein verschmitzter Gesichtsausdruck gefiel ihr.
»Seriös? Warum denn das?«
»Nun, ich wollte nicht, dass du glaubst, ich hätte dich aus niederen Beweggründen auf mein Weingut gelockt.«
Isabelle hob schmunzelnd eine Augenbraue.
»Welche könnten das sein?«
»Lass mich nachdenken …«
Um seine Mundwinkel zuckte es verdächtig. Hatte er das von einer Rolle, die er mal in einem Film gespielt hatte?
»Von der alten Rose abgesehen, lebe ich hier alleine«, erklärte er. »Da könntest du ja glauben, ich hätte anderes im Sinn, als dir meine Weine vorzustellen. Ich wollte vermeiden, dass du auf dumme Gedanken kommst.«
»Hast recht, darauf hätte ich kommen können, aber …« Sie sah ihn lächelnd an. »Aber so dumm finde ich diese Gedanken gar nicht.«

# 18

Als Isabelle am nächsten Morgen nackt in den Swimmingpool sprang, dachte sie, dass sie diese Abkühlung dringend nötig hatte. Auch hoffte sie, wieder einen klaren Kopf zu bekommen. Bei Clodine hatten K.-o.-Tropfen zu einem Blackout geführt, sie selbst schaffte das auch ohne. Wobei Blackout nicht stimmte, schließlich konnte sie sich an alles erinnern.
Isabelle kraulte bis ans Ende des lang gestreckten Pools. Dort wendete sie und schwamm langsam zurück. Dabei überlegte sie, dass sie keine Frau für One-Night-Stands war. Das nicht, aber sie hatte gelernt, im Augenblick zu leben. Wenn man Pech hatte, war schlagartig alles vorbei ... weil man tot war! Das war Adèle Rousseau in Aix-en-Provence passiert. Und ihr selbst auch schon mal – nur dass sie dann doch auf der Intensivstation aufgewacht war.
Sie kam am Ende des Pools an und stützte sich mit beiden Armen auf den Beckenrand. Vor ihren Augen zwei nackte Füße. Sie schaute nach oben. Morgan reichte ihr die Hand, um ihr rauszuhelfen. Sollte sie sich zieren, weil sie nackt war? Nicht nach der vorangegangenen Nacht. Bereitwillig ließ sie sich hochziehen. Morgan reichte ihr einen Bademantel mit der Aufschrift *Château Palmier*. Das Frühstück sei fertig, sagte er. Rose habe auf der Terrasse alles vorbereitet.

*

Wenig später, zwischen Früchtejoghurt und Omelett, bekam sie einen Anruf von Apollinaire. Mit einem entschuldigenden Blick zu Morgan nahm sie das Gespräch entgegen. Er habe eine spannende Neuigkeit, sagte Apollinaire. Allerdings könne er noch nicht abschätzen, ob diese ermittlungsrelevant sei oder nur von marginaler Bedeutung – bis hin zu völliger Irrelevanz. Letzteres sei eine theoretische Option, bedürfe aber der Überprüfung, wobei einige Indikatoren …

»Mein lieber Apollinaire«, unterbrach sie ihn, »ich fühle mich gerade außerstande, Ihren Ausführungen geistig zu folgen. In spätestens zwei Stunden bin ich im Kommissariat, dann können wir darüber reden. Hat das so lange Zeit?«

»Definitiv. Nur so viel auf die Schnelle, es gibt womöglich ein weiteres Opfer.«

Das wäre nun tatsächlich eine spannende Neuigkeit, dachte Isabelle.

»Interessant«, sagte sie, weil ihr gerade keine klügere Reaktion einfiel. Sie war wirklich noch nicht im Arbeitsmodus. *»À bientôt.«*

»Deine Arbeit?«, fragte Morgan nach dem Auflegen.

»Ja, wir verfolgen gerade einen Triebtäter …«

Er hob die Augenbrauen.

»Damit meinst du hoffentlich nicht mich? Obwohl?« Er grinste. »Ich bekenne mich schuldig!«

*

Die nächste halbe Stunde unterhielten sie sich über seine Zukunftspläne. Er wolle nur noch wenige und ausgewählte Filme drehen, erzählte er. Statt permanent in der Weltgeschichte herumzureisen, wolle er möglichst viel Zeit auf seinem Weingut verbringen. Diese Entscheidung habe er vor einigen Monaten getroffen. Er freue sich auf die wenigen Wochen im Jahr, in denen seine kleine Tochter Naomi, die Isabelle ja bereits kennengelernt habe, zu Besuch komme. Nach Martinique reise er nur noch selten. Von seiner geschiedenen Frau habe er sich zwar einvernehmlich getrennt, aber er verspüre kein Bedürfnis, sie zu besuchen. Sein neuer Lebensmittelpunkt sei das Midi, also der Süden Frankreichs und hier besonders die Côte d'Azur. Wobei er den Trubel an den Hotspots wie Saint-Tropez, Cannes oder Monaco nur in homöopathischen Dosen vertrage. Am wohlsten fühle er sich zwischen seinen Rebstöcken und Olivenbäumen. Dass er vor drei Jahren das *Château Palmier* habe kaufen können, sei ein unglaubliches Glück gewesen. Seit Generationen sei es in Familienbesitz gewesen. Aber die Nachkommen hätten sich über das Erbe zerstritten. Ihr Pech, sein Glück.

Ein teures Glück, dachte Isabelle, das aber offenbar im Trend lag. Sie hatte von Hollywood-Größen wie George Lucas, Johnny Depp oder George Clooney gelesen, die ähnlich wie Brad Pitt und Angelina Jolie ein provenzalisches Weingut gekauft hatten. Milliardäre wie James Dyson oder Bernard Arnault hatten die Preise zusätzlich nach oben getrieben.

Isabelle vermutete, dass heute eine Domaine oder ein Château in der Provence als ultimatives Statussymbol angesehen wurde. Auch bei Morgan war das vielleicht der ursprüngliche Beweggrund gewesen. Aber wie es schien, hatte sich seine Einstellung geändert.

*

Mit keinem Wort sprachen sie über seinen Beziehungsstatus. Dass ein prominenter Filmschauspieler wie er nicht in mönchischer Enthaltsamkeit lebte, war ihr klar. Aber auch, dass er auf seinem Weingut momentan alleine lebte. Für diese Beobachtung brauchte es nicht den geschärften Blick einer Kommissarin – der einer lebenserfahrenen Frau genügte völlig. Er hatte sie also nicht angeschwindelt.

Umgekehrt wusste Morgan von ihrer langjährigen Liebschaft mit Rouven Mardrinac. Und auch, dass diese aufgrund der bevorstehenden Hochzeit beendet war. Wahrscheinlich wusste er auch von ihrem Malerfreund Nicolas – aber nicht, dass der bereits unterwegs nach New York war.

Obwohl Isabelle noch gerne geblieben wäre, brach sie nach einer weiteren halben Stunde auf. Er begleitete sie zu ihrem Motorrad. Anerkennend klopfte er auf den riesigen Tank.

»Die Harley passt zu dir. Darf ich das nächste Mal eine Proberunde drehen?«

Das nächste Mal? Das war, dachte Isabelle, keine schlechte Perspektive.

# 19

In Fragolin angekommen, ging sie erst mal nach Hause, um sich zu erfrischen und umzuziehen. Dann traf sie Apollinaire im Kommissariat.
Er war diskret genug, nicht zu fragen, warum sie erst jetzt kam. Isabelle lächelte. Er hätte auch keine Antwort bekommen. Sie goss sich eine Tasse Kaffee ein und setzte sich mit übereinandergeschlagenen Beinen auf ihren Schreibtisch.
»So, jetzt erzählen Sie mal!«, forderte sie ihn auf.
Er wackelte mit dem Kopf. Früher dachte sie, das hätte was zu bedeuten. Mittlerweile wusste sie, dass das nur eine seiner vielen wunderlichen Angewohnheiten war.
»Ursprünglich sind wir in Clodines Fall von einem Einzeltäter ausgegangen«, erklärte er. »Seit dem tragischen Tod von Adèle, die das gleiche Armband wie Clodine getragen hat, sprechen wir von einem Wiederholungstäter. Jetzt habe ich mich gefragt, worin der Unterschied zwischen einem Wiederholungs- und einem Serientäter besteht? Und wie wahrscheinlich es ist, dass jemand eine Tat nur einmal wiederholt? Warum nicht häufiger? Ergo habe ich mich auf die Suche nach weiteren Opfern von K.-o.-Tropfen gemacht, die ähnlich wie Clodine und Adèle altersmäßig keine Teenager mehr sind und die als weitere Gemeinsamkeit komplett ihrer Kleidung entledigt wurden.«
Er sah Isabelle fragend an. Erwartete er eine Reaktion?
»So weit kann ich Ihnen folgen«, sagte sie. »Bitte machen Sie weiter!«
»*Avec plaisir.* Um es kurz zu machen: Ich bin auf eine Straf-

anzeige gegen Unbekannt gestoßen, die die genannten Charakteristika erfüllt. Zeitlich liegt der Vorfall etwas länger zurück, etwa ein halbes Jahr. Zugetragen hat er sich auf der Île Saint-Honorat vor Cannes. Das Opfer heißt Manon Michot. Sie wurde besinnungslos und splitterfasernackt am Ufer aufgefunden. Kurz darauf war sie wieder bei Bewusstsein, konnte sich aber nicht erinnern, was vorgefallen war. Weil sie unter Kreislaufstörungen litt, kam sie ins Krankenhaus, wo in ihrem Blut Spuren von Ketamin festgestellt wurden. Sie hat sich schnell wieder erholt, hat aber dennoch Strafanzeige erstattet, gegen Unbekannt. Das Protokoll ist sehr dürftig. Soweit ich sehen kann, wurde der Fall von der Polizei nicht ernsthaft verfolgt. Wohl auch deshalb, weil Manon Michot laut ärztlichem Befund definitiv nicht vergewaltigt wurde. Ich glaube, die Kollegen in Cannes haben Wichtigeres zu tun.«

»Wird ein Armband mit Glaskristallen erwähnt?«

»Leider nein, aber warum auch? Wenn man etwas geschenkt bekommt, bringt man das ja normalerweise nicht zur Anzeige.«

Da hatte er zwar recht, dachte Isabelle, aber die Parallelen waren doch recht dürftig.

»Haben wir die Telefonnummer dieser Manon Michot?«

»Ja, haben wir. Soll ich Sie verbinden?«

Isabelle reichte ihm ihr Handy.

»Bitte tippen Sie die Nummer ein, dann geben Sie mir den Apparat zurück.«

Isabelle wollte vermeiden, dass Apollinaire mit der Tür ins Haus fiel und die Frau womöglich verschreckte.

»Hallo, hier ist Michot. Mit wem spreche ich?«

»Mein Name ist Bonnet. Ich arbeite bei der Polizei in Fragolin und bin gerade zufällig über Ihren Vorfall auf der Île Saint-Honorat gestolpert«, sagte sie bewusst unaufgeregt, fast im Plauderton. »Ich hoffe, es geht Ihnen wieder gut?«

»*Comme ci, comme ça*«, antwortete sie ausweichend. »Warum rufen Sie an? Haben Sie den Typen gefunden, der mich mit K.-o.-Tropfen ausgeknockt hat?«
»Leider nein, aber wir haben vielleicht eine Spur. Haben Sie das Armband noch, das Sie an Ihrem Handgelenk vorgefunden haben?«
Ganz bewusst wählte sie die Form einer Suggestivfrage. Um die Frau gar nicht erst auf den Gedanken zu bringen, sie habe das Armband womöglich widerrechtlich behalten.
Es war kurz stumm in der Leitung.
»Woher wissen Sie von dem Armband? Ich habe es nie erwähnt.«
»Weiße und blaue Kristalle, stimmt's?«
»Ja, aber sind nicht echt.«
Apollinaire, der mitgehört hatte, hob triumphierend den Daumen.
»Leider nein«, sagte Isabelle. »Wäre sonst eine nette Entschädigung.«
»Nett, aber nicht ausreichend.«
»Madame Michot, ich würde mich mal gerne mit Ihnen unterhalten, aber nicht am Telefon. Hätten Sie heute Nachmittag Zeit?«
»Ich wohne in Cannes ...«
»Ich weiß.«
»Ich arbeite in der Stadtverwaltung. Ab vier Uhr hätte ich Zeit.«
»Passt wunderbar. Wo wollen wir uns treffen?«
»Auf der Terrasse des Caffè Armani?«, schlug sie vor.
»Kenne ich. Dann sehen wir uns später. Ich freu mich ... ach so, könnten Sie bitte das Armband mitbringen?«
»Müsste ich vorher aus meiner Wohnung holen. Aber kann ich machen.«
Isabelle legte das Handy zur Seite, sah Apollinaire an und klatschte leise in die Hände.

»*Mes compliments.* Sie haben gerade einen guten Lauf«, stellte sie fest. »Erst Adèle Rousseau in Aix und jetzt Manon Michot in Cannes, Letztere sogar ohne Hinweis auf das verräterische Armband.«

Er rutschte verlegen auf seinem Bürostuhl hin und her.

»Ich kann es auch nicht wirklich erklären. Aber ich freue mich, dass aus der theoretischen Option eine veritable Erkenntnis geworden ist. Wollen Sie wirklich nach Cannes fahren?«

»Natürlich, habe ich doch gerade ausgemacht. Adèle konnte uns nicht mehr verraten, auf welche Weise sie ihren Peiniger kennengelernt hat. Clodine kann uns auch nicht weiterhelfen. Vielleicht gibt uns Manon einen Hinweis? Mich beschäftigt aber noch ganz was anderes …«

Sie dachte nach.

»Was sie auf der Île Saint-Honorat gesucht hat?«, fragte Apollinaire. »Sie war wohl kaum zum Beten im Kloster.«

Tatsächlich war Saint-Honorat für die Abbaye de Lérins und seine Zisterzensier bekannt. Die vor Cannes gelegene kleine Insel war aber auch ein beliebtes Ausflugsziel.

»Wohl kaum«, ging sie auf seine Bemerkung nicht weiter ein. »Mich beschäftigt die Frage, wieso sich der Täter offenbar an keiner der drei Frauen vergangen hat. Warum macht er sich seine Opfer mit K.-o.-Tropfen erst gefügig, zieht sie komplett aus, verzichtet dann aber …?«

Sie sprach nicht weiter.

»Vielleicht wurde er jedes Mal gestört? Adèle ist, bevor es dazu kommen konnte, mit Schaum vor dem Mund gestorben. Bei Manon kam vielleicht ein betender Mönch des Wegs. Und Clodine weiß ja selber nicht, was mit ihr passiert ist.«

Er könnte recht haben, dachte Isabelle.

»Übrigens habe ich gestern wirklich die Arme hochgekrempelt«, sagte Apollinaire.

Obwohl ihr gerade nicht danach zumute war, brachte er sie jetzt doch zum Lachen.
»Das hätte ich gerne gesehen.«
Er runzelte die Stirn.
»Wieso?«
»Na, wie Sie die Arme hochkrempeln. Stelle ich mir schwierig vor.«
»*Mais non,* ich meinte natürlich die Ärmel. Und auch das nur im übertragenen Sinne. Was ich sagen wollte …« Er schüttelte den Kopf. »Madame, jetzt haben Sie mich wieder mal völlig durcheinandergebracht.«
»Bis es Ihnen einfällt, kann ich Ihnen ja noch etwas genauer von meinen gestrigen Ermittlungen berichten.«
Eine kurze Zusammenfassung hatte sie ihm schon am Telefon gegeben. Jedenfalls bis zu ihrer Abfahrt in Aix-en-Provence. Isabelle begann mit dem widerborstigen Capitaine Gabriel Garcia und reichte Apollinaire die Mappe mit dem polizeilichen Protokoll. Sie sei noch nicht dazugekommen, reinzuschauen, aber da stehe sicher nichts drin, was sie nicht schon in der Onlineversion gelesen hätten. Danach schilderte sie das Hotel, in dem Adèle übernachtet hatte. Und schließlich kam sie zu ihrem Bruder Nick, den sie in Marseille getroffen habe und der sich Vorwürfe mache, nicht ausreichend auf seine kleine Schwester aufgepasst zu haben. Garcia habe ihr ein Foto von der Konzertkarte geschickt. Vielleicht lasse sich ermitteln, auf welche Weise sie gekauft wurde. An der Abendkasse, über das Internet?
»Jetzt fällt es mir wieder ein«, sagte Apollinaire. »Ich bin mit Clodine die Bilder durchgegangen, die Nora bei der Strandparty gemacht hat.«
»Ohne Ergebnis, ich weiß. Das haben Sie mir schon am Telefon gesagt. Aber die Bilder könnten noch wichtig werden, falls wir

von Manon einen Hinweis auf einen möglichen Täter bekommen oder vielleicht doch noch aus dem Hotel.«
Er nickte.
»Für einen Kreuzvergleich, ich verstehe.«
Isabelle bezweifelte, dass man das so nannte, aber sie hatten sich verstanden.

*

Bevor sie nach Cannes aufbrach, schaute Isabelle noch kurz bei Clodine vorbei. Sie stellte fest, dass sie sich um ihre Freundin wirklich keine Sorgen mehr machen musste. Sie war fröhlich, unbekümmert – und redselig wie immer. Eine vom Nervenarzt in der Klinik diagnostizierte posttraumatische Belastungsstörung sah wirklich anders aus. Als Isabelle sie auf die Fotos und Filmchen ansprach, die sie sich gestern zusammen mit Apollinaire angeschaut hatte, winkte sie genervt ab. Sie verspüre echt keine Lust, an die Strandparty erinnert zu werden. Vorbei sei vorbei.
Hätte aber auch anders ausgehen können, sagte Isabelle. Ein anderes Opfer sei an den K.-o.-Tropfen gestorben.
Clodine hielt sich die Ohren zu. »Will ich nicht wissen.«
Isabelle schüttelte missbilligend den Kopf.
»Eine Frage musst du mir aber noch beantworten: Du hast gegenüber deiner Freundin Carla eine neue Bekannte erwähnt, die dich auf die Mondscheinparty eingeladen hat. Das war ja vor den K.-o.-Tropfen, daran müsstest du dich doch erinnern?«
Clodine biss sich auf die Unterlippe.
»Tu ich mittlerweile auch. So ein bisschen wenigstens. Die Person hat mir eine SMS geschrieben und gesagt, ich kenne sie aus meinem Laden ...«
»Stimmt das?«

»Weiß ich doch nicht, aber kann gut sein. Jedenfalls hat sie geschrieben, dass es supernett wäre, wenn wir uns für einen Drink und zum Tanzen an der *Plage de Pampelonne* träfen. Da habe ich wohl zugesagt.«
»Hat deine Bekannte auch einen Namen?«
»Was soll denn diese Frage? Natürlich hat sie einen Namen. Bin mir aber nicht sicher. Irgendwas wie Dominique … muss aber nicht stimmen.«
»Dominique könnte auch ein Mann sein«, sagte Isabelle.
»Hab ich mir noch gar nicht überlegt. Ein Mann wäre mir sowieso lieber, was soll ich mit einer Frau?«
»Vielleicht Party machen und mit ihr einen Mann kennenlernen?«
Clodine lächelte.
»Okay, das macht Sinn.«
»Ich schätze, die SMS ist weg?«
»Na klar, zusammen mit meinem Handy … Aber jetzt muss ich mich dringend um dieses englische Ehepaar vor meinen Duftkerzen kümmern. Ich glaub, die kaufen welche. Und wenn nicht, dann eine meiner Seifen. Engländer lieben Seifen, die nach Lavendel riechen.«
Isabelle nahm Clodine zum Abschied kurz in den Arm und wünschte ihr viel Glück. *Bonne chance!*«
Dass es offenbar ein drittes Opfer gab, behielt Isabelle für sich. Auch dass sie deshalb gleich nach Cannes fahren würde. Sie wollte erst mehr erfahren, bevor sie mit Clodine darüber sprach.

# 20

Nach ihrem Empfinden war sie gestern wirklich genug auf ihrer Harley herumgekurvt. Für die anstehende Exkursion nach Cannes entschied sie sich deshalb für eine bequemere Variante. Schließlich musste ihr Polizeiauto auch mal bewegt werden. Und mit einem Einsatzfahrzeug der *Police nationale* gab es an der Croisette keine Parkplatzprobleme.
Die Fahrt war unproblematisch, und sie erreichte ohne größere Staus die Autobahnausfahrt nach Cannes. Von der A8 ging es über den Boulevard Carnot schnurgerade hinunter zur Place de 18 Juin, die an die Gründung des französischen Widerstands durch General de Gaulle 1940 erinnerte. Von dort war es nicht mehr weit zur Croisette, jener prachtvollen Uferpromenade, die vom Palais des Festivals et des Congrès über zwei Kilometer am Port Pierre Canto vorbei bis zum Cap de la Croisette führte. Auf der rechten Seite immer gesäumt von einem feinsandigen Strand und exklusiven Beachclubs. Auf der linken von noblen Hotels wie das Barrière le Majestic, dem Carlton oder dem Hotel Martinez. Dazwischen sündhaft teure Mode-, Schmuck- und Uhrenläden. Viel exklusiver ging es nicht.
Isabelle kannte jedoch auch das etwas weniger glamouröse, aber nicht minder charmante Cannes, das oft nur wenige Straßenzüge entfernt lag. Dazu zählten die auf einem Hügel gelegene Altstadt Le Suquet und die Markthalle Marché Forville. Wer aber ein echtes Kontrastprogramm suchte, der musste am alten Hafen, am *vieux port,* eine Fähre zu den vorgelagerten Inseln Sainte-Marguerite oder Saint-Honorat nehmen. Nach

einer kurzen Überfahrt zu den Îles de Lérins war man wirklich in einer anderen, naturbelassenen Welt. Irgendwo dort, dachte Isabelle, war Manon Michot dem Mann begegnet, der sie mit K.-o.-Tropfen außer Gefecht gesetzt hatte. Gleich würde sie Genaueres erfahren.

Ihr fiel auf, dass der Verkehr heute noch dichter war als sonst. Regulär einen Parkplatz zu ergattern war aussichtslos. Sie stellte den Peugeot am Mittelstreifen im Halteverbot ab. Einige Passanten warfen ihr verwunderte Blicke zu. Was nicht an der Wahl ihres Parkplatzes lag, sondern wohl eher daran, dass sie kaum aussah wie eine Streifenbeamtin. Dabei war sie in weißen Baumwolljeans, mit einem Poloshirt und in Ledersandalen Tropéziennes von Rondini noch zivil gekleidet. Noch größer wäre die Verwunderung gewesen, hätte sie einen kurzen Rock und High Heels getragen – was bei ihr aber ziemlich unwahrscheinlich war.

Isabelle überquerte die Straße und erreichte nach wenigen Schritten den etwas zurückversetzten Armani-Store mit dem zugehörigen Caffè. Davor standen weiße Gartenschirme und in deren Schatten kleine quadratische Holztische mit Regiestühlen.

Sie wusste nicht, wie Manon Michot aussah – und doch erkannte sie die Frau sofort. Sie blieb konsterniert stehen. Denn an einem Tisch saß … saß Clodine. Natürlich war sie es nicht, aber die Ähnlichkeit war frappierend. Nur hatte sie die blonden Haare kurz geschnitten.

Isabelle sammelte sich, dann ging sie auf sie zu und begrüßte sie.

»*Bonjour*, Madame Michot. Ich bin Bonnet, wir haben telefoniert.«

Manon sah sie überrascht an.

»Woher wissen Sie, dass ich das bin? Da vorne sitzen noch zwei einsame Damen.«

Isabelle lächelte.
»Erzähl ich Ihnen später. Ich freu mich, dass Sie so kurzfristig Zeit hatten.«
»Sehr gerne, allerdings nur eine halbe Stunde. Dann muss ich zu meiner pflegebedürftigen Mutter.«
Isabelle sah, dass Manon einen Aperol Spritz trank. Sie bestellte auch einen – mit *vin blanc* statt Prosecco. So mochte sie ihn lieber.
Manon legte ein Armband mit geschliffenen Glaskristallen auf den Tisch.
»Sie wollten, dass ich es mitbringe. Darf ich fragen …«
Manon stockte. Sie starrte auf Isabelles Handgelenk.
»Genau deshalb«, antwortete Isabelle.
»Das, das … verstehe ich nicht.«
Isabelle streifte das Armband ab und legte es neben Manons.
»Ich hab das Armband von einer Freundin, der das Gleiche passiert ist wie Ihnen«, erklärte sie. »Auch sie hatte, als sie wieder zur Besinnung gekommen ist, dieses *bracelet* am Handgelenk.«
Manon schüttelte ungläubig den Kopf.
»Wie gibt's denn so was?«
»Weil Sie beide offenbar demselben Mann begegnet sind. Und der hat aus unerklärlichen Gründen die Marotte, seinen Opfern ein Geschenk zu hinterlassen.«
»Ich bekomme eine Gänsehaut.«
»Übrigens wissen wir noch von einer dritten Frau. Sie wurde in Aix-en-Provence betäubt und hatte anschließend auch dieses Armband am Handgelenk.«
Dass Adèle zu diesem Zeitpunkt schon tot war, verschwieg Isabelle.
»Aix? Das ist ganz schön weit weg.«
Darüber hatte Isabelle auch schon nachgedacht. Die *Plage de*

*Pampelonne,* wo es Clodine ereilt hatte, lag etwa auf halber Strecke dazwischen. Dass es sich um Zufallsbegegnungen handeln könnte, war aufgrund der Entfernung wenig wahrscheinlich.

Nachdenklich betrachtete sie Manon. Die Ähnlichkeit war wirklich verblüffend. Von Adèle hatte sie nur Fotos gesehen, als sie nicht mehr am Leben war. Der Tod veränderte ein Aussehen. Aber möglich war auch das …

»Kann es sein«, fragte Isabelle, »dass Ihre Haare vor einem halben Jahr nicht so kurz geschnitten waren?«

Manon kniff die Augen zusammen. Die Irritation war ihr anzusehen.

»Wie kommen Sie denn darauf? Aber es stimmt … damals habe ich meine Haare schulterlang getragen.«

»Moment, ich zeige Ihnen ein Foto.«

Auf ihrem Handy suchte Isabelle ein Bild von Clodine. Sie vergrößerte das Gesicht und zeigte es ihr.

»*Mon Dieu* … Wer ist das?«

»Meine Freundin Clodine. Von ihr habe ich das Armband.«

»Könnte meine Zwillingsschwester sein. Jetzt verstehe ich Ihre Frage. Tatsächlich hatte ich früher eine ähnliche Frisur. Nach dem Zwischenfall habe ich mir die langen Haare in einem Wutanfall kurz geschnitten.«

»Wutanfall?«

»Ja, ich war wütend auf mich selbst, weil mir so was passiert ist. Ich wollte kein Opfer sein …«

»Darf ich kurz telefonieren?«, fragte Isabelle.

Manon nickte. Mit dem Strohhalm rührte sie nachdenklich im Aperol.

»Apollinaire, nur ganz kurz. Könnten Sie bitte ein Porträtbild von Adèle besorgen? Fragen Sie ihren Bruder Nick, der hat bestimmt eins. Und schicken Sie mir das Foto per WhatsApp!«

»Jetzt gleich?«
»Darum würde ich bitten.«
»Wird sofort erledigt. *Tout de suite!*«
»Ist Adèle die dritte Frau, von der Sie gesprochen haben?«, fragte Manon.
Isabelle nickte.
»Ja, ist sie. Und ich habe den Verdacht, dass auch sie Ihnen beziehungsweise meiner Freundin Clodine ähnlich sieht.«
»Das wäre pervers, finden Sie nicht?«
»So würde ich das nicht nennen«, antwortete Isabelle. »Offenbar gibt es jemanden, der an Ihrem Frauentyp Gefallen findet. Ist ja nicht überraschend, Sie haben sicherlich auch sonst Verehrer.«
»Ja, kommt vor, sogar heute mit kurzen Haaren.«
Isabelle dachte kurz nach. Sie hatte eine Idee.
»Darf ich Sie was Persönliches fragen? Sind Sie Single?«
»Ja, bin ich. Nicht aus Überzeugung, aber bislang habe ich niemanden gefunden, der mich nicht nach wenigen Wochen genervt oder, noch schlimmer, gelangweilt hätte. Warum fragen Sie?«
Isabelle fiel auf, dass Manon trotz ihrer äußeren Ähnlichkeit mit Clodine einen völlig anderen Charakter hatte. Während sich Clodine in fast allen Situationen ihr heiteres Wesen bewahrte und munter drauflosplapperte, sprach Manon langsam und mit großer Ernsthaftigkeit.
»Ich suche nach einer Erklärung«, antwortete Isabelle. »Meine Freundin Clodine hatte ebenfalls keine feste Beziehung, und auch Adèle war alleinstehend.«
»Denken Sie, das spielt eine Rolle? Glauben Sie, er hätte mich sonst in Ruhe gelassen? Das wäre der erste Vergewaltiger, der auf so was Rücksicht nimmt.«
Isabelle hob fragend die Augenbrauen.

»Im Protokoll steht, Sie wurden nicht vergewaltigt?«
»Weil ich Glück gehabt habe. Warum glauben Sie, dass er mich betäubt ins Gebüsch gezerrt und nackt ausgezogen hat? Wäre nicht ein Spaziergänger auf uns aufmerksam geworden, hätte er wohl kaum von mir abgelassen.«
»Ein Spaziergänger?«
»Ja, er ist zufällig vorbeigekommen. Er hat mich vor dem Schlimmsten bewahrt. Ich werde ihm mein Leben lang dankbar sein.«
»Meine Frage, ob Sie alleinstehend sind, hatte einen anderen Hintergrund«, erklärte Isabelle. »Sie haben vorhin festgestellt, dass Aix von hier ziemlich weit entfernt ist.«
Auf Isabelles Handy blinkte eine WhatsApp auf. Von Apollinaire.
»Ging schneller als gedacht. In Capitaine Garcias Mappe war dieses Foto. Im ersten Moment dachte ich an eine Verwechslung. Zufälle gibt es …«
Isabelle glaubte nicht an Zufälle.
Sie zeigte Manon das Foto. »Das hier ist Adèle«, sagte sie.
»*Ce n'est pas vrai* … das, das gibt's doch nicht«, stammelte Manon.
Die Ähnlichkeit war unübersehbar.
»Wir haben es mit einem Täter zu tun, der seine Opfer gezielt nach ihrem Äußeren aussucht«, stellte Isabelle fest. »Offenbar hat er ein Bild vor Augen, dem die Frauen möglichst genau entsprechen müssen. Stellt sich die Frage, wie er sie findet. Und genau deshalb habe ich gefragt, ob Sie Single sind.«
Manon runzelte die Stirn.
»Wo ist da der Zusammenhang?«
»Könnte es sein, dass Sie gelegentlich im Internet auf einer Datingplattform nach einem Partner suchen? Von meiner Freundin Clodine weiß ich, dass sie das zwischendurch macht. Eher

aus Spaß und zum Zeitvertreib. Besondere Hoffnungen verbindet sie nicht damit.«

»Geht mir ähnlich. Bisher habe ich auf diesem Weg nur Idioten kennengelernt.«

»Natürlich haben Sie von sich ein Foto online gestellt, richtig?«

»Na klar, anders macht's ja keinen Sinn.« Manon zögerte. »Jetzt verstehe ich. Sie halten es für möglich, dass uns der Täter auf einer Datingplattform gefunden hat. Aber …« Sie dachte angestrengt nach. »Aber damals hatte ich kein Date, daran kann ich mich genau erinnern. Schon lange nicht mehr.«

»Natürlich nicht. Der Täter war nicht so blöd, seine Identität preiszugeben und sich mit Ihnen zu verabreden.«

»Geht auch anonym«, stellte Manon fest. »Das funktioniert bei jeder Partnervermittlung anders.«

»Könnte er ohne Kontaktaufnahme Ihren Namen herausgefunden haben?«

»Glaube ich nicht, das wird von den meisten Singlebörsen garantiert.«

»Aber Ihre Handynummer?«

Manon zuckte mit den Schultern

»Ja, wahrscheinlich. Aber mich hat kein Mann angerufen.« Sie stockte. »Das nicht, aber ich hatte eine Verabredung mit einer Frau. Wir wollten uns auf Saint-Honorat treffen, dort auf dem Rundweg um die Insel laufen, im Meer schwimmen und im Restaurant *La Tonnelle* was essen. Aber sie ist nicht erschienen. Dann bin ich alleine losgezogen.«

Manon sah auf die Uhr. Isabelle erinnerte sich, dass sie nur eine halbe Stunde Zeit hatte.

»Wie gut kannten Sie diese Frau?«, fragte Isabelle.

»Gar nicht, wir hatten nur online Kontakt. In Cannes gibt's eine Frauen-Plattform für gemeinsame Freizeitaktivitäten: *Femmes pour femmes*. Über die haben wir uns verabredet.«

»Hat sie sich später noch mal gemeldet?«
»Nein, aber war mir auch egal. Ich hatte wirklich andere Probleme.«
»Können Sie sich noch an ihren Namen erinnern?«
Manon musste nur kurz überlegen.
»Doch, den weiß ich noch. Ihr Name war Dominique.«
Isabelle verschlug es fast die Sprache.
»Warum schauen Sie so überrascht?«, fragte Manon.
»Weil auch meine Freundin mit einer Dominique verabredet war. Mit einer Frau, die wahrscheinlich ein Mann war – und an die sie sich nicht erinnern kann.«
Manon schüttelte ungläubig den Kopf.
»Das wäre … das wäre dann ja schon die dritte Gemeinsamkeit. Erst die mysteriösen Armbänder, dann unsere frappierende Ähnlichkeit und jetzt sogar der Name unserer Verabredung … Mir gruselt es.«
Zum Gruseln war es nicht, dachte Isabelle. Ein wenig unheimlich aber schon, das musste sie zugeben.
Manon sah auf die Uhr.
»Wir müssen uns unbedingt weiter unterhalten«, sagte sie, »aber ich muss jetzt leider weg. Ich habe eine pflegebedürftige Mutter, die auf mich wartet.«
»Haben Sie hinterher Zeit?«
»Leider nein, heute Abend geht's nicht mehr.« Manon dachte nach. »Aber morgen könnte ich mir freinehmen.«
»Wir brauchen nicht den ganzen Tag.«
»Vielleicht doch? Was halten Sie davon, wenn wir zusammen auf die Île Saint-Honorat fahren? Dann zeige ich Ihnen, wo alles passiert ist. Ich war seit der versuchten Vergewaltigung nicht mehr auf der Insel. Nur in meinen Albträumen. Vielleicht wird es Zeit, das Trauma zu überwinden. Mit Ihnen an meiner Seite könnte ich es schaffen.«

Tatsächlich, dachte Isabelle, hatte sie noch viele Fragen. Zudem war es immer eine gute Idee, einen Tatort zu besichtigen. Auch gab es die Chance, dass sich Manon bei diesem Ausflug plötzlich an Details erinnerte, die sie in ihrem Gedächtnis vergraben hatte. Blieb nur das Problem, dass sie in Cannes übernachten müsste. Das hatte sie nicht vorgehabt. Aber jetzt nach Fragolin fahren, um morgen wieder zurückzukommen, war auch keine vernünftige Option.

»Das können wir so machen«, sagte Isabelle. »Und diesmal wissen Sie, mit wem Sie verabredet sind«, fügte sie mit einem Lächeln hinzu.

# 21

Als Manon gegangen war, überlegte Isabelle, dass die Idee einer Übernachtung gar nicht so schlecht war. Mit Aix und Marseille hatte sie gestern einen anstrengenden Tag hinter sich. Schmunzelnd fügte sie in Gedanken hinzu, dass auch die folgende Nacht wenig Erholung gebracht hatte. Also sprach nichts dagegen, sich einen entspannten Abend in Cannes zu gönnen und den entgangenen Schlaf nachzuholen. Stellte sich nur die Frage, wo sie übernachten sollte. Auch hatte sie keine Reisetasche im Kofferraum. Nur schusssichere Westen. Aber die Improvisation war die Mutter aller guten Entscheidungen. Jedenfalls vertrat Apollinaire diese Auffassung – was insofern lustig war, als er selbst alles akribisch plante und ihn jede Form der Improvisation aus der Bahn warf.

Isabelle bestellte *un café allongé*, einen verlängerten Espresso. Dann rief sie in ihrem Kommissariat an. Sie gab Apollinaire eine kurze Zusammenfassung ihres Gesprächs mit Manon. Außerdem sollte er wissen, was es mit Adèles Foto auf sich hatte. Sie berichtete ihm, dass sich alle drei Opfer der K.-o.-Tropfen verblüffend ähnlich sahen. »Unser Täter ist ein Freak«, schlussfolgerte er. »Wir sollten an alle Frauen, die so ausschauen, eine Warnung rausgeben. Oder besser noch, wir legen ihnen nahe, sich die Haare schwarz zu färben.«

»Genau das sollten wir tun. Würden Sie das bitte in die Hand nehmen.«

»Natürlich, sehr gerne«, antwortete er pflichtschuldigst. Um nach einer kurzen Bedenkzeit stotternd hinzuzufügen: »Aber …

aber wie soll das gehen? Praktischerweise sehe ich keine Möglichkeit …«

Isabelle lachte.

»Ich auch nicht. Also lassen wir das. Andere Frage: Haben Sie was zu den Armbändern herausgefunden? Wo kann man die kaufen?«

»Im Internet werden keine vergleichbaren *bracelets* angeboten. Ich vermute, es handelt sich um Einzelanfertigungen. Jetzt versuche ich festzustellen, wer so was macht. Einen ersten Hinweis habe ich schon.«

»Ist doch großartig.«

»Nein, ist es nicht. Offenbar kann man sich in Bangkok an jeder zweiten Straßenecke solche Klunker nachmachen lassen. Da genügt ein Foto oder ein Original. Wenn das stimmt, kommen wir so nicht weiter.«

Das wäre tatsächlich keine gute Nachricht, dachte Isabelle. Andererseits hatte Apollinaire gerade einen Aspekt angesprochen, über den sie noch nicht nachgedacht hatte: Es könnte ein Original mit echten Edelsteinen geben. Der Täter hat Kopien anfertigen lassen, um sie seinen »Opfern« zum Geschenk zu machen. Fragte sich nur, warum? Auch wäre spannend zu wissen, über wie viele Armbänder er noch verfügte.

»Bitte bleiben Sie trotzdem dran«, sagte sie und eröffnete ihm noch, dass sie in Cannes übernachten werde, um morgen mit Manon auf der Insel Saint-Honorat den Tatort zu besichtigen.

*

Zwanzig Minuten später bummelte Isabelle über die Croisette in Richtung alter Hafen. Zwar war gerade kein Filmfestival, und doch herrschte überall dichtes Gedränge. Am Strand waren Pavillons aufgebaut, auf Videowänden liefen Filme, und aus riesigen Boxen wummerte Musik über die Uferpromenade. Gestylte Menschen liefen umher und machten einen wichtigen Eindruck. Vor roten Absperrkordeln warteten geladene Gäste auf Einlass. Auf weißen Fahnen entdeckte sie einen geflügelten Löwen, der sie an Venedig erinnerte.

Isabelle brauchte eine Weile, bis sie herausfand, was hier gerade abging. Die internationale Werbefilm- und Kommunikationsbranche traf sich zum alljährlichen »The Cannes Lions International Festival of Creativity«. Ein Mega-Event, welches das berühmte Filmfestival gemessen am Aufwand in den Schatten stellte. Kein gutes Timing, dachte Isabelle. Denn die Chance, ein Hotelzimmer zu ergattern, ging hiermit gegen null.

Sie bog rechts ab und lief durch die parallel verlaufende Rue Félix Faure. Sehr viel ruhiger war es auch hier nicht. Sie blieb vor einem Dessous-Shop stehen. Die Slips im Schaufenster gefielen ihr nicht. Auch nicht die Pyjamas. Für die kommende Nacht brauchte sie eh keinen. Dann schlief sie halt nackt. Auch wenn sie noch nicht wusste, wo das sein könnte. Aber von solchen Details ließ sie sich nicht stressen.

Einige Schritte weiter erwarb sie in einer Boutique ein T-Shirt – mit dem aufgedruckten Löwen des Kreativitätsfestivals.

Schließlich kam sie zu einem bekannten Fischrestaurant: *Astoux et Brun*. Die Brasserie gab es in der dritten Generation und war eine Institution. Auf Zimmersuche, dachte Isabelle, sollte sie nicht mit leerem Magen gehen. Doch waren die Tische unter der Markise bis auf den letzten Platz belegt. Und weil es im *Astoux et Brun* traditionell keine Reservierungen gab, standen die Gäste vor dem Eingang Schlange. Dann halt nicht.

An einer kleinen Theke an der Ecke öffneten Mitarbeiter des Restaurants im Akkord Austern.

Einer blickte auf und erkannte sie.

*»Bonjour, Madame le Commissaire«*, begrüßte er sie. *»Que faites-vous à Cannes?«*
Was sie in Cannes mache? Wer wollte das wissen? Sie brauchte einen Moment, dann fiel es ihr ein. Der junge Mann hatte bis vor einigen Monaten bei Jacques in Fragolin gearbeitet.
»*Bonjour,* Roger. Mich hat die Arbeit nach Cannes geführt.«
Er lachte.
»Mich auch, und die bessere Bezahlung.«
»Wir vermissen Sie in Fragolin.«
Das stimmte zwar nicht wirklich, aber sie wollte nett sein.
*»Vous êtes très gentil.«* Er deutete mit dem Austernmesser zur Terrasse. »Sind Sie zum Essen hier?«
»Wollte ich, aber die Schlange am Eingang ist mir zu lang.«
Roger grinste.
»Aber doch nicht für Sie. Das werden wir gleich haben. Sind Sie alleine?«
»Ja, aber ich setz mich auch gerne wo dazu.«
»Anders wird's nicht gehen. Bitte warten Sie einen Moment.«
Er eilte zum Concierge, der den Einlass regelte. Sie sah, wie sie sich kurz unterhielten. Dann gab ihr Roger ein Zeichen zu kommen.
Fast war es ihr unangenehm, sich vor der Brasserie an den wahrscheinlich schon lange wartenden Gästen vorbeizudrängeln – fast, aber nicht wirklich.
Sie wurde mit herzlicher Umarmung wie ein Stammgast begrüßt.
*»Nous sommes très honorés«*, sagte der Concierge. »Es ist uns eine Ehre.«
Sie fragte sich, was ihm Roger erzählt hatte, wer sie sei. Eine VIP war sie ja nun wirklich nicht.
Roger verabschiedete sich und eilte zurück zu seinen Austern. Der Concierge brachte sie zu einem Tisch mit Amerikanern,

wo ein Platz frei war. Sie hatten nichts dagegen, dass sie sich dazusetzte. Im Gegenteil schienen sie sich zu freuen und gossen ihr gleich ein Glas Wein ein.
»Ab jetzt müsst ihr euch jedes Wort überlegen«, sagte der Concierge auf Englisch. »Das hier ist die Polizeichefin der Côte d'Azur.«
Dass es diesen Posten überhaupt nicht gab, wusste er natürlich. Aber für amerikanische Ohren hörte sich das toll an.
Sofort versuchten sie, mit ihr ins Gespräch zu kommen. Ihr Glück war, dass keiner von ihnen Französisch sprach. Und sie selbst tat so, als ob sie kein Wort Englisch verstünde.
Immer wieder hob sie entschuldigend die Arme. *»Pardon, mais je ne comprends pas. Je suis désolée.«*
Nach einer Weile gaben sie es auf, waren aber weiterhin ausgesprochen nett. Immer wieder warfen sie ihr verstohlene Blicke zu und tuschelten. Dass Frankreich wahrhaft ein gesegnetes Land sei, stellte ein Mann fest, wo es eine so aufregende Frau bis zur Polizeichefin bringen könne. Isabelle fiel es schwer, nicht zu lächeln. Denn sie verstand jedes Wort. Auch das Kompliment, dass sie eine *hot lady* war. Sie fand das in keinster Weise despektierlich.
Isabelle bestellte eine Platte *Assortiments de fruits de mer* mit Austern, Muscheln, Schnecken und Garnelen: *huîtres, praires, bulots et crevettes.* Sie wusste, was auf sie zukam. Es würde ihr schwerfallen, diese Meeresfrüchte allein zu verdrücken. Aber irgendwie fühlte sie sich nach der bevorzugten Behandlung zu einer angemessenen Bestellung verpflichtet.

*

Später gab sie ihren Tischnachbarn eine Runde Marc de Provence aus. Schon deshalb, weil sie selber dringend einen Digestif benötigte. Sie prosteten sich zu: *santé, chin-chin, cheers …*
Ihr Handy klingelte. Weil sie sah, dass es Morgan war, ging sie ran.
Sie freute sich, seine Stimme zu hören.
Er fragte, ob sie heute Morgen gut heimgekommen sei? Isabelle stutzte. Heute Morgen erst? Natürlich hatte er recht, aber die Zeit war wie im Flug vergangen. Außerdem hatte sie vergessen, sich bei ihm für seine … Isabelle lächelte … für seine »Gastfreundschaft« zu bedanken.
Offenbar nahm er es ihr nicht übel. Er schlug vor, sie morgen in Fragolin zu besuchen. In der Früh habe er noch einen Termin mit einem Korkenlieferanten, aber im Anschluss könne er gleich losfahren. Vorausgesetzt natürlich, sie habe Zeit.
Isabelle interpretierte diesen überraschenden Einfall als Sympathiebeweis.
Leider klappe das nicht, sagte sie. Gerade sei sie in Cannes …
»In Cannes? Was machst du denn da?«
Das hatte sie schon Roger gefragt. Als ob sie in Fragolin einen Schreibtischjob hätte.
»Ich ermittle in einem Fall. Morgen Vormittag steht eine Tatortbegehung auf der Insel Saint-Honorat auf dem Programm. Ich weiß nicht, wie lange das dauert.«
»Das hört sich doch gut an.«
»Na ja, eigentlich nicht so gut. Deinen Besuch in Fragolin müssen wir jedenfalls verschieben.«
»Aber sehen können wir uns trotzdem. Nach deiner Tatortbegehung. Dann komme ich halt nach Cannes, und wir bleiben über Nacht.«
Isabelle schmunzelte. Dieser Morgan Dumas ging ganz schön ran. Sollte sie das stören?

»Das ist eine nette Idee. Aber hier ist gerade alles proppevoll …«

»Ach ja, das Lions Festival.«

»Offenbar sind alle Hotels ausgebucht. Ich weiß selber noch nicht, wo ich eine Übernachtungsmöglichkeit finde.«

»Was für ein Glück, dass ich dich anrufe. Ich schicke dir gleich eine Adresse hinter dem Carlton. Ich werde am Empfang Bescheid geben, dass du kommst.«

»Meinst du, da ist noch ein Zimmer frei?«

»Ein Zimmer? Nein, aber ein Appartement im zweiten Stock. Es gehört mir.«

Ups, der Mann war für Überraschungen gut.

»Wie kommst du zu einem Appartement in Cannes?«, fragte sie.

»Weiß ich selber nicht. Wahrscheinlich habe ich es mal gekauft.«

Die Antwort geschah ihr recht. Die Frage hatte sie auch zu blöd gestellt.

»Ich meinte …«

Sie hörte Morgan lachen.

»Weiß schon, wie du es gemeint hast. Ich muss jedes Jahr aufs Filmfestival, und mir war es zu lästig, immer im Hotel zu wohnen und dort keine wirkliche Privatsphäre zu haben. Da habe ich mir einen Rückzugsort zugelegt. War eine gute Entscheidung, auch wenn ich das restliche Jahr kaum hinkomme. Umso mehr freue ich mich, dir eine Übernachtungsmöglichkeit anbieten zu können.« Er räusperte sich. »Unter einer Voraussetzung: Du hast nichts dagegen, wenn ich dich morgen Nachmittag besuchen komme. Dann machen wir uns einen schönen Abend.«

»Das ist eine ganz üble Erpressung. Die Ausnutzung einer Notlage kann strafrechtliche Konsequenzen haben.«

»Den Prozess gewinne ich. Also, haben wir einen Deal?«

»Natürlich, ich freue mich.«

»Warum ist es eigentlich so laut bei dir? Wo bist du gerade?«
»Im *Astoux et Brun*. Ich habe gerade eine Platte mit Meeresfrüchten verdrückt.«
»Respekt. Dann gehen wir morgen Abend woanders hin. Ich hab schon eine Idee.«

# 22

Am nächsten Tag hätte Isabelle fast verschlafen. Morgans modernes Appartement hatte schalldichte Fenster. Das Kingsize-Bett war superbequem. Die Bettwäsche kuschelig. Sie rollte sich auf den Rücken, sah an die Decke und beglückwünschte sich zur Entscheidung, seine Einladung angenommen zu haben. Warum hätte sie auch ablehnen sollen?

Isabelle stand auf und streckte sich.

Normalerweise verrieten Wohnungen viel über ihre Bewohner. Aber nicht dieses Appartement. Es war cool eingerichtet, sehr chic – aber völlig unpersönlich. Nirgends lag etwas herum. Offenbar war sie von Morgan nicht angeschwindelt worden: Er übernachtete hier nur selten und nutzte das Appartement wie ein Hotelzimmer.

Isabelle ging in die Küche, fand Espressokapseln und startete die Maschine. Der Kühlschrank war komplett leer. Sie würde also in einem Straßencafé frühstücken. Oder besser: gar nicht. Ihr reichten ein doppelter Espresso und später ein Croissant im Gehen. In zwanzig Minuten war sie am *vieux port* mit Manon verabredet. Genauer gesagt am *Quai des îles*, wo die Fähren zu den Inseln ablegten.

Bevor sie duschte, schickte sie Morgan noch einen schnellen Gutenmorgengruß. Mit einem Kussmund. Den hatte er sich verdient. Bei der Gelegenheit entdeckte sie eine Message von Nicolas. Mit der Nachricht, dass er gut in New York angekommen sei. Das Atelier sei *extraordinaire*. Statt eines Kussmunds folgte ein Emoji mit der Freiheitsstatue. War auch besser so! Sie antwortete, dass sie ihm alles Gute wünsche. Und variierte eine Textzeile aus Sinatras legendärem Song: *New York, New York, now you are a part of it …*

*

Die Insel Saint-Honorat hat eine lange und wechselvolle Geschichte. Sie ist die kleinere der beiden Îles de Lérins, die Cannes vorgelagert sind. Die andere heißt Sainte-Marguerite, ist dicht bewaldet und ein beliebtes Ausflugsziel. Sie hat vor allem durch ihre Festung Berühmtheit erlangt, in der Ende des 17. Jahrhunderts der geheimnisumwitterte »Mann mit der eisernen Maske« gefangen gehalten wurde. Der Legende nach könnte es sich um den Zwillingsbruder des Sonnenkönigs Ludwig XIV. gehandelt haben. Schriftsteller wie Alexandre Dumas d. Ä. oder Marcel Pagnol haben dieser tragischen Figur ein literarisches Denkmal gesetzt.

Saint-Honorat dagegen ist für sein Kloster bekannt. Die Geschichte geht zurück auf den heiligen Honoratus, der die Mönchsgemeinschaft bereits im 5. Jahrhundert gegründet hat. Ursprünglich wollte er sich auf die Insel als Einsiedler zurückziehen, doch bald lebten über dreitausend Mönche auf Saint-Honorat.

Sie folgten den Ordensregeln des heiligen Benedikt. Ihren Frieden haben die frommen Männer in den folgenden Jahrhunderten freilich nur selten gefunden. Mal wurden sie von Sarazenen hingemetzelt, dann von Piraten überfallen. Heute leben rund dreißig Mönche auf Saint-Honorat. Die täglichen »Überfälle« der Ausflügler sind weitestgehend gefahrlos und durchaus willkommen. Die Zisterzienser folgen den Prinzipien des »ora et labora« und widmen sich neben dem Gebet und dem Erhalt der klösterlichen Anlagen vor allem ihren Rebstöcken.

Die Weine der Abbaye des Lérins haben einen ausgezeichneten Ruf.

*

Von alldem wusste Isabelle wenig bis gar nichts. Es war für ihre Ermittlungen auch ohne Belang. Manon Michot erwartete sie an der Anlegestelle der Fähre. Sie hatte Bermudas an und trug bequeme Sneakers. Auch hatte sie einen kleinen Rucksack umhängen. Isabelle ging es wie gestern: Im ersten Moment dachte sie, dass Clodine vor ihr stand. Allerdings mit kürzeren Haaren. Doch während Clodine sie mit einem fröhlichen Lachen und einer herzlichen Umarmung begrüßt hätte, rang sich Manon nur ein zurückhaltendes Lächeln ab. Ihr war die Anspannung anzusehen. Ganz offenbar kostete es sie einige Überwindung, auf die Insel zurückzukehren, mit der sie eine traumatische Erfahrung verband.

Die Überfahrt dauerte nur fünfzehn Minuten. Mit ihnen waren einige Dutzend Ausflügler an Bord. Am Ufer empfing sie eine Tafel mit dem Bild eines fröhlichen Mönchs: *Bienvenue sur l'île Saint-Honorat.*

Sie könnten jetzt abkürzen, erklärte Manon, und geradeaus über die Insel auf die andere Seite gehen. Aber sie wolle lieber dieselbe Route wie vor einem halben Jahr einschlagen und nach rechts über den Rundweg laufen. So könne sie sich besser an alles erinnern. Genauso sollten sie es machen, bestätigte Isabelle. Denn exakt darauf kam es an: nämlich, dass sich Manon an möglichst viele Details erinnerte. Ob das schließlich der Wahrheitsfindung diente, würde sie hinterher wissen.

Auf einem gut ausgebauten Fußweg ging es nur wenige Schritte zum Restaurant *La Tonnelle*. Vor der dazugehörigen Boutique, sagte Manon, sei sie mit Dominique verabredet gewesen. So

hatten sie das über die Freizeit-Plattform im Internet vereinbart. Aber ihre neue Bekannte sei nicht erschienen. Weil sie keine Handynummer hatte, sei ihr nichts anderes übrig geblieben, als alleine loszuziehen. Vorher habe sie noch eine Flasche Wasser gekauft und in die Seitentasche ihres Rucksacks gesteckt. Dann sei sie dem Uferweg gefolgt.
Sie kamen an einer zurückversetzten Kapelle vorbei, an die sie sich erinnerte. Die Chapelle Saint-Sauveur.
Langsam liefen sie weiter. Sie gelangten zu einer kleinen Felsbucht, wo man leicht ins Wasser gehen konnte. Ein idealer Badeplatz, der auch heute von Ausflüglern genutzt wurde.
»Hier habe ich haltgemacht«, erinnerte sich Manon, »und bin zum Schwimmen gegangen.«
»Nackt?«, fragte Isabelle, weil sie überlegte, dass ein Voyeur hier auf sie aufmerksam hätte werden können. Auch wenn sie daran nicht glaubte.
»Nein, nicht nackt, das ist auf der Klosterinsel verboten. Ich hatte unter meinem Kleid einen Bikini an.«
Isabelle deutete auf ihren Rucksack.
»Was haben Sie solange mit ihm gemacht?«
»Habe ich da links auf einen Felsen gelegt.«
Isabelle kniff die Augen zusammen.
»Ist aus dem Wasser nicht zu sehen, oder?«
»Ich glaube nicht. Aber ich hatte kein unsicheres Gefühl. Wer soll schon meinen Rucksack klauen?«
»Die Wasserflasche hatten Sie in der Seitentasche?«
Manon nickte.
»Warum sollte ich sie zum Schwimmen mitnehmen?«
Isabelle sah sie nachdenklich an.
»Haben Sie sich nie gefragt, auf welche Weise Ihnen das Betäubungsmittel verabreicht wurde, das man später in Ihrem Blut gefunden hat?«

»Doch natürlich. Ich könnte mir vorstellen, dass mir einer von hinten eine Spritze in den Hals verpasst hat. Das Ketamin hat sofort gewirkt, weshalb ich mich daran nicht erinnern kann.«

»Das ist sehr unwahrscheinlich. Plausibler wäre, dass Ihnen jemand während Ihres Bades unbeobachtet K.-o.-Tropfen in die Wasserflasche gegeben hat. Wäre doch möglich, oder?«

Manon überlegte.

»Ja, das wäre möglich.«

»Wann haben Sie nach dem Schwimmen aus der Flasche getrunken?«

»Das weiß ich nicht mehr.«

»Sofort?«

»Ich glaube nicht.«

»Vielleicht erst kurz vor dem Überfall?«

Manon nahm die Sonnenbrille ab, setzte sie dann aber wieder auf.

»Doch, das kann sein.«

Endlich, dachte Isabelle, hatte sie eine schlüssige Antwort auf die Frage, die sie von Anfang an beschäftigte. Bei Clodines ausgelassener Strandparty war es im Mondlicht leicht gewesen, ihr Tropfen ins Glas oder in die Flasche zu träufeln. Bei Adèle gab es im Hotel viele Möglichkeiten. Angefangen von der Bar über den Roomservice bis hin zu einem einvernehmlichen Herrenbesuch auf ihrem Zimmer. Doch bei Manon war ihr keine Erklärung eingefallen – bis gerade eben.

»Angenommen, das war so«, setzte Isabelle ihren Gedanken laut fort, »dann müsste Ihnen jemand gefolgt sein. Er durfte sie nicht aus den Augen verlieren … und musste darauf warten, dass Sie aus der Wasserflasche trinken.«

»Sie meinen, er hat mich hier per Zufall entdeckt?«

Isabelle schüttelte den Kopf.

»Ganz bestimmt nicht. Er hat schon vor der Boutique am Restaurant auf Sie gewartet. Dort, wo Sie mit Dominique verabredet waren. Dominique, das war er.«

*

Manon brauchte eine Weile, bis sie die Fassung wiedererlangte. Dann setzten sie ihren Weg fort. Sie kamen an den Überresten eines Ofens vorbei. Von denen gab es einige auf der Insel. Napoleon hatte dort Kanonenkugeln brennen lassen. Eine weitere Kapelle. Dann entlang der Südküste. Pinien säumten den Pfad. Hinter hölzernen Zäunen akkurat ausgerichtete Rebzeilen. Das Abteigebäude ließen sie links liegen. Manon lief immer schneller. Als ob sie es nicht hätte erwarten können, an den Ort des Übergriffs zu gelangen. Sie eilten an dem Festungsturm *Monastère Fortifié* vorbei, der eine Touristenattraktion war, weil er im Inneren einem vertikal ausgerichteten Kloster entsprach. Mit Mönchszellen, Kreuzgang und Refektorium.

Gerade waren noch andere Spaziergänger unterwegs, ab jetzt wurde es ruhiger. Offenbar sparten sich viele die Umrundung am Ostufer, an dem es außer einem weiteren Kanonenofen und der Chapelle Saint-Caprais keine Sehenswürdigkeiten mehr gab.

Isabelle überlegte, dass Manons Verfolger keine Mühe gehabt haben sollte, sie auch aus einiger Entfernung im Blick zu behalten. Ihr Pfad war gut einsehbar.

An einem umgefallenen Baumstamm blieb Manon plötzlich stehen.

»Ich erinnere mich, hier habe ich aus der Wasserflasche getrunken.« Sie langte sich an den Kopf. »Und gleich da vorne, hinter den Büschen, ist eine Lichtung. Dort ist es passiert.«

Manon sah sich hektisch um. Als ob sie Angst hätte, dass sich die Ereignisse wiederholen könnten.

Isabelle nahm sie am Arm.
»Sie machen das gut. So, jetzt schauen wir uns das mal in aller Ruhe an.«
Sie zwängten sich durch die Büsche auf die kleine Lichtung.
»Hier, genau hier«, sagte Manon kurzatmig.
Isabelle ging in die Knie und blickte zurück zum Uferweg. Tatsächlich verdeckten die Büsche die Sicht.
»Können Sie sich erinnern, wie Sie hierhergekommen sind?«
»Nein, nicht wirklich. Ehrlich gesagt überhaupt nicht.«
»Ich kann's Ihnen erklären. Weil Sie nach dem Schluck aus der Wasserflasche umgekippt sind. Der Täter hat Sie aufgefangen und Sie in die Lichtung geschleppt.«
»Und dort wollte mich das Schwein vergewaltigen. Er hat mich bis auf die Haut ausgezogen …«
»Und dann?«
»Habe ich Glück gehabt. Offenbar war ich nicht völlig betäubt und habe um Hilfe gerufen.«
»Daran können Sie sich erinnern?«
»Nein, natürlich nicht. Das weiß ich von meinem Lebensretter. Er kam zufällig vorbei und hat mich gehört. Er hat sich durch die Büsche gezwängt und hat mich auf der Wiese liegen sehen. Nicht nur mich, sondern auch einen Mann, der die Flucht ergriffen hat.«
Isabelle sah sie erstaunt an.
»Er hat den Täter gesehen?«
»Ja, aber leider nur von hinten. Laffargue hat mir erzählt …«
»Laffargue?«
»So heißt mein Retter, Baptiste Laffargue. Er hat mir später erzählt, dass sein erster Gedanke gewesen sei, den Mann zu verfolgen. Dann aber war es ihm wichtiger erschienen, sich um mich zu kümmern. Meine Erinnerung setzt ein, als er versucht hat, mich wach zu rütteln. Ich habe alles nur schemenhaft wahr-

genommen. Mein Kopf war wie Watte. Ein junges Paar ist dazugestoßen und hat uns geholfen. Offenbar hatte ich Atemprobleme. Laffargue hat den Rettungsdienst verständigt. Sie haben mir Wasser zum Trinken gegeben …«

Gott sei Dank nicht aus ihrer eigenen Flasche, dachte Isabelle. Sonst wäre sie gleich wieder weg gewesen.

»Laffargue hat mir sein Jackett umgehängt. Erst da habe ich bemerkt, dass ich nackt war …«

Manon zitterte. Isabelle nahm sie in den Arm.

»Alles ist gut. *Tout va bien.*«

Sie erinnerte sich, dass sie bei Clodine in der Nervenklinik fast die gleichen Worte gewählt hatte. Und es stimmte ja auch. Es war vorbei.

»Im Krankenhaus habe ich dann das Armband an meinem Handgelenk entdeckt. Ich wusste nicht, wo es herkam …«

Ein Geschenk von Dominique, dachte Isabelle. Wobei das sicher nicht sein richtiger Name war. Offenbar hatte er ihr das Armband gleich zu Beginn umgelegt. Da konnte er noch nicht wissen, dass er gleich in die Flucht getrieben wurde.

»Sie haben Glück gehabt«, sagte Isabelle. »Wahrscheinlich haben Sie nicht genug von dem Wasser getrunken und waren nicht völlig willenlos. Deshalb konnten Sie um Hilfe rufen.«

»Ja, ich habe Glück gehabt. Großes Glück sogar. Auch dass gerade Laffargue vorbeikam und mich gehört hat. Er ist ein ganz besonderer Mensch. Wir sind Freunde geworden.« Manon lächelte. »Nicht so, wie Sie vielleicht meinen. Ich glaube, er interessiert sich nicht für Frauen. Wahrscheinlich verstehen wir uns deshalb so gut.«

»Hätten Sie was dagegen, wenn ich mal mit ihm rede? Vielleicht ist ihm bei dem Flüchtenden doch irgendwas aufgefallen?«

»Das glaube ich zwar nicht, sonst hätte er mir das schon gesagt oder der Polizei zu Protokoll gegeben. Aber natürlich können

Sie mit ihm reden. Sie werden ihn mögen. Ich gebe Ihnen seine Kontaktdaten.«

Während Manon weiter regungslos auf der Lichtung stand, versuchte Isabelle, den Fluchtweg des Täters zu rekonstruieren. Vermutlich war er in den angrenzenden Pinienwald gehetzt. Von dort durch die Weinreben quer über die Insel. Zur Anlegestelle der Fähre war es nicht weit.

Auf der Fahrt zurück nach Cannes war ihm womöglich das Boot der Ambulanz entgegengekommen. Ob er dabei gelächelt hat, weil er in Sicherheit war? Wahrscheinlich aber war er frustriert, weil er sich den Tag anders vorgestellt hatte.

# 23

Manon stand noch gedankenverloren auf der Lichtung, da bekam sie einen Anruf, der sie zurück in die Gegenwart holte. Ihre pflegebedürftige Mutter war dran. Sie sei gestürzt und brauche ihre Hilfe. Es könne etwas dauern, antwortete Manon, aber sie mache sich so schnell wie möglich auf den Weg. Manon legte auf und hob entschuldigend die Schultern. Ihre Mutter stürze alle paar Tage mal, jedenfalls behaupte sie dies. Verletzt habe sie sich dabei noch nie. Wahrscheinlich sei ihr nur langweilig. Trotzdem werde sie die nächste Fähre zurück nach Cannes nehmen. Es tue ihr wirklich leid, denn sie hätte mit Isabelle noch gerne zu Mittag gegessen.

Sie umarmte Isabelle und bedankte sich – mit Tränen in den Augen. Alleine hätte sie es nie geschafft, sich der Vergangenheit zu stellen. Nicht so unmittelbar, nicht hier auf Saint-Honorat. Aber sie spüre, wie wichtig es gewesen sei, das alles noch einmal durchlebt zu haben. Sie lächelte gequält. Jetzt könne sie ihr Trauma in eine Tonne stopfen und mit einem Deckel verschließen. Jedenfalls hoffe sie das.

Isabelle sprach ihr Mut zu. Sie werde das schon schaffen.

Sie eilten zur Anlegestelle der Fähre und hatten Glück, gerade gingen die letzten Passagiere an Bord. Isabelle verabschiedete sich, sie wolle noch etwas auf der Insel bleiben, sagte sie. Sie wünschte Manon alles Gute. Und natürlich würden sie in Kontakt bleiben. *Je vous le promets.*

»Sie müssen mir noch was versprechen«, sagte Manon. »Nämlich, dass Sie das perverse Schwein finden, das mich vergewaltigen wollte. Ich will ihm vor Gericht in seine kranken Augen sehen.«

»Ich kann Ihnen nur versprechen, dass ich alles versuchen werde«, antwortete Isabelle.

In Gedanken fügte sie hinzu, dass Manon wohl doch noch nicht bereit war, ihr Trauma endgültig in eine Tonne zu stopfen.

Ein kurzer Ton mit der Schiffssirene, dann legte die Fähre ab. Isabelle lief die wenigen Schritte zum Restaurant *La Tonnelle*. Manon hatte einen Tisch reserviert. Kurz darauf saß sie unter zwei großen Palmen in vorderster Linie am Wasser und sah dem roten Fährschiff hinterher, das gerade hinter der Nachbarinsel Sainte-Marguerite verschwand.

Auf ihrem Tisch lag eine Broschüre, die die »göttlichen« Weine der Mönche von Saint-Honorat zum Thema hatte. Sie las, dass auf nicht einmal neun Hektar unter anderem Chardonnay, Clairette und Syrah angebaut wurden. Das reiche für knapp vierzigtausend Flaschen im Jahr. Ein Pinot Noir der Abbaye des Lérins sei 2009 sogar unter die besten Weine Frankreichs gewählt und daraufhin bei offiziellen Anlässen im Élysée-Palast ausgeschenkt worden. Isabelle ertappte sich dabei, dass sie den Text nur deshalb so genau las, weil sie bei Morgan das nächste Mal einen guten Eindruck machen wollte. Aber sie mochte sich nicht anbiedern, weshalb sie die Broschüre zur Seite legte und auf Empfehlung der Bedienung eine Cuvée Saint Césaire bestellte. Dazu eine *sole à la meunière*, eine Seezunge an der Gräte gebraten.

Während sie auf das Essen wartete, rief sie Apollinaire an. Sie berichtete ihm, was bei der »Tatortbegehung« mit Manon herausgekommen war. Zum Beispiel sei jetzt klar, wie die K.-o.-Tropfen in ihre Wasserflasche gekommen seien. Auch gebe es einen Zeugen, der den flüchtenden Täter gesehen habe, aber leider nur von hinten. Sie bat Apollinaire, bei einer Onlineplattform namens *Femmes pour femmes*, die exklusiv für Frauen gedacht war, nachzuforschen, ob es möglich sei, sich als Mann unter einem falschen Namen einzuschleichen. Und ob man noch nach einem halben Jahr die wahre Identität herausbekommen könne.

»Frauen für Frauen?«, hakte Apollinaire nach. »Ist das eine Plattform für Lesben?«

Isabelle lachte.

»Nein, da verabreden sich Frauen für gemeinsame Freizeitaktivitäten, bei denen Männer nur stören würden.«

Apollinaire reagierte mit Unverständnis.

»Bei welchen Freizeitaktivitäten könnten wir Männer stören? Vielleicht beim Stricken?«

»Fragen Sie mal Ihre Freundin Shayana, die kann es Ihnen bestimmt erklären. Im konkreten Fall geht es um Manon Michot, die sich auf dieser Plattform mit einer Dominique zu einem Ausflug auf Saint-Honorat verabredet hat.«

»Warum sagen Sie das nicht gleich? Jetzt verstehe ich den kausalen Zusammenhang.«

»Da bin ich aber froh.«

»Moment mal. Bei Clodine war es doch auch eine Dominique? Das bedeutet …«

»Das bedeutet, dass wir es mit demselben Täter zu tun haben. Aber das wussten wir ja schon vorher.«

»Schon vorher, natürlich … Bevor ich es vergesse, wir haben eine Anfrage der *Police municipale*. Offenbar haben Sie unseren Peugeot in Cannes im Halteverbot geparkt. Das schon seit gestern Nachmittag. Die Kollegen trauen sich nicht, ihn abzuschleppen.«

Isabelle lachte.

»Eigentlich schade. Auf diese Weise würde unser Peugeot noch zur Touristenattraktion. Die Polizei klemmt einem Polizeiauto wegen Falschparkens ein Knöllchen unter den Scheibenwischer und lässt es abschleppen.«

»Ich habe den Kollegen gesagt, dass das Fahrzeug im Rahmen einer verdeckten Ermittlung gezielt dort abgestellt wurde.«

»Das haben sie geglaubt? Bei einer verdeckten Ermittlung geht es doch genau darum, nicht entdeckt zu werden. Wie haben Sie das gemeint?«

»Das haben mich die Kollegen auch gefragt. Ich habe mich mit einem Zitat rausgeredet: Nichts sei unauffälliger als das scheinbar Auffällige. So wie der Elefant im Raum, der aufgrund der Fokussierung auf andere, kleinere Objekte nicht wahrgenommen wird. Sie verstehen?«

Isabelle schüttelte lächelnd den Kopf. Apollinaire brachte es fertig, den minimalen Tatbestand eines falsch geparkten Autos mit einer maximal verwirrenden Geschichte zu begründen.

»Nein, verstehe ich nicht«, gab sie zu. »Abgesehen davon, dass die *Police nationale* parken kann, wo sie will. Und zwar ohne Begründung.«

Sie stellte sich vor, wie er sich jetzt verlegen mit einem Filzstift oder seinem Lineal hinter dem Ohr kratzte.

»Sie haben recht, das hätte ich sagen sollen, aber ich wollte nicht unhöflich erscheinen.«

»Wie auch immer, sobald ich von der Insel zurück bin, werde ich die verdeckte Ermittlung woanders fortsetzen«, sagte Isabelle.

»Jetzt kann *ich* Ihnen nicht folgen … beziehungsweise, aha, ich verstehe: Sie parken das Auto um, *n'est-ce pas?*«

»Ganz genau, und zwar mit Absicht wieder im Halteverbot.«

*

Nach dem Telefonat dachte Isabelle, dass sie vergessen hatte, Apollinaire nach Adèles Konzertkarte zu fragen. Und auch, ob Clodine auf den Fotos der Mondscheinparty vielleicht doch noch jemanden erkannt hatte. Aber das alles hatte Zeit bis morgen. Genauso wie der Anruf bei Manons Lebensretter Laffargue. War sowieso unwahrscheinlich, dass ihm noch etwas einfiel, das sie noch nicht wusste.
Sie widmete sich ihrer Seezunge und trank vom Wein. Zwischendurch blickte sie gedankenverloren auf die Meerenge, die Saint-Honorat von Sainte-Marguerite trennte – offenbar ein bevorzugter Ankerplatz für Jachten. Es gab viel zu sehen. Aber nichts, was sie interessierte. Vielmehr schweiften ihre Gedanken zu dem, was heute noch auf sie zukam. Nämlich ein Wiedersehen mit Morgan. Das kam unerwartet schnell. Gestern früh erst hatte sie sich von ihm auf seinem Weingut verabschiedet.
Sie sah an sich herunter. Bei Licht gesehen war das mit dem Löwen bedruckte T-Shirt, das sie gestern gekauft hatte, ziemlich geschmacklos. Ihre weiße Baumwolljeans war so weiß nicht mehr. Die Büsche, durch die sie sich auf die Lichtung gezwängt hatte, hatten ihre Spuren hinterlassen. Ihre Ledersandalen sahen so aus, als ob sie durch einen Bach gewatet wäre – dabei war es auf der Insel staubtrocken. Das alles würde sie eigentlich nicht stören. Sie war zum Arbeiten nach Cannes gekommen und nicht, um auf der Croisette einen guten Eindruck zu machen. Andererseits hatte Morgan angedeutet, sich für heute Abend ein nettes Lokal auszudenken. Wahrscheinlich war er dort bekannt. Jedenfalls wollte sie ihn nicht blamieren. Das wäre ein schlechter Auftakt … Isabelle lächelte. Ein Auftakt wovon?

# 24

Mit zwei Einkaufstaschen schlenderte Isabelle am späten Nachmittag durch die Rue d'Antibes, wo die Modeläden etwas weniger exklusiv waren als am parallel verlaufenden Boulevard de la Croisette. In den Taschen waren ihre nicht mehr so sauberen Klamotten. An deren Stelle trug sie jetzt ein enges Kleid, dazu braune Cowboystiefel aus Wildleder.

Als sie hinter dem Hotel Carlton in die Gasse zu seinem Appartement abbog, sah sie, wie sich ein rot lackierter Kleintransporter in eine Parklücke zwängte. Ein Oldtimer der Marke Citroën, der aussah wie eine Wellblechhütte auf Rädern. Interessant war der geschwungene Schriftzug an der Seite: *Château Palmier. Grand vin de Provence.* Beim Näherkommen erkannte sie durch die geöffnete Seitenscheibe den Mann am Steuer. Morgan kurbelte am Lenkrad und stieß vor und zurück.

»Noch einmal, dann bist du drin«, rief sie.

Er erkannte sie und winkte ihr fröhlich zu.

»Die Karre hat keine Servolenkung, und die Schaltung hakt.«

Dass er gerade dem hinter ihm parkenden Wagen kräftig gegen die Stoßstange rumpelte, schien ihn nicht zu stören. Isabelle hatte lange genug in Paris gelebt. In der Hauptstadt war es üblich, sich den Platz zu schaffen, der eigentlich nicht da war. Nur Touristen wunderten sich, wenn ihr Auto plötzlich einen halben Meter weiter hinten stand.

*»Alors, c'est fait!«* Morgan wischte sich theatralisch den Schweiß von der Stirn. »Geschafft!«

Sie öffnete die Fahrertür und hauchte ihm einen Kuss zu.

»Du bist ein Held.«
»Nur in meinen Filmen. Da kann ich sogar vom Dach eines fahrenden Zugs springen.«
»Ich hätte dich eher in einem Ferrari erwartet«, sagte sie. »Oder in einem Lamborghini.«
»Ich muss doch für meinen Wein Reklame machen. Später suche ich mir einen Parkplatz auf der Croisette, damit der nostalgische Citroën noch mehr ins Auge fällt und von möglichst vielen Menschen fotografiert wird.« Er stieg aus und umarmte sie. »Schön, dich zu sehen, ich hätte dich kaum wiedererkannt.«
»Warum?«
»Das letzte Mal kamst du in Jeans mit dem Motorrad …«
»Ich bin eben wandelbar.«
Er deutete grinsend auf ihre Tragetaschen.
»Ich dachte, du bist zum Arbeiten in Cannes und nicht zum Shoppen?«
»Da ist meine Schmutzwäsche drin. Mit der Arbeit bin ich fertig, jedenfalls für heute.«
»*C'est génial.* Dann machen wir mal das Beste draus.«
Isabelle war gespannt, was er darunter verstand.

*

Gegen sieben Uhr saßen sie noch in seinem Appartement. Er fragte, ob es zu früh zum Dinieren sei. Ehrlich gesagt habe er den ganzen Tag nichts gegessen und sei entsprechend hungrig. Sehr gerne, antwortete sie. Er habe hoffentlich einen Tisch reserviert. Aufgrund des Festivals seien ja alle Restaurants ausgebucht. Ins *Astoux et Brun* sei sie gestern nur gelangt, weil sie einen Kellner kannte.
»*Mon Dieu*, daran habe ich nicht gedacht. Aber vielleicht haben wir Glück.« Er stand auf. »Komm, lass uns gehen.«

Sie deutete auf seine bloßen Füße.
»Vergiss nicht deine Schuhe …«
»Meine Schuhe? Hast recht, aber ich glaube, ich bleibe barfuß. Kannst deine Stiefel auch ausziehen.«
Also hätte sie sich die Boots nicht kaufen müssen, dachte Isabelle. Gleichzeitig stellte sie sich vor, wie sie barfuß über die Croisette liefen. Wogegen grundsätzlich nichts sprach, aber etwas wunderlich war seine Ansage schon.
Morgan nahm ein elegantes Nadelstreifensakko aus dem Schrank. Mit Einstecktuch. Wie passte das zu seinen nackten Füßen? Er zog das Sakko über sein weißes T-Shirt.
Lächelnd deutete er auf einen Haken, an dem einige schwarze Fliegen hingen. Diese geknoteten *nœud papillons* seien Pflicht bei den Galavorstellungen auf dem Filmfestival.
Von der Anrichte nahm er eine dunkle Sonnenbrille.
»*Je suis prêt,* ich bin so weit.«
Kopfschüttelnd folgte sie ihm ins Treppenhaus. Nun auch barfuß. Sie wollte keine Spielverderberin sein.
Im Lift drückte er zu ihrer Überraschung nach oben. War er jetzt völlig durch den Wind?
Oben angekommen, sah er sich ratlos im Flur um.
»Pardon, ich habe gerade etwas die Orientierung verloren.«
»Den Eindruck habe ich auch.«
Dann fiel ihr ein, dass er Schauspieler war und sie gerade bewusst hinters Licht führte. Fast wäre es ihm gelungen.
»Was steht noch in deinem Drehbuch?«, fragte sie.
Morgan grinste.
»Drehbuch? Ach ja, irgendwo muss der Notausgang aufs Dach sein. *Mais oui,* da ist er ja schon. Wenn du mir bitte folgen würdest.«
Die Luke aufs Dach stand offen. Die Treppe war herausgezogen.

Isabelle kannte den Film *Über den Dächern von Nizza*. Aber sie waren in Cannes. Und Morgan war nicht Cary Grant.
Oben angekommen, reichte er ihr auf der letzten Stufe die Hand. Als ob sie seine Hilfe benötigen würde?
Als sie schließlich auf dem Flachdach stand, verschlug es ihr die Sprache. Zwischen einigen Kaminen und Klimaanlagen war … war ein roter Teppich ausgerollt. Er führte zu einem einsamen Tisch, der für zwei Personen eingedeckt war. Mit weißer Tischdecke, Porzellangeschirr und Gläsern.
»Von dort hat man eine tolle Aussicht«, sagte er. »Und wir sind garantiert ungestört. Sieht man mal von den frechen Möwen und Tauben ab.«
Isabelle sah ihn schmunzelnd an.
»Kann es sein, dass du etwas verrückt bist?«
Er lachte.
»Ich hoffe doch sehr. Das Gegenteil wäre langweilig.«
Sie folgte ihm zum Tisch. Ein Geländer gab es nicht. Er hatte nicht gefragt, ob sie schwindelfrei war. Tatsächlich hatte sie keine Probleme mit der Höhe. Zu ihrer Ausbildung hatte es gezählt, sich aus einem Hubschrauber abzuseilen.
Vom Dach aus konnte man am Prachtbau des Regent Carlton vorbei aufs Meer blicken. Die Aussicht war wirklich atemberaubend. Von unten hörte man den Straßenverkehr, auch die Musik von den Beachclubs, wo die Festivalteilnehmer feierten.
Morgan bat, Platz zu nehmen. Aus einem bereitstehenden Eiskühler nahm er eine Flasche und goss ein.
»Mein bester Crémant«, erklärte er. »Auf einen schönen Abend. *Chin-chin* …«
»*Santé!*«

*

Nach einer Viertelstunde fragte sie sich, von wo Morgan das Essen herzaubern wollte. In der Flasche Crémant war nicht mehr viel drin. Plötzlich hörte sie Gepolter aus Richtung der Dachluke. Eine verrutschte Kochmütze tauchte auf, dann ein roter Kopf und eine Hand, die die Mütze wieder gerade rückte.
»Darf ich vorstellen«, sagte Morgan. »Alain, der *Chef de cuisine* meines Lieblingslokals. Ein Magier am Herd. Ausgezeichnet mit einem Stern im Guide Michelin.«
»*Enchanté,* es ist mir ein Vergnügen.« Er schnappte nach Luft. »Pardon, ich bin noch etwas außer Atem. Wenn ich einen Wunsch äußern dürfte ...«
»Auf jeden Fall.«
»Monsieur Dumas, könnten Sie das nächste Mal bitte eine weniger beschwerliche Location auswählen. Ich hab's im Kreuz. Und meine Leute sind nicht im Turnverein.«
Morgan langte sich entschuldigend an die Brust.
»Tut mir leid, soll nicht wieder vorkommen.«
In der Zwischenzeit waren ein weiterer Mann und eine Frau dazugestoßen. Er in einer weißen Kochjacke, sie in einem schwarzen Shirt mit dem aufgestickten Namen des Restaurants. Ein Beistelltisch wurde aufgebaut, zwei große Kühlboxen herangewuchtet und ein Rechaud angezündet.
Isabelle kam aus dem Staunen nicht heraus. Solche Aktionen kannte sie nur von Rouven, der so was Ähnliches schon mal an einem versteckten Strand inszeniert hatte. Sie dachte, dass Morgan bald Rouvens Schwager sein würde. Wie es schien, passte er zur Familie.
Während die letzten Vorbereitungen getroffen wurden, bat Alain um Aufmerksamkeit.
»Ich kann leider nicht länger bleiben, mein Restaurant ist bis auf den letzten Platz besetzt. Aber mit meinem *Souschef* Roger und mit Christine für den Service lasse ich Ihnen meine besten

Leute hier. Bevor ich gehe, möchte ich Ihnen unser kleines Menü vorstellen. Wir beginnen mit *fleur de courgette farcie*. Es folgt *tartare de bar et quinoa*. Als Hauptgang *lotte rôtie, curcuma et shiso*. Und zum Ausklang *chocolat en différentes textures, glace framboise et thé matcha*.«

Das also war Alains »kleines« Menü. Isabelle überlegte, wie wohl sein großes aussehen könnte. Sie ließ die Speisefolge Revue passieren: gefüllte Zucchiniblüten, Tatar vom Wolfsbarsch mit Quinoa, gebratener Seeteufel, Kurkuma und Shiso. Und zum Dessert eine Variation verschiedener Schokoladen mit Himbeereis und Matchatee.

»Ich vermisse das Zwischengericht«, sagte sie zum Spaß.

Alain machte eine fahrige Handbewegung.

»Pardon, Madame, Sie haben ja so recht. Ich habe die *raviolis de foie gras et parmesan* vergessen. Muss an der ungewohnten Höhe dieses Etablissements liegen.«

Morgan klatschte in die Hände.

»Ganz fantastisch, mein lieber Alain. Jetzt lassen Sie sich nicht länger aufhalten. Passen Sie bitte auf der Treppe auf. Nicht dass es als Hauptgang eine *jambe cassée* gibt.«

Ein gebrochenes Bein? Morgan hatte einen besonderen Humor.

# 25

Dass das Essen auf dem Dach auch kulinarisch ein Highlight werden würde, hatte sich schon abgezeichnet. Morgan hatte recht, Alain war ein »Magier am Herd« – sogar während seiner Abwesenheit. Alles war perfekt vorbereitet und wurde von seinem *Souschef* auf den Punkt zu Ende gebracht. Tatsächlich hatte Isabelle oft Probleme mit der Haute Cuisine, sie bevorzugte eine authentische, regionale und einfache Küche. Doch heute Abend passte alles. Alain verzauberte sie mit seinem Gourmet-Menü – und Morgan mit seinem Charme.

Als es dunkler wurde, zündete Christine Windlichter an. Roger verscheuchte mit einem Geschirrtuch aufdringliche Möwen. Ansonsten hielten sich die beiden diskret zurück.

Isabelle und Morgan unterhielten sich entspannt über dieses und jenes. Sie kamen auf ihre Arbeit als Kommissarin zu sprechen. Isabelle erzählte von einigen ihrer Fälle. Auch von ihrem aktuellen Fall, der sie gestern auf die Insel Saint-Honorat geführt hatte.

Morgan fragte nach ihrem Leben in Fragolin und erneuerte seinen Vorschlag, sie dort zu besuchen. Wie sich herausstellte, wusste er von ihrem Vorleben als Leiterin einer Antiterroreinheit. Auch dass sie den Job fast mit dem Leben bezahlt hätte. Ohne dass er nach ihm fragte, erzählte sie von Nicolas – und dass sich ihr Malerfreund nach New York abgesetzt hatte. Isabelle fand, dass er das wissen sollte. Von ihrer Beziehung mit Rouven wusste er sowieso. Vor allem auch, dass sie der Vergangenheit angehörte.

Umgekehrt gab auch Morgan einiges von sich preis. Er erzählte von seiner gescheiterten Ehe und vor allem von seiner Tochter Naomi, die er abgöttisch liebe, aber viel zu selten bei sich habe, weil sie die meiste Zeit des Jahres bei ihrer Mutter auf Martinique verbringe. Er sagte, dass er aktuell einige Filmangebote habe, ein Drehbuch finde er sogar richtig gut, aber er werde die Rolle dennoch ablehnen. Er wolle zunächst entspannt sein neues Leben als provenzalischer Weinbauer genießen.
Sie sprachen über die bevorstehende Hochzeit seiner Schwester mit Rouven. Die beiden wollten den Termin bewusst so lange wie möglich geheim halten. Auch planten sie kein riesiges Fest, sondern eine Feier in kleinem Rahmen – was immer auch darunter zu verstehen sei. Er hoffe, dass sie ihn begleiten werde.
Isabelle lächelte. Aktuell spreche nichts dagegen.
»Apropos Schwester«, sagte Isabelle. »Ihr habt nicht denselben Nachnamen?«
Morgan lächelte.
»Wir sehen uns auch nicht besonders ähnlich.«
»Ich will nicht neugierig erscheinen …«
»Nein, ist schon in Ordnung. Angela und ich haben denselben Vater, aber nicht dieselbe Mutter. Unser Vater, Justin d'Agostin, leider lebt er nicht mehr, war eine beeindruckende Persönlichkeit. Er war schon verheiratet, als er für einige Jahre ein hohes politisches Amt auf Martinique übernahm. Gewissermaßen als Statthalter der französischen Zentralregierung in Paris. Angela war damals noch nicht auf der Welt. Justins Frau fühlte sich in der Karibik nicht so wohl und blieb die meiste Zeit in Paris. Was leichtsinnig war, denn Martinique hat sehr schöne Frauen.« Er grinste. »Den Rest kannst du dir denken.«
»Er hat deine Mutter kennengelernt …«
»Wofür ich sehr dankbar bin. Schließlich verdanke ich dieser Affäre meine Existenz. Mein Vater hat nie geleugnet, dass ich

sein Sohn bin. Er ist auch all seinen Verpflichtungen nachgekommen, aber seinen Nachnamen hat er mir vorenthalten. Deshalb heiße ich Dumas wie meine Mutter. Ich bin stolz darauf.«

»Ist ja auch ein schöner Name. Erinnert mich an den Schriftsteller Alexandre Dumas. Stammte der auch von Martinique?«

»Nein, seine Vorfahren kamen aus Haiti, geboren ist er in Frankreich. Aber den Namen Dumas gibt es auf Martinique häufiger. Auch wenn wir nicht alle miteinander verwandt sind.«

»Lebt deine Mutter noch?«

»Nein, Joséphine ist vor zwei Jahren gestorben. Aber nicht an gebrochenem Herzen, falls du das glauben solltest. Sie war eine schöne kreolische Frau und hat später einen wohlhabenden Plantagenbesitzer geheiratet. Sie haben es mir ermöglicht, in den USA zu studieren. Sie dachten Jura, aber in Wahrheit bin ich auf die Schauspielschule von Lee Strasberg gegangen.«

»Eine spannende Familiengeschichte«, stellte Isabelle fest. »Du könntest sie verfilmen.«

»Ich mag keine autofiktionalen Filme. Obwohl …« Er lächelte. »Obwohl sich meine Familiengeschichte noch aufpeppen ließe. Meine Mutter hieß Joséphine, auch meine Großmutter und meine Urgroßmutter. Wie es heißt, sind wir weitläufig mit einer anderen Joséphine verwandt, die auf Martinique geboren wurde: mit Joséphine de Beauharnais, der späteren Ehefrau Napoleons und Kaiserin der Franzosen.«

»Wow.«

»Ihr Vater, Joseph-Gaspard de Tascher, hatte eine Liebschaft, die nicht folgenlos blieb.« Morgan schmunzelte. »So gesehen hatte mein Vater, Gott hab ihn selig, ein berühmtes Vorbild.«

*

Der Abend war fortgeschritten, als sie aufstanden und sich bei Christine und Roger bedankten. Isabelle folgte Morgan über die wackligen Stufen zurück ins Treppenhaus. Sie gingen hinunter in sein Appartement – nur, um sich Schuhe anzuziehen. Dann verließen sie das Haus. Sie wollten noch was erleben. Zur Croisette waren es nur wenige Schritte. Laserstrahlen zuckten über den Nachthimmel. Musik von den Beachclubs wummerte über den Boulevard. Auf megagroßen Screens liefen Filme. Das Lions International Festival war in vollem Gange. Vor den Absperrungen drängten sich die Partygäste.

»Na, schauen wir mal, wo es uns gefällt«, sagte Morgan.

Er hakte Isabelle unter und schlenderte die Croisette entlang.

»Hast du eine Einladung?«, fragte sie.

»Nein, und wenn ich eine bekommen hätte, habe ich sie wohl weggeschmissen. Ohne dich wäre ich ja gar nicht hier.«

Vor einer bekannten Produktionsgesellschaft aus Hollywood blieben sie stehen.

»Da unten wird getanzt«, stellte er fest. »Das wäre doch was für uns.«

»Die Musik hört sich gut an.«

Morgan nahm seine Sonnenbrille ab und schob sich an den wartenden Gästen vorbei. Einige erkannten ihn und machten Fotos. Zwei Männer in schwarzen Anzügen bewachten den Eingang, von dem Stufen hinunter an den Strand gingen.

»Stehen Sie auf der Gästeliste?«, fragte einer mit verschränkten Armen.

»Das ist Morgan Dumas«, fiel ihm der andere ins Wort. »Der braucht keine Einladung.«

Er nahm die rote Kordel zur Seite und ließ sie rein.

Isabelle fühlte sich in der Ansicht bestätigt, dass Prominenz eigentlich Mist war, im konkreten Fall aber auch Vorteile mit sich brachte.

Kaum waren sie unten angekommen, kam schon ein Manager herbeigestürzt. Offenbar hatte ihn der Türsteher per Funk verständigt.

»Dumas, mein alter Freund, wie schön, dass Sie uns die Ehre geben.« Er deutete zur Bar. »Bitte wartet dort kurz. Ich hole nur schnell unseren CEO.«

Morgan schaute ihm kopfschüttelnd hinterher.

»Kennst du ihn?«, fragte Isabelle.

»Nein, noch nie gesehen. Aber den CEO kenne ich, ein aufgeblasener Gockel. Hätte mir denken können, dass er sich das Festival nicht entgehen lässt. Wird uns nicht erspart bleiben, mit ihm ein Glas Champagner zu trinken und etwas Small Talk zu machen. Dann setzen wir uns ab und mischen uns unter die Gäste auf dem Dancing Floor.«

»Klingt nach einem guten Plan.«

*

Der Boss der Produktionsgesellschaft war in seiner übertriebenen Freundlichkeit tatsächlich anstrengend. Ihr Glück war, dass sie sich an dem Gespräch nicht beteiligen musste. Auch bei den obligatorischen Pressefotos, bei denen der CEO seine Hand vertraulich auf Morgans Schulter legte, hielt sie sich im Hintergrund. Sie vertrieb sich die Zeit damit, die Gäste der Party zu beobachten. Es gab solche, die mit einem Glas in der Hand in kleinen Gruppen beieinanderstanden und sich unterhielten. Einige lachend und mit fröhlichen Gesichtern, andere mit großer Ernsthaftigkeit, als ob sie gerade neue Projekte verhandeln würden. Sie entdeckte Paare, die sich gerade menschlich näherkamen. Einige Gäste waren schon deutlich angetrunken und kämpften mit Gleichgewichtsstörungen. Auf der Tanzfläche wurde gerockt. Für die Werbespots, die auf dem riesigen Screen

zu sehen waren, interessierte sich kein Mensch. Isabelle fühlte sich an Vernissagen erinnert, bei denen es oft ähnlich war.
Ein junger Mann und eine Frau fielen Isabelle auf, die in keines dieser Muster passten. Beide waren mäßig gut angezogen, standen immer mal kurz zusammen, tuschelten miteinander, warfen anderen Gästen kurze Blicke zu, um sich dann wieder getrennt voneinander unter die Besucher zu mischen. Minuten später trafen sie erneut zusammen – und das Ritual begann von vorn. Isabelle hatte einen Verdacht, was die beiden trieben. Auf der offiziellen Gästeliste standen sie wohl kaum. Wie hatten sie sich dann den Zugang erschlichen? Isabelle entschuldigte sich bei Morgan, dem es noch nicht gelungen war, sich aus den Fängen des CEO zu befreien, und schlenderte über die extra für diesen Event aufgebauten Stege zum Ufer. Die Absperrungen bestanden aus provisorisch gespannten Bändern. Ein dort postierter Wachmann spielte gelangweilt mit seinem Handy. Vom Strand aus an ihm vorbeizukommen sollte kein Problem sein.
Sie lief zurück und entdeckte nach kurzem Suchen wieder das verhaltensauffällige Paar. Er trug ein weit geschnittenes Sakko. Sie hatte eine große Tasche mit dem charakteristischen Muster von Louis Vuitton umhängen. Isabelle bezweifelte, dass sie echt war. Aber es passte viel in sie rein. Isabelle musste lächeln. Sie folgte ihm, als sie sich wieder trennten. Auf dem Weg zur Bar rempelte er versehentlich einige Gäste an, entschuldigte sich höflich und ging weiter.
Sie war nah genug dran, um genau zu sehen, was sich in Wahrheit abspielte. Sollte die Dame, an der er sich gerade vorbeigedrängt hatte, später wissen wollen, wie spät es ist, würde sie ihren Begleiter fragen müssen. Wobei es sein könnte, dass auch seine Rolex abhandengekommen war. Oder welche Luxusuhr auch immer.
Isabelle ging davon aus, dass die beiden *pickpockets* nicht lange

bleiben würden. Irgendwann würden die ersten Gäste ihre Verluste bemerken, dann sollten sie besser nicht mehr hier sein.
Morgan kam auf sie zu.
»So, ich bin ihn endlich los«, sagte er. »Jetzt können wir tanzen.«
»Gib mir noch fünf Minuten, dann bin ich bereit.«
Er sah sie fragend an.
»Musst du noch? Du verstehst schon?«
Isabelle lachte.
»Nein, muss ich nicht. Aber du könntest mir einen Gefallen tun. Bitte verständige die beiden Sicherheitsleute am Eingang, sag ihnen, wer ich bin und dass sie zu mir kommen sollen. Möglichst unauffällig.«
Es gefiel ihr, dass er nicht nach dem Grund fragte. Er tat einfach, worum sie ihn gebeten hatte.
Sie selbst behielt die Taschendiebe im Auge. Gerade standen sie erneut zusammen. Mit einer schnellen Bewegung ließ er etwas in ihrer Umhängetasche verschwinden. Vom Tablett eines Kellners nahmen sie zwei Gläser und stießen eilig miteinander an. Offenbar beglückwünschten sie sich zu ihrem Erfolg. Dann stellten sie die Gläser zurück und traten den Rückzug an. Nicht über den Strand, sondern ganz offiziell über die Treppe hinauf zur Promenade. Warum nicht? Beim Rausgehen würde ja keiner nach ihrer Einladung fragen.
Die beiden entdeckten die Sicherheitsleute, die ihnen entgegenkamen. Dahinter Morgan, der wieder seine Sonnenbrille aufgesetzt hatte. Isabelle fühlte sich an eine Filmszene erinnert. Gleichzeitig dachte sie, dass die Wachmänner nicht verstanden hatten, was sie mit *unauffällig* gemeint hatte.
Prompt machten die Taschendiebe auf dem Absatz kehrt, um sich über den Strand abzusetzen. Die ersten Schritte waren noch verhalten, dann begannen sie zu rennen.

Netter Versuch, dachte Isabelle und stellte sich ihnen in den Weg.

*»Stop, police!«*

Offenbar hatten die beiden was an den Ohren. Sie versuchten, sie zur Seite zu stoßen und über das durchhängende Absperrband am Strand zu springen. Dabei übersahen sie, dass Isabelle ein Ende in der Hand hielt. Sie musste nur kurz anziehen … beide blieben mit den Füßen hängen und stürzten der Länge nach hin. Während die Frau Schwierigkeiten hatte, im Sand wieder auf die Beine zu kommen, hatte sich ihr Partner schon aufgerappelt und wollte die Flucht alleine fortsetzen.

Isabelle packte ihn am Kragen und drehte ihm einen Arm auf den Rücken.

»Schön hiergeblieben! Außerdem lässt man seine Komplizin nicht im Stich, das gehört sich nicht.«

Einer der Wachleute kümmerte sich um die Frau.

»Was haben die beiden angestellt?«, fragte der andere.

*»Pickpockets«*, sagte Morgan, der hinzugekommen war, die Umhängetasche aufgehoben und hineingeguckt hatte. »So viele Uhren, Ketten und Geldbörsen braucht kein Mensch.«

# 26

Beim Frühstück in einer kleinen Bar an der Croisette bedankte sich Isabelle für den wunderbaren Abend. Der Auftakt mit einem Gourmetessen auf dem Hausdach sei unglaublich gewesen. Ein unvergessliches Erlebnis. Und mit einbrechender Nacht auch richtig romantisch. Dass es ohne Christine und Roger noch viel romantischer hätte werden können, behielt sie für sich. Genial das anschließende Unterhaltungsprogramm im Beachclub, zu dem auch die Taschendiebe ihren Beitrag geleistet hätten. So sei ihr wenigstens nicht langweilig geworden, während er sich vom Gastgeber habe vollquatschen lassen.

Dass ihr die Kleinganoven irgendwie leidtaten, verschwieg sie. Sie hätte die beiden auch entkommen lassen können, ging ihr durch den Kopf. Vorausgesetzt, sie hätte zuvor die Umhängetasche mit dem Diebesgut an sich gebracht. Aber sie war Polizistin, da konnte sie nicht anders.

Sie erinnerte sich an die nachfolgende Aktion, bei der die gestohlenen Wertsachen den Eigentümern zurückgegeben wurden. Unter den Augen der Polizei wurde das Diebesgut auf einem großen Tisch ausgebreitet, und die Besitzer konnten sich melden. Seltsamerweise blieb eine sündhaft teure Uhr übrig. Weil sie selber geklaut war? Oder eine peinliche Fälschung? Jedenfalls wollte sie keiner mehr haben.

Bis nach Mitternacht hatten sie getanzt. Barfuß wie zu Beginn des Abends. Später in seinem Appartement …

Isabelle sah Morgan über die Kaffeetasse lächelnd an.

Nun ja, in seinem Appartement hatten sie es dann auch noch schön gehabt.
»Wie sieht dein weiterer Tag aus?«, fragte sie, um auf andere Gedanken zu kommen.
»Hängt von dir ab.«
»Auf meine Gesellschaft musst du leider verzichten. Die Pflicht ruft. Ich muss zurück nach Fragolin und im Kommissariat nach dem Rechten sehen.«
»Tanzen deine Mitarbeiter sonst auf den Tischen?«
Isabelle musste lächeln. Sie stellte sich vor, wie Apollinaire auf seinem Schreibtisch tanzte – dann auf seinem Lineal ausrutschte und runterfiel.
»Ich hab nur einen Mitarbeiter. Und das ist der pflichtbewussteste Mensch, den man sich vorstellen kann. Aber wie du weißt, verfolgen wir einen Serientäter, der sich Frauen mit K.-o.-Tropfen gefügig macht. Eine hat es nicht überlebt. Eine andere ist traumatisiert. Ich möchte ihn zur Strecke bringen, bevor er sich an einem neuen Opfer vergreift.«
Morgan nickte.
»Ist definitiv wichtiger, als zwei Taschendieben das Handwerk zu legen. Ich hoffe, du erwischst ihn.«
»Ich auch«, flüsterte Isabelle. »Ich habe es versprochen.«

*

Eine halbe Stunde später wurde sie von Morgan zu ihrem Auto begleitet. Dass sie nicht mit dem Motorrad da war, wusste er schon. Aber mit einem Polizeiwagen hatte er doch nicht gerechnet. In einiger Entfernung blieben sie stehen und verabschiedeten sich.
»Vielen Dank für die Übernachtungsmöglichkeit«, sagte sie, »und dafür, dass du gekommen bist.«

»War mir ein Vergnügen. Soll ich dir verraten, wo ich sonst noch Übernachtungsmöglichkeiten anzubieten hätte?«
»Besser nicht«, erwiderte sie lächelnd.

*

Kaum hatte sie Cannes verlassen, fuhr sie auf einen Parkplatz und suchte nach den Kontaktdaten von Laffargue, die ihr Manon gegeben hatte. Sie glaubte sich nämlich zu erinnern, dass er in Antibes wohnte. Und das lag auf dem Weg nach Fragolin. Vielleicht hatte er Zeit, und sie konnten sich kurz treffen? Zwar hielt es Manon für unwahrscheinlich, dass ihm noch etwas einfiel, aber vielleicht hatte sie Glück. Oft genügte nur eine Kleinigkeit, eine scheinbare Nebensächlichkeit, an die sich mit den Ermittlungen anknüpfen ließ.
Sie wählte seine Handynummer.
*»C'est moi, qui parle?«,* meldete sich eine warme, fröhliche Stimme.
Eines war schon mal sicher, dachte Isabelle, der Mann war kein Morgenmuffel.
»Mein Name ist Bonnet, ich bin Kommissarin bei der *Police nationale*. Ich würde mich mit Ihnen gerne über Manon Michot unterhalten.«
»Ich bin froh, dass Sie sich bei mir melden. Manon hat mir Ihren Anruf schon angekündigt. Wurde auch höchste Zeit, dass sich die Polizei wieder um ihren Fall kümmert.«
Ähnliches hatte sie schon von Adèles Bruder in Marseille gehört.
»Wir waren gestern zusammen auf Saint-Honorat«, erklärte sie, »und haben versucht, die Geschehnisse zu rekonstruieren.«
»Ich weiß, Manon hat mich gleich danach angerufen und gesagt, dass sie Ihnen dafür unendlich dankbar sei. Madame Bonnet,

vermutlich zählt das nicht zu Ihren Aufgaben, aber Sie haben Manon bei der Bewältigung ihres Traumas geholfen. Mit Ihrem gemeinsamen Ausflug auf die Insel haben Sie mehr erreicht als ihre Therapeutin in einem halben Jahr.«

»Manon ist in Therapie?«

»Auf meinen Rat hin. Ich glaube, ohne geht es nicht.«

»Sie fühlen sich für Manon verantwortlich?«

»*Verantwortlich* wäre zu viel gesagt, aber mir liegt ihr Wohlergehen am Herzen. Lassen Sie es mich so erklären: Wenn man einen Selbstmörder daran hindert, von einer Brücke zu springen, wird man danach Teil seines Problems. Das gebietet die Menschlichkeit. Ich weiß, der Vergleich hinkt, weil Manon Opfer einer Gewalttat wurde. Ich bin zufällig vorbeigekommen und konnte Schlimmeres verhindern. Aber jetzt bin auch ich Teil ihres Problems.«

Seine Empathie und seine sanfte Art zu sprechen gefielen ihr.

»Monsieur Laffargue, ich möchte mich mit Ihnen treffen. Vielleicht kommen wir im Gespräch auf ein Detail, das uns auf die Spur des Täters bringen könnte.«

»Dieser Mann gehört so schnell wie möglich weggesperrt. Manon hat mir erzählt, dass es sich um einen Serientäter handelt, der in Aix-en-Provence sogar für einen Todesfall verantwortlich ist. Wie schrecklich … Natürlich können wir uns treffen. Sehr gerne sogar.«

»Manon hat mir Ihre Adresse in Antibes gegeben. Ich bin gerade unterwegs und könnte in einer Stunde da sein.«

»Heute geht's leider nicht, ich bin in Paris. Dort gibt es im Musée de l'Orangerie eine fantastische Modigliani-Ausstellung, die ich mir gestern angeschaut habe und keinesfalls verpassen wollte. Übermorgen komme ich zurück.«

Schade, dachte Isabelle. Gerade hätte es gut gepasst. Und sie mochte es, Dinge zeitnah voranzutreiben.

»Melden Sie sich dann bei mir?«
»Selbstverständlich. Aber ... aber bitte noch nicht auflegen! Nach Manons gestrigem Anruf ist mir nämlich alles wieder durch den Kopf gegangen. Wie in einem Film. Ich habe mit größter Anstrengung versucht, mich an alles ganz präzise zu erinnern. Aber mir ist nichts aufgefallen, was ich nicht schon der Polizei zu Protokoll gegeben hätte. Letzte Nacht habe ich dann schlecht geschlafen und viel geträumt. Naheliegenderweise von Amedeo Modigliani und seinen großartigen Kunstwerken. In der Orangerie sind auch viele seiner berühmten Aktgemälde ausgestellt. Prompt hat sich in meinen Träumen die bemitleidenswerte Manon ins Bild gedrängt. So entblößt, wie ich sie vorgefunden habe. Das war mir selbst im Traum fast peinlich. Mir ist aber noch jemand erschienen. Nämlich der Mann, der bei meinem Erscheinen von ihr abgelassen und die Flucht ergriffen hat. Modigliani war es nicht, er ist 1920 in Paris gestorben, an Tuberkulose, der arme Kerl ...«
Laffargue, dachte Isabelle, neigte zur Weitschweifigkeit. Aber sie fasste sich in Geduld. Auch Apollinaire holte oft weit aus, um schließlich doch irgendwann auf den Punkt zu kommen.
»Wo war ich stehen geblieben? Ach ja, bei Modigliani. Es gibt von ihm eine Reihe von Bildern, auf denen Menschen mit einem Gehstock zu sehen sind. Berühmt ist der sitzende Mann mit Stock: *Homme assis appuyé sur une canne*. Da hat es in meinem Kopf klick gemacht. Plötzlich war ich hellwach. Der Mann, der von Manon abließ, hat auf seiner Flucht die Zweige und Blätter der Büsche mit einem Gehstock zur Seite geschlagen. Auch schien er zu hinken. Aber schnell war er trotzdem.«
Isabelle runzelte die Stirn.
»Und Sie sind sich sicher, dass Sie das nicht nur geträumt haben?«
»Also, sicher bin ich mir nicht, aber ich sehe den Flüchtigen

noch immer klar vor meinen Augen ... und ich bin schon seit Stunden wach. Übrigens hatte der Mann einen kahl rasierten Kopf. Da würde ich aber nicht drauf wetten. Sie müssen wissen, von Modigliani gibt es eine Skizze mit einem Mann ohne Haare. Vielleicht hat mir da meine Fantasie einen Streich gespielt. Aber einen Gehstock hatte er, davon bin ich mittlerweile überzeugt. Hilft Ihnen das weiter?«

»Wird man sehen. Jedenfalls danke ich Ihnen sehr für Ihre Hilfe. Welche Ausstellung sehen Sie sich heute an?«

»Picasso, im Centre Pompidou.« Laffargue lachte. »Später Kubismus, sehr abstrakt. Eine Assoziation mit real existierenden Menschen halte ich für ausgeschlossen.«

# 27

In Fragolin angekommen, schaute sie kurz in ihrer Wohnung vorbei, um sich umzuziehen. Dann ging sie auf direktem Weg ins Kommissariat. Es gab einiges zu besprechen.

Isabelle holte sich aus der Küche eine Tasse Kaffee. Nachdenklich blieb sie vor Apollinaires Flipchart stehen. Es hatte eine bemerkenswerte Innovation erfahren. Obwohl sie in der Vergangenheit schon viel kompliziertere Fälle hatten, war er noch nie auf die Idee gekommen, unten ein zweites Blatt anzukleben. Es reichte bis zum Fußboden. Sie identifizierte einige Namen, die sie kannte. Mit anderen konnte sie nichts anfangen. Was die vielen Pfeile in den unterschiedlichsten Farben bedeuteten, war ihr genauso wenig klar wie die konzentrischen Kreise und Abkürzungen. Nur eines wusste sie gewiss: Hier entstand wieder ein kryptisches Meisterwerk, dessen Komplexität an Informationen in einem umgekehrten Verhältnis zum Erkenntnisgewinn stand. Natürlich sah das Apollinaire grundsätzlich anders. Und es war durchaus möglich, dass er bei Betrachtung seines Charts urplötzlich einen Geistesblitz hatte. Sie überlegte, ob das schon mal vorgekommen war. Sie konnte sich nicht erinnern – aber wollte es auch nicht ausschließen.

»Apollinaire«, sagte Isabelle auf dem Weg zu ihrem Schreibtisch, »ich glaube, Sie bekommen ein Problem.«

Er riss die Augen auf.

»Woher wissen Sie das schon vorher?«

»Weil ich mich frage, wo Sie auf Ihrem Chart Platz für weitere Namen finden wollen.«

»Es gibt weitere Namen? Das ist doch großartig. Und für das von Ihnen angesprochene Problem habe ich schon einen Lösungsansatz. Bei Altarbildern spricht man von einem Triptychon, wenn man rechts und links Seitenflügel ausklappen kann. Wobei …« Er kratzte sich am Kopf. »Wobei ich natürlich auch alles neu anlegen könnte mit dem Ziel, den Verdichtungsgrad zu erhöhen.«

Isabelle schmunzelte.

»Wenn das nicht zu viel Zeit in Anspruch nimmt, würde ich diese Vorgehensweise unterstützen.«

»*D'accord.* Ich mach das heute Abend nach Dienstschluss.«

»Ein neuer Name wäre zum Beispiel Laffargue. Das ist der Zeuge, den ich am Telefon erwähnt habe.«

Apollinaire nickte.

»Kenne ich aus dem Schmalspurprotokoll unserer Kollegen in Cannes. Baptiste Laffargue war nicht nur Zeuge, er hat auch Manons Peiniger vertrieben. Zusammen mit zwei jungen Leuten, die dazugestoßen sind.«

Dass er den Vornamen sofort präsent hatte, wunderte sie nicht. Apollinaire hatte ein ausgezeichnetes Gedächtnis und versuchte, sich jedes Detail zu merken. Was ihm gelegentlich auch zum Verhängnis wurde: Wenn er nämlich den sprichwörtlichen Wald vor lauter Bäumen nicht sah.

»Ich habe vorhin mit Laffargue telefoniert, es könnte sein, dass er uns einen wertvollen Hinweis gegeben hat.«

»Madame, Sie verwirren mich. Erstens irritiert mich Ihr Konjunktiv: Warum *könnte* es sein, dass er einen wertvollen Hinweis hat? Und zweitens, wie soll dieser aussehen?«

»Laffargue hat dem Täter hinterhergesehen, wie er durch die Büsche geflohen ist …«

»Steht so auch im Protokoll.«

»Aber es steht nicht im Protokoll, dass der Täter nach Laffargues

Erinnerung gehbehindert war und mit einem Stock die Blätter und Zweige im Gebüsch zur Seite geschlagen hat.«

Sie verschwieg Apollinaire, dass Laffargue dieser Flashback quasi im Traum erschienen war.

»*Parbleu*, das ist tatsächlich ein wertvoller Hinweis, dem wir unverzüglich nachgehen sollten.« Er dachte kurz nach. »Wobei ich zu bedenken gebe, dass der Bevölkerungsanteil gehbehinderter Männer zu hoch ist, als dass wir alle befragen könnten.«

»Laffargue hält es für möglich, dass der Täter einen rasierten Schädel hatte, ist sich aber nicht sicher.«

»Damit kämen schon einige Tausend Männer weniger infrage. Hatte er vielleicht eine schwarze Kutte an? Dann könnte es sich um einen Mönch der Abtei handeln, mit einer … wie nennt man das? …. mit einer Tonsur. Und vom vielen Beten auf den Knien hatte er Arthrose.«

Isabelle lachte.

»Das möchte ich ausschließen. Aber ich sehe eine andere Möglichkeit: Wir sollten die Teilnehmer des veterinärärztlichen Kongresses in Aix überprüfen. Sollte sich unter ihnen ein Mann befinden, auf den die Beschreibung passt, dann haben wir ihn womöglich.«

Apollinaire schnippte mit den Fingern.

»Wollte ich auch gerade vorschlagen. Leider gibt es auf den Videos von Clodines Strandparty keinen Glatzkopf mit Stock. Daran würde ich mich erinnern. Aber … aber einer trug eine Wollmütze. Vielleicht hat er seinen Stock im Auto gelassen? Die haben so wild im Sand getanzt, dass man sein Hinken wohl nicht bemerkt hätte.«

»Schauen Sie sich das Bildmaterial noch mal an! Ich werde Clodine befragen.«

»Wird prompt erledigt.«

»Andere Frage: Haben Sie was über das Onlineportal *Femmes*

*pour femmes* rausbekommen? Lässt sich feststellen, wer sich dort bei Manon als Dominique ausgegeben hat?«
Er schüttelte den Kopf.
»Keine Chance. Die Plattform wird von einigen Frauen ehrenamtlich betrieben und ist gewissermaßen, wenn Sie mir diesen Vergleich erlauben, mit heißer Nadel gestrickt.«
Isabelle beschloss, über diese Bemerkung hinwegzusehen. Sie wusste, dass er es nicht so meinte. Höchstens ein bisschen.
»Erinnern Sie sich an das Foto, das Sie mir von Adèle geschickt haben? Und daran, wie verblüfft Sie über die Ähnlichkeit mit Clodine waren?«, fragte sie stattdessen.
»Natürlich. Sagen Sie bloß, dass auch Manon …?«
Isabelle nickte.
»Die drei könnten Geschwister sein, was sie aber definitiv nicht sind.«
Apollinaire schüttelte sich.
»*C'est effrayant,* irgendwie unheimlich. Offenbar ist unser Täter genau auf diesen Frauentyp fixiert. Stellt sich die Frage, wie er sie findet?«
»Manon hat erzählt, dass sie gelegentlich auf einer Datingplattform unterwegs ist. Von Clodine weiß ich, dass sie das auch macht. Adèle war ebenfalls Single, wahrscheinlich hat auch sie im Internet nach Bekanntschaften gesucht. Meine Theorie wäre, dass unser Täter die Fotos seiner Opfer genau dort findet. Aber er ist so geschickt, jede direkte Kontaktaufnahme zu vermeiden. Er sucht nach anderen Wegen, an sie ranzukommen. Bei Adèle womöglich über eine anonyme Einladung zu einem Klavierkonzert, bei Clodine über eine Verabredung zu einer Mondscheinparty am Strand und bei Manon über die besagte Website.«
»Das wäre eine Erklärung. Etwas kompliziert, aber eine Erklärung.«

»Wenn Sie noch Platz auf Ihrem Chart hätten, könnten wir ein Profil des Täters erstellen.«
Apollinaire stand auf.
»Ich werde eine neue Seite aufschlagen.«
»Dann fang ich mal an. Punkt eins: Unser Täter fühlt sich von Frauen angezogen, die so aussehen wie Clodine. Punkt zwei: Um sie zu finden, ist er im Internet aktiv. Punkt drei: Er kennt sich mit K.-o.-Tropfen aus. Punkt vier: insbesondere mit Ketamin, das unter anderem in der Tiermedizin Verwendung findet …«
»Nicht so schnell.«
Isabelle trank ihren Kaffee aus. Er war schon kalt.
»Punkt fünf: Er schenkt seinen Opfern ein Armband aus geschliffenen Glaskristallen«, fuhr sie fort.
»Dieses seltsame Gebaren kann ich immer noch nicht verstehen.«
»Punkt sechs: Er ist nicht auf einen bestimmten Ort fixiert. Sein Aktionsradius reicht von Aix-en-Provence über Saint-Tropez bis Cannes.«
»Falls es nicht noch weitere Opfer gibt, von denen wir nichts wissen.«
»Punkt sieben: Er gibt sich als Dominique aus und tut so, als ob sich hinter dem Namen eine Frau verbirgt. Punkt acht: Er ist womöglich gehbehindert und verwendet einen Gehstock.«
»Und er hat keine Haare auf dem Kopf.«
»Das wäre dann Punkt neun, ist aber genauso wenig gesichert wie seine Gehbehinderung. Trotzdem könnte uns das auf seine Spur bringen.«
Apollinaire trat einen Schritt zurück und betrachtete die Auflistung.
»Ich finde, wir haben Täter schon mit viel weniger Hinweisen zur Strecke gebracht.«

»Stimmt. Wir können hoffnungsvoll sein.«
Apollinaire legte den Kopf zur Seite.
»Der Mann muss ganz schön frustriert sein«, stellte er fest.
»Wieso?«
»Bei allen drei Frauen hat es mit der Vergewaltigung nicht geklappt. Adèle ist vorher gestorben. Bei Clodine kam irgendwas dazwischen. Und bei Manon wurde er von Laffargue überrascht.«

*

Auf ihrem Schreibtisch klebte ein gelber Zettel: *Rappelez Nick Rousseau s'il vous plaît.* Sie solle Adèles Bruder zurückrufen? Isabelle fragte Apollinaire, wann er sich gemeldet habe. Gestern Nachmittag, bekam sie zur Antwort. Er habe leider vergessen, ihr Bescheid zu geben, entschuldigte er sich. Andererseits sei das ja der tiefere Sinn von Klebezetteln, dass man sich nämlich nicht merken müsse, was man darauf notiert habe.
»Was wollte er?«, fragte sie.
»Weiß ich nicht. Ich glaube, er spricht nicht mit jedem.«
Isabelle erreichte Rousseau auf Anhieb. Er sei auf dem Fußballplatz, sagte er, und trainiere eine Jugendmannschaft von Olympique Marseille. Sie würden gerade Fallrückzieher üben, da könne er ohne Weiteres nebenher telefonieren.
»Ich wollte fragen«, sagte er, »wie Sie mit Ihren Ermittlungen vorankommen? Oder haben Sie den Fall wie Ihr Kollege Garcia auch schon wieder zur Seite gelegt?«
Sein Ton war aggressiver als bei ihrem Zusammentreffen in Marseille. Offenbar hatte er doch zwei Seiten. So konnte er vielleicht mit seinen Fußballern reden, aber nicht mit ihr.
»Ich hab's nicht gerne, wenn Sie mich mit Garcia vergleichen«, wies sie ihn zurecht. »Und wie ich Ihnen schon sagte: Ich werde

alles daransetzen, den Mann zu finden, der Ihrer Schwester das angetan hat. Dabei bleibt es.«

»Pardon, so war das nicht gemeint. Und? Haben Sie eine Spur?«

»Wir verfolgen einige Spuren«, antwortete sie, um ihn zu beruhigen. »Auch im Zusammenhang mit der anderen Frau, von der ich Ihnen erzählt habe. Mittlerweile sind wir sogar auf ein drittes Opfer gestoßen. Jetzt sind wir dabei, die verschiedenen Hinweise zusammenzuführen.«

»Woher wissen Sie, dass es sich immer um denselben Mann handelt?«

»Weil er bei allen drei Opfern das gleiche Armband hinterlassen hat.«

»Tatsächlich? Aber das ist doch der endgültige Beweis: Adèles Mörder ist ein psychisch kranker Perverser.«

Im Grunde, dachte Isabelle, war jeder »Perverse« irgendwie psychisch krank, deshalb aber noch lang kein vorsätzlicher »Mörder«. Doch es brachte nichts, mit Rousseau darüber zu diskutieren.

»Ich halte Sie auf dem Laufenden«, versprach sie.

»Ich habe auch noch eine Information«, sagte er. »Das ist der eigentliche Grund, warum ich mit Ihnen reden wollte. Ich bin ja immer noch dabei, Adèles Wohnung in Toulouse aufzulösen. Gestern habe ich einen an sie adressierten Briefumschlag gefunden, den sie nicht weggeworfen hat, obwohl er leer war. Ich denke, Adèle hat ihn behalten, weil ihr in dem Umschlag die Karte für das Konzert in Aix-en-Provence geschickt wurde.«

»Wie kommen Sie darauf?«

»Statt eines Absenders steht auf der Rückseite: *D'une amie qui partagé avec toi l'amour de Chopin. Bonne visite!*«

Von einer Freundin, die mit dir die Liebe zu Chopin teilt? Das war ziemlich eindeutig, dachte Isabelle.

»Mit der Hand geschrieben?«

»Ja, macht deshalb einen sehr persönlichen Eindruck.«
»Ist der Umschlag frankiert?«
»Frankiert schon, aber die Marke ist nicht abgestempelt. Sieht so aus, als ob er direkt in den Briefkasten ihrer Wohnung gesteckt wurde.«
Isabelle dachte nach.
»Der Umschlag könnte uns weiterhelfen.«
»Ich mache ein Foto.«
»Für eine kriminaltechnische Untersuchung bräuchten wir das Original.«
»Wird erledigt. Die Anschrift Ihres Kommissariats steht ja auf der Visitenkarte, die Sie mir gegeben haben.«
»So ist es. Da fällt mir ein, Sie wollten mir doch eine Liste mit den Namen von Adèles verflossenen Liebschaften geben?«
»Lohnt sich nicht. Sind nur drei. Und wie ich Ihnen schon in Marseille sagte: Ich hab mir die Waschlappen persönlich zur Brust genommen. Von ihnen kann's keiner gewesen sein. Wirklich schade. Ich hätte ihm liebend gerne das Genick gebrochen.«
Isabelle konnte sich vorstellen, dass Rousseaus Befragung sehr nachdrücklich gewesen war. Jedenfalls überzeugender, als es die Bestimmungen der Polizei zuließen. Folglich konnte sie ihm glauben.

# 28

Was könnte bei einer kriminaltechnischen Untersuchung des Umschlags schon herauskommen?«, fragte Apollinaire. »Interessant wäre höchstens ein grafologisches Gutachten. Aber selbst ich könnte meine Schrift so verstellen, dass sie nicht wiederzuerkennen ist.«
Isabelle lächelte.
»Vielleicht wäre sie dann aber besser lesbar?«
Er sah sie empört an.
»Madame, meine privaten Notizen kann ich oft selber nicht lesen, das gebe ich zu. Aber bei allem, was für Sie bestimmt ist, bemühe ich mich um maximale Deutlichkeit.«
»Ich weiß Ihre Mühe zu schätzen. Aber um auf die kriminaltechnische Untersuchung zurückzukommen: Es wäre zum Beispiel möglich, dass der Absender die Briefmarke mit der Zunge angefeuchtet hat, dann hätten wir seine DNA.«
Apollinaire winkte ab.
»Die Briefmarken sind doch heute fast alle selbstklebend. Aber Sie haben recht, es wäre möglich. Um mit Konfuzius zu sprechen: Es ist besser, ein kleines Licht anzuzünden, als die Dunkelheit zu verfluchen.«
Mit seinen Zitaten, dachte Isabelle, war ihr Assistent auch schon mal besser gewesen.
»Haben wir eigentlich geprüft«, wechselte sie das Thema, »wer Adèles Hotelzimmer reserviert hat?«
»Das war Adèle selber, über ein Webportal. Und sie hat im Voraus mit ihrer Kreditkarte bezahlt.«

»Die Übernachtung gehörte also nicht zur Einladung. Noch eine Frage: Lässt sich feststellen, wer im Konzert neben ihr gesessen hat?«
»Eine ausgesprochen interessante Frage, der ich selbstredend nachgegangen bin. Adèles Konzertkarte wurde Wochen vorher an der Kasse des Grand Théâtre in bar bezahlt, so viel steht fest. Übrigens ein exquisiter Platz in der ersten Reihe.«
Der Spender, dachte Isabelle, wollte sichergehen, dass sie die Einladung auch annimmt.
»Wer auf den Sitzen neben ihr saß, lässt sich nicht ermitteln«, fuhr er fort. »Womöglich ein glatzköpfiger Mann mit Gehstock …«

*

Während Apollinaire mit der Suche nach genau diesem Mann begann, verließ Isabelle das Kommissariat, um wieder mal nach Clodine zu sehen. Die Türen zu ihrem Souvenirladen *Aux saveurs de Provence* standen weit offen. Kunden waren gerade keine da. Clodine sortierte fröhlich pfeifend Geschirrtücher in ein Regal.
»Habe ich neu reinbekommen«, sagte sie. »Sind ideal für Touristen, die nicht gut Französisch können. Schau mal: Hier ist ein Hummer aufgedruckt, und daneben steht *Le homard*. Oder hier: ein Wildschwein und *Le sanglier*.« Clodine lachte. »Den Sprachkurs gibt's bei mir gratis.«
Der Kontrast zu Manon Michot könnte nicht größer sein, dachte Isabelle. Während ihre Schicksalsgenossin therapeutische Hilfe benötigte, war Clodine schon längst wieder auf der Sonnenseite des Lebens. Neben dem offensichtlichen Mentalitätsunterschied gab es vielleicht noch einen weiteren Grund: Manon hatte offenbar nur wenig aus ihrer Wasserflasche getrunken und damit eine

geringere Dosis Ketamin abbekommen. Weshalb sie nicht völlig weggetreten war, sondern sogar leise um Hilfe rufen konnte. Auch war sie schnell wieder bei Besinnung gewesen. Im Unterbewusstsein hatte sie vom Übergriff womöglich doch einiges mitbekommen. Isabelle fragte sich, was schlimmer war: Manons Schicksal, die gleich nach dem Aufwachen von Laffargue und den beiden jungen Leuten umsorgt wurde? Oder Clodines Los, die noch Stunden später am Strand umherirrte? Nackt und ohne jede Erinnerung.

Isabelle sah ihre Freundin an. War wohl doch eine Mentalitätsfrage.

»Kannst dir ein Geschirrtuch aussuchen«, sagte Clodine, »zum Beispiel diese Kuh: *La vache*. Schenk ich dir.«

Isabelle lächelte.

»Lieb von dir. Aber ich kann schon Französisch.«

»Ist aber eine besonders hübsche Kuh, mit braun geflecktem Fell und einer rosafarbenen Nase.«

Isabelle deutete auf die Gartenmöbel vor ihrem Laden.

»Wollen wir uns kurz setzen? Ich will dir nämlich was erzählen.«

»Gerne. Dauert's länger? Dann hole ich uns was zum Trinken aus dem Kühlschrank.«

»Nein, so lange dauert es nun auch wieder nicht. Ich komme gerade aus Cannes …«

»Du warst in Cannes? Warum hast du mir nichts davon erzählt?«

»Tue ich doch gerade. Ich habe mich in Cannes mit einer Frau getroffen, der das Gleiche widerfahren ist wie dir. Sie wurde mit K.-o.-Tropfen außer Gefecht gesetzt und hat zum Andenken ein identisches Armband geschenkt bekommen.«

Clodine sah sie mit großen Augen an.

»Puh, ist also ein Serientäter. Wurde sie vergewaltigt?«

»Bevor es dazu kommen konnte, wurde der Täter überrascht und musste von ihr ablassen.«
Clodine knetete ihre Finger.
»Ich glaube, bei mir wurde er auch gestört«, sagte sie nach einer Weile.
War da der Wunsch der Vater des Gedankens? Doch gut möglich, dass es sich genau so zugetragen hatte.
»Im Unterschied zu dir haben wir einen Zeugen. Der Mann kam zufällig vorbei und hat ihre Hilfeschreie gehört. Leider hat er den flüchtenden Täter nur noch von hinten gesehen. Aber er konnte erkennen, dass er gehbehindert war und einen Stock dabeihatte.«
Clodine verzog das Gesicht.
»Mich hat ein Krüppel flachgelegt? Wie desillusionierend ... Ein junger starker Mann hätte besser zu mir gepasst.«
»Er hatte nur ein kaputtes Bein, sonst war er offenbar topfit. Jedenfalls hat er bei der Flucht trotz seiner Behinderung ein hohes Tempo vorgelegt. Es gibt übrigens noch einen Hinweis: Womöglich hatte er einen kahl rasierten Kopf.«
»Wie Bruce Willis in seinen letzten Filmen? Das hört sich schon besser an.«
Isabelle wunderte sich über ihre Freundin. Offenbar war es ihr wichtig, wenigstens Opfer eines ansehnlichen Mannes geworden zu sein.
»Das bringt mich zur entscheidenden Frage: Blitzt da bei dir eine Erinnerung auf? Kannst du dich auf der Party an einen Mann erinnern, zu dem die Beschreibung passt?«
Clodine kniff die Augen zusammen.
»Also, einen Stock hatte keiner, so viel steht schon mal fest. Einen Schädel wie ein Deoroller? Einer hatte eine Strickmütze auf, das weiß ich noch. Aber keine Ahnung, wer das war.«
Damit bestätigte sie, was Apollinaire von den Videos wusste.

»Hattest du mal einen Kunden mit Gehstock in deinem Laden? Ich denke nämlich, dass er dich vorher ausspioniert hat.«
Sie zuckte mit den Schultern.
»Kann schon sein, aber ich merke mir wirklich nicht alle Kunden, erst recht, wenn sie nichts kaufen. Ich kann mich an einen Schweizer mit Rollator erinnern, aber der wird es nicht gewesen sein.«
»Ich vermute, der Täter hat dein Bild auf einer Datingplattform entdeckt. Ist das möglich?«
»Na klar. Wie du weißt, teste ich auf solchen Portalen immer wieder meinen Marktwert.«
»Ein Dominique ist dir dabei aber nicht begegnet?«
»Da verwechselst du was. Eine Dominique hat mich per SMS zur Strandparty eingeladen. Und das war eine Frau.«
»Oder auch nicht. Darüber haben wir doch schon mal geredet.«
»Ich erinnere mich. Aber in meiner Vorstellung ist Dominique eine sympathische junge Frau und kein Glatzkopf mit Gehstock.«
Clodine reimte sich ihre Welt so zusammen, dachte Isabelle, wie sie sie haben wollte. Das Talent ging ihr ab – wäre aber auch in ihrem Beruf wenig hilfreich.
Clodine schlug sich mit der flachen Hand an die Stirn.
»Da fällt mir ein, was ich dir noch erzählen wollte. Chantal hat mich angerufen …«
»Unsere Bürgermeisterin?«
»Nein, eine andere Chantal. Sie arbeitet in Saint-Tropez in einer Parfümerie. Wir kennen uns vom Yoga. Sie hat mich gefragt, ob ich mich auf der Mondscheinparty noch gut amüsiert hätte. Leider habe sie ja früh gehen müssen.«
»Du hast sie dort getroffen?«
»Scheint so, erinnern kann ich mich nicht.«
»Ihr wart nicht verabredet?«

»Nein, sie sei überrascht gewesen, mich dort zu sehen. Habe sich aber sehr gefreut. Wir hätten zusammen getanzt.«
»Hast du ihr erzählt, was dir später passiert ist?«
»Natürlich nicht, das bleibt unser Geheimnis.«
»Trotzdem sollte ich mit dieser Chantal mal reden, vielleicht ist ihr jemand aufgefallen? Zum Beispiel der Mann mit Wollmütze?«

# 29

Die verspätete Mittagspause verbrachte Isabelle zu Hause auf ihrer Dachterrasse. Nach dem opulenten Mahl gestern Abend genügte ihr eine Melone mit Schinken. Auf ihrem Handy poppte eine Nachricht auf: »Der alte Citroën springt nicht an. Wird gerade in die Werkstatt geschleppt. Bleibe noch eine Nacht. Wollen wir später telefonieren?«

»Unbedingt. Melde mich. *Je suis désolée pour toi.*«

Morgan tat ihr wirklich leid. War er doch extra wegen ihr nach Cannes gekommen. Aber er hätte sich ja nicht ans Steuer eines Oldtimers setzen müssen. Auch wenn der Lieferwagen noch so schön aussah und als Werbevehikel für sein Weingut diente.

Ihr fiel ein, dass sie sich wieder mal bei ihrem Chef in Paris melden könnte. Maurice Balancourt sollte wissen, dass es mittlerweile ein drittes Opfer gab. Bevor sie sich durchstellen ließ, plauderte sie mit ihrer langjährigen Freundin Jacqueline, die sein Vorzimmer hütete. Isabelle deutete an, an welchem Fall sie gerade arbeitete. Jacqueline kannte Clodine und nahm deshalb persönlich Anteil an ihrem Schicksal. Dass es mit Adèle Rousseau sogar eine Tote gab, fand sie dramatisch. Delikte mit K.-o.-Tropfen würden nach ihrer Auffassung nicht rigoros genug verfolgt. Isabelle solle sich den Fall von Maurice Balancourt keinesfalls ausreden lassen. Sie kenne ihren Chef gut genug, um zu wissen, dass er das gleich versuchen werde.

Bevor sie Isabelle zu ihm durchstellte, fragte sie noch nach Nicolas. Sie könne nicht verstehen, was in ihn gefahren sei. Schaffenskrise hin oder her: Sich über den großen Teich nach New

York abzusetzen sei doch völlig schwachsinnig. Als ob es in Paris keine Inspirationen gäbe.
Da habe sie nicht ganz unrecht, antwortete Isabelle. Aber in New York lebe nun mal sein Galerist, der habe ihn überredet.
»Dein Verständnis ehrt dich. Ich wäre nicht so tolerant.«
»Wir hatten eine lockere Beziehung. Jeder kann machen, was er will.«
Auch sie selbst, dachte Isabelle, konnte machen, was sie wollte. Es fiel ihr sogar leichter, wenn sie Nicolas im fernen New York wusste.
Jacqueline lachte. »Dann bin ich mal neugierig, was du dir einfallen lässt.«
Konnte sie Gedanken lesen?
»So, jetzt verbinde ich dich mit Maurice. Ich muss dich warnen, er hat eine miserable Laune. Seine Lieblingszigarren sind nicht geliefert worden.«
»*Salut*, Isabelle«, begrüßte er sie. »Was verschafft mir die Ehre?«
»Ich will dich nur auf den neuesten Stand bringen. Mittlerweile haben wir drei Opfer, die alle aufs Konto desselben Mannes gehen.«
»Ich hab einen Vorschlag: Übergib den Fall der *Brigade des mœurs!* Soll sich die Sitte darum kümmern.«
»Was mach ich in der Zeit?«
»Kräfte sammeln für einen richtigen Fall. Ich schau mal, was ich für dich finden kann.«
»Bitte nicht, ich denke, das ist ein *richtiger* Fall. Und ich will ihn zu Ende bringen. Danach kannst du mir gerne einen anderen Auftrag geben.«
»Wie großzügig«, grummelte er.
»Du hast heute wirklich eine schlechte Laune.«
»Hat das Jacqueline gesagt? Ob ich eine schlechte Laune habe, entscheide ich immer noch selbst.«

»Steht in deinem Horoskop.«
»Seit wann glaubst du an Horoskope?«
»Darf ich nun an dem Fall dranbleiben?«
Balancourt hustete. Das konnte er auch ohne Zigarren.
»Natürlich kannst du. Bist doch meine Lieblingskommissarin. Aber pass auf, dass Richeloin in Toulon davon nichts mitbekommt. Wenn der Commandant was von einem Serienvergewaltiger hört, kann er sich nicht zurückhalten. Er würde sofort eine Pressekonferenz ansetzen und allen Frauen an der Côte d'Azur raten, ihre Wohnung nicht zu verlassen.«
»Wie es ausschaut, wurden die Frauen gar nicht vergewaltigt«, stellte Isabelle richtig.
»Noch schlimmer: Ein Vergewaltiger, der nicht vergewaltigt, ist geistesgestört und stellt schon deshalb eine öffentliche Gefahr dar.«
»Das meinst du nicht wirklich?«
»Natürlich nicht. Aber Richeloin könnte auf diesen abstrusen Gedanken kommen. Also, wie gesagt, versuche ihn rauszuhalten und schau, dass die Presse nichts mitbekommt. Für sie wäre das ein gefundenes Fressen.«
»Liegt in meinem eigenen Interesse.«
»Ach, und noch was …«
»Ja?«
»Lass dich von einem alten Mann wie mich nicht ärgern. Ich find's gut, dass du dich auch um solche Fälle kümmerst, das meine ich ehrlich.«

*

Das war ihr schon lange nicht mehr passiert: Sie war im Schatten ihres Sonnenschirms eingeschlafen. Am helllichten Tag. Dabei hatte sie zur Melone keinen Wein, sondern nur Wasser getrunken. Sie rieb sich die Augen. Sozusagen eine Wassermelone – auch wenn es sich um eine Honigmelone gehandelt hatte. Das konnte ja nicht gut gehen …

Isabelle konstatierte, dass sich ihr Hirn gerade ziemlichen Unsinn ausdachte. Offenbar fiel es ihr schwer, wieder in den Wachmodus zurückzufinden. Ob das bei K.-o.-Tropfen ähnlich war? Und wie machten das all jene Menschen, die sich täglich zu einem Nickerchen hinlegten? Waren sie nach dem Mittagsschlaf genauso verblödet? Das würde zwar manches erklären … aber nein, das konnte nicht sein. War wahrscheinlich eine Frage des Trainings.

Sie stand auf, ging hinunter in die Küche und machte sich einen Kaffee. Bevor sie ihre Wohnung verließ, verpasste sie dem Sandsack, der von einem Dachbalken hing, noch einige Schläge und Tritte. So, jetzt war sie wieder wach. Und sie wusste auch, was als Nächstes auf der Agenda stand: gehbehinderten Mann finden! Das hatte jetzt absolute Priorität. Mit Stock und kahl rasiertem Kopf. Entscheidendes Kriterium dabei: Er musste sich zur Tatzeit in Aix-en-Provence befunden haben. Und später natürlich auch an der *Plage de Pampelonne*. Auf Saint-Honorat sowieso, aber das wussten sie ja schon von Laffargue.

Isabelle machte einen Bogen um Clodines Souvenirladen. Vor dem Rathaus stand ihr Motorrad. Im Vorbeigehen strich sie über den Ledersattel, dann eilte sie durch die Vorhalle des *Hôtel de ville* ins Kommissariat.

»Madame, Sie kommen wie gerufen«, wurde sie von Apollinaire begrüßt. »Unser gehbehinderter Glatzkopf ist keine Ausgeburt der Fantasie, ihn gibt es wirklich.«

Den Seligen gibt's der Herr im Schlafe, dachte Isabelle. Während ihres Nickerchens war Apollinaire offenbar auf eine heiße Spur gestoßen.

»Sie haben ihn gefunden?«

Apollinaire pendelte bedächtig mit dem Kopf hin und her.
»Gefunden, aber noch nicht identifiziert. Beim Hotel in Aix-en-Provence kann sich keiner an einen Mann erinnern, auf den die Beschreibung passt. Das wundert mich mittlerweile nicht mehr. Die Mitarbeiter können sich nämlich grundsätzlich an gar nichts erinnern. Da müsste schon jemand auf Händen durchs Foyer laufen und dabei mit drei Bällen jonglieren … na egal …«
Apollinaire machte es mal wieder spannend.
»Sie erinnern sich an den Kongress der Veterinärmediziner?«, fuhr er fort. »Natürlich erinnern Sie sich, das war eine rhetorische Frage. Im Internet habe ich einen Kongressbericht der *Association Vétérinaire* gefunden. Mit den Namen der Teilnehmer und mit Kurzfassungen der Vorträge. Wussten Sie übrigens, dass unsere Hunde in Fragolin von Leishmaniose befallen sein könnten? Über Sandfliegen kann die Krankheit sogar auf Menschen übertragen werden. Darüber müssen wir dringend mit unserer Bürgermeisterin reden.«
»Tun Sie das!«
»Wo war ich? Ach ja, bei den Kongressteilnehmern. Die haben von sich ein Gruppenfoto gemacht und online gestellt. Gott segne die Eitelkeit der Menschen.« Apollinaire deutete auf seinen Monitor. »Hier, schauen Sie mal … in der ersten Reihe, der dritte Mann von links …«
Sie erkannte ihn auf Anhieb. Nun ja, *erkennen* konnte sie ihn nicht, sie hatte ihn ja noch nie gesehen, aber der Mann entsprach genau Laffargues Beschreibung. Nur hatte er jetzt ein Gesicht. Glücklicherweise stand er ganz vorne, sonst hätte man nicht gesehen, dass er sich auf einen Gehstock stützte. Er war größer als seine Nachbarn. Und er hatte einen kahl rasierten Kopf.
»*Touché!*«, sagte Isabelle. »Volltreffer!«

»Leider gibt's keine Bildunterschrift mit den Namen der Personen. Das ist eine unverzeihliche Nachlässigkeit, sollte uns aber vor keine größeren Probleme stellen. Der Kongressveranstalter kann uns sicher sagen, um wen es sich bei ihm handelt. Ich hab schon bei der *Association Vétérinaire* angerufen. Da läuft ein Band mit der Ansage, dass das Büro erst morgen um zehn Uhr wieder besetzt sei. So lange müssen wir uns wohl oder übel gedulden.«

*

Geduld zählte nicht unbedingt zu Isabelles bevorzugten Charaktereigenschaften, aber im konkreten Fall ließ sich die ermittlungstechnische Zwangspause gut ertragen. Immerhin hatten sie jetzt eine heiße Spur. Endlich! Sobald sie morgen den Namen des Kongressteilnehmers in Erfahrung brachten, konnte sie durchstarten – und hoffen, dass der Mann wirklich der Gesuchte war. Wovon sie fast zwingend ausging, denn dass sich zeitgleich zwei verschiedene Männer mit identischer Beschreibung an zwei verschiedenen Orten befunden hatten, widersprach jeder Wahrscheinlichkeit. Allerdings müsste sie ihm die Tat dann immer noch nachweisen. Aber Isabelle war zuversichtlich, dass ihr das gelingen würde. Hatte sie einen Fisch erst mal an der Angel, ließ sie ihn nicht mehr aus. Zumindest konnte sie sich an keinen Fall erinnern, bei dem er ihr wieder entwischt war. Allerdings gab es Fische, die sich nicht kampflos in ihr Schicksal fügten. Sie dachte an Hemingways berühmten Roman *Der alte Mann und das Meer*, *Le vieil homme et la mer*. In ihm hatte ein Marlin dem alten Fischer Santiago drei Tage und Nächte Widerstand geleistet. Isabelle lächelte. Mit drei Tagen wäre sie einverstanden. Dass bei Hemingway der riesige Fisch anschließend Haien zum Opfer gefallen war, blendete sie aus –

vor diesem Schicksal würde ihn die französische Strafjustiz bewahren.

*

Auf dem Nachhauseweg fiel ihr ein, dass sie Nicolas versprochen hatte, gelegentlich nach seiner Bastide zu sehen. Große Lust verspürte sie keine. Schließlich verband sie viele Erinnerungen mit seinem provenzalischen Landhaus. Zugegebenermaßen vor allem schöne. Was es nicht einfacher machte.

Sie blieb vor dem Tor der großen Scheune stehen, in der Nicolas sein Atelier eingerichtet hatte. Es war abgesperrt und zusätzlich mit einer Kette gesichert. Ob er dort noch angefangene Bilder gelagert hatte? Auf dem Kunstmarkt wären wahrscheinlich selbst unvollendete CLACS gut verkäuflich. Aber da keiner wusste, wer sich hinter dem Pseudonym verbarg, würde kein Kunstfreund auf die Idee kommen, sich ausgerechnet hier Zugang zu verschaffen. Ein Kunstfreund vielleicht nicht, aber jeder andere x-beliebige Einbrecher, von denen es in Südfrankreich wahrlich keinen Mangel hatte. Weshalb Nicolas am angrenzenden Hauptgebäude alle Fensterläden geschlossen hatte. Und sogar das Gartentor hatte er mit einem großen Vorhängeschloss gesichert. Was zum Schutz vor Einbrechern gedacht war, dürften Diebesbanden geradezu als Einladung interpretieren. Alle Zeichen deuteten darauf hin, dass das Objekt gerade unbewohnt war. Und dass der Eigentümer Angst hatte, beklaut zu werden. Also gab es was, das den Einbruch lohnte.

Da Isabelle keine verdächtigen Spuren erkennen konnte, beließ sie es bei der Kontrolle von außen. Außerdem hatte sie Nicolas' Schlüssel nicht dabei. Sie überlegte, dass es wenig Sinn machte, immer wieder nach dem Rechten zu sehen. Irgendwann würde sie feststellen, dass sie zu spät kam. Professioneller wäre es, eine

Alarmanlage zu installieren und die Bastide mit Überwachungskameras zu sichern. Sie beschloss, das Projekt gleich morgen anzugehen. Apollinaire liebte technische Herausforderungen.

*

Abends telefonierte sie mit Morgan. Der Citroën sei morgen wieder fahrbereit, berichtete er. In Nizza finde eine bedeutende Weinmesse statt. Da er schon mal in der Nähe sei, werde er bei dem *Concours des vins* vorbeischauen. Einer seiner Distributoren habe dort einen Stand und präsentiere die Weine des *Château Palmier*. Sein Besuch werde für zusätzliche Aufmerksamkeit sorgen. Da mache seine Prominenz wenigstens mal Sinn. Außerdem sei er von der Filmhochschule ESRA schon seit Langem eingeladen, vor Studenten einen Vortrag zu halten.
Nach zwei, drei Tagen gehe es dann wieder zurück auf sein Weingut. Wobei er auf ein baldiges Wiedersehen hoffe – wo und wie auch immer.
Isabelle erinnerte sich an den Karton, den sie aus Cannes im Polizeiauto mitgebracht hatte. Mit sechs Flaschen *Rosé Château Palmier*. Eine würde sie jetzt öffnen und sich ein Glas einschenken. Sozusagen als Schlaftrunk und um später was Schönes zu träumen.

# 30

Kurz nach zehn Uhr erschien sie im Kommissariat. Ganz bewusst etwas später, weil sie hoffte, dass Apollinaire bis dahin die *Association Vétérinaire* erreicht hatte. Schon sein Gesichtsausdruck verriet, dass er erfolgreich war. Er strahlte von einem Ohr zum anderen.

»Madame, unser aktueller Fall ist so gut wie aufgeklärt. Wir haben den Namen des Übeltäters, seinen Wohnort, seinen Beruf … wir müssen ihn nur noch verhaften. Nun ja, einige Kleinigkeiten wären noch zu klären, aber das sind vergleichsweise Petitessen …«

Isabelle lachte.

»Nicht so schnell, mein lieber Apollinaire. Verraten Sie mir doch bitte als Erstes seinen Namen.«

»Die freundliche Dame der *Association* musste gar nicht erst lange nachschauen. Sie wusste sofort, wer in der ersten Reihe des Gruppenfotos der Mann mit dem Stock ist. Er war sogar mal im Vorstand …«

Isabelle hob eine Augenbraue.

»Der Name?«

»Ach so, der Name, selbstverständlich: Peyrot, Docteur Sébastien Peyrot. Er bringt ihr übrigens regelmäßig Blumen mit …«

»Wem?«

»Der Dame, mit der ich telefoniert habe. Peyrot sei ein Kavalier der alten Schule. Was ihn natürlich nicht entlastet. Auch Kavaliere haben niedrige Beweggründe und brechen das Gesetz. Da fällt mir auf Anhieb ...« Apollinaire schnitt sich selber das Wort ab. Er hatte Isabelles vorwurfsvollen Blick richtig interpretiert. »Zurück zu Peyrot. Er ist Veterinärmediziner und hat sich auf Rennpferde spezialisiert. Seine Praxis ist im *Hippodrome Côte d'Azur*. Ich habe zum ersten Mal von der Rennbahn gehört. Sie ist aber, wie ich jetzt weiß, die zweitwichtigste in ganz Frankreich. Das Hippodrom befindet sich in Cagnes-sur-Mer, wo Peyrot auch seinen Wohnsitz hat.« Er dachte kurz nach. »Wenn Sie einverstanden sind, rufe ich mal in seiner Praxis an und frage, ob der Doktor gerade Sprechzeit hat.«

»Ja, machen Sie das, aber sagen Sie nicht, dass Sie von der Polizei sind. Ich möchte Peyrot nicht vorwarnen. Mich interessiert nur, ob er die nächsten Tage anwesend ist.«

Apollinaire nickte.

»Ich kann ja eine Krankheit vortäuschen.«

»Sie sind kein Pferd.«

»Nein, aber ich habe Pferde, sogar zwei. Mein *Deux chevaux* leidet chronisch unter Darmverschluss. Ich verschweige, dass es sich dabei um ein Auto handelt.«

*

Wenig später hatte er alles geklärt. Am kommenden Wochenende stand im Hippodrom ein bedeutendes Galopprennen an: der *Grand Prix des Alpes-Maritimes*. Docteur Peyrot sei zwar heute unterwegs, aber ab morgen rund um die Uhr anwesend, weil er sich um die Pferde kümmern müsse.

»Und jetzt?«, fragte Apollinaire.

»Werde ich morgen unserem Tatverdächtigen einen Überraschungsbesuch abstatten.«

»Soll ich mitkommen?«

Isabelle kannte seinen Drang zu Außeneinsätzen. Oft war er

eine Hilfe. Sie hatte aber auch schon häufig erlebt, wie er sie verbockte.
»Ich fahr erst mal alleine«, antwortete sie. »Kann aber gut sein, dass ich Sie bitte, nachzukommen. Bis dahin fungieren Sie hier als Kommandozentrale.«
Er zog eine Grimasse.
»Kommandozentrale? Das klingt besser, als es ist. Wen soll ich bitte kommandieren? Unsere Putzfrau? Und die macht sowieso, was sie will.«
»Okay, nennen wir es Informations- und Recherchezentrale. Ich möchte Sie nämlich bitten, möglichst viel über diesen Docteur Sébastien Peyrot herauszubekommen. Hat er Vorstrafen? War er mal in einen Dopingskandal verwickelt? Ist er verheiratet, hat er Kinder? Wie ist seine Wohnadresse? Mir fällt bis morgen oder von unterwegs bestimmt noch mehr ein.«
»Dopingskandal?«
»Nur so eine Idee, aber ich weiß, dass nicht nur Spitzensportler, sondern auch Rennpferde mit illegalen Substanzen aufgeputscht werden.«
»Aber bestimmt nicht mit Ketamin, denn sonst würden die Pferde im Rennen einschlafen oder die Orientierung verlieren.«
»Was noch zu überprüfen wäre. Ist wahrscheinlich wie immer eine Frage der Dosierung. Aber egal, darum geht's nicht. Ich möchte möglichst viel über Peyrot wissen, bevor ich ihn mir vorknöpfe.«
Apollinaire nickte.
»Möglichst viel, ist doch klar. Bis morgen habe ich ein vollständiges Dossier erstellt.«
»Mich interessiert auch, warum er keine Haare auf dem Kopf hat«, ergänzte sie im Spaß.
»Vielleicht eine hormonelle Störung? Aber warum ist das wichtig?«

Isabelle lächelte.
»Weiß ich auch nicht.«

*

Isabelle hielt nichts davon, untätig im Kommissariat herumzusitzen, wenn draußen das schönste Wetter war. Aktuell gab es für sie nichts zu tun. Sie verabschiedete sich von Apollinaire und sagte, dass sie am späten Nachmittag noch einmal vorbeischauen werde, um sich von ihm auf den neuesten Stand bringen zu lassen. Sie ließ die Harley vor dem Rathaus stehen und lief auf Umwegen nach Hause. Dort zog sie sich um und ging zum Joggen. Zur Mittagszeit war das normalerweise keine gute Idee, aber ihre Lieblingsstrecke zur alten Chartreuse führte die meiste Zeit durch einen schattigen Wald. Unterwegs stellte sie fest, dass sie ihr Handy vergessen hatte. Aber das machte nichts, sie erwartete keine Anrufe – außerdem war es ein wohltuendes Gefühl, mal nicht erreichbar zu sein, wenn auch nur für eine kurze Zeit. Nicolas, der bei seiner Arbeit meistens offline war, sprach gerne von einem digitalen Detox. Diese Form der Entgiftung senke den Stress und steigere die Konzentration. Nun gut, als Maler konnte man sich leicht aus dem realen Leben ausklinken. Bei ihm rief sowieso kaum jemand an, und Stress im üblichen Sinne kannte er auch nicht. Er konnte sogar spontan seinen Arbeitsplatz wechseln, ging ihr durch den Kopf, und einfach auf einem anderen Kontinent weitermachen. Wie es ihm in New York wohl gerade erging? Isabelle stellte überrascht fest, dass sie sich dafür gar nicht mal sonderlich interessierte. Statt weiter an Nicolas zu denken, steigerte sie ihr Lauftempo.

*

Gegen siebzehn Uhr erschien sie im Kommissariat.
»Madame, wo haben Sie gesteckt?«, wurde Isabelle von einem sichtlich aufgebrachten Apollinaire begrüßt. »Ich habe versucht, Sie zu erreichen.«
Isabelle sah auf ihr Handy. Tatsächlich! Offenbar hatte sie es mit dem digitalen Detox übertrieben und seine vergeblichen Anrufe übersehen.
»Tut mir leid, habe ich was Wichtiges versäumt?«
»Wie man es nimmt …« In seinem Gesicht machte sich ein gequältes Grinsen breit. »Aber wahrscheinlich haben Sie gut daran getan, meine Anrufe nicht entgegenzunehmen. Doch, definitiv …«
Sie sah ihn fragend an.
*»Pourquoi?«*
»Weil wir überraschenden Besuch hatten. Nick Rousseau war hier, um persönlich den Umschlag aus Adèles Wohnung vorbeizubringen. Sie haben ihm ja gesagt, wir bräuchten das Beweisstück im Original. Er sei gerade in der Gegend gewesen, hat er behauptet. Was natürlich völlig unglaubwürdig ist, denn rund um Fragolin befindet sich grundsätzlich nichts in der Gegend. In Wahrheit wollte er sich davon überzeugen, dass wir intensiv am Fall seiner Schwester arbeiten. Er war völlig außer sich, als er hier statt einer Sonderkommission nur mich antraf. Er hat herumgebrüllt und auf die verschnarchte Polizei geschimpft. Wo denn die Kommissarin sei, die so große Töne gespuckt habe, wollte er wissen …«
Isabelle konnte sich gut vorstellen, wie der Ex-Profifußballer versucht hatte, Apollinaire einzuschüchtern.
»Was haben Sie geantwortet?«
»Dass Sie heute zu Hause arbeiten und nicht gestört werden wollen.«
»Das hat er akzeptiert?«

»Nein, natürlich nicht. Weshalb ich versucht habe, Sie zu erreichen. Als Sie nicht rangegangen sind, ist er völlig ausgetickt.«

Sie dachte an Capitaine Garcia in Aix. Der hatte Ähnliches berichtet.

»Wie haben Sie ihn ruhiggestellt?«

»War nicht leicht, das können Sie mir glauben. Irgendwas musste ich ihm sagen. Also habe ich ihm von einem Tatverdächtigen erzählt, der morgen von Ihnen in Cagnes-sur-Mer verhört wird.«

Sie sah ihn entsetzt an.

»Bei allem Verständnis für Ihre Situation, aber das hätten Sie nicht sagen dürfen. So schwer es mir fällt, aber ich muss Ihnen eine ernste Rüge erteilen.«

»Eine Rüge? Madame …« Er schnappte nach Luft. »Madame, ich habe nur … nur versucht, einen aufgebrachten Mann zu beruhigen. Ich habe keinen Namen genannt und auch sonst keine Hintergründe verraten …«

»Aber Sie haben erwähnt, dass der Tatverdächtige in Cagnes-sur-Mer lebt?«

»Irgendwas Konkretes musste ich ihm doch sagen. Nur so hat er mir geglaubt, dass wir wirklich Fortschritte machen.«

Isabelle dachte, dass sie Apollinaire gerade unrecht tat. Nicht in der Sache, da war ihre Position klar. Aber gegenüber einem wütenden Hünen wie Nick Rousseau hätte die Situation auch ganz anders eskalieren können. Und ganz so schlimm, überlegte sie, war Apollinaires Indiskretion nun auch nicht. Sollte Adèles Bruder ruhig wissen, dass sie eine Spur verfolgten. Wenn ihn das besänftigte, war es egal. Auch spielte der Hinweis auf Cagnes-sur-Mer keine wirkliche Rolle.

»Mir geht es grundsätzlich darum«, sagte Isabelle, »dass aus unserem Kommissariat keine Informationen nach außen dringen dürfen. Daran wollte ich Sie erinnern.«

»Erinnern, ich verstehe …« Apollinaire atmete immer noch schwer. »Keine Informationen … nicht einmal der kleinste Fitzel … Madame, Sie können sich auf mich verlassen.«
»Das weiß ich doch«, besänftigte sie ihn. »Ist ja nichts passiert. Hauptsache, wir sind den Wüterich wieder los.«
»Er hat noch gesagt, dass die Polizei ein trostloser Haufen sei, dann hat er schimpfend Leine gezogen.«
»Tut mir leid, dass ich Ihnen nicht zur Seite stehen konnte.«
In Wahrheit war sie froh, nicht dabei gewesen zu sein. Wahrscheinlich wäre der Disput nicht so friedlich ausgegangen.

# 31

Manchmal kam sich Isabelle vor wie eine *Voyageuse de commerce,* wie eine schlecht organisierte Handlungsreisende, die in ihrem Verkaufsdistrikt planlos hin und her fuhr. Gestern erst war sie von Cannes zurückgekommen, jetzt ging es schon wieder zurück in die gleiche Richtung. Allerdings besuchte sie keine Kunden, um ihnen eine Ware zu verkaufen. Ihre »Kunden« waren grundsätzlich Opfer von Straftaten, mehr oder weniger kooperative Zeugen und vor allem Tatverdächtige. Weil es ihr wichtig war, mit allen persönlich zu sprechen, war sie im Zuge ihrer Ermittlungen viel unterwegs. Wobei sie sich nicht beklagen durfte, denn ihr Territorium war für viele Menschen ein Sehnsuchtsziel: die Provence im Allgemeinen und die französische Riviera im Besonderen. Nur selten führten ihre Fälle darüber hinaus.

Apollinaire liebte Zitate. Zum Beispiel von Konfuzius: Der Weg ist das Ziel. Das stimmte natürlich nicht. Isabelle hatte immer ein klares Ziel – aber es sprach nichts dagegen, den Weg zu genießen. Was im Sattel ihrer Harley-Davidson definitiv besser gelang als hinter dem Steuer eines schlecht klimatisierten Polizeiwagens.

Mit dem Motorrad mied sie nach Möglichkeit Autobahnen. Weshalb sie auch heute im Gegensatz zu gestern auf Landstraßen die Küste entlangfuhr. Die Strecke führte über Sainte-Maxime, Fréjus und Saint-Raphaël zum Massif de l'Estérel. Hier begann mit der Corniche d'Or eine ihrer Lieblingsrouten. Am Fuße des kargen Gebirgsmassivs führte eine Panorama-

straße direkt am Meer entlang. Links die Felsen aus rotem Porphyrgestein, rechts *le grand bleu* – das Blau des Mittelmeers. Über viele Kilometer war die Landschaft unberührt. Der Kontrast zur sonstigen Côte d'Azur könnte nicht größer sein.
Ab Théoule-sur-Mer ging es hinunter zum Golfe de la Napoule – und vorbei war es mit der Einsamkeit. Bald war die Küste wieder dicht bebaut. Schon konnte man aus der Ferne Cannes sehen.
Isabelle fuhr mit ihrer Harley über die Croisette. Das Festival war immer noch im Gange. Sie dachte an Morgan, der mittlerweile in Nizza sein sollte, vorausgesetzt, sein alter Citroën-Transporter war wieder angesprungen. Dort könnte sie ihn erneut treffen. Eine verlockende Perspektive. Aber für heute hatte sie einen anderen Herrn auf ihrer Datingliste: Docteur Sébastien Peyrot.
Erneut wählte Isabelle ab Cannes die etwas längere Küstenstraße, die über Juan-les-Pins und Antibes nach Cagnes-sur-Mer führte. Sie kam an den pyramidenförmigen Hochhäusern der Marina Baie des Anges vorbei – und musste an einen Polizeichef denken, der dort vor Jahren aus einem höheren Stockwerk in den Tod gestürzt war. Nicht freiwillig, wie sich herausstellte. Es war ihr gelungen, den Mörder zu überführen. Der Fall, so erinnerte sie sich, war herausfordernd gewesen. Diesmal schien alles einfacher. In Kürze schon würde sie dem mutmaßlichen Täter begegnen.
Aber würde es wirklich so einfach werden? Isabelle wollte sich die Zuversicht bewahren – doch sie war von Natur aus ein skeptischer Mensch. Außerdem hatten schon viele ihrer Fälle überraschende Wendungen genommen.

*

Gleich nach der Baie des Anges überquerte sie die Mündung des Flusses Loup, und schon befand sie sich auf der Promenade de l'hippodrome. Links das weitläufige Areal der Pferderennbahn und rechts ein lang gestreckter Strand: die Plage de l'hippodrome. Irgendwo musste es eine Pferdeklinik geben, hatte Apollinaire herausgefunden, eine *clinique équine*. Dort sei Peyrot wohl auch tätig, vor allem, um Operationen durchzuführen, sein eigentlicher Arbeitsplatz aber sei direkt bei den Stallungen. Dort habe er sein Büro. Die meiste Zeit verbringe er in den Pferdeboxen.

Sie musste nicht lange suchen, bis sie die Zufahrt fand. Vom Boulevard J. F. Kennedy, wo gerade ein Markt stattfand, ging es links ab. An einer Schranke zeigte Isabelle ihren Ausweis, dann durfte sie durchfahren. Allerdings nur auf einen Parkplatz, wo sie ihre Harley abstellte.

Ein Plakat kündigte den bevorstehenden *Grand Prix des Alpes-Maritimes* an.

Es gab eine *Cantine de L'Hippodrome* mit Tischen unter einer Pergola. Und ein großes grünes Tor, das aufs eigentliche Gelände führte. Mit dem Hinweis: *Interdit au public*. Dahinter entdeckte sie die Stallungen.

Isabelle rief Apollinaire an und vermeldete, dass sie gut eingetroffen sei. Ob er in der Zwischenzeit noch Weiteres über Peyrot herausgefunden habe, wollte sie wissen. Der Mann sei zweiundfünfzig Jahre alt, erklärte Apollinaire, habe keine Vorstrafen, sei verwitwet, sein Sohn lebe in Australien. Er wohne in einem Einfamilienhaus, das ihm gehöre. Vor einigen Jahren sei sein Name mal im Zusammenhang mit einem Dopingskandal aufgetaucht, aber nicht als Beschuldigter, sondern als Gutachter. Fazit: Der Mann mache einen unbescholtenen Eindruck. Apollinaires abschließender Kommentar: Das alleine mache Peyrot schon verdächtig.

Eine bizarre Schlussfolgerung, auf die sie besser nicht einging. Stattdessen hatte sie für Apollinaire einen Auftrag. Sie erzählte ihm von Nicolas' leer stehender Bastide, die nach ihrer Einschätzung stark einbruchsgefährdet sei. Sie bat ihn, einige Überwachungskameras zu kaufen und eine Alarmanlage. Rechnung an sie persönlich.

*

Dem Wachmann am Tor zeigte sie ihren Ausweis, dann durfte sie aufs Gelände. Er zeigte ihr auch den Weg zu Peyrots nahe liegender Arztpraxis. An seiner Tür hing ein Schild: *Je suis avec les chevaux*. Isabelle sah sich um. »Bin bei den Pferden« konnte vieles bedeuten. Gleich gegenüber waren mehrere Stallungen mit Boxen. Auf einer angrenzenden Koppel wurde ein schwarzes Pferd an einer Leine herumgeführt. Sie verstand nicht viel von Pferden, aber sie fand den Rappen wunderschön. Einige Zuschauer waren wohl derselben Meinung und machten Fotos. Auf der dahinterliegenden Rennbahn trainierten Galopper. Peyrot konnte überall sein. Am ehesten aber wohl in den Stallungen. Denn als Arzt sollte er sich um Pferde mit irgendwelchen Krankheiten oder Blessuren kümmern – und die galoppierten wohl kaum durch die Gegend.
Gerade wollte sie nach Peyrot fragen, da entdeckte sie ihn schon. Er kam aus einem Nachbargebäude. An seiner Identität gab es keinen Zweifel. Er stützte sich beim Gehen auf einen Stock. Und er hatte einen kahl rasierten Schädel. Damit entsprach er genau Laffargues Beschreibung. Wobei er ihn nur von hinten gesehen hatte.
Isabelle hatte sich keine Strategie zurechtgelegt. Sie könnte sich als Journalistin ausgeben, Peyrot um ein Interview bitten und so sein Vertrauen erschleichen. Aber was brachte das? Irgend-

wann würde sie doch Klartext reden müssen. Dann also am besten gleich.

»*Pardon, Monsieur*, ich suche Docteur Peyrot«, sprach sie ihn an.

»Steht vor Ihnen, was kann ich für Sie tun?«

Peyrot machte keinen unsympathischen Eindruck.

Sie zeigte ihm ihren Ausweis.

»Mein Name ist Bonnet, Commissaire Bonnet von der *Police nationale*. Hätten Sie kurz Zeit für mich?«

Er runzelte die Stirn.

»Bin ich bei Rot über die Ampel gefahren?«

»Da können Sie beruhigt sein. Verkehrsdelikte fallen nicht in mein Ressort.«

»Wollen wir in mein Büro gehen?«, schlug er vor. »Da sind wir ungestört.«

»Sehr gerne.«

Peyrot ging voraus. Sie stellte fest, dass er zwar hinkte, ansonsten aber gut zu Fuß war. Mit der einen Hand stützte er sich auf seinen Stock. Mit der anderen trug er einen Arztkoffer.

Er sperrte sein Büro auf und drehte das Schild um. *Je suis là* stand jetzt darauf.

Der Raum wurde von einem riesigen Schreibtisch dominiert. Davor zwei abgewetzte Ledersessel.

»Bitte nehmen Sie Platz. Darf ich Ihnen einen kalten Tee anbieten?« Er öffnete eine große Kühltruhe und entnahm ihr eine Karaffe. Grinsend hielt er sie gegen das Licht. »Ich will nur sicherstellen, dass ich den Tee nicht mit einer Urinprobe verwechsle.«

»Wäre nur schlimm, wenn das Pferd Zucker hat«, sagte Isabelle. »Ich mag meine Getränke nämlich ungesüßt.«

Peyrot lachte schallend.

Er hängte seinen Stock an einen Aktenschrank, goss den Tee ein und setzte sich hinter seinen Schreibtisch.

»Geht's um meine Pferde?«, fragte er.
»Nein, nicht um Pferde, sondern um Frauen.«
Jetzt war sie auf seine Reaktion gespannt.
Er kniff die Augen zusammen.
»Wie darf ich das verstehen?«
»Erkläre ich Ihnen gleich. Vorher beantworten Sie mir bitte einige Fragen. Waren Sie vor etwa drei Monaten in Aix-en-Provence?«
Er dachte nach.
»Vor drei Monaten? Das könnte hinkommen. Da habe ich in Aix an einem Kongress teilgenommen.«
Immerhin, überlegte Isabelle, sagte er damit die Wahrheit. Aber Peyrot war nicht dumm, er konnte sich denken, dass sie das bereits wusste.
»Was ist mit der Insel Saint-Honorat? Schon mal dort gewesen?«
Er sah sie misstrauisch an.
»Auf der Klosterinsel? Nein, noch nie.«
»Irrtum ausgeschlossen?«
Peyrot bekam einen roten Kopf.
»Ich geh zwar am Stock, leide aber nicht an Demenz. Jetzt will ich aber wirklich wissen, was die Fragerei soll. Ich bin ein freier Bürger, und es geht die Polizei … mit Verlaub, einen Dreck an, wo ich mich aufhalte oder schon mal gewesen bin.«
»Da haben Sie im Prinzip recht, aber wie ich schon sagte, es geht um Frauen. Und zwar um Frauen, denen Gewalt angetan wurde. Als Tatverdächtiger …«
»Sind Sie verrückt?«, brauste er auf. »Wie kommen Sie denn auf diese hirnrissige Idee? Ich verklage Sie wegen übler Nachrede.«
Isabelle lächelte zufrieden. Sie hatte Peyrot in null Komma nichts aus der Reserve gelockt. Jetzt durfte sie nur nicht lockerlassen.

»Das wäre ja mal ganz was Neues«, sagte sie. »Eine Befragung im Zuge einer polizeilichen Ermittlung ist keine übliche Nachrede, sondern eine zwingende Notwendigkeit. Vor allem, wenn der Befragte von einem Zeugen identifiziert wurde.«
Peyrot schnappte nach Luft.
»Ein Zeuge? Das ist doch absurd. Es kann keinen Zeugen geben, da bin ich mir hundertprozentig sicher …«
Er sprach nicht weiter. Weil er sich gerade zu einer unüberlegten Bemerkung hatte hinreißen lassen?
»Ist ja interessant. Wie können Sie sich so sicher sein? Weil Sie sich unbeobachtet gefühlt haben?«
Peyrot drückte mit beiden Händen gegen seine pochenden Schläfen. Er zählte leise bis zehn. *Un, deux, trois …*
»*Madame le Commissaire,* ich leide unter Bluthochdruck und soll mich nicht aufregen. Bevor wir weiterreden, muss ich mich erst beruhigen.«
Er zog eine Schublade auf, nahm aus einem Döschen zwei Pillen und schluckte sie mit dem Tee hinunter.
Isabelle überlegte, ob sie zu weit gegangen war. War es nötig gewesen, ihn so sehr zu provozieren? Immerhin galt auch hier die Unschuldsvermutung.
»Tut mir leid. Bitte sagen Sie mir, wenn Sie so weit sind?«
Er lächelte gequält.
»Heute nicht mehr. Aber das bringt uns ja auch nicht weiter …« Er bemühte sich, langsam und ruhig zu sprechen. »Sie wollten wissen, warum ich mir sicher bin, dass es keinen Zeugen gibt, der mich gesehen haben könnte? Ganz einfach: Weil ich nichts Verbotenes gemacht habe, bei dem mich jemand hätte beobachten können. Schon gleich habe ich keiner Frau was angetan.«
Es machte wenig Sinn, länger drum herumzureden.
»Es gibt mehrere Fälle, bei denen Frauen mit K.-o.-Tropfen gefügig gemacht wurden. Einer hat sich in einem Hotel in Aix-en-

Provence zugetragen. Und zwar nachweislich zu einer Zeit, als auch Sie dort genächtigt haben. Ein weiterer auf der Insel Saint-Honorat, wo ein Zeuge einen Mann gesehen hat, auf den Ihre Beschreibung passt.«

Er sah sie mit großen Augen an.

»Da muss es sich um eine ganz, ganz schlimme Verwechslung handeln. Meine Frau ist vor einigen Jahren gestorben … Warum sollte ich so was tun?«

Vielleicht gerade deshalb, überlegte Isabelle. Traute sich aber nicht, den Gedanken auszusprechen.

Sie zeigte ihm ein Foto von Adèle.

»Kennen Sie diese Frau?«

»Noch nie gesehen. Ist das eine der Frauen, von der Sie gesprochen haben?«

Isabelle nickte.

»Übrigens hat sie die K.-o.-Tropfen nicht überlebt.«

»Wirklich? Das ist aber ungewöhnlich.«

War das die spontane Einschätzung eines Mediziners? Oder kannte er sich mit K.-o.-Tropfen aus eigener Erfahrung aus?

»Lieben Sie Chopin?«, wechselte sie abrupt das Thema.

Er runzelte die Stirn.

»Ich kann Ihnen nicht folgen. Natürlich mag ich Chopin, vor allem seine Nocturnes.«

Würde er das sagen, wenn er tatsächlich der Täter war? Ja, würde er, dachte Isabelle, nämlich dann, wenn er besonders abgebrüht war.

»Ist mir nur gerade eingefallen. Hat nichts zu bedeuten.«

Peyrot öffnete erneut seine Schublade, nahm ein Blutdruckmessgerät heraus und legte es sich am Handgelenk an.

Nach erfolgter Messung zeigte er ihr das Display.

»Hundertneunzig zu hundertzehn … Das ist nicht gut, gar nicht gut. *Madame le Commissaire,* ich muss Sie dringend bitten zu gehen. Wir können unser Gespräch morgen fortsetzen. Aber jetzt muss ich mich hinlegen und entspannen. Vorher sprühe ich mir Glyceroltrinitrat unter die Zunge.«

Isabelle stand auf und reichte ihm die Hand. Seine war schweißnass.

»Hoffentlich geht es Ihnen bald wieder besser. Bitte halten Sie sich zur Verfügung.«

»Bin ich dazu verpflichtet?«

»Unbedingt.«

»Keine Sorge, erstens habe ich ein reines Gewissen, und zweitens brauchen mich die Pferde.«

Sie reichte ihm ihre Visitenkarte.

*»À demain. Au revoir.«*

# 32

Isabelle spazierte noch eine Weile auf dem Gelände des Hippodroms herum. Aus der Ferne behielt sie Peyrots Büro im Auge. Kam er gleich putzmunter herausspaziert? Doch offenbar benötigte er wirklich eine Ruhepause. Dabei hätte sie noch genug Fragen in petto gehabt, um seinen Blutdruck weiter in die Höhe zu treiben. Zum Beispiel, ob er für Saint-Honorat ein Alibi vorweisen konnte. Dummerweise hatte er jetzt bis morgen Zeit, sich eines auszudenken. Denn natürlich war ihm klar, dass diese Frage unweigerlich kommen würde. Nicht nur für Saint-Honorat benötigte er ein Alibi, sondern auch für die *Plage de Pampelonne*. Aber auch das wusste er sicherlich – vorausgesetzt, er war tatsächlich der Täter.

Isabelle beabsichtigte außerdem, ihm das Armband zu zeigen … und sehr genau auf seine Reaktion zu achten.

Sie schlenderte wieder zur Koppel mit dem schwarzen Rennpferd. Gerade wurde das Gatter geöffnet und der Hengst zu den Stallungen geführt. Neben ihr stand ein kleiner, älterer Herr mit Schiebermütze. *»Un rêve de cheval«*, flüsterte er andächtig.

Isabelle sah ihn von der Seite an.

»Sie kennen sich mit Pferden aus?«

Er spuckte auf den Boden.

»Das will ich wohl meinen. Ich war lange Jahre Jockey. Auf *Royal Flush* wäre ich beim *Prix de l'Arc de Triomphe* nicht nur Dritter geworden, ich hätte in Longchamp mit einer Länge Vorsprung gewonnen.«

»*Royal Flush?* So heißt der Hengst?«
Er nickte.
»So wie das beste Blatt beim Poker. Für den *Grand Prix* am kommenden Wochenende ist er der haushohe Favorit. Natürlich auch bei den Buchmachern. Lohnt sich also nicht, auf ihn zu wetten.«
»Darf ich Sie was fragen? Kennen Sie Docteur Peyrot?«
Er sah sie neugierig an.
»Natürlich kenne ich ihn. Warum fragen Sie?«
»Ich bin Journalistin und schreibe für ein Boulevard-Magazin«, erklärte Isabelle. »Wir wollen ein Porträt über ihn bringen. Den Arbeitstitel haben wir schon: Der Pferdeflüsterer von der Côte d'Azur.«
Der Alte lachte.
»Wer hat sich denn diesen Mist ausgedacht? Sébastien ist vieles, aber bestimmt kein Pferdeflüsterer. Lieber haut er den Gäulen eine Spritze in den Arsch. Aber das macht er sehr gut, das können Sie gerne schreiben.«
»Ist Peyrot auch der Arzt vom *Royal Flush?*«
»Nein, die englischen Besitzer haben ihren eigenen Wunderdoktor. Sie lassen keinen anderen ran.«
»Warum Wunderdoktor? Wird hier vielleicht gedopt?«
Er schob seine Schiebermütze in den Nacken und runzelte die Stirn.
»Ich dachte, Sie schreiben für die Klatschpresse? Warum interessieren Sie sich plötzlich fürs Doping?«
»Tue ich nicht. Bin nur draufgekommen, weil Sie gerade von Wunderdoktor gesprochen haben.«
Er hob seinen von Gicht gekrümmten Zeigefinger.
»Jetzt sage ich Ihnen mal was: Ein guter Pferdearzt kann Wunder vollbringen, aber nur manches Mal und ganz bestimmt nicht mit illegalen Methoden. Im Galopprennsport gilt die

Nulltoleranz-Regel. Da wird scharf kontrolliert, schärfer als bei menschlichen Athleten. Nach unseren Maßstäben würde bei der Tour de France jeder zweite Radrennfahrer disqualifiziert. Das können Sie sich von Sébastien bestätigen lassen. Er führt nämlich als vereidigter Veterinär nach jedem Rennen die Dopingkontrollen durch. Das sollten Sie in Ihrem Porträt nicht unerwähnt lassen.« Er zog sich seine Schiebermütze wieder auf den Kopf. »So, jetzt muss ich weiter. War nett, Sie kennengelernt zu haben. Auch wenn Sie von Pferden keine Ahnung haben.« Er lachte. »Aber immerhin haben Sie bemerkt, dass *Royal Flush* keine Stute ist.«

*

Als Isabelle ihre Harley startete, hatte Peyrot sein Büro immer noch nicht verlassen. Entweder war er eingeschlafen, oder es gab einen Hinterausgang? Dass er vor Aufregung gestorben war, wollte sie sich nicht vorstellen.

Zuvor hatte sie auf ihrem Smartphone nach einer Übernachtungsmöglichkeit gesucht. Ganz in der Nähe war sie auf ein ansprechendes *Chambre d'hôtes* gestoßen und hatte dort ein Zimmer reserviert. Aber es war zu früh, dort einzuchecken. Von Cagnes-sur-Mer kannte Isabelle nur die Uferpromenade, aber nicht den höher gelegenen Stadtteil Haut-de-Cagnes.

Dort gab es das Château Grimaldi, das um 1300 von Rainier Grimaldi, einem Vorfahren der monegassischen Fürstenfamilie, erbaut worden war. Später wurde die Festung zu einem Schloss umgestaltet, in dem rauschende Feste gefeiert wurden. Heute beherbergt das Château Grimaldi ein vergleichsweise profanes Olivenmuseum. Und eine Porträtsammlung der französischen Sängerin und Nachtclubbesitzerin Suzy Solidor. In den Dreißigerjahren des vorigen Jahrhunderts hatte sie die Pariser

Gesellschaft nicht nur durch ihre Stimme in ihren Bann gezogen, sondern auch durch ihre androgyne Erscheinung – und ihre wechselnden, oft gleichgeschlechtlichen Liebesbeziehungen.

Nun interessierte sich Isabelle durchaus für Lebensgeschichten von Frauen, die den Konventionen trotzten, aber heute fehlte ihr der Sinn danach. Berufsbedingt kreisten ihre Gedanken um ihren aktuellen Fall. Trotzdem gönnte sie sich einen kurzen Ausflug nach Haut-de-Cagnes. Vom Hippodrom führte eine von hohen Palmen gesäumte Straße schnurgerade hinauf zu den höher gelegenen Stadtbezirken. Isabelle fand eine geeignete Parkmöglichkeit, stellte die Maschine ab und schlenderte durch die quirligen Gassen. Cagnes war größer und lebhafter, als sie es sich vorgestellt hatte. Sie kaufte sich ein Eis und beobachtete das Treiben. Mit ihren Gedanken war sie freilich woanders. Natürlich bei ihrem Fall, der ihr weiterhin Rätsel aufgab. Sie verstand nicht, warum der Täter – ob Peyrot oder womöglich doch jemand anderes – seine Opfer komplett entkleidete, um sich dann nicht an ihnen zu vergehen. Wollte er sie nur nackt sehen? Oder hatte Apollinaire mit seiner Annahme recht, dass der Täter in allen drei Fällen schlicht und einfach gestört wurde? Und was war mit den Armbändern? Das verstand sie noch weniger.

So ungewöhnlich waren diese leider nicht, wie sie mit Blick in die Auslage eines Schmuckgeschäftes feststellte, aber durch die hochwertig anmutende Kombination von künstlichen Brillanten und blauen Saphiren eben doch unverwechselbar.

Isabelle kam zu einem kleinen Park. Sie setzte sich auf eine Bank und rief im Kommissariat an. Wie erwartet war Apollinaire noch nicht heimgegangen. Natürlich wollte er wissen, wie ihre Begegnung mit Peyrot verlaufen sei. Sie gab ihm einen kurzen Bericht und sagte, dass sie die Befragung morgen fortsetzen werde. Apollinaire merkte an, dass Peyrot morgen schon über alle Berge sein könne. Idealerweise hätte sie ihm elektronische Fußfesseln anlegen sollen. Was aber schon daran scheitere, dass sie über keine verfügten. Außerdem, das musste er zugeben, fehle dafür jede rechtliche Handhabe.

Docteur Sébastien Peyrot, stellte Isabelle klar, sei potenziell tatverdächtig – mehr aber auch nicht.

»Das ist eine Frage der Interpretation«, erwiderte Apollinaire. »Auf einer Skala von null bis zehn hat er vor einer Stunde einen Sprung nach oben gemacht.«

»Ich glaube, vor einer Stunde war er überhaupt nicht fähig, einen Sprung zu machen«, sagte sie. »Peyrot leidet aktuell unter einem drastisch erhöhten Blutdruck.«

»Auf einer Skala kann man hochklettern, ohne sich zu bewegen. Lassen Sie es mich so erklären: Erkenntnistheoretisch …«

»Bitte nicht!«, protestierte Isabelle. »Sie haben genau einen Satz, um mir mitzuteilen, was Sie herausgefunden haben!«

»Nur ein Satz? Das ist schwer, aber ich versuch es: Wir wissen, dass Peyrot zur Tatzeit in Aix war … Komma … vor einer Stunde habe ich in Erfahrung gebracht, dass seinerseits auch eine geografische Nähe zur *Plage de Pampelonne* besteht, wo Clodine überfallen wurde … Komma … denn Peyrot betreibt neben Cagnes noch eine zweite Praxis bei Gassin … Gedankenstrich … genauer gesagt im Polo Club Saint-Tropez … Komma … wo er mindestens einmal die Woche persönlich anwesend ist … Punkt und Ausrufezeichen!«

Isabelle schmunzelte.

»Na bitte, geht doch. War zwar ein langer Satz, aber ich gebe Ihnen recht. Vom Polo Club ist es nicht weit zur *Plage de Pampelonne*. Das macht Peyrot noch ein Stück verdächtiger. Ein Beweis ist das aber nicht.«

»Aber ein starkes Indiz …«

»Nein, auch das nicht. Aber ein wertvoller Hinweis. Mal sehen, ob Peyrot freiwillig damit herausrückt.«

»Sie müssen ihn nur gehörig unter Druck setzen. Übrigens habe ich den Briefumschlag untersuchen lassen, den Nick Rousseau aus Adèles Wohnung vorbeigebracht hat. Wie befürchtet ist die Briefmarke selbstklebend, Gleiches gilt für den Umschlag. Das mit der DNA können wir also vergessen. Bleibt noch der schmalzige Spruch auf der Rückseite: *D'une amie qui partagé avec toi l'amour de Chopin. Bonne visite!* Klingt für mich zwar eher für eine Frau als Absender, doch jeder Mann hat eine weibliche Seite.«

»Woher haben Sie denn diese bahnbrechende Erkenntnis?«

»Sagt meine Freundin Shayana. Aber auch, dass sie diese bei mir bisher vergeblich sucht.«

Isabelle musste lachen. Shayana nahm Apollinaire gerne auf den Arm. Und er merkte es nicht.

»Sagen wir mal so«, erwiderte sie, »Menschen können sich verstellen, sogar Männer. Meiner Meinung nach gibt sich der Täter als Frau aus, um sich das Vertrauen seiner Opfer zu erschleichen. Das macht er ziemlich geschickt, indem er vorher im Internet ihre Schwachstellen recherchiert. Bei Adèle zum Beispiel war es die klassische Musik.«

»Sie sollten Peyrots Computer beschlagnahmen. Dort hat er bestimmt Spuren hinterlassen. Zum Beispiel speichert der Browser alle Internetseiten, die er angeklickt hat. Und die Festplatte ist sowieso ein offenes Buch. Selbst wenn er glaubt, alles gelöscht zu haben.«

»Wir können seinen Computer nicht beschlagnahmen, dafür fehlt uns jede Handhabe.«

Er räusperte sich.

»Jede Handhabe … ich verstehe. Alternativ schlage ich vor, bei ihm einzubrechen und seinen PC zu stehlen.«

»Super Vorschlag. Ich glaube, Sie sind überarbeitet und sollten jetzt besser Feierabend machen. Ich melde mich morgen, sobald ich mein Gespräch mit Peyrot fortgesetzt habe.«

*

Isabelle hielt es grundsätzlich für einen Fehler, sich bei Ermittlungen auf einen einzigen Tatverdächtigen einzuschießen. Allzu leicht lief man so in die Irre. Weil man – um im Bild zu bleiben – wie ein Pferd mit Scheuklappen übersah, was rechts und links von einem geschah. Aber es gab Phasen, da blieb einem nichts anderes übrig. Schlicht deshalb, weil es eben nur diesen einen Verdächtigen gab. So wie aktuell Sébastien Peyrot. Allerdings sprach einiges dafür, dass sie bei ihm an genau der richtigen Adresse war. Dann wäre das mit den Scheuklappen nicht weiter schlimm.

Am späteren Abend fuhr sie zu Peyrots Privathaus. Aus keinem besonderen Grund. Es befand sich in einer feinen Gegend. Sie stellte das Motorrad in einiger Entfernung ab und machte einen Spaziergang. Seine Stadtvilla war zwar nicht groß, aber ausgesprochen luxuriös. Vor dem Eingang parkte ein Jaguar. Sie wusste nicht, dass man als Pferdedoktor so gut verdiente. Im ersten Stock stand ein Fenster offen. Sie hörte klassische Musik. Unwillkürlich dachte sie an Adèle Rousseau.

Plötzlich hatte sie das Gefühl, beobachtet zu werden. Dafür hatte sie einen siebten Sinn. Sie blieb stehen und sah sich um. Eine alte Frau führte ihren Hund Gassi. Ein Fahrradfahrer kam vorbei. Zwei Jugendliche knutschten in einem Hauseingang … Offenbar hatte sie sich getäuscht, denn auch hinter den Fenstern der Stadtvilla war niemand zu sehen.

# 33

Als sie am nächsten Morgen im Hippodrom eintraf, war Peyrot offenbar schon da. An seiner Praxis hing das Schild: *Je suis avec les chevaux.* Isabelle hatte seine Handynummer, sie könnte ihn anrufen. Aber sie hatte keine Eile. Sie schlenderte zwischen den Stallungen umher. Die Koppel, wo sie gestern den schwarzen Hengst bewundert hatte, war leer. Offenbar befand sich *Royal Flush* in seiner Box, denn auch auf dem Parcours waren gerade keine Galopper unterwegs. Neugierig ging sie zum Stall, in den man gestern das Wunderpferd gebracht hatte. Die Tür stand offen, was sie als Einladung interpretierte. Sie entdeckte den Hengst gleich in der ersten Box. Nicht nur ihn, sondern auch einen stämmigen Pfleger, der gerade herauskam. Er erschrak, als er sie sah. Schnell verbarg er die rechte Hand hinter dem Rücken.

»*Que faites-vous ici?*«, fuhr er sie an. »Unbefugten ist der Zutritt verboten.«

Isabelle lächelte.

»Pardon, aber ich bin ein großer Fan vom *Royal Flush* und wollte ihm nur viel Glück für das bevorstehende Rennen wünschen.«

Er deutete zum Ausgang.

»Verlassen Sie sofort den Stall!«

»Ist ja schon gut …«

Ihr fiel auf, dass er die rechte Hand unablässig hinter dem Rücken hielt. Was sollte sie nicht sehen?

Draußen angekommen, hatte er das Objekt offenbar in einer Tasche seines blauen Overalls verschwinden lassen. Jedenfalls hatte er jetzt beide Hände frei. Wild fuchtelnd versuchte er, sie zu verscheuchen. Verwechselte er sie gerade mit einem Pferd? Sie wünschte ihm spöttisch einen schönen Tag und lief gemächlich davon. Aus dem Augenwinkel sah sie, dass er in einer benachbarten Stallung verschwand, und zwar in jener, aus der gestern Peyrot gekommen war. Isabelle blieb stehen, verschränkte die Arme und wartete ab. Keine Minute später erschien Peyrot, hinter ihm der Pferdepfleger. Peyrot verriegelte seinen Arztkoffer und klopfte dem Pfleger anerkennend auf die Schulter. Weil das mysteriöse Objekt aus der Box von *Royal Flush* jetzt in seinem Koffer war?

Sie erinnerte sich an den Jockey, den sie gestern kennengelernt hatte. Von ihm wusste sie, dass der Hengst *Royal Flush* medizinisch nicht von Peyrot betreut wurde. Weshalb ihr seltsam vorkam, was sie gerade beobachtet hatte. Aber sie war nicht hier, um verdächtige Machenschaften im Pferderennsport zu ergründen.

Peyrot entdeckte Isabelle und ging auf sie zu.

»*Bonjour, Madame le Commissaire.* Ich habe schon befürchtet, dass ich nicht lange auf Sie warten muss.«

»Warum befürchtet? Sie haben doch nichts zu verbergen … Wie geht's Ihrem Blutdruck?«

»Ist wieder im Normbereich. Wenn wir uns wie zivilisierte Menschen unterhalten, sollte er das auch bleiben.«

»Liegt an Ihnen«, erwiderte sie. »Und an Ihrer Kooperation. Wollen wir wieder in Ihr Büro gehen?«

»Ich bleib lieber an der frischen Luft. Ich bring nur schnell meinen Arztkoffer rein, dann können wir einen kleinen Spaziergang machen und alle Missverständnisse aus der Welt räumen.«

Ob das so einfach werden würde, bezweifelte Isabelle. Aber sie ließ sich gerne überraschen.

*

Zwar musste sich Peyrot beim Gehen auf den Stock stützen, aber er tat das so geschmeidig, dass er wohl auch ohne zurechtkäme.

»Was ist mit Ihrem Bein passiert?«, fragte sie.

Das interessierte sie zwar nicht wirklich, aber sie wollte ihr Gespräch mit einem unverfänglichen Thema beginnen.

»Einer meiner Patienten hat mir bei einer Darmspiegelung mit einem Hinterhuf die Patella zertrümmert. Künstlerpech.«

»In einer Kleintierpraxis wären Sie glimpflicher davongekommen.«

Er lächelte gequält.

»Da haben Sie recht. War außerdem mein Fehler. Die Narkose war nicht tief genug.«

Jetzt hatte er ihr unfreiwillig ein Stichwort gegeben.

»Narkose? Verwenden Sie dafür Ketamin?«

Er sah sie überrascht an.

»Wie kommen Sie ausgerechnet auf Ketamin?«

»Weil das der Hauptwirkstoff in den K.-o.-Tropfen war, von denen ich Ihnen erzählt habe.«

Peyrot schüttelte entgeistert den Kopf.

»Jetzt geht das schon wieder los … Sie haben wirklich ein besonderes Talent, mich in den Wahnsinn zu treiben. Ich habe mit diesen Frauen nichts zu tun, wie oft soll ich Ihnen das noch sagen?«

»Dann helfen Sie mir, diesen Verdacht auszuräumen. Dass Sie ausgerechnet zur Zeit des Übergriffs auf eines der Opfer in Aix-en-Provence waren, haben wir ja schon geklärt. Ein weiterer Fall hat sich auf Saint-Honorat zugetragen, aber Sie behaupten ja, nie auf der Insel gewesen zu sein. Eine dritte Frau wurde an der *Plage de Pampelonne* aufgefunden. Dort waren Sie ja wohl auch noch nie, oder?«

»Nicht einmal in der Nähe.«

Sie kniff die Augen zusammen.
»Warum lügen Sie mich an?«
Auf seiner Stirn erschienen die ersten Schweißperlen.
»Ich finde, zehn Kilometer sind ziemlich nah«, fuhr sie fort. »So weit ist es nämlich vom Strand bis zum Polo Club Saint-Tropez.«
Er wischte sich über den kahl rasierten Schädel.
»Sie haben mir nachspioniert?«
»Wir haben uns informiert, das ist alles. Sonst wären wir schlechte Polizisten.«
»Okay, es stimmt. Ich wollte Ihnen meine Tätigkeit im Polo Club verschweigen, damit Sie keine falschen Rückschlüsse ziehen.«
»Was könnten das für Rückschlüsse sein?«
Er hob die Schultern.
»Keine Ahnung, Sie werden es mir gleich sagen.«
»Am besten wäre ein Beweis, dass Sie zur jeweiligen Tatzeit weder auf Saint-Honorat noch an der *Plage de Pampelonne* waren.«
»Ein Alibi?«
»Ganz genau. Und zwar ein hieb- und stichfestes.«
»Meinen Terminkalender habe ich in meinem Arztkoffer.«
»Dann sollten wir in Ihr Büro gehen und nachschauen.«

*

Als er seinen Arztkoffer öffnete, versuchte sie einen Blick auf den Inhalt zu erhaschen. Obenauf könnte der Gegenstand liegen, den er vom Pfleger erhalten hatte. Dass es sich dabei um eine geleerte Pferdespritze handelte, schien ihr mehr als wahrscheinlich. Wurde auch der vorgebliche Wunderhengst *Royal Flush* heimlich gedopt? Und zwar genau von jenem Arzt, der nach den Rennen die Dopingkontrollen durchführte. Damit hätte man

den Bock zum Gärtner gemacht. Und Sébastien Peyrot hätte sich eine zusätzliche Einnahmequelle erschlossen, die seinen Wohlstand erklärte.
Doch Peyrot neigte seinen Arztkoffer so, dass sie nicht hineingucken konnte. Was Zufall sein konnte – oder auch nicht!
Peyrot setzte sich an seinen Schreibtisch und schlug den Kalender auf.
Die Seiten waren voller Durchstreichungen, Ergänzungen und Einschübe. Zum Teil eingekringelt und mit Pfeilen verbunden. Sie fühlte sich an ein Chart von Apollinaire erinnert.
Dass er ihr gestattete, ihm über die Schulter zu sehen, hatte nichts zu besagen. War er tatsächlich der Täter, hätte er spätestens in der letzten Nacht seinen Terminkalender manipulieren können.
Zum Zeitpunkt des Überfalls auf Manon Michot gab es gleich eine doppelte Durchstreichung und einen Vermerk mit Filzstift: OU. Die beiden Buchstaben, erklärte Peyrot, bedeuteten *Opération d'Urgence* – Notoperation! So etwas komme immer wieder mal vor und werfe alle Termine über den Haufen. Um welche Operation es sich konkret gehandelt habe, könne er nach einem halben Jahr nun wirklich nicht mehr sagen. Er müsse seine Abrechnungen durchgehen, aber da kenne sich nur seine Sekretärin aus, und die sei gerade mit ihrem Verlobten auf den Malediven.
Kaum weniger erhellend waren die Einträge bei Clodine. Offenbar hatte Peyrot am Nachmittag bei einer Stute eine Bisswunde behandelt. Und am darauffolgenden Tag um elf Uhr eine Kolikoperation in der Klinik durchgeführt. Doch für die Nacht dazwischen gab es naturgemäß keinen Vermerk. Von Cagnes-sur-Mer an die *Plage de Pampelonne* brauchte man mit dem Auto vielleicht eineinhalb Stunden. Ein Alibi sah anders aus.

Isabelle überlegte, was sie gegen den Arzt wirklich in der Hand hatten. Viel war es nicht.

Aber sie hatte noch nicht alle Karten ausgespielt.

»Ich möchte Ihnen noch was zeigen«, sagte sie.

Isabelle legte das Armband mit den Kristallen auf seinen Schreibtisch. Dabei sah sie ihm konzentriert ins Gesicht.

Sie hatte mal einen Lehrgang zum Thema Mikroexpression besucht. Dabei ging es darum, mimische Veränderungen zu erkennen, die nur Sekundenbruchteile dauerten und direkt vom limbischen System gesteuert wurden. Sie seien besonders verräterisch, weil sie sich willentlich kaum beeinflussen ließen. Dumm nur, dass die Emotionen bloß für einen ultrakurzen Moment aufblitzten. Es war fast unmöglich, sie zu erkennen.

Bei Peyrot jedenfalls kam die Reaktion erst mit Verzögerung. Seine Ratlosigkeit konnte deshalb gespielt sein. Eine Mikroexpression, so es eine gegeben hatte, war ihr entgangen.

»Das ist ein Armband. Was soll damit sein, warum zeigen Sie es mir?«

»Würden Sie ein solches *bracelet* verschenken?«

»Ich wüsste nicht, wem.«

»Hatte vielleicht Ihre verstorbene Frau ein ähnliches Armband?«

Isabelle wusste, dass sie ihn mit dieser Frage erneut provozierte. Aber sie kam nicht weiter, wenn sie fortwährend auf seinen Blutdruck achtete.

»Lassen Sie gefälligst meine Frau aus dem Spiel!«, erregte er sich prompt.

»Ein kurzes Ja oder Nein genügt mir völlig.«

»Nein, verdammt noch mal. Abgesehen davon hätte ihr das Armband nicht gefallen.«

»Sie haben doch sicher ein Foto Ihrer Frau auf Ihrem Handy. Darf ich es mal sehen?«

Er warf Isabelle einen wütenden Blick zu.
»Aber nur, wenn Sie meine Frau danach nie mehr erwähnen.«
Interessanterweise hatte Peyrot auf dem Homescreen ein Pferd. Aber schon einen Klick weiter seine Frau.
Ihr genügte ein kurzer Blick. Sie war schwarzhaarig und auch sonst ein völlig anderer Typ als Clodine, Adèle oder Manon.
»Eine schöne Frau«, sagte Isabelle. »Tut mir leid, wenn ich Ihre Gefühle verletzt habe.«
»Das hätten Sie sich vorher überlegen können. So, wie soll es jetzt weitergehen?«
»Wie ich Ihnen schon gestern sagte: Bitte halten Sie sich weiter zur Verfügung. Jedenfalls so lange, bis unsere Ermittlungen abgeschlossen sind.«
»Wann wird das sein?«
»Kann noch etwas dauern. Es geht schneller, wenn Sie einen Beweis für die Notoperation beibringen könnten.«
»Ich bemühe mich. Noch etwas?«
»Für einen DNA-Abgleich bräuchte ich eine Speichelprobe.«
Sie glaubte, ein spontanes Erschrecken zu erkennen. Aber nur für einen kurzen Moment, dann war es vorbei.
»Ist nicht Ihr Ernst? Sie behandeln mich wie einen Schwerverbrecher.«
»Wir behandeln alle Menschen gleich. Ein DNA-Abgleich zählt zur üblichen Routine.«
Das schon, dachte Isabelle, tatsächlich wusste sie aber auch nicht, was sie mit seiner DNA anfangen sollte.
»Was ist, wenn ich mich weigere?«
Isabelle lächelte.
»Dann würde ich Ihre Weigerung als Schuldeingeständnis interpretieren.«
»Blödsinn. Meine DNA gebe ich nicht her, und zwar aus Prinzip. Das verletzt meine Persönlichkeitsrechte. Aber ein Schuld-

eingeständnis ist das natürlich nicht. Übrigens haben Sie mir immer noch nicht verraten, was mit den Frauen passiert ist? Wurden sie vergewaltigt?«

Isabelle sah ihn nachdenklich an.

»Sagen *Sie* es mir!«

Peyrot schlug mit der Faust auf den Tisch.

»Jetzt reicht's. Bitte verlassen Sie umgehend mein Büro!«

# 34

Etwas konsterniert war sie schon, allerdings hatte sie den Rausschmiss provoziert und sollte sich deshalb nicht wundern. Auf dem Weg zu ihrem Motorrad versuchte sie, eine kurze Bilanz zu ziehen. Genau genommen hatte sich Peyrot gut aus der Affäre gezogen. Er hatte trotz seiner Erregung jeden Fehler vermieden. Weder hatte er sich beim Stichwort Ketamin noch beim Anblick des Armbands zu einer unbedachten Äußerung hinreißen lassen. Aber das war nur die eine Wahrheit. Die andere sah so aus, dass seine Alibis nicht viel wert waren, jedenfalls solange er sie nicht belegen konnte. Die Einträge im Terminkalender besagten gar nichts. Auf ihre Frage nach *Pampelonne* hatte er sie angelogen, indem er glaubte, seine Tätigkeit für den Polo Club verschweigen zu müssen. In diesem Punkt hatte Peyrot also doch einen Fehler gemacht. Aber keinen, aus dem sich ein Strick drehen ließ.

Isabelle startete die Harley und warf einen Blick zurück auf die Stallungen des Hippodroms. Ihr fiel die merkwürdige Szene mit dem Stallburschen ein. Ihr Gefühl sagte ihr, dass hier nicht alles mit rechten Dingen zuging. Aber ihr Verstand sagte, dass sie das nichts anging. Sie war gut beraten, sich auf ihren eigentlichen Fall zu konzentrieren.

Wenige Minuten später hielt sie vor der nahe gelegenen Pferdeklinik. Die *clinique équine* war ihr schon gestern aufgefallen. Sie hatte Glück, indem sie im Büro eine ebenso nette wie kooperative Mitarbeiterin antraf. Den Docteur Peyrot kenne sie natürlich gut, sagte sie. Ein charmanter Mann, der ihr gelegentlich Pralinen mitbringe. Sie nahm eine Schachtel aus dem Regal, um ihr eine anzubieten. Auf dem Deckel stand *Chocolaterie Christian Camprini*. Und darunter: *Rue de la Fontaine, Cannes.*

Isabelle lehnte dankend ab. Gleichzeitig dachte sie, dass Manon Michot in Cannes lebte und dass es von dort zur Île Saint-Honorat nicht weit war.

Isabelle gab vor, in einem ätzend langweiligen Fall zu ermitteln. Ihr Chef habe sie dazu verdonnert, einige Operationstermine zu überprüfen. Sie wisse auch nicht, warum. Konkret gehe es um zwei Operationen, die Docteur Peyrot an der Pferdeklinik durchgeführt haben soll.

Schnell hatte die Mitarbeiterin eine Bestätigung der Kolikoperation am Tag nach dem Überfall auf Clodine herausgesucht. Elf Uhr. Das stimmte schon mal. Die Bisswunde am Tag zuvor habe Peyrot sicherlich ambulant behandelt, dafür müsse er nicht in die Klinik.

Für den zweiten Termin allerdings, zum Zeitpunkt des Überfalls auf Manon Michot, gab es keinen Eintrag. Eine Notoperation? Nicht in ihrer Klinik, so viel sei sicher. Das habe aber nichts zu bedeuten, denn Peyrot verfüge über die technischen Möglichkeiten, Operationen auch *in situ,* also vor Ort, durchzuführen. Außerdem sei er ein vertrauenswürdiger Mann, der sich gewiss keine Unregelmäßigkeiten erlaube. Gelegentlich sei er etwas zerstreut, aber erst seit dem tragischen Tod seiner Frau. Das müsse man verstehen. Isabelle solle mit seiner Sekretärin sprechen, die habe seine Termine alle im Griff. Ach ja, fiel ihr ein, die sei gerade mit ihrem Verlobten auf den Malediven. Aber gleich danach.

Als sich Isabelle verabschiedete, fragte die Büroangestellte, ob sie vielleicht doch noch eine Praline wolle? Besonders empfehlenswert seien die *truffes au chocolat*. Aus Höflichkeit nahm

Isabelle eine. Wobei ihr Blick erneut auf den Deckel mit der *Chocolaterie* in Cannes fiel.

*

Isabelle hatte ihr Motorrad an der Uferpromenade direkt neben einer Parkbank abgestellt. Dort saß sie jetzt und blickte gedankenverloren aufs Meer. Nach einer Weile nahm sie ihr Handy und rief bei Apollinaire im Kommissariat an. Der wartete schon auf ihren Bericht. Er hörte aufmerksam zu und machte sich dabei offensichtlich Notizen. Als sie fertig war, entschied er, dass Docteur Sébastien Peyrot zweifellos der gesuchte Täter war. Alles passe zusammen. Auch psychologisch, denn nach dem Tod seiner Frau sei er offenbar traumatisiert. Er leide unter dem Verlust und suche Trost bei anderen Frauen.

»Was soll das für ein Trost sein«, sagte Isabelle, »sich an wildfremden Frauen zu vergehen, die er systematisch aussucht und von denen keine so aussieht wie seine verstorbene Ehefrau?«

Sie stellte sich vor, wie sich Apollinaire verlegen hinter dem Ohr kratzte.

»Nun ja, ich weiß natürlich nicht, was in einem entsprechend veranlagten Witwer vorgeht«, gab er zu. »Vielleicht hatte Peyrot schon immer heimliche Begierden, die er auf diese Weise auslebt? Ist ja auch egal, darüber können sich nach seiner Verhaftung psychologische Gutachter den Kopf zerbrechen. Jetzt müssen wir den guten Mann nur noch überführen.«

»Oder wir stellen seine Unschuld fest.«

»Glaube ich nicht!«

*

Isabelle wollte gerade aufbrechen, da bekam sie einen überraschenden Anruf von Baptiste Laffargue, von dem Mann also, der Manon auf Saint-Honorat vor Schlimmerem bewahrt hatte. Er wolle sich nur wieder zurückmelden, sagte er. Nun müsse er sich in Antibes erst mal von seinen kulturellen Eindrücken in Paris erholen. Ob sie das Stendhal-Syndrom kenne, fragte er. Der französische Schriftsteller Stendhal habe in Florenz nach einer kulturellen Reizüberflutung einen Nervenzusammenbruch erlitten. Das sei ihm gottlob erspart geblieben. *Dieu merci!*
Isabelle hörte amüsiert zu. Laffargue war ein guter Erzähler, wobei er sich einer antiquierten Ausdrucksweise befleißigte. Ähnlich wie Apollinaire neigte er zu Abschweifungen.
Von Manon habe er gehört, fuhr er fort, dass seine Beschreibung des flüchtenden Täters hilfreich gewesen sei. Das freue ihn außerordentlich. Er hoffe inständig, dass es *Madame le Commissaire* bald gelinge, den Übeltäter dingfest zu machen. Leider, und das sei der Grund seines Anrufs, könne er keine weiterführenden Hinweise geben. Er habe sein Hirn zermartert, aber ihm sei nichts mehr eingefallen.
Isabelle fragte, ob er den Mann bei einer Gegenüberstellung wiedererkennen würde.
»*Mais non,* Madame, ich habe ihn ja nur von hinten gesehen. Allenfalls könnte ich die Möglichkeit seiner Identität bestätigen beziehungsweise ausschließen. Das wohl schon, aber nicht mehr.«
»Sie wohnen in Antibes?«, fragte sie.
»Genauer gesagt am Cap d'Antibes. Ich erfreue mich des besonderen Privilegs, an einem der schönsten Flecken Frankreichs leben zu dürfen.«
»Ich bin zufällig ganz in der Nähe«, sagte sie spontan. »Vielleicht können wir uns kurz sehen?«
»*Avec plaisir,* mit dem größten Vergnügen. Eine Kommissarin

der Polizei fehlt noch in meinem illustren Bekanntenkreis. Ich habe zum Lunch einen Tisch auf der Terrasse eines von mir präferierten Lokals reserviert. Die Bouillabaisse der *Maison de Bâcon* ist unvergleichlich. Dort könnten wir uns treffen. Sie sind selbstverständlich mein Gast.«

Ermittlungstechnisch versprach sich Isabelle kaum etwas von einem Treffen. Aber sie könnte ihm ein Foto von Peyrot zeigen, jedoch nur von vorne. Zudem lag Antibes definitiv auf ihrer Strecke. Und eine gute Bouillabaisse wäre schon alleine ein Grund, die Einladung anzunehmen.«

»Ich komme gerne«, sagte sie.

»*Je suis ravi,* ich bin erfreut. Wie wäre es gegen ein Uhr?«

»Passt perfekt. *À tout à l'heure.*«

# 35

Die *Maison de Bâcon* lag am gleichnamigen Boulevard, der südlich von Antibes auf die Halbinsel Cap d'Antibes führte. Laffargue hatte recht: Es war gewiss ein Privileg, dort zu leben, ein Vorrecht, das den Reichen und Schönen vorbehalten war. Isabelle musste schmunzeln, denn nach ihrer Lebenserfahrung ging die stereotype Verknüpfung dieser beiden Attribute an der Realität vorbei. Bei den Männern sowieso, aber auch die Schönheit der oft viel jüngeren Frauen lag im Auge des Betrachters – oder ihrer plastischen Chirurgen.

Bei einem Restaurant, das laut Laffargue für seine Bouillabaisse bekannt war, hatte Isabelle ein einfaches Fischlokal erwartet. Doch schon auf dem Parkplatz wurde sie eines Besseren belehrt. Ein *voiturier* ließ die Gäste aussteigen und kümmerte sich um das Auto. Bei ihrer Harley tat er sich naturgemäß schwer, ihr galant die Fahrertür zu öffnen. Stattdessen hob er anerkennend den Daumen und lotste sie auf einen privilegierten Platz neben dem Eingang.

Sie reichte ihm den Helm und fuhr sich durch die Haare. Er wünschte ihr einen angenehmen Aufenthalt – und: *bon appétit!*

Laffargue erwartete sie bereits auf der Terrasse, von der man einen fantastischen Blick aufs Meer hatte. Er stand auf und begrüßte sie mit einem Handkuss. Ganz alte Schule. Er trug einen leichten hellblauen Sommeranzug mit Einstecktuch. Vom Scheitel bis zur Sohle eine gepflegte Erscheinung. Etwa fünfzig Jahre alt, etwas dicklich, aber nicht unangenehm. Mit einem freundlichen Lächeln im rosigen Gesicht.

So oder so ähnlich hatte sie sich den Mann vorgestellt. Jedenfalls war er außerordentlich zuvorkommend. Er fragte, ob sie im Dienst Champagner trinken dürfe.
Sie habe Mittagspause, antwortete Isabelle lächelnd, da dürfe sie alles trinken.
Laffargue schlug vor, mit einem *salade d'artichauts aux algues wakami et nori* zu beginnen. Als Zwischengericht vielleicht *ravioles de langouste cuisinées dans son fumet*. Und danach die versprochene Bouillabaisse. Ob das in ihrem Sinne sei?
Für Mittag sei das etwas viel, stellte Isabelle lächelnd fest.
»*Mais non*«, protestierte der *chef de service*, der im schwarzen Anzug neben ihnen am Tisch stand. Sie dürfe sich die Bouillabaisse *incontournable* keinesfalls entgehen lassen.
Sie sei wirklich *ein Muss*, bestätigte Laffargue. Außerdem seien die Portionen im *Maison de Bâcon* ebenso klein wie raffiniert. Und von der Bouillabaisse gebe es einen Degustationsteller.
Isabelle gab sich geschlagen. Aber auf die empfohlene Schokolade mit Erdbeeren und Sorbet zum Dessert würde sie definitiv verzichten.

*

Wie sich im Gespräch schnell herausstellte, war Laffargue ein kunstsinniger Müßiggänger, der aufgrund eines ererbten Vermögens keiner Arbeit nachgehen musste. Sportliche Aktivitäten seien ihm zuwider, außerdem müsse man dabei Kleidungsstücke tragen, die ganz und gar nicht seinem Geschmack entsprächen. Seine einzige Passion an der frischen Luft seien ausgedehnte Spaziergänge. Hätte er eine Visitenkarte, stünde unter seinem Namen: *Privatier et Flaneur*. Auch für seinen Grabstein wäre diese Inschrift wohl geeignet. Jedenfalls erkunde er beim Flanieren immer neue Routen, die grundsätzlich keine nennenswerten

Steigungen aufweisen dürften. So sei er eines Tages auf die Idee gekommen, die Insel Saint-Honorat zu umrunden. Übrigens sei es ihm ein Rätsel, wie sich Friedrich Nietzsche in Südfrankreich ausgerechnet für einen steilen Pfad habe begeistern können, der vom Meer hinauf nach Èze-Village führe. Noch rätselhafter sei, dass Nietzsche ungeachtet der körperlichen Anstrengung zur selben Zeit habe logisch denken können. Die letzten Kapitel von *Also sprach Zarathustra* seien auf diesem Pfad entstanden. Nun ja, überlegte Laffargue, vielleicht seien Nietzsches Gedanken so logisch gar nicht gewesen. Die betreffenden Kapitel müsse er dringend noch mal lesen …

Er sah sie lächelnd an. Sie möge entschuldigen, dass er gelegentlich vom Thema abkomme. Denn eigentlich habe er über Saint-Honorat sprechen wollen. Offenbar sei es Gottes Fügung gewesen, dass er zur richtigen Zeit am richtigen Ort gewesen sei. Auf diese Weise habe er Manon Michot vor größerer Unbill bewahren können. Er drehte am Stiel seines Glases. Nun, Gott habe dabei wohl keine Rolle gespielt, fiel ihm ein. Diesbezüglich halte er es mit Nietzsche: »Gott ist widerlegt, der Teufel aber nicht!«

Das war ein guter Übergang, dachte Isabelle. Auch wenn sie Manons Peiniger nicht unbedingt mit dem Teufel gleichsetzen wollte.

»Wir haben einen Verdächtigen«, sagte sie und zeigte ihm das Foto, das sie von Peyrot auf dem Pferderennplatz gemacht hatte. »Ich weiß, Sie haben ihn nur von hinten gesehen, aber könnte das der Mann sein, der bei Ihrem Erscheinen die Flucht ergriffen hat.«

Laffargue fischte eine Lesebrille aus seinem Jackett.

»Pardon, ich habe in meinem Leben zu viele Bücher gelesen, das geht auf die Augen. Aber zu Ihrer Beruhigung: In der Ferne sehe ich wie ein Habicht.«

Er nahm sich ausgiebig Zeit.
»Sagen wir so, das könnte er sein. Der Gehstock und der kahle Kopf passen jedenfalls. Aber um ehrlich zu sein, er sieht nicht aus wie ein Sexualstraftäter. Auf mich macht er einen kultivierten Eindruck.«
»Das wäre einfach«, sagte sie, »wenn man Menschen ihre Sünden vom Gesicht ablesen könnte. Und ein kultiviertes Auftreten schließt nicht aus, dass sich hinter der Fassade ein Krimineller verbirgt.«
Laffargue nickte.
»Leider haben Sie wohl recht. Bei Jack the Ripper verdächtigte Scotland Yard sogar den Sohn eines späteren englischen Königs, aber der war's dann wohl doch nicht. Madame, ich beneide Sie nicht um Ihre Arbeit, die Sie mit den Abgründen der menschlichen Niedertracht konfrontiert. Gerne würde ich Ihnen weiterhelfen, aber ich fürchte, meine kognitiven Möglichkeiten sind erschöpft.«
»Wie es aussieht, haben Sie uns schon weitergeholfen«, sagte Isabelle mit einem Lächeln.

*

Auch wenn das Treffen wie erwartet keine neuen Erkenntnisse gebracht hatte, bilanzierte Isabelle auf der Weiterfahrt nach Fragolin, dass es zumindest unterhaltsam gewesen war. Laffargue war ein amüsanter Snob, der sich ganz offensichtlich mehr für Kunst interessierte als für weibliche Reize. So hatte er keine Sekunde ein Auge für die phänomenale Figur ihrer Bedienung gehabt, ganz im Gegensatz zu den anderen männlichen Gästen auf der Terrasse der *Maison de Bâcon.* Laffargue schwebte in anderen Sphären. Fast war er dafür zu beneiden. Isabelle lächelte. Aber nicht wirklich …

Sie war früher zurück als erwartet. Apollinaire war noch im Kommissariat und damit beschäftigt, Kartons auszupacken.

»Die von Ihnen in Auftrag gegebene Überwachungsanlage«, erklärte er. »Um Nicolas' Bastide abzusichern. Soweit ich sehen kann, ist alles dabei: kabellose Außenkameras, Bewegungsmelder, Sensoren für die Fenster und Terrassentür. Ha, hier habe ich etwas ganz Besonderes …«

Begeistert hielt er ein weißes Plastikgehäuse in die Höhe.

Sie sah ihn ratlos an.

»Nicht erschrecken! Wo ist gleich der Schalter?«

Plötzlich hallte lautes Gebell durchs Büro.

»Ein elektronischer Wachhund. Wird über einen Sensor ausgelöst. Mit Radartechnologie. Ich jedenfalls würde zu Tode erschrecken und Fersengeld geben.«

Das glaubte ihm Isabelle sofort. Apollinaire hatte schon mal vor einem Mops Reißaus genommen – und war dabei über den Hundekorb gestolpert.

»Alles ist über ein zentrales Meldesystem miteinander vernetzt. Wir könnten eine Verbindung zu unserer Gendarmerie herstellen.«

Sie winkte ab.

»Besser nicht. Die stellen uns dann jeden Fehlalarm in Rechnung. Übrigens, wie teuer war die Anlage? Ich fürchte, Sie sind etwas über das Ziel hinausgeschossen.«

Apollinaire hob triumphierend die Hände.

»Sie kostet uns keinen müden Euro. Ich habe die Firma überredet, uns die Anlage zu Schulungszwecken kostenlos zu überlassen. Für ein halbes Jahr, bis dahin ist Nicolas hoffentlich wieder zurück.«

Davon war sie zwar nicht überzeugt, aber die Vereinbarung gefiel ihr.

»Wen wollen Sie schulen? Hoffentlich nicht mich.«

Er grinste.

»*Mais non,* Madame. Aber all die zahlreichen Einsatzkräfte unserer *Commission spéciale* in Fragolin.«

Sie hob eine Augenbraue.

»Na hoffentlich kommt uns der Hersteller nie besuchen.«

»Wenn Sie damit einverstanden sind, lege ich die Alarmfunktion auf unsere beiden Handys. An Nicolas' Bastide geht bei dem Versuch eines Einbruchs sowieso sofort eine Sirene los ...«

»Schaltet die sich auch wieder ab? Nicht dass wir wegen Ruhestörung belangt werden.«

»Das lässt sich bestimmt einstellen. Ich werde über Nacht die Bedienungsanleitung studieren.«

»Wird hoffentlich nicht die ganze Nacht dauern.«

»Haben Sie morgen früh Zeit? Dann könnten wir das System gleich installieren. Gilbert, unser pensionierter Hausmeister, weiß schon Bescheid. Er bringt seinen Werkzeugkasten mit, dann geht das ganz schnell. *Très rapide.*«

Eigentlich gab es gerade wirklich Wichtigeres, dachte Isabelle. Aber sie hatte das Projekt selber angestoßen.

»Wir treffen uns um neun Uhr bei der Bastide«, entschied sie. »Gleich im Anschluss machen wir im Kommissariat eine Teambesprechung.«

Er sah sie mit großen Augen an.

»Team?«

Isabelle lachte.

»Mit den zahlreichen Einsatzkräften unserer Sonderkommission.«

*

Über den Anruf freute sie sich, auch wenn er sie erst spät am Abend erreichte. Morgan Dumas war dran, um sich auf seinem

Weingut *Château Palmier* zurückzumelden. Zu allem Überfluss habe ihn bei der Rückfahrt von Nizza noch ein Bremsschaden ereilt. Sein alter Citroën sei zwar eine Augenweide, aber technisch eine einzige Katastrophe.

Fast hatte Isabelle ein schlechtes Gewissen. Nicht wegen seiner Pannenserie, dafür konnte sie natürlich nichts, aber sie hatte ihm ihren Aufenthalt in Cagnes verschwiegen, was nur wenige Kilometer von Nizza entfernt lag. Sie hätten sich treffen können, aber ihr war es wichtiger gewesen, sich auf ihre Arbeit zu konzentrieren. Ihr Fokus war auf Peyrot gerichtet. In Morgans Gesellschaft hätte sie das nicht mit der erforderlichen Konsequenz vermocht.

Sie vereinbarten, sich bald wiederzusehen. Wobei sie sich zu einem Vorschlag hinreißen ließ, der sie selber überraschte. Denn auf ihren Fischkutter lud sie nur ausgesprochen selten Passagiere ein. Männer schon gleich gar nicht, was natürlich auch damit zusammenhing, dass sie das Boot von Thierry geerbt hatte. Das hatte sie bislang als Frage der Pietät interpretiert.

Isabelle erzählte ihm, dass ähnlich wie bei seinem Citroën der Motor ihres alten Kutters vor Kurzem gestreikt habe. Aber gestern habe sie die Nachricht erhalten, dass alles repariert und der *pointu* zum Auslaufen bereit sei. Sobald es ihr aktueller Fall zuließe, würde sie gerne in seiner Gesellschaft eine Probefahrt unternehmen. Sie könnten an Bord eine Flasche *Palmier* öffnen und auf das Leben anstoßen. Wobei er sicher große Luxusjachten gewohnt sei, entschuldigte sie sich. Ihr *pointu* sei das minimalistische Kontrastprogramm.

Morgan zeigte sich sofort begeistert. Auf Martinique habe er als Jugendlicher ein kleines Segelboot aus Holz besessen. Er habe es geliebt. Und immer, wenn er später auf großen Jachten eingeladen gewesen sei, habe er sich im Geheimen nach seiner karibischen Nussschale zurückgesehnt.

# 36

Natürlich ging die Montage der Alarmanlage nicht *très rapide* über die Bühne. Erst fiel Gilberts Akkuschrauber aus, dann klappte was nicht mit der Stromversorgung. Isabelle machte ein Foto von Apollinaire auf der Leiter und mailte es Nicolas.
»Machen deine Bastide gerade einbruchsicher«, schrieb sie. *»Amitiés!«*
Sie rechnete nicht mit einer spontanen Antwort. Schließlich war in New York noch Nacht.
Umso überraschter war sie, als Nicolas umgehend reagierte.
»Ihr seid fantastisch. *Merci à tous!*«
Während Apollinaire auf seiner Leiter gerade bedrohlich hin und her schwankte, überlegte Isabelle, ob Nicolas vielleicht unter Schlafstörungen litt. Oder … oder er war gar nicht in New York. Ein verstörender Gedanke. Sie beschloss, ihn nicht weiterzuverfolgen – stattdessen hielt sie die Leiter fest.

*

Zwei Stunden später besuchte sie Clodine in ihrem Laden. Obwohl Sonntag war, hatte sie geöffnet. Oft war das der beste Tag in der Woche. Nämlich dann, wenn viele Touristen von der Küste den Weg hinauf in den malerischen Ort fanden. *Un village pittoresque* – so wurde Fragolin in manchen Reiseführern beschrieben.
»Ich will dich nicht lange stören«, sagte Isabelle.
»Du störst nie.«

»Ich will dir nur ein Foto zeigen und dich fragen, ob das der Mann sein könnte, der dir die K.-o.-Tropfen verabreicht hat. Ich weiß, du kannst dich an nichts erinnern, aber vielleicht meldet sich dein Unterbewusstsein?«

Clodine starrte auf das Display von Isabelles Handy.

Schließlich schüttelte sie den Kopf.

»Tut mir leid, mein Unterbewusstsein hat gerade Sendepause. Vielleicht habe ich gar keines? Wäre doch möglich?« Sie runzelte die Stirn. »Aber ist der Mann nicht viel zu alt für mich?«

Isabelle lächelte.

»Mag sein, aber es kommt auf dich an, und du wärst definitiv nicht zu alt für ihn.«

Clodine nahm eine aufreizende Pose ein.

»Das will ich wohl meinen!«

»Leider steht noch nicht fest, dass es sich wirklich um den Schuldigen handelt. Einige Indizien sprechen dafür, aber uns fehlen handfeste Beweise. Übrigens treffe ich mich später mit deiner Yoga-Freundin Chantal, die dich auf der Mondscheinparty getroffen hat.«

»Woran ich mich nicht erinnern kann.«

»Gerade deshalb will ich mit ihr sprechen. Vielleicht fällt ihr noch was ein. Und ich will ihr ebenfalls das Foto unseres Verdächtigen zeigen. Außerdem den Mann mit der Wollmütze, der auf dem Video zu sehen ist. Es könnte sich ja um ein und dieselbe Person handeln.«

»Dann wäre er sehr wandelbar.«

»Ist unwahrscheinlich, dass sie ihn im Dunkeln so genau gesehen hat, aber ein Versuch ist es wert.«

Clodine nickte.

»Grüße sie von mir. Kannst ihr ausrichten, dass ich nächste Woche wieder zum Yoga komme.«

»Mach ich. Und jetzt kümmere dich um deine Kundschaft! Die

zwei jungen Amerikaner sehen so aus, als ob sie dringend einen neuen Badeschwamm brauchen.«
»*Ah oui,* sind aus dem Mittelmeer, bio und ungebleicht ...«

*

Von Rouven hatte Isabelle schon länger nichts mehr gehört. Was sie nicht wunderte, denn natürlich galt jetzt seine ganze Aufmerksamkeit seiner Verlobten Angela und der bevorstehenden Hochzeit. Umso mehr freute sich Isabelle über seinen Anruf.
Er wolle sich nur mal nach ihrem Wohlergehen erkundigen, sagte Rouven. Er sei gerade auf Einladung des Guggenheim-Museums mit Angela in Bilbao. Schon die Architektur von Frank Gehry sei immer wieder eine Reise wert.
Auch sie, dachte Isabelle, hatte Rouven mal nach Bilbao begleitet. Ob er sich noch daran erinnerte? Gott sei Dank war sie nicht sentimental.
Sie wünschte ihm viel Spaß und bat ihn, Angela ganz herzlich zu grüßen. Was ehrlich gemeint war, denn sie hatte seine Verlobte kennengelernt, und sie waren sich beide sympathisch.
»Mir ist zu Ohren gekommen, dass du dich mit meinem zukünftigen Schwager getroffen hast.« Rouven lachte. »*C'est fantastique.* So bleibt alles in der Familie.«
Mit dieser Annahme, dachte Isabelle, schoss Rouven deutlich über das Ziel hinaus. Nur weil sie mit Morgan eine Affäre hatte, gehörte sie nicht gleich zur Familie. Außerdem stand in den Sternen, wie es mit ihr und Morgan weiterging.
»Und es freut mich für Morgan«, fuhr Rouven fort. »Er hat etwas Aufmunterung verdient.«
»Weshalb?«
»Habe ich es mir doch gedacht«, erklärte er nach einer kurzen Pause, »er hat es dir nicht gesagt.«

»Mach's nicht so spannend! Was hat mir Morgan verheimlicht?«

»Den wahren Grund, warum er keine Filme mehr dreht und sich stattdessen auf sein Weingut zurückgezogen hat. Vor etwa einem Jahr hatte Morgan einen schweren Herzinfarkt. Die Ärzte sagen, dass er einen zweiten nicht überstehen würde. Es ist ihm nicht leichtgefallen, sein Leben von Grund auf zu ändern. Und er tut sich noch immer schwer damit. Ein dynamischer Filmstar, der von jetzt auf gleich ein entschleunigtes Leben führen soll? Bis vor Kurzem ist er noch ohne Double vom Dach gesprungen, jetzt kann er froh sein, dass er nicht im Rollstuhl sitzt …«

Isabelle hörte Rouven fassungslos zu. Sie hatte Morgan nichts angemerkt. Wie hatte das passieren können? Weil er als Schauspieler geübt war, anderen Leuten etwas vorzumachen? Aber doch nicht, wenn man sich so nahekam, wie es bei ihnen der Fall war? Morgan hatte keine Sekunde den Eindruck vermittelt, er müsse sich schonen. Fast bekam sie im Nachhinein ein schlechtes Gewissen.

»Morgan ist ein Idiot«, stellte sie fest. »Das hätte er mir doch sagen müssen.«

»Ich kann ihn verstehen. Wenn du jemanden kennenlernst, willst du ja nicht gleich mit deiner Krankheitsgeschichte ins Haus fallen. Das ist ziemlich unromantisch.«

»Ich mache ja aus meinen Schusswunden und Narben auch kein Geheimnis.«

»Weil du sie nur schwer verbergen kannst. Ich persönlich finde sie sogar …« Rouven lachte. »Na, das lassen wir mal besser.«

»Will ich dir auch geraten haben.«

»Wahrscheinlich wäre es Morgan nicht recht, dass ich dir das jetzt erzählt habe. Aber ich finde, du solltest es wissen. Morgan ist ein feiner Kerl, ich mag ihn. Pass also auf ihn auf!«

# 37

Kurz nach Mittag saß Isabelle mit Chantal in einem einfachen Straßencafé außerhalb von Saint-Tropez. In der Ecke lief ein Fernseher, die Espressomaschine zischte, an der Decke drehte sich ein Ventilator.

»*Je regrette*«, sagte Chantal, nachdem sie sich Peyrots Foto angeschaut hatte, »tut mir leid, aber ich kann nicht sagen, ob der Mann auf der Party am Strand dabei war. Wenn, dann ganz sicher ohne Stock. Einer hatte eine Wollmütze auf, das stimmt. Aber ob er es war?« Sie hob die Schultern. »Keine Ahnung. Warum suchen Sie ihn eigentlich? Hat er was mit Clodine zu tun?«

»Nur indirekt«, wich Isabelle der Frage aus. »Aber er steht im Verdacht, mit Rauschgift zu handeln.«

Chantal kniff die Augen zusammen.

»Glaube ich nicht, dafür sieht er viel zu bieder aus.«

In Gedanken gab ihr Isabelle recht. Genau genommen konnte man sich ihn auch nicht als Triebtäter vorstellen. Und doch schien er genau das zu sein.

»Wir werden es herausfinden …«

Isabelle wurde vom Sportprogramm auf dem Fernseher abgelenkt. Gerade wurde live ein Pferderennen übertragen. Aus dem Hippodrom von Cagnes-sur-Mer: der *Grand Prix des Alpes-Maritimes*.

»Pardon«, sagte sie zu Chantal, »aber das Rennen möchte ich mir kurz anschauen.«

»Haben Sie eine Wette laufen?«, fragte Chantal.

Isabelle lachte.

»Nein, aber wenn, dann hätte ich auf das schwarze Pferd gesetzt, das gerade in Führung liegt.«
Unten auf dem Bildschirm wurde der Name eingeblendet: *Royal Flush*.
Dem Hengst zuzuschauen war ein ästhetischer Genuss. Scheinbar mühelos vergrößerte der Galopper seinen Vorsprung. Als es in die letzte Kurve ging, lag er bereits um drei Längen in Führung.
»Schade, dass Sie nicht gewettet haben«, sagte Chantal.
Doch plötzlich passierte es: *Royal Flush* verlor an Tempo. Der Vorsprung schmolz dahin. Der Jockey griff zur Peitsche. Aber selbst als Laie konnte man sehen, dass der Hengst nicht mehr konnte. Vorbei war es mit der spielerischen Leichtigkeit, mit der er gerade noch davongestürmt war. Die Ziellinie kam näher – *Royal Flush* kämpfte, wurde aber immer langsamer. Die ersten Konkurrenten überholten ihn, vorneweg ein Brauner, der gerade noch chancenlos zurückgelegen hatte. Die Zielflagge … das Rennen war vorbei. Und der haushohe Favorit *Royal Flush* geschlagen.
»Jetzt ist doch gut, dass Sie kein Geld gesetzt haben«, stellte Chantal fest.
Jedenfalls nicht auf *Royal Flush*, dachte sie. Glück hatten jene, die dem im direkten Vergleich scheinbar aussichtslosen Braunen vertraut hatten. Glück … oder?
Unwillkürlich erinnerte sich Isabelle an den Pfleger, der gestern früh aus der Box von *Royal Flush* gekommen war, um sich gleich darauf mit Peyrot zu treffen. Der hatte ihm anerkennend auf die Schulter geklopft – und etwas in seiner Arzttasche verschwinden lassen. Eine Spritze?
Spontan hatte sie an Doping gedacht. Aber Peyrot war für den Hengst überhaupt nicht zuständig, das wusste sie. Isabelle überlegte, ob es eine Art umgekehrtes Doping gab, bei dem

man einem Pferd statt einem leistungssteigernden Mittel das Gegenteil spritzte: nämlich ein Medikament, das ihn schwächte. Das würde den plötzlichen Leistungseinbruch von *Royal Flush* erklären. Eine anschließende Dopingkontrolle fand womöglich nur beim Siegerpferd statt – und wurde zudem vom vereidigten Docteur Peyrot durchgeführt. Der Betrug würde unentdeckt bleiben, wenn es denn einer war.
Sie griff zum Handy und rief Apollinaire an. In wenigen Worten erklärte sie ihm ihren Verdacht.
»Keine Ahnung, ob das stimmt«, sagte sie. »Mit Wettbetrug bei Pferderennen hatte ich noch nie zu tun. Aber auf die Gefahr, dass wir uns blamieren: Bitte kontaktieren Sie umgehend die Rennleitung oder die zuständige Polizeibehörde und ordnen einen sofortigen Dopingtest bei *Royal Flush* an. Die Blutuntersuchung darf keinesfalls von Peyrot durchgeführt werden. Das Labor soll gezielt nach einer Substanz suchen, die den plötzlichen Leistungseinbruch erklären würde.«
»Substanz, Leistungseinbruch … ich verstehe. Ähm, halten Sie es für möglich, dass Peyrot nicht nur bei Frauen K.-o.-Tropfen zum Einsatz bringt?«
»Nennen Sie es, wie Sie wollen. Und ja, ich halte grundsätzlich alles für möglich.«
»Madame, ich bewundere Ihre Fantasie. Ich beende jetzt dieses Gespräch und werde unverzüglich tätig werden.«
»Ja bitte, tun Sie das!«
Chantal, die mitgehört hatte, sah Isabelle mit großen Augen an. »Sie schauen sich etwas im Fernsehen an und kommen einem Skandal auf die Spur? So einfach geht das?«
Isabelle lächelte.
»Normalerweise nicht. Aber es gibt eine Vorgeschichte.«

# 38

Als Isabelle wieder im Kommissariat eintraf, schien Apollinaire unter Strom zu stehen. Seine Haare standen in alle Himmelsrichtungen – als ob bei ihm der Blitz eingeschlagen hätte. Offenbar war auch sein Sprachzentrum betroffen, denn ihm fiel es schwer, zusammenhängende Sätze zu formulieren, ohne sich zu verstolpern.

»*Prenez votre temps*«, beruhigte sie ihn, »lassen Sie sich Zeit!«

Er fühlte sich den Puls.

»*Madame, je m'excuse,* ich kann … kann auch nicht erklären, woher meine Aufregung … also, Sie verstehen? Es ist nämlich nichts passiert. Sieht man einmal von meinem Experiment mit extrastarken Kaffeebohnen ab, die ich im Internet bestellt habe. Ihr Koffeingehalt hat offenbar meine Toleranzschwelle überschritten. Davon stand nichts in der Werbung … doch, das wird es gewesen sein.«

»Brauchen Sie einen Arzt?«

»Nein, ich fühle mich schon wieder besser. Madame, bitte machen Sie um die Kaffeemaschine einen großen Bogen …«

Sie sah ihn skeptisch an.

»Und Sie glauben, die Kaffeebohnen sind wirklich die Ursache?«

»Doch, definitiv. Vorher hatte ich alles im Griff. Gleich nach Ihrem Anruf habe ich mit der zuständigen Polizeibehörde in Cagnes telefoniert. Ein gewisser Lieutenant Masalla hat die Zusammenhänge sofort verstanden. Ich soll Grüße ausrichten, er kennt Sie aus Paris …«

Isabelle konnte sich an ihn erinnern. Ein smarter Typ, etwas arrogant, aber nicht unfähig.
»Was hat er gesagt?«
»Dass er umgehend mit der Rennleitung Kontakt aufnimmt und eine Untersuchung anordnet. Allerdings …« Apollinaire fuhr sich über die schweißnasse Stirn. »Allerdings habe Docteur Peyrot einen erstklassigen Leumund. Aber man habe, bildlich gesprochen, Pferde schon mal kotzen sehen. Ich glaube, so hat er sich ausgedrückt. Wobei ich mich frage, ob das so ungewöhnlich wäre. Können Pferde vielleicht nicht kotzen?«
Sie hob eine Augenbraue.
»Ich verstehe, ich soll nicht abschweifen. Masalla möchte, dass Sie ihn anrufen und ihm erklären, wie Sie auf den Verdacht einer Manipulation gekommen sind.«
Isabelle ärgerte sich – und zwar über sich selbst. Warum hatte sie ihre Beobachtung im Reitstall nicht für sich behalten? Erstens verstand sie von Pferderennen und Doping so wenig wie von Astrophysik. Und zweitens lenkte die Geschichte von ihrem eigentlichen Fall ab. Sie sollte sich darauf konzentrieren, Peyrots Alibis zu zerpflücken.
Doch jetzt konnte sie nicht mehr zurückrudern. Sie griff zum Telefon.
»Ich schalte auf Lautsprecher.«

*

Eine Viertelstunde später wusste Isabelle, dass ihr Verdacht so absurd nicht war. Ähnlich wie in der Leichtathletik sei Doping auch im Pferdesport ein fortwährendes Problem, hatte Masalla erklärt. Wobei Pferde im Unterschied zu Menschen nichts dagegen unternehmen könnten. Und befragen könne man sie auch nicht.

Notgedrungen hatte Isabelle angedeutet, dass sie gegen Peyrot in einer völlig anderen Angelegenheit ermittle, nämlich wegen eines Sexualdelikts. Sie versprach Masalla, ihm Genaueres zu sagen, sobald sich ihr Verdacht erhärtet habe.
Sie überlegte, was in dieser Causa als Nächstes zu tun war. Fakt war, dass vieles für Peyrots Schuld sprach, es aber immer noch an einem handfesten Beweis mangelte. Sobald seine Sekretärin aus dem Urlaub zurück war, ließ sich die in seinem Terminkalender vermerkte »Notoperation« am Tag des Überfalls auf Manon überprüfen. In der Pferdeklinik war sie jedenfalls nicht durchgeführt worden, das hatte sie schon herausgefunden.
Wirklich schade, dass sie sich nicht in seinem Haus umsehen konnte. Sie war überzeugt, dort Hinweise zu finden, die ihn belasteten. Zum Beispiel in einer Schublade verräterische Armbänder aus geschliffenen Glaskristallen? Oder ein gerahmtes Foto einer Frau, die so aussah wie Clodine? Oder, vielleicht als Lesezeichen in einem Buch, eine Konzertkarte aus dem Grand Théâtre in Aix-en-Provence mit der Sitzplatznummer neben Adèle? Ein Fläschchen mit Ketamin im Hängeschrank über dem Waschbecken? Was auch immer. Irgendeinen Fehler machten sie alle.
Leider gab der Stand der Ermittlungen keinen richterlichen Durchsuchungsbeschluss her. Und Apollinaires Vorschlag, einfach in Peyrots Haus einzubrechen, war keine ernst zu nehmende Alternative. So etwas passierte nur in Fernsehserien … Sie musste schmunzeln, denn ihr fielen aus ihrem persönlichen Leben gleich mehrere Fälle ein, bei denen sie hinterher behauptet hatte, eine Eingangstür sei nur angelehnt gewesen.
Kurz entschlossen rief sie Peyrot auf seinem Handy an.
»Sie schon wieder«, blaffte er sie an. »Ich habe gerade wirklich keine Zeit. Wir hatten heute ein bedeutendes Pferderennen, aber so etwas interessiert Sie ja nicht. Eine Stute hat einen Über-

lastungsbruch erlitten, ich werde sie wohl einschläfern müssen. Aber das kümmert Sie wahrscheinlich einen Dreck.«
Dafür, dass er keine Zeit hatte, dachte Isabelle, fiel seine Ausführung ganz schön lang aus.
»Stimmt nicht«, erwiderte sie, »die Stute tut mir leid. Ich mach's auch ganz kurz. Ich könnte Sie für eine Gegenüberstellung in mein Kommissariat vorladen. Das kostet Sie viel Zeit und würde ganz sicher unangenehm werden. Alternativ geben Sie mir morgen um elf Uhr die Gelegenheit, mich in Ihrem Haus umzusehen und Ihnen einige weitere Fragen zu stellen.«
»Was für eine Gegenüberstellung?«
Das war eine gute Frage, dachte Isabelle. Sowohl Laffargue als auch Chantal sahen sich außerstande, ihn zu identifizieren. Gleiches galt für Manon und Clodine.
»Das werden Sie dann schon sehen«, antwortete Isabelle. »Also, welche Variante ist Ihnen lieber: Vorladung morgen früh um acht Uhr bei der *Police nationale* in Fragolin? Oder ein vergleichsweise gemütlicher Hausbesuch nach dem Frühstück? Ihre Entscheidung!«
»*Merde* … Verdammt noch mal, dann kommen Sie halt morgen Vormittag zu mir nach Hause. Aber jetzt muss ich mit dem Gequatsche Schluss machen und über Leben und Tod entscheiden.«
Die Stute tat ihr wirklich leid. Trotzdem verschränkte Isabelle zufrieden die Hände hinter dem Kopf. Wahrscheinlich war es seiner Stresssituation geschuldet, dass er eingeknickt war. Aber sie hatte ihren Termin. Nur darauf kam es an. Natürlich würde Peyrot kommende Nacht sein Haus durchforsten und alles entsorgen, was ihn belasten könnte. Doch sie würde auch in seiner Mülltonne nachsehen – und im Keller.
»Madame, ich schlage vor«, sagte Apollinaire, »Sie morgen nach Cagnes zu begleiten. Eine Hausdurchsuchung ist eine dif-

fizile Angelegenheit. Außerdem sehen vier Augen mehr als zwei.«

Auch wenn es keine wirkliche Notwendigkeit gab, wollte sie ihm diesen Gefallen tun, denn Apollinaire liebte Außeneinsätze.

»Einverstanden. Wir machen das zusammen!«

Er klatschte in die Hände.

»*Parfait.* Wir sind ein hervorragendes Team. Das haben wir schon oft bewiesen.«

Aber auch das Gegenteil, dachte sie. Apollinaire hatte Talent darin, mit minimalem Aufwand ein maximales Chaos zu stiften. Gleichzeitig musste sie zugeben, dass er auch seine genialen Momente hatte – oft sogar, ohne es selber zu bemerken.

»Wir fahren um neun Uhr los«, entschied sie. »Bitte sorgen Sie dafür, dass unser Polizeiwagen vollgetankt ist.«

»Das ist er immer. So steht es in der Dienstverordnung.«

# 39

Während Apollinaire fuhr, wie üblich mit einem hoch konzentrierten Gesichtsausdruck, ging Isabelle durch den Kopf, dass er gewaltige Fortschritte gemacht hatte. Sie dachte an seine Anfänge zurück, die einer Fahrt mit dem Autoscooter auf einem Jahrmarkt glichen. Mit dem kleinen, aber entscheidenden Unterschied, dass es entgegen jeder Wahrscheinlichkeit zu keinen Zusammenstößen kam. Verglichen damit steuerte er das Fahrzeug heute geradezu geschmeidig ohne hektische Lenkbewegungen oder Bremsmanöver.

Sie kamen wohlbehalten in Cagnes-sur-Mer an. Isabelle zeigte ihm den Weg zu Peyrots Stadtvilla. Vor dem Eingang stand sein Jaguar. Es sah also nicht so aus, als ob er sie versetzen würde.

Isabelle hatte sich einige Fragen zurechtgelegt, mit denen sie Peyrot provozieren wollte. Er verlor schnell die Kontrolle, das hatte sie schon festgestellt. Blieb zu hoffen, dass er seine Blutdruckmedikamente genommen hatte.

Apollinaire parkte hinter dem Jaguar. Er stieg aus und rückte seine Uniform zurecht. Bis auf seine verschiedenfarbigen Socken gab es keine Beanstandungen. Von ihr sowieso nicht, sie gönnte ihm seine kleinen Extravaganzen.

»Der wohnt ganz schön feudal«, sagte Apollinaire mit Blick auf die Fassade.

Gleiches hatte sie auch schon festgestellt.

An der Haustür gab es einen antiken Klopfer in Form eines Pferdekopfs.

Isabelle zog es vor, die Klingel zu betätigen. Auf der zugehörigen Messingtafel stand in verschnörkelter Schrift: *Docteur Sébastien Peyrot.* Und darunter: *Vétérinaire pour chevaux.*
Sie hörten die Glocke im Haus. Aber … aber es tat sich nichts.
Apollinaire sah auf seine Uhr.
»Wir sind pünktlich.«
Sie läutete erneut, diesmal länger.
Apollinaire griff zum Türklopfer. Der Pferdekopf machte einen Höllenlärm.
»Hat Peyrot was an den Ohren?«, fragte er, als wieder nichts geschah.
Isabelle entdeckte im ersten Stock ein geöffnetes Fenster. Und zwar jenes, aus dem sie am Abend klassische Musik gehört hatte. Heute war alles totenstill. Ein weißer Vorhang wehte leicht im Wind.
Sie nahm ihr Handy und rief Peyrot an.
»Der Teilnehmer ist vorübergehend nicht erreichbar. Bitte hinterlassen Sie eine Nachricht!«
*Laissez un message?* Das konnte er gerne haben.
»Wir stehen vor Ihrer Tür, nun machen Sie schon auf!«
Apollinaire betätigte erneut den Pferdeklopfer.
»Der verarscht uns«, stellte er fest.
Isabelle trat einige Schritte zurück und blickte erneut hinauf zum Fenster im ersten Stock. Bei Villen im klassizistischen Stil war das Obergeschoss deutlich höher als bei modernen Häusern. Über der Haustür gab es ein kleines dreieckiges Vordach aus Marmor. Von dort könnte man mit einem Sprung …
Den Gedanken sollte sie besser nicht fortsetzen. Was hatte sie erst vor Kurzem zu Apollinaire gesagt? Es verbiete sich, ohne richterlichen Beschluss in das Haus eines Verdächtigen einzudringen. Aber es lag in ihrem Naturell, sich über Verbote hinwegzusetzen.

»Apollinaire, riechen Sie das?«
Er langte sich an die Nase.
»Tut mir leid, ich rieche nichts.«
»Jetzt strengen Sie sich doch ein bisschen an! Ich finde, es riecht nach Gas.«
Er folgte ihrem Blick hinauf zum geöffneten Fenster.
Sein Gesicht hellte sich auf.
»Madame, jetzt verstehe ich. Bei Gas ist Gefahr im Verzug. Sie haben recht, jetzt rieche ich es auch.«
Na bitte, Apollinaire hatte geschaltet.
»Wir sollten uns beeilen. Wissen Sie, was eine Räuberleiter ist?«
»Natürlich weiß ich das. Sie wollen doch nicht ...?«
»Doch, ich will! Jetzt stellen Sie sich schon an die Hauswand und verschränken die Hände!«
Seine hoch aufgeschossene Gestalt prädestinierte ihn für diese Aufgabe.
Kurz darauf stand sie auf seinen Schultern. Er begann, bedrohlich zu schwanken.
»Madame, ich verliere das Gleichgewicht ...«
Isabelle zog sich auf das geneigte Vordach. Sie kam auf die Beine. Aber der Marmor war rutschig. Sie musste sich an einem Mauervorsprung festhalten. Sie sah nach unten. Der Vorplatz war mit Steinplatten ausgelegt. Ein Rasen wäre ihr lieber. Vielleicht war die Aktion doch keine so gute Idee? Außerdem schien das geöffnete Fenster plötzlich weit entfernt.
»Madame, das schaffen Sie nicht. Kommen Sie besser wieder runter!«
Isabelle wägte die Risiken ab. Über die wackligen Schultern von Apollinaire den Rückzug anzutreten erschien ihr mindestens so gefährlich wie ein beherzter Sprung zum Fenster. Außerdem hasste sie es, aufzugeben.
Sie holte tief Luft – und stieß sich ab.

Sie versuchte erst gar nicht, den Fenstersims mit beiden Händen zu erreichen. Die Reichweite mit einem Arm war größer.
»*O mon Dieu*«, hörte sie Apollinaire von unten rufen, als sie tatsächlich Halt fand. An einer Hand hängend pendelte sie an der Hauswand.
»Ich bin schon so gut wie drin.«
Das war eine optimistische Annahme. Aber wozu trainierte sie regelmäßig? Wäre doch gelacht …
Erst beide Hände, dann eine Art Klimmzug, jetzt ein Bein nach oben. Sie war schon mal gelenkiger.
*»Eh voilà, c'est fait«*, rief sie schließlich und winkte Apollinaire aus dem Fenster zu. »Ich hab's geschafft.«

*

Isabelle sah sich um. Sie befand sich in einer Bibliothek. Viele Bücherregale und eine Chaiselongue mit Stehlampe. Außerdem eine Hi-Fi-Anlage. Offenbar hörte Peyrot beim Lesen gerne Musik. Sie öffnete die Tür und betrat einen Flur.
»Docteur Peyrot«, rief sie. »Nicht erschrecken. Ich bin's, die nervige Kommissarin aus Fragolin.«
Der Flur mündete in ein großzügiges rund angelegtes Foyer mit einer umlaufenden Treppe. Der Blick reichte von einer Glaskuppel bis hinunter zum Bodenmosaik im Erdgeschoss. Ausgesprochen repräsentativ, dachte sie. Offenbar legte Peyrot Wert auf einen luxuriösen Lebensstil.
»Docteur Peyrot. Sind Sie da?«
Sie war im Begriff, die Treppe hinunterzugehen, um Apollinaire von innen die Haustür zu öffnen, da entdeckte sie am Geländer ein verknotetes Seil. Es führte straff nach unten. Und dort … Isabelle stockte der Atem … dort hing mit einer Schlinge um den Hals ein menschlicher Körper. Auch aus dieser Perspektive

war der kahl rasierte Kopf zu erkennen. Sie rannte die Treppe hinunter. Peyrots Füße pendelten etwa einen Meter über dem Boden. Daneben ein umgestoßener Schemel. Das klassische Bild eines Suizids. Sie brauchte keinen Arzt, um festzustellen, dass Peyrot tot war.

# 40

Isabelle blieb eine Weile regungslos stehen. Sie hatte mit vielem gerechnet, aber nicht damit, dass sich Peyrot erhängen könnte. Eher hatte sie die Möglichkeit in Betracht gezogen, dass er aufgrund seines Bluthochdrucks eine Herzattacke erlitten hatte und deshalb auf ihr Läuten nicht reagierte. Allerdings fielen ihr gleich mehrere Motive für einen Suizid ein. Zum Beispiel könnte er realisiert haben, dass sie kurz davorstand, ihm seine sexuellen Übergriffe nachzuweisen.

Oder hatte er die Trauer um seine verstorbene Frau nicht länger ertragen? Aber warum gerade jetzt?

Alternativ bestand die Möglichkeit, dass er von den Ermittlungen zum Ausgang des *Prix des Alpes-Maritimes* erfahren hatte? Steckte er so tief im Sumpf des Pferdedopings und Wettbetrugs, dass er für sich nur noch diesen letzten Ausweg gesehen hatte?

Wie auch immer, sie sollte Apollinaire hereinlassen – und Lieutenant Masalla informieren.

»Haben Sie Peyrot angetroffen?«, fragte Apollinaire, als sie ihm die Tür öffnete.

»Ja und nein«, antwortete sie. »Folgen Sie mir, aber nichts berühren.«

Im Treppenhaus blieb er vor dem am Seil baumelnden Körper wie vom Donner gerührt stehen.

»*Pour l'amour de Dieu* … Das ist er? Habe ich recht?«

Isabelle nickte.

»Wie kann er sich erhängen, wo wir doch verabredet waren?«, murmelte er. »Das gehört sich nicht.«

Isabelle nahm ihr Handy und verständigte Masalla. Der Lieutenant sagte, er brauche keine zehn Minuten.
»Bitte warten Sie hier und lassen die Kollegen rein!«, sagte sie zu Apollinaire. »Ich seh mich solange im Haus um.«
»Warten … und Kollegen reinlassen«, wiederholte er immer noch fassungslos.
Isabelle sah sich flüchtig im Erdgeschoss um. Dann wieder hinauf in den ersten Stock. Neben der Bibliothek führte eine Tür in Peyrots Arbeitszimmer. Auf einem Sekretär stand eine altertümliche Schreibmaschine mit eingespanntem Papier.
»Ich habe viel Schuld auf mich geladen«, las sie. »Weshalb ich den Entschluss gefasst habe, meine Sünden zu büßen und freiwillig aus dem Leben zu scheiden …«
Mit jedem Buchstaben wurde die Schrift blasser, was am alten Farbband lag.
»Ich bereue, was ich getan habe, und entschuldige mich bei …«
Mehr konnte sie nicht entziffern. Ob er weitergeschrieben und erst später bemerkt hatte, dass das Farbband aus war? Sie sah sich das Blatt genau an. Nein, es waren keine Abdrücke mehr zu sehen. Offenbar hatte er mitten im Satz aufgehört.
Isabelle hörte Sirenen. Hinter dem Vorhang Blaulicht.
Masalla hätte sich nicht so beeilen müssen. Bei Toten bestand keine Fluchtgefahr.
Sie warf noch einen Blick auf ein großformatiges Foto an der Wand. Es zeigte einen weiblichen Akt aus einem sehr speziellen Blickwinkel. Von unten durch die gespreizten Beine. Sie erinnerte sich an Diskussionen, die sie mit Rouven geführt hatte. Wo waren die Grenzen zwischen Erotik und Pornografie? Oft waren sie fließend und lagen im Auge des Betrachters. Was hatte wohl Peyrot bei diesem Bild empfunden? Lust? Begierde? Lag hier der verborgene Schlüssel zu seinen perversen Übergriffen auf Frauen?

Es blieb keine Zeit, darüber nachzudenken. Isabelle eilte hinunter ins Erdgeschoss, wo Apollinaire gerade Masalla und seine Leute ins Haus ließ.

*

Eine knappe Stunde später war der erste Trubel vorbei – und Peyrot hing nicht mehr am Seil. Sein Leichnam war auf dem Weg in die Gerichtsmedizin nach Nizza. Das war die übliche Vorgehensweise, auch wenn dort keine neuen Erkenntnisse zu erwarten waren. Ein Polizeiarzt hatte bereits festgestellt, dass der Tod zweifelsfrei durch Strangulation eingetreten sei. Ursächlich herbeigeführt durch eine letale Kompression des Halses. Typisch auch die bläuliche Verfärbung der Gesichtshaut sowie Einblutungen an Nase und Ohren. Die Ausbildung der Totenflecken deuteten auf einen Sterbezeitpunkt kurz vor Mitternacht hin. Es gebe keine Anzeichen, die auf Fremdeinwirkung hindeuten würden.
Masalla und Isabelle waren sich einig, dass der begonnene Abschiedsbrief in der Schreibmaschine vieldeutig zu interpretieren sei. Er habe Schuld auf sich geladen, hatte Peyrot geschrieben. Nur welche, hatte er ihnen vorenthalten – weil das Farbband ausgegangen war.
Masalla war überzeugt, dass Peyrots Freitod mit den Pferderennen zu tun hatte. Denn vor knapp einer Stunde habe er die Nachricht vom Labor erhalten, dass im Blut von *Royal Flush* tatsächlich eine verhängnisvolle Substanz gefunden worden sei. Diese erkläre seinen plötzlichen Schwächeanfall auf der Zielgerade. Nur seinem starken Herzen sei es zu verdanken, dass der Hengst überhaupt noch am Leben sei. Ohne Isabelles Beobachtung in den Stallungen wäre der Betrug nie aufgeflogen. Man sei gerade dabei, den Pferdepfleger zu ermitteln, der mit Peyrot zusammengearbeitet und mutmaßlich dem Pferd die Spritze

verpasst hatte. Womöglich müsse sie ihn identifizieren. Parallel würden die abgegebenen Wetten überprüft und nach einer Verbindung zu Peyrot gesucht. Was sich als schwierig erweisen könnte, denn üblicherweise würden derartige Betrügereien über Strohmänner laufen.

Isabelle hörte ihm zu und machte sich gleichzeitig ihre eigenen Gedanken. Masalla mochte in allem, was er sagte, recht haben. Aber womöglich nicht in einem entscheidenden Punkt. Isabelle dachte an das obszöne Aktbild in Peyrots Büro. Und daran, dass es Ausdruck einer geheimen Begierde sein konnte. Einer Begierde, der Frauen zum Opfer fielen, die so aussahen wie Clodine. Einer Begierde, von der die Welt nie erfahren durfte. Peyrot konnte den Gedanken nicht ertragen, dass gegen ihn Anklage erhoben werden könnte. Sein guter Ruf wäre zerstört. Das Andenken an seine verstorbene Frau entehrt. Isabelle hatte ihm einen Termin für heute Vormittag aufgenötigt. Käme da alles ans Licht? Sie konnte sich vorstellen, wie er in den Abendstunden immer verzweifelter wurde. Um dann einen verhängnisvollen Entschluss zu fassen …

»Gehen Sie mit mir konform?«, riss Masalla sie aus ihren Gedanken.

Sie konzentrierte sich wieder auf den Lieutenant.

»Dass er als Veterinärmediziner Pferderennen manipuliert und sich deshalb umgebracht hat?«, wiederholte sie. »Doch, das scheint plausibel. Was nicht ausschließt, dass sein Suizid auch andere Gründe haben könnte. Wie Sie wissen, ermittle ich gegen ihn im Zusammenhang mit einer Serie von Sexualstraftaten.«

»Vielleicht kam beides zusammen? Ist aber auch egal. Einen toten Mann können wir nicht mehr einsperren.« Er sah auf die Uhr. »Ich glaube, wir ziehen ab. Hier gibt es nichts mehr zu tun.«

»Spricht was dagegen, dass ich mich mit Brigadier Eustache noch ein wenig im Haus umsehe?«

»Natürlich nicht, viel Vergnügen dabei. Ich bitte Sie nur, die Eingangstür beim Verlassen zu versiegeln.«

*

Als sie im Haus alleine waren, warf ihr Apollinaire einen fragenden Blick zu.

»Was bringt es, wenn wir Hinweise finden, dass Peyrot tatsächlich unser Frauenschänder war?«

»Gewissheit, mein lieber Apollinaire, Gewissheit.«

»Damit wir den Fall endgültig abschließen können? Das kann ich nachvollziehen, Gewissheit wäre nicht schlecht.«

»Bislang ist Peyrot nur ein dringend Tatverdächtiger«, erklärte sie. »Ein Schuldeingeständnis werden wir von ihm nicht mehr bekommen. Also suchen wir nach einem Beweis.«

Apollinaire zupfte sich am Ohrläppchen.

»Ich würde gerne etwas überprüfen. Dazu bräuchte ich Peyrots Autoschlüssel.«

»Liegt auf seinem Schreibtisch. Was haben Sie vor?«

»Mich interessiert das Navi in seinem Auto und welche Ziele dort abgespeichert sind.«

»Gute Idee. Dann schauen Sie mal nach!«

In der Zwischenzeit nahm sie sich Peyrots Arbeitszimmer vor. Sie begann mit den Schreibtischschubladen, dann durchstöberte sie einen Aktenschrank und im Regal Archivboxen. Leider ohne etwas Belastendes zu finden.

Irgendwann hörte sie, wie Apollinaire das Treppenhaus hochpolterte. Sie ging ihm entgegen.

»Madame, wir … wir haben ihn«, sagte er kurzatmig. »Im Verzeichnis der Ziele, die Peyrot in den letzten Wochen ins Navigationssystem eingegeben hat, kommt ein Ort vor, den ich dort nie erwartet hätte …«

»Machen Sie es nicht so spannend!«
»Unser geliebtes Fragolin!« Apollinaire sah sie mit großen Augen an. »Da staunen Sie, oder?«
Er hatte recht, da staunte sie wirklich.
»Warum sollte er ausgerechnet nach Fragolin fahren?«, fuhr er fort. »Wir haben weder ein Hippodrom noch einen Poloclub. Mir fällt nur ein Grund ein: Er hat Clodine ausspioniert, sein nächstes Opfer.«
Isabelle nickte.
»Das wäre eine logische Erklärung. Ein Beweis ist das abgespeicherte Ziel zwar auch nicht, aber ein starkes Indiz.«
»Peyrot war nachweislich in Aix, auf der Insel Saint-Honorat wurde er von einem Zeugen gesehen, und jetzt können wir sogar nachweisen, dass er die Nähe zu seinem dritten Opfer gesucht hat. Für einen Haftbefehl sollte das reichen.«
Sie sah ihn leise lächelnd an.
»Wird schwierig, einen Toten kann man nicht verhaften.«
»Sich so aus der Affäre zu ziehen ist unfair.«
»Das mit dem Navi war auf jeden Fall eine gute Idee«, lobte sie ihn.
Er rückte verlegen seinen Krawattenknoten zurecht.
*»Merci, Madame.«*
Sie dachte nach. Ihr ging etwas ganz anderes durch den Kopf.
»Masalla interessiert sich nicht für unseren Fall, das kann ich sogar verstehen«, sagte sie schließlich. »Aber ich glaube, er macht es sich bei seiner eigenen Arbeit zu einfach.«
»Wie meinen Sie das?«
»Nun, er glaubt, was er sieht.«
»Woran soll man sonst glauben?«
»Dass der Schein oft trügt. Nur weil alles auf einen Selbstmord hindeutet, muss es keiner gewesen sein.«

# 41

Isabelle deutete auf die Schreibmaschine in Peyrots Büro. »Masalla hat den unvollendeten Abschiedsbrief rausgezogen und als Beweismittel mitgenommen. Mich würden die Fingerabdrücke auf der Tastatur interessieren.«

»Kein Problem, wir haben das Equipment im Auto.«

»Auf dem Tisch in der Bibliothek steht ein benutztes Cognacglas. Sehr wahrscheinlich, dass nur er es in der Hand hatte.«

»Zum Vergleich, alles klar.« Apollinaire runzelte die Stirn. »Mir scheint, Sie ziehen den Selbstmord allen Ernstes in Zweifel?«

»Nein, aber ich möchte jeden Irrtum ausschließen.«

Das war nicht die ganze Wahrheit. Denn je länger sie darüber nachdachte, desto merkwürdiger kam Isabelle dieser plötzliche Suizid vor. Peyrot hatte auf sie den Eindruck gemacht, als ob er sich nicht leicht einschüchtern lassen würde. Er war eine Kämpfernatur. Kam hinzu, dass sie nicht verstand, warum ein Veterinärmediziner, der mit Drogen hantierte und Pferde einschläfern konnte, für sich selbst keine angenehmere Tötungsvariante gewählt hatte.

»Was war eigentlich mit der Haustür?«, fragte Apollinaire. »War sie von innen abgesperrt oder nur zugezogen?«

Ihr Assistent stellte die richtigen Fragen.

»Ich musste nur die Klinke runterdrücken, dann ging sie auf.«

»Ergo könnte ein möglicher Sterbehelfer einfach rausspaziert sein und die Tür hinter sich ins Schloss gezogen haben«, schlussfolgerte er.

*Sterbehelfer* war eine nette Umschreibung.
Während Apollinaire zum Auto ging und seine Hilfsmittel für die Fingerabdrücke holte, sah sich Isabelle weiter im Haus um. Sie machte Fotos, zog erneut Schubladen auf und öffnete Schränke. Gewohnheitsmäßig trug sie dabei Latexhandschuhe. Ihre Hoffnung, irgendwo eine Schachtel mit Kristallbändern zu finden, erfüllte sich nicht. Auch keine Fotos von blonden Frauen, die so aussahen wie Clodine. Dafür fischte sie aus einem Wäschekorb ein blau-weiß gestreiftes T-Shirt. Ein ähnliches hatte der Mützenmann auf den Bildern von der *Plage de Pampelonne* getragen. Was natürlich kein Beweis war. Sie selber hatte auch ein bretonisches Streifenshirt, das sie gerne auf dem Boot anzog.
Zurück in seinem Büro, setzte sie sich an seinen Schreibtisch. Wo war eigentlich sein Handy? Isabelle wählte seine Nummer. Sie hörte im Haus kein Läuten – nur die Ansage, die sie schon kannte.
Leider hatte Masalla Peyrots Laptop beschlagnahmt und zur Auswertung mitgenommen. Sonst …
Apollinaire klopfte an den Türrahmen.
»Bin schon fertig«, sagte er.
»Konnten Sie auf den Tasten Peyrots Fingerabdrücke identifizieren?«
Er schüttelte den Kopf.
»Definitiv nicht.«
»Wie können Sie da so sicher sein?«
»Weil auf den Tasten der Schreibmaschine überhaupt keine Abdrücke zu finden sind. Entweder wurden sie abgewischt, oder Peyrot hat beim Schreiben seines Abschiedsbriefs Handschuhe getragen.«
Isabelle hob die Augenbrauen.
»Eine ziemlich abwegige Vorstellung. Finden Sie nicht?«

»Mir fällt keine vernünftige Erklärung ein.«
»Mir schon«, flüsterte Isabelle.

*

Sie erreichte Masalla in seinem Kommissariat. Er machte einen gestressten Eindruck.
»Ist gerade etwas viel auf einmal«, beklagte er sich. »Die Rennleitung, das Wettbüro, die Staatsanwaltschaft ... mir sitzen gerade alle gleichzeitig im Nacken. Dann bringt sich auch noch unser Pferdedoktor um – und nun hat zu allem Überfluss auch die Presse von dem Skandal auf der Rennbahn Wind bekommen.«
»Dumm gelaufen. Aber Sie schaffen das!«
»Natürlich schaffe ich das, wie immer. Aber im nächsten Leben werde ich Surflehrer oder Croupier im Spielcasino.«
»Ist nicht ganz dasselbe. Leider hab auch ich noch ein Anliegen.«
»Nur zu! Ich mache gerade mein Diplom als Masochist.«
Sie erzählte ihm von ihrem Verdacht, dass sich Peyrot nicht freiwillig aufgehängt haben könnte. Und auch, dass der begonnene Abschiedsbrief ein Fake war.
Sie hörte Masalla stöhnen. Ob sie wirklich behaupten wolle, dass es sich beim Suizid in Wahrheit um ein Tötungsdelikt handle. Als ob er nicht schon genug zu tun hätte.
Sie behaupte das nicht, korrigierte Isabelle, sie habe nur einen Anfangsverdacht.
Fast konnte sie Masalla durchs Telefon beim Nachdenken zuhören.
»Das wäre ja ein Ding«, sagte er nach einer Weile. »Die Wettmafia reagiert panisch und tötet Peyrot, bevor er bei der Polizei auspacken kann. Doch, das macht Sinn.«

Offenbar hatte sie sein Interesse geweckt. Ein Wettbetrug mit Mord war entschieden besser als einer ohne Leiche. Plötzlich eröffnete der Fall ungeahnte Profilierungsmöglichkeiten.

»Wäre möglich«, bestätigte sie.

»Ich ruf gleich in der Rechtsmedizin an, die sollen Peyrots Leichnam gezielt auf Fremdeinwirkung untersuchen. Die Forensik muss den Strick und den Knoten genauer unter die Lupe nehmen. Und ich schicke erneut die Spurensicherung ins Haus. Peyrots Büro auf der Pferderennbahn nehme ich mir persönlich vor.«

Isabelle amüsierte sich über Masallas Sinneswandel. Er verhielt sich wie ein Hund, dem man eine Wurst hinhielt.

»In dem Zusammenhang muss ich Ihnen noch etwas gestehen«, fiel ihr ein. »Sie haben mich nicht gefragt, wie ich ins Haus gelangt bin.«

»Weil ich diskret bin. War mir schon klar, dass Peyrot Ihnen nicht selbst aufgemacht hat.«

»Ich bin über das offene Fenster im ersten Stock eingestiegen. Weil Gefahr im Verzug war …«

»Gefahr im Verzug, doch, das hört sich immer gut an.«

»Ihre Leute werden am Fenster also meine Spuren finden. Dummerweise könnte ein möglicher Täter auf die gleiche Weise ins Haus gelangt sein.«

»Da wird sich unsere Spusi aber freuen.«

»Meine Fingerabdrücke sind im Polizeicomputer gespeichert, wären also leicht zu unterscheiden.«

Er lachte. Etwas gequält, aber immerhin.

»Okay, ich werde verhindern, dass Sie zur Fahndung ausgeschrieben werden.«

# 42

Auf der Rückfahrt über die A8, die *La Provençale* genannt wurde, hielten sie an einer Autobahnraststätte. Apollinaire sagte, ihm sei Peyrots Leiche auf den Magen geschlagen. Er habe noch nie einen Erhängten gesehen. Isabelle erwartete, dass er zur Beruhigung einen Pastis bestellte. Zu ihrer Überraschung orderte er ein *pain baigné,* das auf Provenzalisch *pan bagnat* genannt wurde – ein in viel Öl »gebadetes« Sandwich, gefüllt mit *salade niçoise*. Vielleicht hatte er nur Hunger?
Vor dem *restoroute* fragte Apollinaire zwischen zwei Bissen, wie sie sich ihre weiteren Ermittlungen vorstelle. Das war eine gute Frage, dachte sie. Denn mit dem Tod ihres Hauptverdächtigen machte es eigentlich wenig Sinn, diese fortzusetzen. Was brachte es noch, Peyrot die Übergriffe auf drei Frauen zweifelsfrei nachzuweisen? Es würde zu keiner Anklage kommen.
»Muss ich mir noch überlegen«, antwortete sie. »Kann aber gut sein, dass wir den Fall zu den Akten legen.«
»Was bedeutet, dass wir unsere Ermittlungen einstellen?«
»Ist unbefriedigend, ich weiß.«
»Nicht wirklich. Mit Sébastien Peyrot haben wir den Mann identifiziert, der mit hundertzwanzigprozentiger Wahrscheinlichkeit schuldig ist.«
Sie sah ihn skeptisch an.
»Hundertzwanzigprozentig? Gibt es so was überhaupt?«
»Natürlich. Zum Beispiel kann man beim Autofahren die zulässige Höchstgeschwindigkeit um hundertzwanzig Prozent überschreiten.«

»Doch nicht mit Ihrem 2CV?«
Er verzog das Gesicht.
»In der Fußgängerzone könnte ich es schaffen.«
»Um auf die Wahrheit zurückzukommen, bei ihr gibt es keine hundertzwanzigprozentige Sicherheit. Wahrer als wahr geht nicht. Aber weniger schon.«
»Weil Sie von Natur aus misstrauisch sind.«
Damit hatte er recht.
Apollinaire begann, die belastenden Punkte aufzuzählen: »Der Mann war nachweislich sowohl bei Adèle Rousseau als auch bei Manon Michot am Tatort. Er hat in Fragolin nach Clodine Ausschau gehalten, um sie dann unter einem falschen Namen zu einer Mondscheinparty am Strand einzuladen. Als Veterinärmediziner kennt er sich mit dem Betäubungsmittel Ketamin aus. Das monströse Aktbild vor seinem Schreibtisch lässt auf eine perverse Gesinnung schließen …«
»Da machen Sie es sich zu einfach«, intervenierte sie.
»Okay, das nehme ich zurück. Darüber hinaus verfügt Peyrot über eine kriminelle Energie. Wer Pferderennen manipuliert …«
»Was nicht bewiesen ist.«
»Madame, sind Sie jetzt Peyrots Pflichtverteidigerin? Sie können doch nicht jeden meiner zwingenden Schlussfolgerungen in der Luft zerpflücken.«
Isabelle lächelte.
»Doch, kann ich. Aber im Grunde gebe ich Ihnen ja recht. Außerdem sollten sie nicht gleichzeitig essen und reden.«
»Warum?«
»Schauen Sie mal auf Ihre Krawatte.«
»*Parbleu*, auch mein Hemd. Mit einer trockenen Baguette wäre mir das nicht passiert, die bröselt nur.«

*

In Fragolin angekommen, machten sie im Kommissariat noch eine Art Schlussbesprechung. Sie fiel kurz aus. Eigentlich hatten sie schon alles beredet. Apollinaire kündigte an, ein aktualisiertes Chart anzulegen. Der guten Ordnung halber. Anschließend werde er alle Blätter zusammenrollen und archivieren. Isabelle dachte, dass ein polizeiliches Protokoll wichtiger wäre. Aber weil das ohnehin niemand lesen würde, hatte das auch Zeit.

Bevor sie aufbrach, ließ es sich Apollinaire nicht nehmen, ihr noch schnell zu demonstrieren, wie fantastisch die Überwachungsanlage von Nicolas' Bastide funktionierte. Die Außenkameras lieferten gestochen scharfe Bilder. Alle Fenster und Türen waren gesichert. Bei den Bewegungsmeldern zeigten grüne Lichtpunkte, dass sie betriebsbereit waren. Grinsend drückte er auf eine Taste. Sogar das Hundegebell ließ sich fernsteuern.

Wenigstens hatte er was zu spielen, dachte sie. Und sie selbst musste nicht jeden Tag zur Bastide laufen und nach dem Rechten sehen.

»Wird hoffentlich nie zum Einsatz kommen«, sagte sie. »Ich lass Sie jetzt allein und besuche Clodine.«

*

»Der Idiot hat sich erhängt?« Clodine schaute sie mit großen Augen an. »Da tut er mir ja fast leid.«

Isabelle verschwieg die möglichen Hintergründe. Aber ihre Freundin sollte wissen, dass der Mann, nach dem sie gesucht hatten, nicht mehr am Leben war.

»Na jedenfalls geht von ihm keine Gefahr mehr aus«, stellte Clodine fest. »Das wäre ein Grund, uns ein Gläschen Rosé einzuschenken.«

Isabelle schüttelte den Kopf.

»Ich möchte nicht darauf anstoßen, dass sich jemand erhängt hat.«
Oder erhängt wurde, fügte sie in Gedanken hinzu.
»Dann trinken wir halt auf die Liebe.« Clodine zwinkerte mit den Augen. »Darauf kann man immer trinken.«
Wusste sie was von Morgan? Nein, das konnte nicht sein. Andererseits hatte Clodine in Liebesdingen einen siebten Sinn.

*

In ihrer Wohnung angekommen, zog sie die Schuhe aus und ließ sich auf ihre Couch fallen. Sie stellte fest, dass sie schon wieder einen ereignisreichen Tag hinter sich hatte. Aber auch, dass das voraussichtlich wohl der letzte war. Denn es gab nichts mehr zu tun. Obwohl der allerletzte Beweis fehlte und notgedrungen auch kein Geständnis mehr möglich war, stand Sébastien Peyrot als Täter so gut wie fest. Sollte sich sein Tod durch Erhängen als Mord erweisen, gab es höchstwahrscheinlich einen Zusammenhang mit den Pferderennen. Aus diesem Fall würde sie sich heraushalten. Allenfalls würde sie den Stallburschen identifizieren, den sie gesehen hatte. Aber das war es dann.
Besonders befriedigend war dieses jähe Ende ihrer Ermittlungen nicht, das musste sie zugeben. Aber oft bestimmte das Schicksal, wohin die Reise ging. Und auch, wann sie vorbei war.
Bevor sie auf der Couch einschlief, gab sie sich einen Ruck und stand auf. Sie duschte sich und ging danach in einem lockeren Kimono, den ihr mal Rouven geschenkt hatte, hinauf auf ihre Terrasse.
Sie beschloss, Morgan anzurufen.
»Wie wäre es mit morgen Vormittag?«, fragte sie, als sie ihn am Apparat hatte.

»Womit?«
»Mit dem versprochenen Bootsausflug. Wie es aussieht, habe ich Zeit.«
Seine Antwort kam spontan.
»Ich habe keine Zeit.« Er lachte. »Aber ich nehme sie mir. Dann muss halt mein Kellermeister alleine mit den Sommeliers klarkommen, die sich für morgen angekündigt haben.«
»Sie werden enttäuscht sein.«
»Kann sein, aber so können sie sich besser auf den Wein konzentrieren. Meine Visage lenkt nur ab. Apropos, ich bringe einige Flaschen mit.«
»Eine genügt, wir sind nur zu zweit.«
»Ist etwas knapp bemessen, aber schauen wir mal. Wo soll ich hinkommen?«
»Ich schicke dir die Adresse aufs Handy. Passt zehn Uhr?«
»*Parfait.* Was kann ich sonst noch mitbringen?«
»Schwimmflügel, damit du beim Baden nicht untergehst.«
»Ich lasse sie weg, dann musst du mich retten.«

*

Zwei weitere Telefonate sollte sie noch führen, dachte Isabelle. Eigentlich drei, denn Balancourt würde womöglich etwas von den Ermittlungen in Cagnes-sur-Mer mitbekommen. Er legte großen Wert darauf, alles immer als Erster zu erfahren. Erst recht, wenn Isabelle in einen Fall involviert war. Wenn auch nur als Zeugin.
Sie erreichte ihren Chef auf dem Golfplatz. Dort nahm er grundsätzlich keine Gespräche entgegen – nur wenn auf dem Display ihr Name erschien oder der des Innenministers.
Weil er gleich abschlagen müsse, bat er um größtmögliche Kürze. Den Gefallen tat sie ihm gern. Sie brauchte genau drei Sätze,

dann wusste er in groben Zügen, was morgen womöglich in der Zeitung stand: ein manipuliertes Galopprennen in Cagnes-sur-Mer, ein involvierter Pferdearzt, Tod durch Erhängen ... Ach ja, der Pferdearzt war der Hauptverdächtige in ihrem Fall mit den K.-o.-Tropfen.

Balancourt fragte, wer für die Ermittlungen in Cagnes zuständig sei. Lieutenant Masalla? Ein fähiger Mann, stellte er fest, aber träge wie ein Faultier. So, jetzt müsse er wirklich abschlagen. Ein Par drei. Früher habe er das Grün mit einem Eisen erreicht, jetzt brauche er den Driver. Entweder habe man die Bahn klammheimlich verlängert, oder es liege doch am Alter. Eine bedrückende Vorstellung.

Sie wünschte ihm viel Glück. *Bonne chance!*

Was waren die beiden anderen Telefonate, die sie führen wollte? Bei den K.-o.-Tropfen hatte es drei Opfer gegeben. Clodine hatte sie bereits informiert. Manon Michot erreichte sie bei ihrer pflegebedürftigen Mutter. Auch sie sollte wissen, dass sich ihr mutmaßlicher Peiniger erhängt hatte. Isabelle blieb bei dieser Version. Manon reagierte anders als Clodine. Sie zeigte kein Mitleid. Das Schicksal habe er verdient. Er solle in der Hölle schmoren. Schnell beruhigte sie sich wieder. Sie bat Isabelle, sich zu melden, wenn sie wieder mal in Cannes sei. Sie könnten ja was zusammen unternehmen. Etwas, wobei Männer nur stören würden. Isabelle dachte an Manons Frauen-Plattform *Femmes pour femmes.*

Das dritte Opfer, Adèle Rousseau, konnte sie nicht anrufen. Aber ihren Bruder Nick, der erst Capitaine Garcia in Aix und jetzt Apollinaire nervte. Ihm sollte es eine besondere Genugtuung bereiten, vom Tod des Mannes zu erfahren, der seine Schwester auf dem Gewissen hatte. Zu ihrer Überraschung verstummte er zunächst – dann aber brach es aus ihm heraus. Dem Schwein geschehe es recht. Sich aufzuhängen sei das Mindeste gewesen, was er habe tun können. Hoffentlich habe er am Strick noch recht lang zappeln müssen …

Isabelle war erleichtert, als auch dieses Gespräch beendet war. Mehr war im Augenblick nicht zu tun. Sie beschloss, den Abend mit positiven Gefühlen ausklingen zu lassen – und sich auf den morgigen Tag zu freuen.

# 43

Selbst die lokale Zeitung *Var-Matin* berichtete vom Verdacht eines Wettbetrugs beim *Grand Prix des Alpes-Maritimes.* Der überraschende Leistungseinbruch des Favoriten *Royal Flush* sei womöglich vorsätzlich herbeigeführt worden.
Isabelle lächelte. Das war nett formuliert und ließ weiten Raum für Interpretationen. Die Polizei, so hieß es weiter, ermittle in alle Richtungen. Auch das war eine beliebte Floskel – und ging im konkreten Fall an der Realität vorbei, denn Lieutenant Masalla wusste sehr genau, in welche Richtung er ermittelte. Nur wollte er das der Presse nicht auf die Nase binden. Noch nicht!
Isabelle saß an einem kleinen Tisch vor der *boulangerie* in der Nähe ihrer Wohnung. Gedankenverloren tunkte sie ihr Croissant in eine große Tasse *café au lait.* Sie vermutete, dass Masalla schon in den nächsten Tagen bei einer eilig zusammengetrommelten Pressekonferenz sehr viel mehr preisgeben würde. Auch würde bei dieser Gelegenheit der Name Docteur Sébastien Peyrot fallen. Noch tauchte er in dem Artikel an keiner Stelle auf.
Erst weiter hinten in der Zeitung stieß sie auf eine kurze Nachricht mit der Überschrift: *Mort tragique par pendaison.* Tragischer Tod durch Erhängen! In Cagnes-sur-Mer habe der renommierte Veterinärmediziner Docteur Sébastien Peyrot seinem Leben ein Ende gesetzt. Offenbar habe er seit dem Tod seiner Frau vor einigen Jahren an schweren Depressionen gelitten.
Nur wenige Zeilen. Das war es schon. Weder wurde sein Selbstmord in Zweifel gezogen noch ein Zusammenhang mit dem Pferderennen hergestellt. Wie auch? Solange Masalla und sein

Team dichthielten, würde das auch so bleiben. Isabelle vermutete, nicht mehr lange.
Was war mit Peyrots geheimem Leben als mutmaßlicher Triebtäter? Würde davon je etwas in der Zeitung stehen? *Cui bono*, dachte Isabelle. Wem nutzte es? Sie selbst hatte jedenfalls kein Interesse, damit an die Öffentlichkeit zu gehen. Und Clodine und Manon wahrscheinlich auch nicht.
Isabelle legte die Zeitung zur Seite und öffnete auf ihrem Handy eine App mit dem aktuellen Seewetterbericht. Leichter Wind aus Südwest, geringe Wellenhöhe, den ganzen Tag strahlend blauer Himmel. Perfekte Bedingungen also für ihren geplanten Bootstörn. Ihre Badetasche hatte sie schon dabei. Jetzt musste sie sich nur noch um die Verpflegung kümmern. Wenige Kilometer vor dem Hafen, in dem ihr Kutter lag, kannte sie einen kleinen Lebensmittelladen. In dieser *épicerie* kaufte sie fast immer das Gleiche: *baguette, jambon, melon miel en pieces.* Baguette, Schinken, eine aufgeschnittene Honigmelone – und was sie darüber hinaus in der Auslage noch anlachte. Um den Wein musste sie sich heute nicht kümmern, den brachte Morgan mit.

*

Um zehn Uhr waren sie verabredet. Isabelle war eine halbe Stunde früher auf ihrem Boot. Sie verstaute die Lebensmittel in einer Kühlbox, die sie an Bord hatte. Dann prüfte sie, ob der Motor ansprang. Alles perfekt. Also konnte sie noch in aller Ruhe Apollinaire anrufen. Wie sich herausstellte, hatte auch er die beiden Artikel im *Var-Matin* gelesen. Immerhin sei alles zutreffend wiedergegeben, stellte er fest. Sogar Peyrots Name sei richtig geschrieben. Da falle ihm ein Zitat von Konfuzius ein: Wenn die Namen nicht stimmen würden, seien die Worte nicht wahr. Er fand es bemerkenswert, dass Konfuzius schon vor weit über zweitausend Jahren zu dieser fundamentalen Erkenntnis gelangt sei. Darüber hinaus, setzte er seinen Gedanken fort, bleibe in den Beiträgen aber vieles im Dunkeln. Was seine Auffassung bestätige, dass man aus der Tageszeitung zwar viel erfahren könne – aber nie die ganze Wahrheit. Konfuzius hätte das sicherlich genauso gesehen, allerdings habe es zu seiner Zeit noch keine …

Isabelle unterbrach ihn mit der Bitte, im Laufe des Tages ein abschließendes Protokoll zum Fall aufzusetzen. Morgen sei sie wieder im Kommissariat, dann könnten sie es gemeinsam durchgehen und verabschieden. Ab jetzt sei sie nur noch in dringenden Fällen erreichbar.

»*En cas d'urgence*«, wiederholte Apollinaire. »*Bien sûr*, ich habe verstanden. Ich wünsche Ihnen Mast- und Schotbruch. Das sagt man doch so, oder? Ist ja eigentlich widersinnig – deshalb wünsche ich Ihnen genau das Gegenteil.«

Isabelle schmunzelte. Schon deshalb, weil sie ihm gar nicht gesagt hatte, dass sie aufs Boot wollte.

*

Als Morgan Dumas über den Steg auf sie zukam, dachte sie, dass er wirklich außergewöhnlich gut aussah. Was natürlich kein Kriterium sein durfte. Sie hasste es, wenn Männer Frauen nach ihrem Äußeren beurteilten. Folglich sollte sie es umgekehrt auch nicht tun. Allerdings, stellte sie lächelnd fest, war Attraktivität auch kein Hinderungsgrund.

Über den Bug auf ihren Kutter zu klettern erforderte einiges Geschick. Clodine war dabei schon mal ausgerutscht und ins Wasser gefallen. Bei Morgan erwies sich diese Sorge als unbegründet. Er »enterte« das Boot mit schwungvoller Eleganz.

»Meine Vorfahren waren Seeräuber«, sagte er lachend, als sie

ihn darauf ansprach. »Und mein Namensvetter Morgan der berühmteste Freibeuter im 17. Jahrhundert.«
»Wahrscheinlich wurde er zur Strafe geköpft.«
»Keineswegs, Henry Morgan wurde vom englischen König in den Adelsstand erhoben und zum Vizegouverneur von Jamaika ernannt.«
»Die Zeiten haben sich geändert. Komm nur nicht auf die Idee, meinen Kutter zu kapern.« Isabelle startete den Diesel. »Dann mach mal die Leinen los! Wir stechen in See.«

*

Isabelle liebte es, an der Küste entlangzutuckern. An besonders schönen Tagen steuerte sie aber auch hinaus zu den vorgelagerten Îles d'Hyères. Und heute war ein besonders schöner Tag – nicht nur meteorologisch. Der Küste am nächsten lag die Île du Levant, die allerdings zu einem großen Teil militärisches Sperrgebiet war. Gleich daneben Port-Cros, seit 1963 ein Nationalpark, der sich nicht nur auf die kleine Insel, sondern auch auf das umliegende Gewässer erstreckte. Ankern war hier verboten, um die artenreiche Meeresflora zu schützen. Aber es gab Bojen, an denen man festmachen konnte.
Morgan öffnete eine Flasche Crémant. Den Korken schoss er ins Meer. Ob das erlaubt war? Ein Naturprodukt, stellte er lachend fest, biologisch abbaubar.
Immer wieder dachte Isabelle an ihr Gespräch mit Rouven. Er hatte ihr anvertraut, dass Morgan vor einem Jahr einen schweren Herzinfarkt erlitten hatte und dass er einen zweiten wohl nicht überleben würde. War es leichtsinnig, sich so weit vom nächsten Krankenhaus zu entfernen? Aber erstens gab es Hubschrauber – und zweitens war Morgan nichts anzumerken. Er machte einen ausgesprochen fitten Eindruck.

»Komm, lass uns schwimmen«, sagte er wie zur Bestätigung.
Am Heck des *pointu* gab es eine ausklappbare Badeleiter. Isabelle wollte sie ihm gerade zeigen, da sprang er schon mit einem Hecht ins Meer. Typisches Machogehabe, dachte sie – und hechtete hinterher.
Es überraschte sie nicht, dass er ein ausgezeichneter Schwimmer war. Wer auf Martinique geboren und aufgewachsen war, dem war das wohl in die Wiege gelegt. Sie kraulten um die Wette, dann umarmten sie sich und ließen sich absinken. Plötzlich fiel ihr Morgans Herzinfarkt wieder ein. Vielleicht sollten sie nicht zu lange unter Wasser bleiben? Sie löste sich aus der Umarmung. Kurz danach tauchten sie prustend auf.
Zurück zum Kutter schwammen sie gemütlich nebeneinanderher und unterhielten sich dabei. Kam es ihr nur so vor oder wurde Morgan zunehmend kurzatmiger? Auch schwamm er immer langsamer. Am Boot angekommen, klappte sie die Leiter runter und machte eine auffordernde Handbewegung.
Morgan lächelte. »Ladies first!«
Sie kletterte an Bord und schaute von oben auf Morgan, der sich noch im Wasser befand und an der kleinen Plattform neben dem Ruder festhielt.
»Alles okay bei dir?«, fragte sie.
Sein erneutes Lächeln wirkte nicht wirklich entspannt.
»Aber natürlich. Mir gefällt's im Wasser nur so gut, dass ich gar nicht mehr rauswill.«
Sie beugte sich nach vorn und reichte ihm die Hand.
»Keine faulen Ausreden. An Bord gibt's was zu essen.«
Ihre ausgestreckte Hand ignorierte er. Ein Morgan Dumas ließ sich nicht helfen. Tatsächlich hatte er mit der Leiter keine Probleme. Im Nu war er oben.
Doch Isabelle bemerkte, dass er am ganzen Körper zitterte. Am Wasser lag es nicht. Das Meer hatte Badewannentemperatur. Sie

reichte ihm ein großes Badetuch, öffnete die Kühlbox und bereitete den Imbiss vor. Aus dem Augenwinkel beobachtete sie, wie sich Morgan heimlich den Puls fühlte.
Alles klar, der Mann spielte ihr was vor.
Sie legte Melonenstücke auf ein großes Holzbrett und garnierte sie mit Schinken.
Währenddessen kramte Morgan in seiner Tasche. Dann griff er zur Wasserflasche. Erst führte er schnell die Hand zum Mund, dann nahm er einen Schluck. Wenn man Durst hatte, trank man richtig. Für Tabletten reichte nur ein wenig.
Morgan setzte einen zerfransten Strohhut auf und sah sie lächelnd an.
»Schön ist es hier. Fast könnte man glauben, wir wären in der Karibik.«
»Sehnst du dich nach Martinique?«
»Das kommt schon mal vor«, gab er zu. »Aber gerade sehne ich mich nach gar nichts, ich genieße den Moment … zusammen mit dir!«
Das war schön gesagt, dachte sie. Geradezu romantisch. Tatsächlich erging es ihr nicht anders. *Vivre le moment présent* war ohnehin ihre Lebensmaxime. Die Vergangenheit war unwiederbringlich vorbei. Von der Zukunft wusste man nicht, was sie brachte. Gewissheit brachte nur der Augenblick. Wenn er schön war, sollte man ihn in vollen Zügen genießen.
»Ist noch was in der Flasche?«, fragte sie. »Darauf sollten wir anstoßen.«

*

Isabelle hatte ein Sonnensegel aufgespannt. Der Kutter schaukelte sanft in den Wellen. Sie unterhielten sich über die bevorstehende Hochzeit von Rouven und seiner Schwester Angela.

Die beiden machten es spannend, denn noch immer hatten sie keinen Termin bekannt gegeben.
»Zumindest ich sollte es wissen«, sagte Morgan. »Schließlich bin ich der Trauzeuge.«
»Ihr Glück, dass du gerade keinen Film drehst.«
Er grinste.
»Stimmt, ich habe prinzipiell immer Zeit.«
Er lag entspannt auf einer Yogamatte. Die Hände hinter dem Kopf verschränkt und die Füße übereinandergeschlagen. Sah so jemand aus, der Angst vor einem zweiten Herzinfarkt hatte?
Sie sah ihn nachdenklich an.
Dann gab sie sich einen Ruck. Das Thema war zu ernst, um es zu ignorieren.
»Du hast immer Zeit? Darüber möchte ich mit dir reden.«
»Ist doch schön, was Besseres kann einem nicht passieren.«
»Kommt darauf an. Mein lieber Morgan, ich bin berufsbedingt eine gute Beobachterin. Du hast vorhin eine Tablette genommen …«
Er sah sie überrascht an.
»Das hast du gesehen? Stimmt, gegen Sodbrennen.« Er rang sich ein Grinsen ab. »Vielleicht habe ich den Crémant nicht vertragen? Schön blöd für einen Winzer.«
»Und bei Sodbrennen fühlst du dir den Puls?«
»Habe ich das? Ist mir gar nicht aufgefallen.«
»Beim Schwimmen hattest du am Schluss Atemnot und warst froh, dich schließlich am Boot festhalten zu können.«
»Unsinn. Wir können jederzeit wieder um die Wette kraulen.«
Sie nickte.
»Einverstanden.« Sie deutete zum Ufer, zu dem es vom Boot vielleicht fünfhundert Meter waren. »Aber jetzt über die Langstrecke, zur Insel und zurück.«
Fast hatte sie Angst, dass er auf den Vorschlag einging. Aus

falsch verstandenem Ehrgeiz und um ihr zu imponieren. Aber für so dumm hielt sie ihn nicht.
Morgan blickte hinüber zur Insel. Dann sah er sie wieder an.
»Ist vielleicht keine so gute Idee«, sagte er leise.
»Habe ich mir schon gedacht. Was ist mit dir los? Mir kannst du es doch sagen.«
»Muss das sein?«
»Natürlich nicht, ist deine Entscheidung.«
Ihm war anzusehen, wie er mit sich rang.
»Du hast recht. Die Tablette war nicht gegen Sodbrennen. Tatsächlich habe ich ein anderes gesundheitliches Problem. Deshalb trete ich auch gerade etwas kürzer. Muss aber keiner wissen. Ist mein Geheimnis.«
»Aber deine Schwester weiß es?«
Und damit auch Rouven, fügte sie in Gedanken hinzu.
»Angela schon, natürlich.«
»Jetzt rück schon raus, was fehlt dir?«
Sie wusste es ja längst, aber sie wollte es von ihm hören.
»Ist ein Jahr her. Am Tag nach Drehschluss meines letzten Films bin ich plötzlich zusammengebrochen. War immerhin ein perfektes Timing, die Szenen waren alle im Kasten, und von der Crew hat es keiner mitbekommen. Wow, ich dachte, ich sterbe. War aber nur ein Myokardinfarkt, ein Herzkranzgefäß hat dicht gemacht. Zwanzig Minuten später war ich im Krankenhaus und kurz darauf im OP. Das Ganze ist in Los Angeles passiert, da habe ich Glück gehabt.«
»Nur ein Herzinfarkt? Du neigst zur Untertreibung. Aber ich bin dir dankbar, dass du mich ins Vertrauen gezogen hast.«
Er verzog das Gesicht.
»Könnte ja sein, dass wir uns in Zukunft häufiger sehen, dann solltest du es wohl wissen. Aber mach dir keine Sorgen, mir geht es gut.«

»Jedenfalls muss ich dir ein Kompliment machen. Du überspielst deine Herzprobleme perfekt. Bis vorhin beim Schwimmen habe ich dir nichts angemerkt.«
»So soll es sein.«
»Deine Ärzte haben dir bestimmt geraten, dich zu schonen.«
»Mach ich ja. Ich bin aus dem Filmgeschäft ausgestiegen und spaziere zwischen meinen Rebstöcken hin und her. Schonender geht es kaum.«
»Dann ist es aber nicht besonders klug, ins Wasser zu hechten und mit mir um die Wette zu schwimmen.«
Er grinste.
»Ich konnte ja nicht ahnen, dass du so schnell bist.«
»Hättest mich vorher fragen sollen, ich war mal in der Kraulstaffel der *Police nationale*. Ist aber schon lange her.«
»Dann war das ein unfairer Wettbewerb. Aber gib mir noch ein paar Monate, dann trete ich erneut gegen dich an.«
Sie dachte an Rouvens Worte, dass er einen zweiten Infarkt wohl nicht überleben würde.
»Lieber nicht.« Sie sah ihn forschend an. »Aber wie kommst du darauf, dass es dir in einigen Monaten so viel besser geht?«
»Weil, weil …« Er kratzte sich verlegen am Kinn. »Das muss jetzt aber wirklich unter uns bleiben, davon habe ich selbst Angela nichts erzählt. Weil der Infarkt meine Herzklappe in Mitleidenschaft gezogen hat. Kommt wohl häufiger vor. Die muss bei Gelegenheit ausgewechselt werden. Ist keine große Affäre. Dann bin ich wieder so fit wie früher.«

*

Erst am späten Nachmittag lösten sie die Leine von der Boje und machten sich auf die Rückfahrt. Isabelles Kutter war nicht der Schnellste, aber ziemlich seetüchtig und, wenn der Diesel

mal lief, ausgesprochen zuverlässig. Der Seewetterbericht hatte nicht gelogen: Der Wind war schwach und kam von achtern. Zuvor waren sie zur Erfrischung noch einige Male ins Wasser gesprungen – aber nicht mehr um die Wette geschwommen. Über Morgans Herzprobleme hatten sie kein Wort mehr verloren. Für den Augenblick war alles gesagt.
Isabelles Handy läutete. Apollinaire war es nicht, er respektierte ihren Wunsch, mal einige Stunden in Ruhe gelassen zu werden. Lieutenant Masalla war dran.
Sie übergab Morgan das Ruder.
Er beglückwünsche sie zu ihrem Instinkt, sagte Masalla. Die forensische Untersuchung habe ihren Verdacht bestätigt: Docteur Sébastien Peyrot habe sich definitiv nicht selbst die Schlinge um den Hals gelegt. Es habe wie ein Suizid aussehen sollen, in Wahrheit aber sei der Mann umgebracht worden. Natürlich hätten sie das auch ohne ihren Hinweis herausbekommen, sie seien ja keine Anfänger ...
Isabelle musste lächeln, verkniff sich aber jeden Kommentar.
Bei dem Täter oder den Tätern handle es sich zweifellos um Profis, fuhr Masalla fort. Sie seien durch das offene Fenster im ersten Stock ins Haus gelangt und hätten offenbar Handschuhe getragen. Einige DNA-Spuren seien gesichert worden, und zwar am Seil und an der Kleidung des Leichnams. Man habe Peyrot ja irgendwie hochwuchten müssen. Das gehe nicht ohne direkten Körperkontakt. Im Übrigen habe die Rechtsmedizin an den Hand- und Fußgelenken Spuren gefunden, die darauf hingedeutet hätten, dass Peyrot vor seinem Tod durch Erhängen gefesselt worden sei. Was ja irgendwie logisch sei, konstatierte Masalla, anderenfalls hätte er sich ja strampelnd gegen sein Schicksal gewehrt. Die Fesseln seien ihm nach dem Exitus abgenommen worden, um es wie einen Suizid aussehen zu lassen. So viel also zum bedauernswerten Ableben des Pferde-

doktors. Parallel ermittle man mit Hochdruck im Fall der Wettmanipulation. Alle Indizien sprächen dafür, dass es einen direkten Zusammenhang gebe.

»*Quels indices?*«, fragte Isabelle. Denn das interessierte sie wirklich.

Prompt gab Masalla eine ausweichende Antwort. Das sei noch Gegenstand der Ermittlungen, aber sie könne ihm gerne glauben.

»Ich habe noch eine Bitte«, sagte er. »Ich schicke Ihnen gleich ein Foto des Pferdepflegers, der nach unseren Recherchen im Auftrag Peyrots dem Hengst *Royal Flush* die Spritze verpasst hat …«

Nach unseren Recherchen? Fast hätte Isabelle laut gelacht.

»Wäre gut, wenn Sie ihn identifizieren könnten.«

Schon erschien das Foto auf ihrem Handy.

»Ja, das ist er«, bestätigte sie. Sie erinnerte sich noch allzu gut an seinen Gesichtsausdruck, als er sie aus dem Stall geworfen hatte.

»Sehr gut, dann nehme ich das zu Protokoll. Ich muss leider Schluss machen, wir haben gerade wirklich viel zu tun.«

»Geht mir ähnlich«, sagte Isabelle. »Wenn ich nicht aufpasse, läuft hier alles aus dem Ruder.«

Nach Beendigung des Gesprächs tat Morgan so, als ob er beleidigt wäre.

»Hier läuft nichts aus dem Ruder«, protestierte er. »Ich halte exakt den eingeschlagenen Kurs.«

Sie gab ihm einen Kuss.

»Natürlich tust du das. Ich fand's nur lustig.«

# 44

Den Abend verbrachte Isabelle bei Morgan auf dem *Château Palmier*. Wie immer nach einem Tag auf dem Wasser umfing sie eine wohlige Müdigkeit. Die alte Rose, seine Perle aus Martinique, bereitete ihnen ein leichtes Abendessen: *aubergines frites*, frittierte Auberginen mit Joghurt zum Dippen. Dann gingen sie ins Bett.

Es gehörte nicht zu Isabelles Gewohnheiten, ihr Handy auf das Nachtkästchen zu legen. Gelegentlich aber tat sie es doch. Um fünf Uhr wurde sie von einem Alarmton geweckt. Sie brauchte einen Moment, um sich zu orientieren. Nein, sie war nicht bei sich zu Hause in Fragolin. Neben ihr schreckte Morgan aus dem Schlaf.

Sie sah auf das Display mit einem blinkenden Warnzeichen. Sie konnte sich nicht erinnern, es schon mal gesehen zu haben. *»Attention, tentative de cambriolage!«*, stand darunter. »Achtung, versuchter Einbruch!«

»Ich glaube, bei dir wird gerade eingebrochen«, sagte sie schlaftrunken.

»Woher will dein Handy das wissen?«

Das war eine gute Frage, dachte sie.

Isabelle blickte genauer auf das Display. Mehrere Videobilder schalteten hin und her. Sie erkannte Nicolas' Bastide.

Okay, jetzt kapierte sie, was los war. Apollinaire hatte dort eine Überwachungsanlage installiert – und die schlug gerade an.

»Ist bei einem Haus in Fragolin«, sagte sie zu Morgan. »Kannst dich umdrehen und weiterschlafen.«

»Du musst da jetzt hoffentlich nicht hin?«
»Um Gottes willen, nein. Außerdem rührt sich auf den Bildern nichts. Es ist niemand zu sehen, der die Bewegungsmelder ausgelöst haben könnte. Nicht einmal ein Wildschwein. Ist offenbar ein falscher Alarm.« Sie schaltete ihr Handy auf stumm und legte es zurück auf das Nachtkästchen. »Tut mir leid«, sagte sie leise. »Ich hoffe, du kannst wieder einschlafen.«
Morgan reagierte nicht. Sie hörte nur seinen gleichmäßigen Atem.

*

Als sie am frühen Vormittag erneut geweckt wurde, geschah das auf höchst angenehme Weise. Morgan stand mit einem Tablett am Bett. Darauf duftender Kaffee, frische Croissants, frisch gepresster Orangensaft ... Isabelle lächelte. An diesen Service könnte sie sich gewöhnen.
Um zu sehen, wie spät es war, griff sie zu ihrem Handy. Neun Uhr zwanzig. Sie erinnerte sich an die nächtliche Störung und dass sie den Lautlos-Modus aktiviert hatte. Sie machte die Einstellung rückgängig. Gleichzeitig sah sie, dass sie mehrere Anrufe verpasst hatte. Alle kamen von derselben Nummer: nämlich von der Gendarmerie in Fragolin. Warum wurde keine Nachricht hinterlassen?
Sie hob entschuldigend die Hände.
»Sorry, da sollte ich wohl besser zurückrufen.«
»Bei wem?«
»Bei unserer Gendarmerie. Die melden sich normalerweise nie bei mir.«
Capitaine Briand nahm ihren Anruf persönlich entgegen.
»Na, endlich ausgeschlafen?«, blaffte er sie an.
Isabelle liebte seine zuvorkommende Art.
»Sie wollten mich sprechen?«

»In der Tat. Vielleicht interessiert es Sie, dass Ihr geschätzter Assistent Apollinaire mit einer Kopfverletzung in ein Krankenhaus eingeliefert wurde.«
Er wartete auf ihre Reaktion.
»Was ist passiert? Wie geht es ihm?«
»Der Brigadier hat sich heute Morgen gegen fünf Uhr vierzig bei uns gemeldet. Wie Sie wissen, ist unsere Notrufnummer rund um die Uhr besetzt. Was man von der *Police nationale* nicht behaupten kann ...«
Natürlich nicht, dachte Isabelle, das war nicht ihr Job, jedenfalls nicht in Fragolin. Briand war eine Nervensäge.
»Kommen Sie auf den Punkt!«
»Wie es scheint, hat Apollinaire Einbrecher überrascht, und zwar bei der Bastide Ihres ausgeflogenen Malerfreundes Nicolas. Statt sie festzunehmen, hat er sich niederschlagen lassen. Nun ja, das wundert mich nicht ...«
Isabelle beherrschte sich.
»Was wollte ich sagen? Ach ja, Apollinaire war wohl eine Weile bewusstlos, dann hat er das einzig Vernünftige getan und sich bei uns gemeldet. Sergeant Albertin, der Nachtdienst hatte, ist ihm sofort zu Hilfe geeilt. Die Einbrecher waren natürlich längst über alle Berge. Albertin hat die Rettung verständigt. Die Sanitäter haben Apollinaire verarztet und in ein auswärtiges Krankenhaus gebracht. Wie ich gehört habe, geht's ihm schon wieder besser, und er kann nach Hause. Sie können ihn im *Hôpital des Maures* abholen.«
Isabelle machte sich Vorwürfe, dass sie auf den Alarm letzte Nacht nicht reagiert hatte. Doch was hätte sie tun können? Sie war ja viel zu weit weg. Aber zumindest hätte sie Apollinaire, der das Signal wohl gleichzeitig bekommen hatte, davon abhalten können, aus dem Bett zu springen und dort alleine nach dem Rechten zu sehen.

»Das mache ich«, sagte sie. »Und vielen Dank für Ihre Hilfe.«
Es reichte, dass der Capitaine chronisch unfreundlich war, sie musste es ihm nicht mit gleicher Münze heimzahlen.
»Ist doch selbstverständlich«, gab er sich plötzlich versöhnlich. »Wir sind doch immer füreinander da.«
Sie legte das Handy zur Seite. Morgan sah sie fragend an.
»War doch ein Notruf letzte Nacht, oder?«
Isabelle nickte. Sie erzählte ihm kurz, was passiert war.
»Tut mir leid für deinen Mitarbeiter. Aber du kannst ihn in seinem Zustand wohl kaum mit dem Motorrad abholen«, stellte er fest.
»Stimmt …«
»Kannst gerne mein Auto haben.«
Sie sah ihn skeptisch an.
»Deinen alten Citroën-Transporter?«
»Gefällt er dir nicht?«
»Doch, aber ich bin in Sorge, ob er durchhält.«
»Die Sorge ist berechtigt. Aber für Notfälle habe ich noch ein Ersatzauto.«
»Lieb von dir, dein Angebot nehme ich gerne an.«
»Ich hab dabei natürlich einen egoistischen Hintergedanken. Ich bring dir im Austausch die Harley nach Fragolin, einverstanden?«
Isabelle sah ihn schmunzelnd an.
»Worauf freust du dich mehr? Auf die Fahrt mit der Fat Boy oder auf ein Wiedersehen mit mir in Fragolin?«
»Da muss ich nachdenken.«

# 45

Eine Stunde später saß sie am Steuer eines schwarzen Porsche 911. Morgan hatte sich vielmals entschuldigt. Alternativ könne er ihr nur den Traktor aus dem Weinberg anbieten. Auf der Fahrt zum *Hôpital des Maures,* wo sie ihr Kommen telefonisch angekündigt hatte, grübelte sie darüber nach, warum sie immer wieder an Männer geriet, die ein privilegiertes Leben führten. Denn sie selbst legte darauf überhaupt keinen Wert.

Früher sahen ihre Beziehungen anders aus. Während ihrer Ausbildung hatte sie mal eine leidenschaftliche Affäre mit einem arbeitslosen Literaturkritiker gehabt. Bei ihm gab es nur Wein im Tetrapak. Bei seinem alten Fahrrad war ständig die Kette rausgesprungen. Er konnte sie nicht einmal ins Kino einladen. Aber es hatte ihnen an nichts gefehlt.

Oft sehnte sie sich nach diesen Zeiten zurück. Mit Morgan Dumas wäre es genauso schön, würde er im Weingut als angestellter Kellermeister arbeiten … Sie schaltete runter und überholte ein Wohnmobil. Der Sechszylinder im Heck röhrte … Nun ja, brachte sie ihren Gedanken zu Ende, sie durfte sich nicht beklagen.

Im Krankenhaus angekommen, musste sie nicht lange nach Apollinaire suchen. Er saß gleich neben der Notaufnahme auf einer Bank – mit Kopfverband und einer Schürfwunde an der Nase. Er trug eine gestreifte Schlafanzughose und ein blutverschmiertes Polo mit der Aufschrift *Police nationale*.

Sein gerade noch deprimierter Gesichtsausdruck wich einem freudigen Lächeln.

»*Bonjour, Madame,* wie schön, Sie zu sehen.«
Er versuchte aufzustehen.
»Bleiben Sie sitzen! Wie geht's Ihnen?«
»Tut mir leid, dass ich Ihnen Umstände mache …«
Das war rührend, dachte sie. Typisch Apollinaire.
»*Mir* tut leid, was Ihnen passiert ist.« Sie deutete auf seinen bandagierten Kopf. »Haben Sie starke Schmerzen?«
»Nicht wirklich, mein Schädel hält offenbar einiges aus. Anscheinend war der Schlag auch nicht zu fest. Die Wunde ist genäht. Ich darf nach Hause. Wir können also aufbrechen.«
Ganz wiederhergestellt schien er aber doch nicht, sie musste ihm aufhelfen.
»Verzeihen Sie mein ungepflegtes Äußeres«, sagte er beim Verlassen der Klinik. »Mein Aufbruch letzte Nacht war etwas überstürzt, und anschließend hat man mich direkt hierhergebracht. Folglich konnte ich mich nicht umziehen.«
»Überstürzt wegen des Alarms, den Sie erhalten haben?«
»*Exactement,* und zwar ziemlich genau um fünf Uhr. Natürlich bin ich sofort …«
»Das können Sie mir in aller Ruhe auf der Fahrt nach Fragolin erzählen.«
Er sah sie entsetzt an.
»Doch hoffentlich nicht auf Ihrem Motorrad?«
Lächelnd deutete sie auf den geparkten Porsche.
»Nein, wir fahren im Auto.«
Apollinaire blieb konsterniert stehen.
»Wie kommen Sie denn zu dieser Flunder?«
»Habe ich konfisziert«, antwortete sie lächelnd. »Es gibt übergeordnete Notfälle, die erfordern besondere Maßnahmen.«
»Und der übergeordnete Notfall, das bin ich?«
»Das ist Auslegungssache.«
Sie öffnete die Beifahrertür. Apollinaire war himmellang, hof-

fentlich passte er überhaupt rein. Bei einem Cabrio gäbe es dieses Problem nicht.

»Gibt es beim Einsteigen eine besondere Technik?«, fragte er.

Das hatte sie sich noch nie überlegt.

»Mit dem Hintern voraus, und wenn Sie sitzen, die Beine einklappen und nachziehen. Passen Sie auf Ihren Kopf auf!«

»Ist schon bandagiert, da kann also nichts passieren.«

Tatsächlich schaffte er es im ersten Versuch. Sogar seine Beine brachte er unter.

»Bei meinem 2CV geht's leichter. Aber die Sitze in dem Auto sind nicht schlecht, das muss ich zugeben.«

*

»*Alors dites-moi,* nun erzählen Sie mal!«, forderte sie ihn auf, als sie unterwegs waren.

Apollinaire klammerte sich an den Haltegriff über der Tür. Dabei fuhr sie ausgesprochen langsam.

»Wie ich schon sagte, wurde ich vom Alarm geweckt. Shayana hat mich gebeten, ihn auszustellen. Sie müssen wissen, sie braucht ihren Schlaf. Auf den Bildern der Videoüberwachung konnte ich schemenhaft einige Gestalten sehen, aber nur kurz, dann waren sie verschwunden …«

Offenbar, dachte Isabelle, hatte Apollinaire schneller reagiert als sie selbst. Als sie letzte Nacht aufs Display geschaut hatte, waren die Typen schon weg.

»Ich hab mir nur schnell das Polo übergezogen, Turnschuhe, dann bin ich losgesprintet.«

»Unbewaffnet?«

»Natürlich, ich konnte ja nicht erst ins Kommissariat und meine Dienstwaffe aus dem Stahlschrank holen, schließlich wollte ich so schnell wie möglich zum mutmaßlichen Tatort. Dort angekommen, war tatsächlich niemand zu sehen. Die Sirene hatte sich abgeschaltet … wobei ich befürchte, dass sie gar nicht losgegangen war. Vielleicht ist mir bei der Programmierung ein Fehler unterlaufen? Wie auch immer, die Vermutung lag nahe, dass die Eindringlinge auf und davon waren. Allerdings gibt es auf der Rückseite der Bastide keine Videoüberwachung. Dies wissend bin ich über den Zaun gestiegen und durch den Garten nach hinten gelaufen. Und dort, was soll ich sagen …« Apollinaire brach mitten im Satz ab und sah verängstigt auf die kurvenreiche Straße. »Können Sie bitte etwas langsamer fahren!«

»Noch langsamer? Hinter uns ist eine Gruppe Rennradler, ich möchte ungern von ihnen überholt werden.«

Er versuchte vergeblich, sich umzudrehen. Der rechte Außenspiegel war so eingestellt, dass er dort nichts sehen konnte.

»Wirklich? Dann täuscht der subjektive Eindruck der tiefen Sitzposition und des Motorengeräuschs. Das bin ich nicht gewohnt.«

Isabelle lächelte. Mit der subjektiven Wahrnehmung hatte er zwar recht, aber auch sie konnte im Rückspiegel keine Rennradler sehen.

»Bitte machen Sie weiter. Sie sind also über den Zaun gestiegen und hinter die Bastide gelaufen.«

»O ja, aber ich habe nicht wirklich erwartet, dort jemanden anzutreffen. Das jedoch erwies sich als Irrtum. Plötzlich tauchte im Halbdunkel vor mir ein junger Mann auf. Er war mindestens so überrascht wie ich. Bevor er fliehen konnte, habe ich ihm eine polizeiliche Anweisung gegeben: *Arrêtez-vous! Police nationale*. Tatsächlich hat er meiner Aufforderung, stehen zu bleiben, unmittelbar Folge geleistet …«

Apollinaire sprach nicht weiter.

»Und dann?«

»Mehr weiß ich nicht. Offenbar hatte er einen Komplizen, der sich von hinten angeschlichen und mich niedergeschlagen hat. Das war in höchstem Maße unfair. Als ich aus meinem Delirium erwacht bin, war ich alleine. Ich hab mein Handy aus der Hose gefischt … Sie müssen wissen, meine Schlafhose hat Taschen … und hab bei der Gendarmerie angerufen.«

»Warum nicht mich?«

»Weil ich angenommen habe, dass Sie …« Apollinaire räusperte sich. »Wie soll ich es erklären? Nun, dass Sie auswärts nächtigen. Jedenfalls kam mir Sergeant Albertin sehr schnell zu Hilfe. Den Rest der Geschichte kennen Sie.«

»Sie haben Glück gehabt«, stellte Isabelle fest. »Hätte auch anders ausgehen können.«

»Das habe ich mir mittlerweile auch überlegt. Doch unser Beruf birgt eben unkalkulierbare Risiken. Das wissen Sie besser als ich.«

»Aber ich habe noch nie versucht, unbewaffnet im Pyjama Einbrecher zu stellen.«

Was schon deshalb nicht ging, dachte sie, weil sie überhaupt keinen Pyjama besaß.

»Kommt nicht mehr vor, das kann ich Ihnen versprechen.«

»Könnten Sie den Mann beschreiben?«

»Der mich von hinten niedergeschlagen hat? Madame, wie soll das gehen?«

»Ich dachte eher an den Mann, der vor Ihnen stand.«

»Sie müssen entschuldigen, ich bin noch etwas benebelt. Keine Ahnung, was mir die Ärzte gespritzt haben. Leider kann ich ihn nicht beschreiben. Sie müssen bedenken, es war noch dunkel, also dämmrig, um genau zu sein.«

»Sie sprachen vorhin von einem *jungen* Mann?«

»Tat ich das? Aber ja, das war mein Eindruck. Sogar ausgesprochen jung, aber ich kann es nicht begründen.«

Vor ihnen erschien das Ortsschild von Fragolin.

»Weiß Shayana, was Ihnen passiert ist?«
Er nickte.
»Ich hab sie noch aus dem Krankenwagen angerufen. Und später erneut aus der Klinik. Sie wartet auf mich in unserer Wohnung.«
»Dann bring ich Sie mal direkt dorthin. Ruhen Sie sich aus und lassen sich pflegen! Für heute sind Sie erst mal krankgeschrieben, gerne auch länger.«
»Kommt nicht infrage«, protestierte er. »Spätestens morgen bin ich wieder im Kommissariat und nehme die Verfolgung auf.«
Sie war neugierig, wie er eine *Verfolgung* bewerkstelligen wollte.

*

Sie stellte den Porsche auf ihren gewohnten Platz vor dem Rathaus und gab dem Hausmeister Bescheid. Nicht dass er ihn abschleppen ließ. Ihr nächster Weg führte zur Gendarmerie, um sich für die Amtshilfe zu bedanken. Nach seiner Nachtschicht hatte Sergeant Albertin heute frei. Das hätte sie sich vorher überlegen sollen, denn an seiner Stelle traf sie auf seinen Vorgesetzten Capitaine Briand, der sie heute Morgen angerufen hatte. Mit ihm lag sie in einem Dauerclinch, weil der Dienststellenleiter nicht verstehen konnte, warum die *Police nationale* in Fragolin ein Kommissariat unterhielt, wo es doch die Gendarmerie gab. Prompt bügelte er ihr Dankeschön mit der Bemerkung weg, dass die Alarmanlage an der Bastide nicht ordnungsgemäß angemeldet sei und es nur deshalb zu diesem Zwischenfall habe kommen können. Zudem sei Apollinaire von der Situation hoffnungslos überfordert gewesen. Er könne von Glück sagen, dass die Gendarmerie so schnell zur Stelle gewesen sei und die Einbrecher in die Flucht habe schlagen können.
Das war natürlich blanker Unsinn, und zwar von vorn bis hin-

ten. Doch Isabelle beschloss, sich nicht provozieren zu lassen. Statt ihm Kontra zu geben, womit er natürlich rechnete, wünschte sie dem Capitaine einen schönen Tag und ließ ihn verdutzt stehen. Briand rief ihr noch hinterher, dass sich die Gendarmerie aus dem Fall raushalten werde. Die Suppe müsse sie schon alleine auslöffeln.

Zu Nicolas' Bastide war es nicht weit. Auf den ersten Blick deutete nichts auf die Geschehnisse der letzten Nacht hin. Sie überprüfte alle Türen und Fenster. Nirgends waren Einbruchspuren zu erkennen. Auch nicht hinter dem Haus. Sie fand eine leere Weinflasche, die als Tatwaffe infrage kam. Spannender war, was Isabelle in dem Teil des Gartens entdeckte, wo sie mit Nicolas oft gemütliche Abende verbracht hatte. So fand sie unter der Hollywoodschaukel zwei weitere Weinflaschen, und zwar von einer billigen Sorte, die Nicolas nie getrunken hätte. Zudem stieß sie auf eine angebrochene Schachtel Zigaretten, und in der Hängematte fand sie einen lilafarbenen Sportschuh der Marke Converse – Größe sechsunddreißig.

Isabelle brauchte nicht lange, um sich auf alles einen Reim zu machen. Es hatte überhaupt keinen Einbruchversuch gegeben, stattdessen hatten hier einige Jugendliche abgehangen, vielleicht nach einer Party und nicht mehr ganz nüchtern. Dass sie einen Alarm ausgelöst hatten, war ihnen entgangen – die Sirene hatte wohl wirklich nicht funktioniert. Auch nicht das Hundegebell, auf das Apollinaire so stolz war. Sein plötzliches Auftauchen hatte sie deshalb überrascht. Einer der Jungs hatte Apollinaire mit einer Flasche außer Gefecht gesetzt. Dann waren sie getürmt. Sie waren mindestens zu dritt gewesen. Ein Mädchen hatte in der Panik einen Schuh zurückgelassen.

Isabelle kontrollierte ihr Handy und stellte fest, dass ihr aktueller Besuch keinen Alarm ausgelöst hatte. Offenbar hatte die Anlage endgültig ihren Dienst eingestellt. Auf diese Weise blieb

Apollinaire wenigstens ungestört. Nicht dass er gleich wieder blindlings losstürmte.

Sie machte noch einige Fotos. Auf dem Rückweg zum Rathaus rief sie Gilbert an, den pensionierten Hausmeister, mit dem Apollinaire die Anlage installiert hatte. Ob er sich ein wenig mit der Software auskenne, fragte sie. Als er dies bejahte, bat sie ihn, ins Kommissariat zu kommen.

# 46

Gilbert stellte von ihrem Computer den Zugang zum Alarmsystem her und erklärte ihr, wie man die Videoaufzeichnung zurücklaufen und Screenshots machen konnte. Dann ließ er sie alleine, weil er mit seiner Katze zum Tierarzt musste. Sie müsse häufiger pinkeln als er selbst. Dabei habe er es mit der Prostata.

Jetzt saß Isabelle vor ihrem Computer und sah sich die Bilder der vergangenen Nacht an. Bis vier Uhr achtundvierzig war alles ruhig. Dann tauchten erst zwei, dann vier Personen auf. Dank Infrarottechnik waren sie ziemlich gut zu erkennen. Jedenfalls deutlicher, als sie Apollinaire gesehen hatte. Schnell bestätigte sich, was Isabelle schon vermutet hatte. Das waren keine Einbrecher, sondern betrunkene Jugendliche, die Party machten. Mit der Weinflasche in der Hand tanzten sie ausgelassen durch Nicolas' Garten. Zwei Jungs und zwei Mädchen. Sie lagen sich abwechselnd in den Armen. Kuschelten auf der Hollywoodschaukel. Balancierten auf dem Geländer einer Bank – und fielen runter. Eines der Mädchen kletterte ungeschickt in die Hängematte und tauchte nicht mehr auf. Wahrscheinlich war es dort eingeschlafen.

Die drei anderen verschwanden hinter dem Haus und damit aus dem Blickfeld der Kameras.

Um exakt fünf Uhr sechzehn erschien Apollinaire. Selbst bei einer schlechteren Bildqualität hätte sie ihn aufgrund seiner hageren und hoch aufgeschossenen Gestalt sofort erkannt. In seiner weiten Schlafhose sah er definitiv nicht aus wie ein Polizist – eher schon wie ein Nachtgespenst. Er stieg über den Zaun und sah sich im Garten um. Dass ein Mädchen in der Hängematte lag, entging ihm. Dann verschwand auch er hinter dem Haus.

Was dort geschah, konnte sie nicht sehen, aber er hatte es ihr erzählt. Auch, dass seiner »polizeilichen Anweisung« nicht Folge geleistet wurde. Jedenfalls nicht von der Person, die direkt hinter ihm stand.

Isabelle stoppte die Aufzeichnung und dachte nach. Offensichtlich waren die jungen Leute aus dem Dorf. Sie kannten sich nicht nur aus, sondern wussten auch, dass die Bastide derzeit unbewohnt war. Wahrscheinlich waren sie vorher auf einem privaten Fest gewesen, überlegte Isabelle, denn so etwas wie eine Disco gab es in Fragolin nicht. Auf dem Nachhauseweg war ihnen der Gedanke gekommen, die Party in Nicolas' Garten fortzusetzen.

Isabelle spulte zurück und suchte von allen vieren die jeweils besten Bilder aus. Sie machte Screenshots und vergrößerte sie. Erkannte sie jemanden? Tatsächlich … sehr gut sogar, nämlich einen der beiden jungen Männer.

Nach kurzem Zögern stand sie auf, um einen Stock höher ins Bürgermeisterbüro zu gehen. Chantal Lefèvre war noch da.

»Hast du einen Moment Zeit?«, sagte Isabelle. »Ich muss dir was zeigen.«

»Passt leider wirklich schlecht. Ich muss eine Bürgerversammlung vorbereiten. Aber gerne morgen Vormittag.«

Isabelle schüttelte den Kopf.

»Nein, jetzt gleich.«

»Ich hoffe, es ist wichtig …«

»Ist es. Jetzt komm schon!«

*

Wenige Minuten später schüttelte Chantal fassungslos den Kopf.
»Was hat sich Jules nur dabei gedacht?«
Jules, das war Chantals achtzehnjähriger Sohn.
»Er wird sich nicht viel gedacht haben«, antwortete Isabelle, »er war offensichtlich betrunken.«
»Du sagst, er hat Apollinaire niedergeschlagen?«
»Das wissen wir nicht, kann auch sein Kumpel gewesen sein.«
»Ganz bestimmt war es der andere. Jules macht so was nicht, selbst im betrunkenen Zustand.«
Das glauben Mütter immer, dachte Isabelle. Und oft lagen sie mit ihrer Annahme falsch.
»Vielleicht kennst du Jules' Freund?«, fragte Isabelle und zeigte ihr sein Bild.
»Ist nicht so scharf, aber das könnte Rasmus sein, mit dem Jules oft rumhängt, Rasmus Albouy.«
»Albouy? Hieß nicht so dein Gegenkandidat bei der letzten Bürgermeisterwahl?«
»Ganz genau, ich mag ihn nicht.«
»Was ist mit den Mädchen?«
»Oje, das ist Aliette. Ich dachte, Jules hätte sich von ihr getrennt.«
»Was ist mit der anderen?«
»Ist mir unbekannt.« Chantal sah Isabelle hilflos an. »Was machen wir jetzt?«
»Die Frage ist, was *ich* mache.«
»Stimmt, also was machst *du* jetzt?«
»Vor allem kein Aufsehen erregen. Aber unter den Teppich kehren kann ich den Fall auch nicht. Das verstehst du sicher. Am besten wäre, ich könnte so schnell wie möglich mit Jules reden. Am besten unter vier Augen.«
»Unter vier Augen? Weil du denkst, er würde in meiner Gegenwart nicht alles sagen?«

Isabelle zuckte mit den Schultern.
»Möglich wäre es.«

*

Eine halbe Stunde später saß er ihr im Kommissariat gegenüber. Jules hatte schon mal besser ausgesehen. Was nicht nur an der nervlichen Anspannung liegen mochte, sondern auch an einem ausgewachsenen Kater. Jedenfalls deuteten seine roten Augen darauf hin.
»Ich gebe es zu«, sagte er, nachdem ihm Isabelle die Bilder der Überwachungskameras gezeigt hatte.
Sie sah ihn nachdenklich an.
»Was gibst du zu?«
»Na ja, dass wir uns unrechtmäßig auf einem fremden Grundstück befunden haben. Macht ja wohl wenig Sinn, es zu leugnen.«
»Das ist mir zu wenig. Du kennst meinen Mitarbeiter Brigadier Eustache?«
»Apollinaire? Natürlich kenne ich ihn.«
»Wer von euch hat ihn niedergeschlagen? Warst du es?«
Jules biss sich auf die Unterlippe.
»Ich verweigere die Aussage.«
»Bist du bescheuert? Deine Mutter ist unsere Bürgermeisterin. Ich kann jetzt offiziell Anklage erheben, das wird ihr nicht gefallen. Oder du sagst mir die Wahrheit.«
Jules knackte nervös mit den Fingern.
»Ich verpetze keinen Freund.«
»Also war es dein Kumpel Rasmus Albouy? Habe ich recht?«
»Sag ich nicht!«
»Du machst es mir nicht leicht.«
»Wie geht es Apollinaire?«, fragte Jules. »Meine Mutter sagt, er war im Krankenhaus?«

»Man hat ihn dort verarztet. Jetzt ist er zu Hause. Gott sei Dank hat dein Freund nicht allzu fest zugeschlagen.«
»Ja, Gott sei Dank …«
Isabelle lächelte.
»Damit wäre die Schuldfrage geklärt. Wo kann ich diesen Rasmus finden?«
»Er ist bestimmt zu Hause und lernt. Wir haben morgen eine Matheprüfung.«

*

Die Albouys bewohnten etwas außerhalb eine *ferme*, einen alten Bauernhof. Es ging durch den Wald über eine geschotterte Zufahrt. Hinter einer Absperrung grasten zwei Pferde. Vor dem Haus stand ein verrosteter Pick-up.
Isabelle parkte gleich daneben. Sie hatte mit Absicht den Polizeiwagen gewählt. Das hier war kein Freundschaftsbesuch. Und etwas Einschüchterung hatte noch selten geschadet.
Sie musste nicht läuten. Rasmus' Vater hatte ihr Kommen bemerkt und ging ihr überrascht entgegen.
»*Madame le Commissaire*, Sie kommen ja schon, bevor ich eine Anzeige erstatten konnte.«
»Was für eine Anzeige?«
»Es gibt Nachbarn, die stört mein politisches Engagement. Wahrscheinlich deshalb haben sie versucht, meine Hecke anzuzünden.«
Nun war Feuer in der Provence immer ein hochbrisantes Thema, erst recht, wenn es vorsätzlich gelegt wurde, aber das fiel dennoch nicht in ihr Ressort.
»Dafür ist die Gendarmerie zuständig. Ist Ihr Sohn Rasmus zu Hause?«
Albouy zögerte.

»Ich denke schon, was wollen Sie von ihm?«

»Mit ihm reden.«

»Hat er was angestellt?«

»Sonst wäre ich nicht hier.«

»Ich sag Ihnen gleich: Es handelt sich um eine Verwechslung.«

Nicht nur Mütter, dachte Isabelle, glaubten grundsätzlich an die Unschuld ihrer Kinder, offenbar auch Väter.

Albouy pfiff durch zwei Finger.

Ein Fenster öffnete sich. Rasmus streckte seinen Kopf raus.

»Sofort herkommen!«, kommandierte Albouy. Wie es schien, führte er ein straffes Regiment.

»Wo ist Ihre Frau?«, fragte Isabelle.

»Sie besucht ihre Mutter im Altenheim. So, jetzt verraten Sie mir, worum es geht!«

»Warum sollte ich das tun? Ihr Sohn ist volljährig. Aber wenn er nichts dagegen hat, können Sie gerne zuhören.«

»Na prächtig, so weit sind wir schon. Wohnt unter meinem Dach und isst von meinem Tisch. Aber volljährig? Dass ich nicht lache.«

Rasmus kam aus dem Haus. Mit hängenden Schultern. Wenn es so etwas wie eine Körpersprache gab, konnte sie sich die Befragung fast sparen.

»Ich bin *Commissaire* Bonnet ...«

»Ich weiß, ich kenne Sie.«

»Du ahnst, warum ich hier bin?«

Sein Blick flackerte.

»Bin ich mit meinem Fahrrad zu schnell gefahren?«, versuchte er es mit einem Scherz.

»Du hast letzte Nacht kurz nach fünf Uhr einen Polizisten niedergeschlagen, genauer gesagt Brigadier Apollinaire Eustache ...«

»Unsinn«, protestierte der Vater. »Um fünf Uhr war mein Sohn zu Hause und hat geschlafen.«

»Woher wollen Sie das wissen? Schläft er bei Ihnen im Bett? Außerdem spreche ich nicht mit Ihnen, sondern mit Rasmus.«
»Okay, um diese Zeit war ich nicht im Bett«, gab Rasmus zu. »Aber ich habe niemanden niedergeschlagen, das schwöre ich. Schon gleich nicht Apollinaire, ich mag ihn.«
»Vielleicht hast du ihn nicht erkannt, es war ja noch dunkel.«
»Wo soll das gewesen sein?«, mischte sich Albouy erneut ein.
»Auf dem Grundstück von Nicolas de Sausquebord«, antwortete sie. Isabelle sah Rasmus scharf an. »Dort warst du zusammen mit drei Freunden. Und was deinen Schwur betrifft, er ist nichts wert. Eine Überwachungsanlage hat alles aufgezeichnet, auch die Szene, als ihr von Apollinaire überrascht wurdet. Dank Infrarottechnik sieht man deutlich, wie du ihn von hinten niedergeschlagen hast, mit einer Flasche.«
Dass das ein Bluff war, konnte er nicht wissen. Er sollte erst gar nicht auf die Idee kommen, von Jules verpfiffen worden zu sein.
*»Merde!«*
Mehr fiel ihm dazu nicht ein. Genau genommen war dieses eine Wort auch völlig ausreichend.
Der Vater verpasste Rasmus eine Ohrfeige.
»Hat man dir ins Hirn geschissen?«
Das war drastisch, dachte Isabelle.
»Wir waren sturzbetrunken«, versuchte es Rasmus mit einer Entschuldigung. »Außerdem habe ich nur leicht zugeschlagen. Die Flasche ist dabei nicht einmal kaputtgegangen. Tut mir wirklich leid um Apollinaire.«
»Wer waren die anderen drei?«, fragte Albouy.
»Die Namen sind uns bekannt«, sagte Isabelle.
Dass mit Jules auch der Sohn der Bürgermeisterin beteiligt war, wollte sie ihm nicht auf die Nase binden. Wahrscheinlich hatte er keine Ahnung, dass Rasmus mit dem Sprössling seiner politischen Gegnerin befreundet war.

»Wie können wir die Angelegenheit aus der Welt schaffen?«, fragte der Vater. »Wenn das bekannt wird, schadet das meiner politischen Reputation.«

Die Sorge hatte er mit Chantal gemeinsam, stellte sie fest.

»Sie könnten versuchen, mich zu bestechen. Eine andere Möglichkeit sehe ich nicht.«

Er sah sie fassungslos an.

»Ist nicht Ihr Ernst?«

Isabelle lachte.

»Natürlich nicht. Denn das würde Ihrer Reputation definitiv noch mehr schaden. Aber ich suche nach einer humanen, gleichzeitig rechtskonformen Lösung. Dabei geht es mir nicht um Ihr politisches Ansehen, das ist mir egal, sondern um Rasmus und seine Freunde, denen ich ein Ermittlungsverfahren ersparen möchte.«

»Ich will Jura studieren«, jammerte Rasmus. »Den Studienplatz kann ich vergessen, wenn ich vorbestraft bin …«

»Hättest du dir vorher überlegen müssen, du Hornochse«, fiel ihm sein Vater ins Wort.

In diesem Punkt gab ihm Isabelle sogar recht.

»Soweit ich das abschätzen kann«, fuhr sie fort, »wurden im Garten und am Haus von Sausquebord keine Schäden verursacht. Bleibt also das unbefugte Betreten eines Privatgrundstücks. Sausquebord wird keine Anzeige erstatten, dafür kann ich sorgen. Drastischer fällt die vorsätzliche Körperverletzung eines Polizeibeamten ins Gewicht.«

Isabelle dachte nach. Sie wollte ihm wirklich ein offizielles Verfahren ersparen. Auch Jules und den beiden Mädchen, die wohl am wenigsten dafürkonnten.

»Wie es scheint, ist Apollinaire nicht allzu schwer verletzt. Ich könnte versuchen, ihn von einer Anzeige abzubringen.«

»Ich fahr zu ihm«, schlug Rasmus vor, »und entschuldige mich.

Es tut mir wirklich unendlich leid. Ich war sturzbetrunken und wusste nicht, was ich tat.«

»Eine Entschuldigung wird nicht reichen. Vorausgesetzt, er sieht tatsächlich von einer Anzeige ab, sehe ich nur eine Möglichkeit …«

Isabelle machte eine dramatische Pause.

»Nun sagen Sie schon!«, forderte sie der Vater auf.

»Die vier Beteiligten verpflichten sich, eine festzulegende Zahl an Stunden im freiwilligen sozialen Dienst unserer Gemeinde abzuleisten. Wobei Rasmus als Haupttäter irgendeine Zusatzleistung erbringen müsste. Vielleicht in der Altenpflege.«

Chantal würde dieser Regelung sofort zustimmen, davon konnte sie ausgehen.

»Rasmus ist einverstanden«, entschied sein Vater. »Von mir bekommt er noch eine Extrastrafe aufgebrummt. *Madame le Commissaire,* tausend Dank, Sie sind fantastisch.«

Ein solches Lob hatte sie schon länger nicht mehr gehört, dachte Isabelle, erst recht nicht von einem Menschen, der ihr wenig sympathisch war.

Sie sah Rasmus an.

»Ich würde auch gerne von dir persönlich hören, dass du einverstanden bist.«

»Natürlich bin ich das. Bleibt nur … bleibt nur zu hoffen, dass Apollinaire mitspielt.«

»Grundsätzlich ist er wenig nachtragend. Aber wenn ihm morgen noch der Schädel brummt, kann ich für nichts garantieren.«

»Ich hab wirklich nicht fest zugeschlagen.«

»Umgefallen ist er trotzdem. Ich melde mich morgen Vormittag«, sagte sie. »Hoffen wir, dass Apollinaire eine gute Nacht hat.«

Albouy begleitete sie zu ihrem Auto.

Isabelles Blick fiel auf die Pferde, die sie schon beim Eintreffen gesehen hatte. Sie kannte sonst niemanden, der in Fragolin Pferde hielt.

»Reiten Sie?«, fragte sie.

»Nein, aber meine Frau. Dressur, sogar mit großer Leidenschaft.«

Isabelle schoss ein Gedanke durch den Kopf.

»Kennen Sie zufällig einen Pferdearzt mit dem Namen Peyrot?«, fragte sie ins Blaue.

»Sébastien Peyrot? Natürlich kenne ich ihn, aus meiner Studienzeit in Paris. Wir waren damals in derselben Clique, auch wenn wir nicht das Gleiche studiert haben.« Er sah sie fragend an. »Aber wie kommen Sie jetzt ausgerechnet auf Sébastien?«

Die Frage stellte sie sich gerade selbst. Allerdings kannte sie auch die Antwort. Apollinaire hatte im Navigationssystem von Peyrot den abgespeicherten Zielort Fragolin entdeckt. Die spontane Interpretation lag nahe: Er hatte dort mit Clodine sein nächstes Opfer ausspioniert. Dass es einen anderen Grund geben könnte, ins abgelegene Fragolin zu fahren, konnten sie sich nicht vorstellen.

»Haben Sie noch Kontakt zu ihm?«

»Nur noch sporadisch, aber wir haben uns nicht aus den Augen verloren. Jetzt weiß ich aber immer noch nicht, warum Sie mich nach ihm fragen.«

»Ich habe ihn erst vor Kurzem in Cagnes getroffen. Im Zusammenhang mit einem Fall, in dem wir aktuell ermitteln. Kann es sein, dass er Sie vor einiger Zeit in Fragolin besucht hat?«

Albouy nickte.

»Das stimmt, übrigens zum ersten Mal, seit wir hier leben. Ich hab ihn angerufen und gebeten vorbeizuschauen. Wegen unseres besten Dressurpferdes. Die Stute ist immer schwächer geworden. Unser Tierarzt hatte dafür keine Erklärung.«

»Und? Konnte er helfen?«

»Sébastien ist der beste Pferdedoktor Frankreichs. Toll, dass er sich die Zeit genommen hat. Und ja, er brauchte keine zehn Minuten, da hatte er die Ursache herausgefunden. Eine seltene Infektionskrankheit, die sich leicht behandeln lässt. Die Stute ist fast wieder genesen.«

»Ist er dann gleich wieder gefahren?«

»Leider ja, dabei wollte ich ihm noch Fragolin zeigen, aber er musste dringend weiter.«

Damit hatte er auch keine Chance gehabt, Clodine über den Weg zu laufen, überlegte Isabelle. Die Zielführung in seinem Navigationssystem hatte eine ganz simple Erklärung gefunden. Eine Erklärung, die ihn entlastete.

»Monsieur Albouy, ich habe eine schlechte Nachricht. Ihr alter Freund wird Ihnen in Zukunft nicht mehr helfen können.«

Er sah sie mit großen Augen an.

»Warum denn das? Hat man ihm die Zulassung entzogen?«

»Nein, er ist tot!«

# 47

Es passierte ausgesprochen selten, dass Isabelle morgens vor Apollinaire im Kommissariat war. Heute aber schon, wobei zwei Faktoren zusammenkamen: Erstens hatte sie Apollinaire gebeten, es geruhsam angehen zu lassen. Offenbar hielt er sich an ihre Anweisung. Dass es ihm wieder gut ging und er selbstverständlich zum Dienst erscheinen würde, hatte er ihr bereits per Textnachricht mitgeteilt. Zweitens war sie selbst früher dran als üblich. Sie hatte miserabel geschlafen. Allzu viele Dinge waren ihr gleichzeitig durch den Kopf gegangen. Deshalb hatte sie schon in aller Früh ihre Joggingrunde gedreht. Und danach beschlossen, im Kommissariat zu frühstücken. Auch das war eine Besonderheit.

Vor zwei Tagen noch hatte sie geglaubt, ihr aktueller Kriminalfall sei abgeschlossen und mit Peyrot der mutmaßliche Täter überführt.

Jetzt aber stellte sich alles in einem anderen Licht dar. Die Indizienkette wurde immer löchriger. Peyrot hatte berufliche Gründe für seine Aufenthalte in Aix und in der Nähe der *Plage de Pampelonne* gehabt, nun also auch in Fragolin. Fehlte nur noch, dass seine Sekretärin sein Alibi mit der Operation am Tag des Übergriffs auf Saint-Honorat bestätigte, dann war er endgültig rehabilitiert. Sie hatte die Vorahnung, dass es genau so kommen würde.

Alles hatte so schön gepasst – vielleicht zu schön. Tatsächlich hatte sie die ganze Zeit über ein ungutes Gefühl gehabt, hatte der Zweifel in ihr genagt. Und jetzt? Jetzt war Peyrot tot. Nach

Masallas Überzeugung hatte ihn die Wettmafia umbringen lassen. Doch wenn es nicht so war? Wieder hatte sie Zweifel … und diesmal, das nahm sie sich vor, würde sie auf ihr Gefühl hören.

Stellte sich also die Frage, ob und wie ein Zusammenhang mit den Sexualdelikten aussehen könnte? Wobei dieser Begriff relativ war, denn der Täter hatte die Frauen zwar mit K.-o.-Tropfen betäubt und nackt ausgezogen, aber er hatte sich nicht an ihnen vergangen. Ein sexueller Übergriff war es natürlich trotzdem – doch nicht in letzter Konsequenz. Isabelle nahm sich vor, darüber mit einer befreundeten Psychologin zu reden. Alice Renault hatte ihr schon häufiger geholfen.

Doch zurück zum Mord an Peyrot. Mal unterstellt, dieser lag nicht im manipulierten Pferderennen begründet, welches Motiv könnte es sonst geben?

Mit der Kaffeetasse in der Hand lief Isabelle im Kommissariat auf und ab. Zum erneuten Mal blieb sie gedankenverloren am Fenster stehen und sah hinunter auf den Vorplatz des Rathauses. Normalerweise stünde hier ihr Motorrad. Heute war es Morgans schwarzer Porsche, den sie ihm möglichst bald zurückgeben wollte. Der Wagen passte nicht zu ihr. Die Harley genau genommen auch nicht. Aber es war ein schöner Anblick, das Motorrad vor dem Rathaus stehen zu sehen. Vor allem, wenn es von Apollinaire zuvor auf Hochglanz poliert war. Was sie von ihm natürlich nie verlangt hätte, aber er hatte Spaß daran.

Die Harley war ein Blickfang – und wohl jeder im Ort wusste, wer sie fuhr. Isabelle dachte nach. Sie ließ die Ereignisse der letzten Tage Revue passieren.

Das Motorrad ging ihr nicht aus dem Kopf. Mit der Harley war sie nach Cagnes-sur-Mer gefahren, um Peyrot zu verhören. Spielte das eine Rolle? Eigentlich nicht … oder vielleicht doch?

Ihr kam ein aberwitziger Gedanke ... Schade, dass die Maschine nicht da war, sonst könnte sie schnell feststellen, ob sie gerade einem Hirngespinst aufsaß.

*

Den Kopfverband hatte Apollinaire abgelegt. Stattdessen zierte seinen Hinterkopf ein großes Pflaster.

»*Comment allez-vous?*«, fragte sie. »Wie geht es Ihnen?«

»*Très bien,* schon lange nicht mehr so gut geschlafen. Von den Tabletten, die mir die Ärzte im Krankenhaus gegeben haben, sollte ich mir einen Vorrat anlegen.«

»Dann geben Sie mir einige ab«, sagte Isabelle lachend. »Denn ich lag die halbe Nacht wach. Jedenfalls freue ich mich, Sie in so guter Verfassung zu sehen.«

Apollinaire nickte.

»Das kann ich definitiv bestätigen. Folglich werde ich sofort die Ermittlung aufnehmen und die Typen zur Strecke bringen, die den Alarm ausgelöst und sich der Verhaftung widersetzt haben.«

Sie lächelte.

»Ist schon erledigt.«

»Madame, Sie nehmen mich auf den Arm. Das kann nicht sein.«

»Ich hoffe, Sie sind nicht enttäuscht. Aber dank Ihrer vorzüglichen Videoüberwachung konnte ich die jugendlichen Täter identifizieren. Jetzt liegt es an Ihnen, zu entscheiden, was mit ihnen passiert.«

Er sah sie verwirrt an.

»Pardon, aber ich kann Ihnen nicht folgen.«

»Jetzt setzen Sie sich mal hin, dann erzähle ich Ihnen alles.«

*

Zehn Minuten später war Apollinaire nicht nur auf dem Laufenden, er hatte auch umgehend die Entscheidung getroffen, keine Anzeige zu erstatten. Allerdings erwarte er von Rasmus eine persönliche Entschuldigung.

Isabelle klopfte Apollinaire anerkennend auf die Schulter. Er sei ein feiner Kerl, aber das habe sie ja schon immer gewusst.

Er bekam einen roten Kopf. »Sie machen mich verlegen.«

»Muss es nicht. Aber um Sie auf andere Gedanken zu bringen, habe ich eine Neuigkeit, die Peyrot betrifft. Es gibt einen Grund, warum Fragolin in seinem Navi abgespeichert war.«

»Clodine?«

»Nein, er war bei Albouy, um nach einem kranken Pferd zu sehen. Ist danach gleich wieder gefahren.«

Er verzog das Gesicht.

»Keine Clodine, sondern ein Pferd … Wie ärgerlich, hätte so schön gepasst.«

»Mein lieber Apollinaire, ich fürchte, wir stehen erneut am Anfang unserer Ermittlungen. Jedenfalls habe ich erhebliche Zweifel, dass Peyrot der Mann ist, nach dem wir suchen.«

»Warum aber hat er sich dann erhängt?«

»Hat er nicht, das wissen wir doch. Er wurde umgebracht.«

»Richtig, von der Wettmafia!«

»Das glaubt Lieutenant Masalla, ich glaube es nicht.«

Apollinaire schüttelte den Kopf.

»Madame, Sie glauben ja an gar nichts mehr. Wo soll uns das nur hinführen?«

»Hoffentlich zur Wahrheit. Wir müssen uns im Klaren sein, dass wir jetzt verschiedene Täter suchen, nämlich den oder die Mörder von Peyrot und unabhängig davon den Mann, der sich mit K.-o.-Tropfen an Frauen ranmacht.«

»Dieser große Unbekannte könnte doch auch Peyrot umgebracht haben? Das wäre die einfachste Lösung.«

»Halte ich für extrem unwahrscheinlich, welches Motiv sollte er haben? Apollinaire, ich habe zwei Bitten: Erstens versuchen Sie, Peyrots Sekretärin zu erreichen, die nach dem Tod ihres Chefs aus ihrem Urlaub zurückgekehrt sein sollte. Wir brauchen die Bestätigung von Peyrots Alibi. Zweitens gebe ich Ihnen eine Telefonnummer. Bitte finden Sie heraus, ob das Handy in Cagnes-sur-Mer eingeloggt war, und zwar in der Nacht, in der Peyrot umgebracht wurde.«
Sie reichte ihm einen Zettel, auf dem sie den Anschluss notiert hatte.
Apollinaire, der ein gutes Zahlengedächtnis hatte, runzelte die Stirn.
»Die Nummer kenne ich doch.«
»Umso besser!«, erwiderte sie.
»Verstehe ich nicht. Sie denken doch nicht im Ernst …?«
Sie hob eine Augenbraue.
»Natürlich im Ernst, im Spaß denke ich gar nichts.«

*

Sie erreichte die Polizeipsychologin Alice Renault in Paris. Sie müsse gleich einen Vortrag in der Führungsakademie halten, sagte ihre Freundin, aber etwas Zeit habe sie noch.
Isabelle schilderte ihr in knappen Worten, dass sie einen Mann suchten, der Frauen mit K.-o.-Tropfen gefügig machte, sie ihrer Kleidung entledigte, aber sich nicht an ihnen verging. Die Frauen sähen alle ähnlich aus, und er beschenke sie anschließend mit einem Armband aus geschliffenen Glaskristallen. Nun frage sie sich, was im Kopf eines solchen Serientäters vorgehe. Aus welchen Motiven handle er? Lasse das Handlungsmuster Rückschlüsse auf seine Persönlichkeit zu?
»Hört sich nach einem interessanten Fall an«, sagte Alice. »Wo-

bei du aber weniger danach fragen solltest, was in seinem Kopf vorgeht, sondern vielmehr, was sich in seinem Unterbewusstsein abspielt.«

»Ist mir schon klar, deshalb ruf ich dich ja an. Allerdings geht unser Täter durchaus rational vor. Er recherchiert seine Opfer über Datingplattformen und erschleicht sich ihr Vertrauen, indem er sich als Frau ausgibt.«

»Rationales Handeln und irrationale Motive unterhalb der Bewusstseinsschwelle sind kein Widerspruch. Die Kriminalgeschichte ist voll von triebgesteuerten Serienmördern, die ihre Taten nüchtern und mit großer Umsicht geplant haben. Also zurück zur Frage: Was treibt den Mann an, den du suchst? Ich müsste natürlich mehr wissen …«

»Ich schick dir unsere Protokolle!«

»Bitte mach das! Sobald ich Zeit habe, schaue ich sie mir an. Naheliegend wäre ja das Handlungsmuster, dass er die Frauen vergewaltigt, nachdem er sie durch K.-o.-Tropfen gefügig gemacht hat. Das passiert in Frankreich wahrscheinlich jeden Tag. Aber offenbar ist die sexuelle Befriedigung nicht die Triebfeder seines Handelns. Oder sein Unterbewusstsein hält ihn davon ab, sich an den Frauen zu vergehen? Auch das wäre möglich. Er fühlt sich von seinen Opfern emotional angezogen, begehrt sie vielleicht auch, fühlt sich aber auf irgendeine Weise blockiert.«

Isabelle fiel eine interessante Beobachtung ein.

»Ein Opfer, Adèle, ist an den Folgen der K.-o.-Tropfen gestorben. Man hat ihre Kleidung fein säuberlich zusammengefaltet neben ihr auf dem Bett gefunden.«

»Wenn sie das nicht selber, sondern der Täter gemacht haben sollte, wäre das psychologisch aufschlussreich. Wie es scheint, behandelt er seine Opfer mit Respekt. Du sagtest, sie sehen alle ähnlich aus?«

»Ja, wie aus dem Gesicht geschnitten. Und sie sind alle blond.«

Alice dachte nach.
»Dann lass mich mal spontan assoziieren. Der von dir gesuchte Täter hatte eine tief verwurzelte und sehr enge emotionale Beziehung zu einer Frau mit blonden Haaren. Die Prägung mag viele Jahre zurückreichen. Tragischerweise ist sie in der Gegenwart für ihn unerreichbar. Vielleicht ist sie gestorben? Er verzehrt sich nach dieser Frau und sucht nach Ersatz. Es geht ihm um die körperliche Nähe, er will sie nackt an seiner Seite spüren, ihr aber nichts antun, weil er sie liebt und respektiert. Vielleicht zieht er sich bei dieser Gelegenheit selber aus und macht Selfies? Oder er genießt einfach den Augenblick und streichelt sie. Zum Abschied gibt er ihr einen Kuss und schenkt ihr ein Armband, wie es seine von ihm verehrte Göttin getragen hat.«
»Klingt ja fast romantisch, aber seine Opfer dürften das anders sehen.«
Dabei dachte sie an Adèle, die seine seltsame Zuneigung mit dem Leben bezahlt hat, und an Manon, die ihn unbedingt zur Rechenschaft ziehen möchte.
»Meine Ad-hoc-Theorie muss ja auch nicht stimmen«, sagte Alice. »Ich werde mir deine Protokolle anschauen und noch mal darüber nachdenken.«
»Das wäre super.«
»Mache ich doch gerne, aber jetzt muss ich zu meinem Vortrag.«
*»Merci et bonne chance.«*

# 48

Durch das offene Fenster hörte sie ein vertrautes Geräusch. Das Bollern ihrer Harley-Davidson kam immer näher. Isabelle stand auf und blickte hinaus. Morgan Dumas hatte sein Kommen angekündigt. Jetzt kurvte er auf den Vorplatz neben seinen dort geparkten Porsche. Er stoppte, klappte den Seitenständer raus und stellte den Motor ab.

Apollinaire sah ihr über die Schulter.

»Madame, das haben Sie perfekt organisiert. Sie haben einen Fahrer gefunden, der Ihnen die Harley zurückbringt.«

»Fahrer trifft's nicht ganz«, sagte sie. »Bei dem Mann habe ich den Porsche konfisziert.«

Apollinaire warf ihr von der Seite einen schnellen Blick zu.

»*Ah oui,* ich verstehe.«

Sie vermutete, dass er gerade die richtigen Schlüsse gezogen hatte.

Morgan nahm den Helm ab und sah zu ihnen hoch. Sie winkte aus dem Fenster.

»Warte, ich komm gleich runter.«

Morgan empfing sie mit einem glücklichen Grinsen.

»Die Fahrt war ein toller Spaß.«

Er gab ihr zwei Wangenküsschen, wie das gute Bekannte taten, aber nicht inniglicher. Offenbar wollte er sie nicht kompromittieren. Dabei hätte es ihr gar nichts ausgemacht. Aber ihr gefiel seine Rücksichtnahme.

»Ich zeig dir gleich mein kleines Kommissariat und stelle dir meinen Mitarbeiter Apollinaire vor, den ich gestern im Krankenhaus abgeholt habe. Aber vorher will ich noch schnell was an der Harley überprüfen.«

Er langte sich entschuldigend an die Brust.

»Ich hab nichts kaputt gemacht.«

Isabelle lachte.

»Natürlich nicht. Aber ich habe den Verdacht, dass jemand mein Motorrad heimlich mit einem GPS-Sender versehen hat oder mit einem anderen Ortungsgerät.«

»Viele Möglichkeiten gibt's ja nicht. Die Satteltaschen wären wahrscheinlich zu offensichtlich ... obwohl, obwohl die Tracker heute so klein sind, dass sie sich auch dort verstecken ließen.«

»Ich hab noch meine Badesachen drin.«

»Dann kontrolliere ich mal die Schutzbleche.«

»Mach dir nicht die Finger schmutzig.«

»Ist ja für einen guten Zweck.«

»Stopp, kannst aufhören«, rief Isabelle wenig später. »Schon gefunden!« Triumphierend hielt sie zwischen zwei Fingern ein kleines scheibenförmiges Ortungsgerät. »War hinten unter den Sattel geklemmt.«

»Die Dinger kenne ich. In meinem Porsche habe ich auch so ein Teil versteckt, falls mir das Auto mal geklaut wird.«

Genau das war die Erklärung, dachte sie. Wer ein solches Ortungsgerät im Auto hatte, konnte es auch spontan rausnehmen und ihr unter den Sattel schieben. Jedenfalls hatte sich gerade bestätigt, dass sie keinem Hirngespinst aufgesessen war. Diese kleine Scheibe war der Beweis, dass sie getrackt wurde. Und sie glaubte ziemlich sicher zu wissen, von wem.

Spontan umarmte sie Morgan.

»Du bringst mir Glück. So, jetzt zeige ich dir das vielleicht kleinste Kommissariat der *Police nationale*.«

In der Eingangshalle blieb sie vor der Ahnengalerie der früheren Bürgermeister stehen. Sie deutete auf ein gerahmtes Porträt.

Darunter stand auf einem Messingschildchen: *Maire Frédéric Bonnet.*

»Darf ich dir meinen Vater vorstellen? Er würde sich freuen, dich kennenzulernen. Leider lebt er nicht mehr.«

»Sieht sehr honorig aus, dein Papa.«

»Das war er auch, gleichzeitig habe ich ihn aber auch ausgesprochen liebevoll in Erinnerung. Leider ist er gestorben, als ich noch ein kleines Mädchen war.«

»Tut mir leid.«

Während Morgan die Reihe der weiteren Bürgermeister betrachtete, überlegte Isabelle, dass es nichts brachte, ihm bei dieser Gelegenheit auch Thierry Blès vorzustellen. Morgan wusste schon viel von ihr. Aber er musste nicht alles wissen.

Als sie das Kommissariat betraten, blieb Morgan amüsiert stehen.

»Bei euch hängt ja anstelle des amtierenden Präsidenten noch Charles de Gaulle an der Wand. Ihr wisst schon, dass er bereits 1969 von seinem Amt zurückgetreten ist?«

»Genauer gesagt am 28. April kurz nach Mitternacht«, ergänzte Apollinaire. »Gestorben ist er …«

Er verstummte mitten im Satz und sah Morgan mit großen Augen an.

Isabelle ahnte, was gerade in ihm vorging. Sie kannte Apollinaire als großen Kinofan.

»Sind Sie es … oder sehen Sie nur so aus?«, fragte er stammelnd.

Morgan lachte.

»Das werde ich oft gefragt, aber nein, ich sehe nur so aus.«

»Die Ähnlichkeit ist wirklich frappierend. Aber war ja eigentlich klar. Wie sollte sich ausgerechnet Morgan Dumas in unser verschlafenes Fragolin verirren?«

Noch einen Moment, dachte Isabelle, und Apollinaire würde eine Erklärung einfallen. Die Zeit wollte sie ihm nicht geben.

»*Regardez,* schauen Sie mal, was ich gerade unter dem Sattel meiner Harley gefunden habe«, sagte sie und drückte ihm das Ortungsgerät in die Hand. »Man hat mich getrackt. Ich habe es geahnt.«

Apollinaire drehte die kleine weiße Scheibe zwischen den Fingern.

»Wer sollte ein Interesse daran haben, Ihr Motorrad zu lokalisieren?«

»Derselbe Mann, den ich im Verdacht habe, dass sein Handy in Cagnes-sur-Mer eingeloggt war«, erklärte Isabelle.

Apollinaire runzelte die Stirn.

»Das würde ja bedeuten?« Sein Gesicht hellte sich auf. »Aha, jetzt verstehe ich. Doch, doch, das wäre möglich. Aber warum?«

»Erkläre ich Ihnen, sobald sich das mit dem Handy bestätigt.«

»Die Anfrage läuft schon, dauert nicht mehr lang.«

»Na prima, in der Zwischenzeit zeige ich unserem Gast Fragolin.«

*

Bevor sie das Kommissariat verließen, erkundigte sich Morgan nach Apollinaires Kopfverletzung. Er hoffe, dass er den Schlag gut überstanden habe. Apollinaire klopfte sich an die Schläfe. Sein Schädel sei hart im Nehmen. Es tue ihm ausgesprochen leid, solche Umstände gemacht zu haben. Aber so habe er die einmalige Gelegenheit bekommen, mal in einem Porsche mitzufahren.

Morgan blieb vor dem Flipchart stehen und betrachtete interessiert die verwirrenden Eintragungen. Ob das der Fall sei, an dem sie gerade arbeiten würden, fragte er. *C'est vrai,* bestätigte Isabelle lachend. Aber er solle gar nicht erst versuchen, das Chart zu verstehen. Sie selbst steige auch nicht durch. Einzig der ausführende Künstler, nämlich Apollinaire, könne die Zusammenhänge interpretieren.

»Apollinaire, wir sind dann mal unterwegs. Bitte rufen Sie mich an, wenn sich was Neues ergibt. *À tout à l'heure!*«

Als sie die Tür hinter sich schloss, hörte sie ihn noch vor sich hin sprechen: »Und er ist es doch!«

*

Morgan holte aus dem Porsche ein Baseballcap. Dazu die dunkle Sonnenbrille. So hoffte er, unerkannt zu bleiben.

»Gefällt mir, dein Fragolin«, sagte er schon nach wenigen Schritten. »Scheint ein idealer Rückzugsort, wenn einem da draußen in der Welt alles zu viel wird.«

»Ist nicht so friedlich, wie es scheint. Aber du hast schon recht, mir hat Fragolin das Leben gerettet. Hier habe ich wieder zu mir selbst gefunden.«

Isabelle lotste Morgan auf Umwegen durch den Ort. Keinesfalls wollte sie an Clodines Laden vorbeikommen.

Er deutete auf die Markisen vom *Café des Arts*.

»Wollen wir dort was trinken?«

Das war, dachte sie, keine gute Idee, wenn sie unter sich bleiben wollten.

»Lieber würde ich dich auf meine kleine Dachterrasse einladen«, schlug sie vor.

Aber zu spät. An einem Tisch in der ersten Reihe saß Chantal und winkte.

»Hallo, Isabelle, wollt ihr euch kurz zu mir setzen?«

Besser Chantal als Clodine, dachte sie.

»Einverstanden, aber wirklich nur kurz.« Und zu Morgan: »Darf ich vorstellen, Chantal Lefèvre, unsere Bürgermeisterin.«

*»Je suis honoré«*, sagte er. »Es ist mir eine Ehre.«

Chantal musterte Morgan, als er Platz nahm.
»Kann es sein, dass wir uns schon mal begegnet sind?«
Er lächelte.
»Glaube ich kaum. Pardon, ich habe vergessen, mich vorzustellen. Mein Name ist Dumas, ich bin Weinbauer.«
Seinen Nachnamen sprach er so schlampig aus, dass es wie Dubois klang.
»Weinbauer? Das ist ja großartig. Kann man Ihre Weine auch kaufen?«
Morgan grinste.
»Ich hoffe doch sehr.«
»Sein Crémant ist eine Offenbarung«, sagte Isabelle zu Chantal. »Ich bring dir demnächst eine Flasche mit.«
»Da würde ich mich freuen ... Kurz was anderes: Isabelle, ich muss mich bei dir sehr herzlich bedanken. Wie du das mit meinem Sohn und diesem Rasmus geregelt hast, einfach großartig.«
»Kannst dich bei Apollinaire bedanken, er verzichtet auf eine Anzeige.«
»Mach ich natürlich. Aber du hast den Deal eingefädelt. Leider profitiert mit Albouy auch mein politischer Gegner davon. Ich muss mal mit Jules ein ernstes Wort reden, was seinen privaten Umgang betrifft ...«
»Rasmus ist okay«, sagte Isabelle. »Er kann ja auch nichts für seinen Vater.«

# 49

Meine Wohnung ist im obersten Stock«, sagte Isabelle, während sie aufschloss. »Ich muss dich warnen, sie ist klein und bescheiden ... aber ich liebe sie.« Oben angekommen, verharrte sie kurz auf der Schwelle. »Ich hab übrigens fast nie Gäste, musst mir also nachsehen, dass ich darauf nicht eingestellt bin.«
Ihre Wohnung hatte zwar mehrere Zimmer, wurde aber dominiert von einem vergleichsweise großen Hauptraum mit Blick nach oben ins offene Dachgebälk und einer modernen offenen Küche hinter einer Theke.
»Wow, ist doch ein Traum.«
»Ich hab einige Wände rausreißen lassen«, erklärte sie.
Er deutete grinsend auf die Hanteln und den Boxsack, der von einem Dachbalken hing. »Nur würde man nicht auf die Idee kommen, dass hier eine Frau wohnt.«
»Bin ja auch keine typische Vertreterin meines Geschlechts«, erwiderte sie lachend.
»Genau das mag ich an dir.«
Aus dem Kühlschrank hinter der Theke holte sie eine Flasche Wein.
»Komm, das Beste hast du noch gar nicht gesehen!«
Dann ging sie ihm auf der Wendeltreppe voran, die auf ihre kleine Terrasse führte. Sie war mit einer abenteuerlichen Stahlkonstruktion auf dem Dach angebracht. Vorsichtshalber hatte Isabelle den Vorbesitzer nie nach der Baugenehmigung gefragt. Sie breitete die Arme aus.

»Das ist mein ganz privates kleines Paradies.«
Der Blick reichte über die roten Dächer des Dorfes ins weite hügelige Land. Hinter den dichten Wäldern des *Massif des Maures* ahnte man in der Ferne das blaue Meer: *le grand bleu*.
»Ich kann dich verstehen«, sagte er. »Gib mir die Flasche und den Korkenzieher. Ich mach sie auf.«
»Fast habe ich es vergessen, du bist ja ein Weinbauer.«
Isabelle öffnete den Sonnenschirm mit der verblichenen Ricard-Reklame. Und sie stellte einen zweiten Liegestuhl auf.
»Besonders toll ist der Blick bei Mistral«, erklärte sie. »Der fegt den Dunst vom Himmel.«
»Der Mistral ist auch für meine Rebstöcke gut und schützt sie vor Schädlingen.«
»Ich mag ihn trotzdem nicht«, gestand sie. »Die Einheimischen, die ihn *vent du fada* nennen, haben schon recht. Der Sturm kann einen verrückt machen.«
»Du hast einen guten Weingeschmack«, stellte Morgan fest.
»Ein Rosé vom *Château Palmier*. Hoffentlich korkt er nicht.«

*

Isabelle genoss es, mit ihm auf ihrer Dachterrasse zu sitzen, Wein zu trinken und zu plaudern. Selbstverständlich war das nicht. Denn dieser Platz war ihr heilig. Fast immer war sie hier alleine, mit sich und mit ihren Gedanken. Hätte also gut sein können, dass sie Morgans Anwesenheit als störend empfand. Als Eindringling, obwohl sie ihn selber eingeladen hatte. Aber dem war nicht so. Den Test hatte er schon mal bestanden.
Ihr Handy klingelte. Sie hätte es nicht mit auf die Terrasse nehmen sollen, aber sie erwartete Apollinaires Anruf.
»Pardon«, sagte sie entschuldigend zu Morgan. »Es sieht zwar gerade nicht so aus, aber ich bin im Dienst.«

»Madame, ich hoffe, ich störe nicht, aber Sie wollten ja benachrichtigt werden, wenn sich spektakulär Neues ergibt.«
»Spektakulär?«
»Nun ja, ich finde schon. Obwohl … obwohl Sie es in beiden Fällen genauso vorausgeahnt haben. Erstens habe ich Peyrots Sekretärin erreicht, die aus dem Urlaub zurück ist und kaum zwei Sätze sprechen kann, ohne zu heulen. Ich konnte sie allerdings dazu bringen, in ihren Unterlagen den strittigen Operationstermin zu verifizieren. Peyrot hat die Wahrheit gesagt. Der Eingriff hat ambulant in einem Reitstall bei Monaco stattgefunden. Er kann also nicht gleichzeitig auf Saint-Honorat Manon überfallen haben. Damit ist er endgültig rehabilitiert.«
»Und zweitens?«
»Zweitens bewundere ich Ihren Scharfsinn. Denn Sie hatten recht: Besagtes Handy war in Cagnes-sur-Mer eingeloggt. Quod erat demonstrandum …«
Isabelle atmete tief durch. Denn wirklich scharfsinnig war sie nicht gewesen, sie war nur einer spontanen Eingebung gefolgt. »Ich muss mir überlegen, wie wir weiter vorgehen«, sagte sie. »Eine Frage habe ich noch: Kann man bei einem Tracker zurückverfolgen, von wo auf ihn zugegriffen wird?«
»Keine Ahnung. Wahrscheinlich schon, aber ich weiß nicht, wie man das macht. Allerdings kann ich mir nicht vorstellen, dass das rückwirkend möglich ist. Denn mittlerweile wurde die Verbindung ja sicherlich gekappt.«
»Weiß man's?«
*»Je vais faire des recherches«*, antwortete Apollinaire. »Ich mach mich mal schlau. Kommen Sie später wieder ins Kommissariat?«
»Natürlich. In spätestens einer Stunde bin ich da.«

*

Dass es dann doch etwas später wurde, lag an Morgan. Beim Runtergehen auf der engen Wendeltreppe blieb er plötzlich stehen. Er ließ die leere Weinflasche fallen und klammerte sich ans Geländer. Isabelle war hinter ihm und versuchte, ihn festzuhalten.

»Was ist los?«

»Sorry, geht gleich vorbei, das kenn ich schon.«

Er setzte sich auf eine Stufe und langte sich ans Herz.

Sie stieg über ihn hinweg und sah ihm ins fahle Gesicht.

»Soll ich Hilfe holen?«

Morgan schüttelte den Kopf.

»Danke, nicht nötig. Ich hab nur meine Tabletten vergessen. Kann ich bitte ein Glas Wasser haben?«

Aus der Hosentasche holte er ein schmales Pillendöschen.

Er blieb auf der Treppe sitzen. Der Platz war geeignet, hier konnte er sich festhalten.

»Kompliment, deine Weinflasche ist nicht mal kaputtgegangen«, sagte Isabelle, als sie mit dem Wasserglas zurückkam.

Er grinste gequält.

»Ich achte eben auf Qualität.«

Morgan schluckte seine Tabletten. Dann half sie ihm auf.

Unten angekommen, legte er sich aufs Sofa.

Langsam kehrte die Farbe in sein Gesicht zurück.

Isabelle sah ihn nachdenklich an.

»Auf dem Boot hast du mir erzählt, dass noch eine weitere Herz-OP ansteht. Ich glaube, du solltest den Termin nicht auf die lange Bank schieben.«

»Den Eindruck habe ich gerade auch. Jedenfalls sollte ich mich wohl für eine kürzere Bank entscheiden …«

»Wie wäre es gleich in der nächsten Woche?«

»Selbst wenn ich wollte, so schnell bekäme ich keinen Termin. Aber ich werde mit meinem Kardiologen reden.«

*»Promis?«*
»Ja, versprochen! Lieb, dass du dich um mich sorgst.«
»Es geht mir nicht um dich«, sagte Isabelle. »Ich will nur, dass sich Rouven und deine Schwester keinen neuen Trauzeugen suchen müssen.«

*

Eine halbe Stunde später war Morgan wieder auf den Beinen. Ähnlich wie auf dem Boot hatte er sich in kürzester Zeit von seinem Schwächeanfall erholt. Wie zum Beweis verpasste er Isabelles Boxsack einige Schläge.
»So, wir können gehen! Dein Apollinaire wartet ja auf dich.«
Auf dem Weg zum *Hôtel de ville* war ihm nichts mehr anzumerken. Schließlich geschah, was vielleicht unausweichlich war. Morgan wurde von zwei jungen Touristinnen erkannt. Sein Dementi wischten sie lachend zur Seite. Jegliches Leugnen sei zwecklos. Sie baten ihn um ein gemeinsames Foto, aber bitte ohne Kappe. Isabelle ließ sich ihr Handy geben. Morgan stellte sich in die Mitte, legte seine Arme um ihre Schultern und lächelte routiniert in die Kamera. Bevor sie kichernd weiterzogen, gab ihm eine der beiden einen Kuss.
»Passiert dir das häufig?«, fragte Isabelle.
»Mir sind schon ganz andere Sachen passiert«, antwortete er lachend.

# 50

Vor dem Rathaus angekommen, versicherte Morgan, dass es ihm »wirklich und ehrlich« wieder gut gehe. Er fühle sich, als ob nichts gewesen wäre. Deshalb müsse sie sich keine Sorgen machen, wenn er jetzt mit dem Auto zurück auf sein Weingut fahre. Der Ausflug nach Fragolin habe ihm großen Spaß gemacht, und er hoffe auf eine baldige Wiederholung – wobei er das nächste Mal an seine Tabletten denken werde. Er entschuldigte sich für den Zwischenfall.

Weil sie fand, dass es keine Rolle spielte, ob sie dabei gesehen wurde, umarmte sie Morgan und gab ihm einen Kuss. Er solle vorsichtig fahren und ihr eine Nachricht schicken, sobald er daheim sei.

Als er vom Rathausplatz fuhr, winkte er ihr aus dem offenen Autofenster zu. Dann verschwand sein schwarzer Porsche hinter den Häusern.

»Wer war denn das?«, fragte von hinten eine vertraute Stimme.

Isabelle drehte sich langsam um. Im Eingang des *Hôtel de ville* stand Clodine und sah sie mit großen Augen an.

»Ein Bekannter«, antwortete sie gleichmütig.

Ihr war klar, dass sich Clodine mit dieser Erklärung nicht zufriedengeben würde. Dafür kannte sie ihre Freundin zu gut.

»Warum hast du ihn mir nicht vorgestellt?«

»Ich konnte doch nicht wissen, dass du gerade im Rathaus bist.«

»Mein Glück, sonst wäre mir dein *Bekannter* entgangen. Nun erzähl schon, wer ist das?«

»Er hat ein Weingut am Cap Bénat. Viel mehr weiß ich auch nicht von ihm.«
Clodine stemmte empört ihre Hände in die Hüften.
»Das soll ich dir glauben? Isabelle, jetzt hast du dich verraten. Das war nicht irgendein *Bekannter,* so viel steht fest. Warum flunkerst du deine beste Freundin an?«
Warum eigentlich? Morgan war weg und gewissermaßen außer der Gefahrenzone. Eine direkte Begegnung mit Clodine hatte sie erfolgreich vermieden. Anderenfalls hätte sie sich wie eine Klette an sie gehängt. Sie wären keine Sekunde alleine gewesen. Und natürlich hätte ihn Clodine sofort erkannt. Mit Prominenten kannte sie sich aus.
»Hast recht«, gab Isabelle zu. »Ich kenne ihn etwas besser. Aber ich bin gerade etwas im Stress …« Das stimmte sogar. Ein Mann wartete darauf, von ihr verhaftet zu werden. »Sobald ich Luft habe, setzen wir uns zusammen, und ich erzähl dir ein bisschen was. Unter dem Siegel der Verschwiegenheit.«
Clodine tat so, als ob sie vor ihren Lippen einen Reißverschluss zuzöge.
»Du kennst mich. *Je suis discrète comme une huître.*«
Verschwiegen wie eine Auster?
Isabelle konnte ihr Lachen nur mit Mühe unterdrücken.
Sie deutete hinauf zum ersten Stock.
»Aber jetzt muss ich dringend ins Kommissariat. Ich melde mich, versprochen.«

*

Isabelle wurde von einem grinsenden Apollinaire erwartet.
»Madame, ich respektiere Ihre Privatsphäre, das wissen Sie. Aber gleichzeitig bin ich ein guter Ermittler. Deshalb weiß ich, dass Sie mich hinters Licht geführt haben. Der Porsche ist auf

das Weingut *Château Palmier* zugelassen. Und der Besitzer der Domaine ist kein anderer als Morgan Dumas. Aber das Geheimnis ist bei mir gut aufgehoben.«
Isabelle lächelte. Im Unterschied zu Clodine konnte Apollinaire tatsächlich etwas für sich behalten.
»Nachdem das geklärt wäre, könnten Sie mir das Ergebnis Ihrer weiteren Recherchen erläutern.«
»Da gibt es nicht viel zu erläutern. Alles Wesentliche habe ich Ihnen ja schon am Telefon dargelegt. Unser Pferdedoktor Peyrot ist wirklich unschuldig. Jedenfalls was die Frauen betrifft. Sonst natürlich nicht. Lieutenant Masalla ist felsenfest davon überzeugt, dass er von der Pferdemafia umgebracht wurde. Aber wir beide wissen es besser. Ich kann es immer noch nicht glauben ... Das ist doch der pure Wahnsinn.«
»Der letzte Beweis fehlt noch«, gab Isabelle zu bedenken. »Bitte fordern Sie bei Masalla die Auswertung der genetischen Spuren an, damit wir einen DNA-Abgleich durchführen können. Beim Tracker sind Sie wohl nicht weitergekommen?«
»Sie meinen, was die Rückverfolgung betrifft? Leider nein.«
»Wäre auch zu schön gewesen.«
»Wie wäre es mit einer überfallartigen Konfrontation?«, fragte Apollinaire. »In dem *Buch der fünf Ringe* des legendären Schwertkämpfers Miyamoto Musashi ...«
»Wir sind keine Schwertkämpfer«, unterbrach sie ihn. »Aber natürlich läuft es auf eine Konfrontation hinaus. Wie geht es eigentlich Ihrem Kopf?«
Er sah sie verständnislos an.
»Was hat mein Kopf mit unserer Angriffsstrategie zu tun?«
Isabelle lächelte. »Wahrscheinlich gab es schon bei den Samurai den Rat, mit Kopfschmerzen kriegerischen Konfrontationen aus dem Weg zu gehen. Aber wenn Sie sich fit genug fühlen, können Sie mich morgen zu meinem Termin begleiten.«

»Sie haben schon einen Termin?«
Isabelle griff zum Handy.
»Nein, aber den mache ich jetzt.«
»Ich bin auf jeden Fall dabei, mir geht es großartig.«
Jede andere Antwort hätte sie überrascht.

*

Am späten Nachmittag kam es noch zu einer unerwarteten Konfrontation, von der sie selbst überrumpelt wurde. Leichtsinnigerweise nahm sie einen Anruf von Commandant Richeloin in Toulon entgegen.
»Commissaire Bonnet«, brüllte er sie an, »schon wieder hätte ich einen Grund, Sie fristlos aus dem Polizeidienst zu entlassen …«
»Nur zu, tun Sie sich keinen Zwang an«, konterte sie. Wohl wissend, dass ihn diese Aufforderung erst recht zur Weißglut brachte. Denn der Polizeichef der Region Provence-Alpes-Côte d'Azur konnte vieles, aber eines konnte er ganz sicher nicht: sie entlassen. Schlicht deshalb, weil sie sich einzig gegenüber Paris zu verantworten hatte. Sie erinnerte sich an Balancourts Rat, ihre aktuellen Ermittlungen so zu führen, dass der Commandant nichts davon mitbekomme. Bei jeder Andeutung einer Sexualstraftat reiße er sofort das Zepter an sich – weil er damit bei der Presse punkten könne.
»Wie kommen Sie dazu, sich ohne mein Wissen in die Ermittlungen von Lieutenant Masalla in Cagnes-sur-Mer einzumischen? Das ist nun wirklich nicht Ihr Zuständigkeitsbereich. Zudem haben Sie keine Ahnung von Pferdewetten …«
Von ihrem eigentlichen Fall hatte er wohl doch nichts mitbekommen, stellte Isabelle erleichtert fest.
»Das können Sie so nicht sagen«, protestierte sie. »Ich wette regelmäßig, um mein Gehalt aufzubessern.«

»Wirklich? Aber nein, Sie nehmen mich auf den Arm, so gut kenne ich Sie mittlerweile. Den gröbsten Verstoß haben Sie begangen, als Sie unbefugt in ein Haus eingedrungen sind …«
»Ich hatte meine Gründe. Außerdem habe ich auf diese Weise eine Leiche entdeckt.«
Sie hörte, wie Richeloin nach Luft schnappte.
»Das konnten Sie ja nicht vorher wissen.«
»Hat sich Masalla über mich beschwert?«, fragte sie.
»Nicht direkt … aber hätte er können, sogar müssen.«
»*Mon Commandant,* dann weiß ich nicht, was es zwischen uns noch zu besprechen gibt.«
»Dass Sie sich aus dem Fall mit der Wettmafia raushalten, das ist eine Dienstanweisung.«
Das Versprechen konnte sie leicht geben, dachte Isabelle. Erstens waren seine Anweisungen für sie nicht bindend. Und zweitens verfolgte sie eine ganz andere Spur.
»Einverstanden«, bestätigte sie kurz und knapp.
Die Antwort verblüffte ihn offenbar.
»Es überrascht mich, dass Sie so schnell nachgeben.«
»Warum nicht? Ich tu doch immer, was Sie sagen.«

# 51

Das verabredete Treffen fand auf einem Friedhof statt. Genauer gesagt auf dem *Cimetière Saint-Pierre* am östlichen Stadtrand von Marseille. Er wurde im 19. Jahrhundert angelegt und erstreckt sich über ein Areal von mehr als sechzig Hektar. Mit seinen historischen Grabdenkmälern und dem parkähnlichen Baumbestand gilt er als Sehenswürdigkeit. Doch nicht deshalb hatte ihn Nick Rousseau vorgeschlagen. Hier war seine Schwester Adèle beigesetzt. Und über sie wollte Isabelle mit ihm reden – jedenfalls hatte sie das als Grund angegeben. Indirekt stimmte es ja auch.

Der Friedhof war so groß, dass man ihn zum Teil mit dem Auto befahren durfte. Mit einem Einsatzfahrzeug der *Police nationale* sowieso. Rousseau hatte ihr die Parzelle von Adèles Grab genannt. Apollinaire parkte in einiger Entfernung. Die restliche Strecke ging sie zu Fuß. Alleine.

Rousseau erwartete sie bereits. Er stand mit gesenktem Kopf und gefalteten Händen an der Grabplatte. Neben dem Rahmen mit Adèles Bild lagen weiße Rosen.

Langsam drehte er sich um. Tatsächlich hatte er Tränen in den Augen. Seine Trauer war nicht gespielt.

»Sie vermissen Ihre Schwester sehr?«

Er nickte.

»Ja, ich hätte besser auf sie aufpassen müssen.«

»Adèle war eine erwachsene Frau und hat ihr eigenes Leben gelebt ...« Während Isabelle das sagte, dachte sie, dass sie nicht hier war, um Nick Rousseaus Gewissen zu beruhigen. Ganz im

Gegenteil. »Lassen Sie uns ein paar Schritte gehen«, schlug sie vor.
Er hauchte dem Bild seiner Schwester einen Kuss zu.
»Ja, gehen wir.« Er sah Isabelle von der Seite an. »Was gibt es Neues, dass Sie sich so dringend mit mir treffen wollten?«
Sie dachte an Apollinaires Konfrontationsstrategie. Dann hätte sie ihn jetzt mit der Antwort überrumpeln können: Sie haben mit Peyrot den falschen Mann aufgehängt!
»Ich habe mich mit Ihrer Fußballkarriere beschäftigt«, sagte sie stattdessen.
Sein Gesicht entspannte sich.
»Sie waren ein großartiger Verteidiger«, fuhr sie fort. »Aber auch bekannt für Ihr aggressives Einsteigen. Keiner hat für seine Fouls mehr Gelbe und Rote Karten kassiert. Weshalb Sie auch nie für die Nationalmannschaft nominiert wurden.«
Er zuckte mit den Schultern.
»Kann sein, dass das der Grund war. Aber wenn mir einer in die Quere kommt und sich nicht anders stoppen lässt, dann haue ich ihn um. Profifußball ist nichts für Weicheier.«
Nick Rousseau war fast zwei Meter groß und hatte die stämmige Figur eines Rugbyspielers. Sie konnte sich gut vorstellen, dass ein Angreifer nur schwer an ihm vorbeikam.
»Erinnern Sie sich an Capitaine Garcia in Aix? Er hat mir erzählt, Sie wären in seinem Kommissariat aufgetaucht und hätten ihn angeschrien.«
»Dieser Versager hat sich nie ernstlich bemüht, Adèles Mörder zur Strecke zu bringen. Er brauchte einen Tritt in den Arsch … hat aber auch nichts geholfen.«
»Aus dem gleichen Grund waren Sie bei mir in Fragolin. Auch mir wollten Sie einen Tritt in den Arsch geben, stimmt's?«
Er blieb stehen und sah auf sie hinab. Isabelle litt nicht unter Minderwertigkeitskomplexen. Es machte ihr nichts aus.

»So würde ich das nicht ausdrücken. Aber ich wollte mich davon überzeugen, dass Sie mehr Einsatz zeigen als Garcia.«
»Um Sie zu beruhigen, hat Ihnen Brigadier Eustache von einem Tatverdächtigen in Cagnes-sur-Mer erzählt.«
Nick Rousseau kniff die Augen zusammen. Wurde ihm plötzlich klar, warum sie so dringend mit ihm hatte reden wollen?
»Ist möglich«, antwortete er ausweichend, »aber ich kann mich nicht mehr genau erinnern.«
»Dann helfe ich Ihrer Erinnerung mal auf die Sprünge. Sie wollten die Identität des Tatverdächtigen herausfinden. Vor dem Rathaus stand mein Motorrad, das Sie aus Marseille kannten. Als Schutz vor Diebstahl hatten Sie in Ihrem Auto ein kleines Ortungsgerät. Kurz entschlossen haben Sie es mir unter den Sattel geklemmt.«
»Sie haben eine lebhafte Fantasie.«
»Meine Fantasie geht noch viel weiter, das werden Sie gleich feststellen. Übrigens ist der Platz vor unserem Rathaus videoüberwacht …«
Rousseau erstarrte. Offenbar hatte er keine Kamera gesehen. Was logisch war, denn sie war kaputt und in Reparatur.
»Reden Sie weiter!«, zischte er durch die Zähne.
»Sie sind mir nach Cagnes-sur-Mer gefolgt und haben dort beobachtet, wie ich mich im Hippodrom mit Docteur Peyrot getroffen habe.«
»Ich war nie in Cagnes. Und von einem Peyrot höre ich gerade das erste Mal.«
»Natürlich waren Sie in Cagnes. Sie hätten vorher Ihr Handy ausschalten sollen.«
»Sie haben mein Handy lokalisiert? Dürfen Sie das überhaupt?«
»Wir dürfen noch viel mehr. Ganz im Unterschied zu Ihnen. Zum Beispiel ist in Frankreich jegliche Form von Selbstjustiz verboten. Das Gewaltmonopol liegt beim Staat.«

Isabelle blickte sich um. Mittlerweile standen sie alleine auf einem kleinen Rondell – umgeben von hohen, verwitterten Grabsteinen und Bäumen. Vorsichtshalber trat sie einen Schritt zurück. Garcia hatte Rousseau eine kurze Zündschnur attestiert. Sie vermutete, dass diese bereits brannte.

»Sie sind ganz schön mutig«, sagte er wie zur Bestätigung. »Ist nicht klug, so mit mir zu reden.«

»Nach Ihrer Erfahrung mit der Polizei hatten Sie Sorge, dass uns der Mörder Ihrer Schwester durch die Maschen schlüpft. Also sind Sie in sein Haus eingestiegen und haben ihn zur Rede gestellt.«

»Dafür haben Sie wohl auch Beweise?«

»Aber ja, natürlich.«

Isabelle dachte an Apollinaires *Buch der fünf Ringe* und dass zum Repertoire eines Samurai sicherlich auch die Täuschung zählte. Heute nannte man das bluffen.

Rousseau stieg darauf ein.

»Sie sollten sich bei mir bedanken. Ich habe Ihnen die Arbeit abgenommen. Peyrot hat zugegeben, zur Tatzeit in Aix gewesen zu sein …«

»Das wissen wir schon lange.«

»Ich hab ihm freundlich zugeredet, dann hat er alles gestanden. Auch die Sache mit den anderen Frauen.«

»Glaube ich nicht.«

»Doch, so war es. Er war mit den Nerven völlig am Ende. Er wollte auf seiner Schreibmaschine ein Schuldeingeständnis schreiben. Leider ist ihm das Farbband ausgegangen. Dann hat er sich ein Seil geholt und hat sich im Treppenhaus erhängt.«

»Und Sie haben ihn nicht davon abgehalten?«

»Warum sollte ich? Der Mann hatte meine Schwester auf dem Gewissen und wollte für seine Tat büßen. Sich aufzuhängen war das Mindeste, was er tun konnte.«

Isabelle schüttelte den Kopf.
»Wir haben Peyrot zu Unrecht verdächtigt. Er ist Ihrer Schwester nie begegnet und auch nicht den anderen Frauen.«
Er sah sie ungläubig an.
»Das stimmt nicht …«
»Doch, dafür gibt es Beweise. Folglich hatte Peyrot keinen Grund, sich umzubringen. Es war kein Suizid … Sie haben ihn umgebracht!«
Rousseaus Gesichtszüge entgleisten.
»So etwas dürfen Sie nicht sagen.«
»Natürlich darf ich das. Schon deshalb, weil es die Wahrheit ist.«
Er ballte die Fäuste.
»Das müssten Sie mir erst mal beweisen.«
»Machen wir. Sie haben offenbar keine Vorstellung, zu was die forensische Spurensicherung heute in der Lage ist.«
»Und Sie haben keine Ahnung, wozu *ich* in der Lage bin. Ich könnte Sie jetzt niederschlagen und mich aus dem Staub machen.«
Zu Isabelles Schwächen zählte, dass sie oft unbewaffnet in den Kampf zog. Aber ein Samurai würde nie sein Schwert vergessen …
Mit einer schnellen Bewegung zog sie ihre Pistole aus dem versteckten Holster und richtete die Waffe auf seinen Kopf.
»Aber vorher erschieße ich Sie, aus Notwehr.« Sie entdeckte einen roten Lichtpunkt auf seiner Brust. Der Laserstrahl tanzte um sein Herz herum. »Wird aber nicht nötig sein«, stellte sie lächelnd fest und steckte ihre Waffe wieder ein.
Rousseau folgte ihrem Blick auf seine Brust.
*»Dieu de merde«,* flüsterte er.
Er konnte nicht wissen, dass Apollinaire ein lausiger Schütze war, selbst mit einer Laserzielvorrichtung auf dem Gewehr.

Isabelle zog demonstrativ ein Mikrofon aus ihrem Hemdkragen.
»*Monsieur Rousseau, je vous arrête!* Sie sind hiermit verhaftet! Die Tonaufzeichnung unseres Gesprächs geht an die Staatsanwaltschaft.«

# 52

Am späten Nachmittag kehrten sie wieder in ihr Kommissariat zurück. Apollinaire verstaute das Gewehr im Stahlschrank. Isabelle startete die Kaffeemaschine.

»Bin ich froh, dass ich nicht schießen musste«, sagte er. »Ich bin doch kein Killer.«

Sie sah ihn schmunzelnd an. Nein, so sah er wirklich nicht aus.

»Sie hätten das Gewehr auch weglassen können, der Laserstrahl genügte völlig. Rousseau musste glauben, ein Scharfschütze unserer Spezialeinheit hätte ihn im Visier.«

»Daraufhin konnten Sie ihm die Handschellen anlegen …«

»Ohne den Laser hätte er das nie ohne Gegenwehr über sich ergehen lassen. Aber so hat er nur noch panisch auf seine Brust geschaut. Ich muss Ihnen übrigens ein Kompliment machen. Sie sind uns ausgesprochen unauffällig gefolgt und haben sich so gut versteckt, dass selbst ich nicht wusste, ob Sie überhaupt da sind.«

Apollinaire grinste.

»Ich habe an Miyamotos *Buch der fünf Ringe* gedacht und mich zwischen den Grabsteinen bewegt wie ein Samurai im Reisfeld.«

Ein kühner Vergleich, dachte sie. Aber es hatte funktioniert.

Sie hatten Rousseau den Kollegen von der *Police nationale* in Marseille übergeben. Dort hatten sie ein erstes Protokoll verfasst. Ein zweites, ausführlicheres, würden sie nachreichen. Mit dem Staatsanwalt hatte sie ein langes Gespräch geführt. Ob die Tonaufnahme mit dem Geständnis vor Gericht als Beweismittel zugelassen werden würde, konnte er nicht sagen. Aber wenn sich der DNA-Abgleich bestätigte, wovon sie sicher ausging,

sei Rousseau ohnehin zweifelsfrei überführt – selbst wenn er sein Geständnis nicht wiederholen sollte.
Natürlich hatte sie mit Lieutenant Masalla in Cagnes-sur-Mer telefoniert. Der war zunächst enttäuscht, dass er den Mord an Peyrot nicht der Wettmafia anlasten konnte, fand sich dann aber schnell damit ab. Der Pferdepfleger habe zugegeben, dem Wunderhengst *Royal Flush* im Auftrag von Peyrot eine Spritze verpasst zu haben. Auch sei man bei der Überprüfung der Kontobewegungen des Veterinärmediziners auf erhebliche Geldzuflüsse gestoßen, die sich bis zu Hintermännern der Wettmafia zurückverfolgen ließen. Morgen habe er eine Pressekonferenz einberufen. Da werde er, freute sich Masalla, die Bombe hochgehen lassen. Peyrot sei da nur eine Randfigur. Auf seinen Selbstmord, der keiner war, müsse er gar nicht groß eingehen.
Isabelle griff erneut zum Telefon, um ein weiteres Gespräch zu führen. Nämlich mit Maurice Balancourt in Paris.
»*Salut, chérie,* schön, von dir zu hören«, begrüßte er sie ausgesprochen entspannt. Das war nicht immer so. Zum Beispiel, wenn er gerade auf dem Golfplatz einen Putt einlochen musste und sie ihn dabei störte.
»Ich wollte dich mal wieder auf den neuesten Stand bringen …«
»*Très bien*. Du weißt, ich will alles zuerst von dir erfahren, bevor andere ihr unqualifiziertes Geschwätz verbreiten. Dann weiß ich, wie ich zu reagieren habe.«
Sie glaubte zu hören, wie er sich eine Zigarre anzündete. Offenbar freute er sich auf ein längeres Gespräch und machte es sich gerade gemütlich.
Sie wollte ihn nicht enttäuschen und holte weit aus. Sie rekapitulierte die Übergriffe auf die Frauen, erklärte, wie sie auf Peyrot als möglichen Täter gekommen war, und schilderte ihre Beobachtungen im Hippodrom. All das wusste er zwar schon, aber nur in Kurzform. Jetzt ließ er sich sogar den Wunderhengst

*Royal Flush* beschreiben, und er wollte wissen, mit welchem Knoten am Seil sich Peyrot erhängt hatte. Was prinzipiell eine gute Frage war, dachte Isabelle, die allerdings keine Relevanz hatte, weil Nick Rousseau als Peyrots Mörder feststand.

Sie schilderte ihm die Festnahme in Marseille. Und sie bereitete ihn darauf vor, dass Lieutenant Masalla für den morgigen Tag eine große Pressekonferenz plante, wo er die Wettmafia an den Pranger stellen wollte. Gut möglich, dass sich an dieser Veranstaltung auch Commandant Richeloin beteilige, der etwas von der Publicity abhaben wolle. Auch erwähnte sie der Vollständigkeit halber, dass der Touloner Polizeichef sich bemüßigt gefühlt habe, ihr einen Rüffel zu erteilen. Aber das habe sie nicht weiter beeindruckt.

Recht so, bestätigte Balancourt. Der Commandant solle sich um seinen eigenen Mist kümmern.

»Da hast du ja einiges erlebt«, stellte er schließlich fest. »Das freut mich für dich, weil ich weiß, wie schnell dir langweilig wird. Aber was ist eigentlich mit dem Sexualstraftäter, hinter dem du ja ursprünglich her warst? Läuft der noch frei herum?«

Schon wieder hatte er eine gute Frage gestellt, dachte Isabelle. Genauer gesagt hatte er seinen Finger in die Wunde gelegt.

»Das ist leider so«, bestätigte sie. »Peyrot war es nicht, jetzt müssen wir wieder von vorne anfangen.«

Balancourt hustete. Oft war das ein Ausdruck seiner Verlegenheit. Diesmal war es die Zigarre.

»Dann beeil dich mal. Kann sein, dass ich bald einen anderen Fall für dich habe.«

Isabelle überlegte, ob das eine gute oder schlechte Nachricht war. Oder es stimmte überhaupt nicht, und Maurice wollte sie nur etwas unter Druck setzen. Das wäre nicht nötig. Den Druck machte sie sich schon selber.

# 53

Isabelle war richtig sauer – und zwar auf sich selbst. Denn sie hatte keine Idee, wie sie dem Mann mit den K.-o.-Tropfen auf die Spur kommen könnte. Irgendeinen Hinweis musste es geben, den gab es immer. Aber offensichtlich war sie nicht in der Lage, ihn zu erkennen. Sie dachte an ihr Gespräch mit der Psychologin Alice Renault. Diese hatte resümiert, dass der Täter auf blonde Frauen eines bestimmten Typus fixiert war. Nun, das war offensichtlich. Alices Interpretation einer zurückliegenden Prägung half ihr genauso wenig weiter wie die Möglichkeit einer emotionalen Hemmschwelle, die ihn davon abhielt, die Frauen zu vergewaltigen.

Machte es Sinn, erneut mit den betroffenen Frauen zu sprechen? Wohl kaum. Manon Michot hatte ihr alles gesagt, was sie wusste. Und Clodine weigerte sich, überhaupt noch an den Vorfall zu denken. Blieb Laffargues Beschreibung eines glatzköpfigen Mannes. Der Gehstock hatte sie womöglich in die Irre geführt. Vielleicht war er überhaupt nicht behindert, sondern hatte nur einen Wanderstock dabei? Ihr fielen die beiden jungen Leute ein, die Laffargue zu Hilfe geeilt waren. Es war zwar unwahrscheinlich, dass ihnen noch etwas einfiel, schließlich hatte sich der Täter bei ihrem Eintreffen bereits in die Büsche geschlagen, aber mit ihnen sollte sie dennoch reden. Was war mit den Armbändern? Sie zweifelte nicht daran, dass Apollinaire sorgfältig recherchiert hatte. Die *bracelets* waren zwar hübsch, aber nicht individuell genug, um über ihre Herkunft an den Täter ranzukommen.

Wäre Adèle Rousseau nicht an den K.-o.-Tropfen gestorben, überlegte Isabelle, könnte sie der Versuchung erliegen und den Fall einfach nicht weiterverfolgen. Sexuelle Übergriffe, bei denen die Opfer mit sedierenden Stoffen willenlos gemacht wurden, gab es schließlich permanent und landesweit. Oft wurden sie nicht zur Anzeige gebracht. Dass viele Substanzen wie Liquid Ecstasy auch als Partydrogen verwendet wurden, machte die Sache nicht einfacher. Bei Adèle wurde Ketamin nachgewiesen. Wie sie mittlerweile wusste, war das Narkosemittel leicht zu beschaffen.

Den Fall abschließen und *ad acta* legen? Nein, das kam für sie trotz allem nicht infrage. Wo war der Hinweis, den sie übersehen hatte? Apollinaire hatte auch keine Idee. Selbst seine Samurai-Weisheiten halfen nicht weiter. Wie verfolgte ein japanischer Schwertkämpfer einen unsichtbaren Feind? Vielleicht setzte er sich mit gekreuzten Beinen und geschlossenen Augen auf einen Felsen und meditierte? Und irgendwann kam ihm die Erleuchtung …

Gleiches könnte sie auf ihrer Dachterrasse versuchen. Aber auf eine übersinnliche Eingebung würde sie dort vergeblich warten. Eher würden dabei ihre gekreuzten Beine taub.

Isabelle griff zum Telefon und rief die Psychologin Alice Renault an.

»Hattest du Gelegenheit, dir meine Protokolle anzusehen?«, fragte sie.

»Du kommst mir zuvor, ich wollte dich auch schon anrufen. Aber um es gleich zu sagen: Ich kann dir nicht wirklich weiterhelfen. Eine Profilerin im Film könnte dir jetzt mindestens das Alter des Täters und seine Augenfarbe nennen …«

»Noch lieber wäre mir gleich sein Name«, sagte Isabelle.

»Das kann ich mir denken«, erwiderte die Psychologin lachend. »Ich kann dir höchstens eine Theorie anbieten, was das Motiv betrifft. Aber auch nur, weil gerade keiner meiner Kollegen zuhört.«

»Du machst es spannend.«

»Du hast sicherlich schon mal vom Ödipuskomplex gehört …«

»Oje, kommst du jetzt mit Sigmund Freud?«

»Seine Theorie der ödipalen Phase in der kindlichen Entwicklung findet heute in der Wissenschaft wenig Anerkennung. Interessant ist sie aber trotzdem.«

»Unser Täter ist bestimmt kein Kind.«

»Aber er war es mal. Der Ödipus der griechischen Mythologie erschlägt seinen Vater, den König von Theben, und heiratet dessen Witwe Iokaste, ohne zu wissen, dass sie seine leibliche Mutter ist. Bei Freud fühlt sich ein Knabe erotisch zu seiner Mutter hingezogen und sieht seinen Vater als Konkurrenten. Im Normalfall wird die inzestuöse Phase überwunden, und alles ist gut. Aber Freud interessierte sich ja nicht für den Normalfall, in seiner Theorie der psychosexuellen Entwicklung kann die inzestuöse Begierde bis ins Erwachsenenalter anhalten und zu einer schweren Bewusstseins- und Verhaltensstörung führen. Diese Neurose nannte er dann Ödipuskomplex. Beim Lesen deiner Protokolle ist mir unwillkürlich Sigmund Freud und seine Theorie in den Sinn gekommen. Die Verhaltensweise deines Täters würde perfekt zu einem Mann passen, der die ödipale Phase nie überwunden hat. Bis heute liebt er seine Mutter, und er sehnt sich nach ihrer körperlichen Nähe. Was aber, wenn sie nicht mehr lebt? Er sucht nach Frauen, die ihr ähneln und ihm kurze Momente des Glücks bescheren. Der Ödipus in der griechischen Mythologie hat seine Mutter geheiratet und mit ihr Kinder gezeugt – aber nur, weil er nicht wusste, wer sie war. Der von dir gesuchte Mann empfindet eine natürliche Hemmschwelle, die ihn davon abhält, die Frauen zu vergewaltigen. Bei ihm dominiert die liebevolle Zuneigung, die selbstverständlich eine erotische Komponente hat, weshalb er sie nackt sehen möchte und sich womöglich an sie schmiegt und liebkost.«

Isabelle hörte aufmerksam zu, auch wenn sie sich fragte, wie ihr dieser Vortrag weiterhelfen sollte.

»Wie ich es sehe, hat dein Mann ein eher sanftes Gemüt«, fuhr Alice fort. »Ich vermute, er ist unverheiratet und kinderlos. Offenbar hat er ausreichend Zeit, seine Opfer in aller Ruhe auszuspähen. Er hat gepflegte Umgangsformen, sonst würde er den Frauen kein Armband zum Geschenk machen. Ein ähnliches Armband trug vielleicht seine Mutter …«

Isabelle fiel eine Bemerkung Clodines ein. Sie hatte von einem intensiven Parfumduft erzählt, den sie nach der verhängnisvollen Nacht auf ihrer Haut wahrgenommen hatte.

»Könnte es sein, dass er seine Opfer mit dem Lieblingsparfum seiner Mutter einsprüht?«, fragte sie. Bei Manon war es nicht dazu gekommen, weil er vorher fliehen musste.

»Wie kommst du denn darauf? Aber ja, das könnte sehr gut sein. Der Geruchssinn weckt wie kein anderer emotionale Erinnerungen. Was daran liegt, dass das Geruchsorgan direkt mit dem limbischen System und dem Hippocampus verbunden ist. Das Parfum seiner Mutter würde seine Projektion und damit seine Gefühle verstärken.«

»Hilft uns aber auch nicht weiter«, sagte Isabelle.

»Das nicht, doch es passt zum Bild, das wir uns vom Täter machen. Jedenfalls kommt er aus einem guten Elternhaus …«

»Was ist mit seinem Vater?«

Alice lachte.

»Er wird ihn nicht gleich erschlagen haben. So weit dürfte die Analogie mit dem König von Theben nicht gehen. Aber vielleicht hat sein Vater nach dem Tod seiner Mutter eine andere Frau geheiratet? Das wäre in seinen Augen unverzeihlich. Oder

er ist schon vor ihr gestorben? Jedenfalls spielt er in seinem Leben keine Rolle mehr.«
Isabelle dachte nach. Alice Renault hatte keinen konkreten Anhaltspunkt geliefert, an den sie anknüpfen könnte. Aber ihre Ödipus-Theorie war dennoch interessant. Wenn sie stimmen sollte, ergaben sich daraus einige Schlussfolgerungen. Bei der Suche nach einem Täter half es, sich von ihm ein Bild zu machen. Selbst wenn es vage blieb und mit Fehlern behaftet war.
»Hast du noch etwas?«, fragte Isabelle.
»Nein, ich bin mit meinem Latein am Ende.«
»Alice, ich danke dir. Jedenfalls habe ich jetzt einiges über Ödipus gelernt.« Lachend fügte sie hinzu: »Mir war schon immer klar, dass Männer einige Schrauben locker haben.«
»Nicht nur Männer, gelegentlich auch wir Frauen. Bei uns gibt es als Pendant den sogenannten Elektrakomplex. Er beschreibt die überstarke Fixierung eines Mädchens auf den Vater bei gleichzeitiger Ablehnung der Mutter.«
»Okay, dann haben wir halt alle eine Schraube locker.«
»So ist es, meine liebe Isabelle. Der eine mehr, die andere weniger.«

*

In der folgenden Nacht träumte Isabelle von Ödipus und Elektra, die wechselseitig ihre Mütter und Väter begehrten. Sehr unübersichtlich und verwirrend. Anstelle des Göttervaters Zeus beobachtete vom Olymp ein weißbärtiger Sigmund Freud das sündige Treiben. Isabelles Traum gipfelte darin, dass Elektra von Ödipus schwanger wurde – was in der griechischen Mythologie gewiss nicht vorgesehen war. Sigmund Freud schleuderte einen Blitz auf die beiden …
Dann war sie wach!

Auf dem Rücken liegend starrte sie an die Zimmerdecke. Dass Alice Renault ihr mit der Geschichte von Ödipus den Schlaf rauben würde, hatte sie nicht erwartet. Sigmund Freud, der große Traumdeuter, könnte ihr bestimmt erklären, was dabei in den verborgenen Winkeln ihrer Psyche vor sich gegangen war. Vielleicht hatte sie auch irgendeinen Komplex, von dem sie nichts wusste? Aber nein, wies sie diesen Gedanken von sich, wenn sie etwas hatte, dann war das eine posttraumatische Störung. Früher hatte sie häufig von der Explosion einer Bombe am Arc de Triomphe geträumt, die ihr fast das Leben gekostet hatte. Heute kam das nur noch selten vor.
Ein wirrer Traum wie der gerade eben war vergleichsweise harmlos. Eigentlich sollte sie über ihn lachen. Aber so einfach war das nicht. Was war, wenn der Traum eine versteckte Botschaft enthielt? Sie schloss die Augen und versuchte, ihn zu rekapitulieren. In ihrem Traum hatte Elektra ihrer Freundin Clodine geglichen. Nun, das hatte nichts zu bedeuten. Was aber war mit Ödipus? Wie hatte er ausgesehen? Gab es irgendeine Ähnlichkeit mit lebenden oder meinetwegen auch toten Personen? Aber … aber er blieb gesichtslos.
Im Bemühen, wieder einzuschlafen, fiel ihr ein Gott der griechischen Mythologie ein, mit dem sie sich schon häufig auseinandergesetzt hatte: Hypnos, der Gott des Schlafes. Es gab Zeiten, da hatte sie in langen Nächten seine Gnade herbeigesehnt. Ursprünglich hatte sie Morpheus beschworen, bis ihr erklärt wurde, dass nicht er, sondern sein Vater Hypnos für den Schlaf zuständig war. Morpheus bescherte einem die Träume – war also die falsche Adresse, wenn man wie gerade eben nur einen sehnlichen Wunsch hatte: nämlich zu schlafen!

# 54

Den nächsten Tag startete Isabelle mit einer Joggingrunde. Es fiel ihr nicht leicht, sich dazu aufzuraffen, aber es gab keine bessere Methode, eine verkorkste Nacht aus den Knochen zu schütteln. Mit jedem Schritt wurde sie munterer, und ihre Gedanken wurden klarer. Die Strecke zur alten Chartreuse kannte sie in- und auswendig. Sie kannte jede Wurzel, über die sie früher mal gestolpert war, und sie musste sich auch vor keinen tief hängenden Ästen in Acht nehmen. Sie lief gewissermaßen per Autopilot durch den einsamen Wald, weshalb es ihr leichtfiel, gleichzeitig über Alice Renaults Täterbeschreibung nachzudenken. Diesmal ohne die wirren Fantasien der Nacht. Was hatte Alice angedeutet? Der gesuchte Täter sei von eher sanftem Gemüt, hatte sie spekuliert, er sei unverheiratet und kinderlos, habe gepflegte Umgangsformen … und womöglich einen Ödipuskomplex. Er sehne sich nach seiner Mutter und suche die Nähe zu Frauen, die ihr glichen. Mal abgesehen davon, dass Alice mit allem falschliegen könnte, brachte sie dieses »Täterprofil« nicht wirklich weiter. Sie konnte ja kaum einen neuzeitlichen Ödipus zur Fahndung ausschreiben.

Beim Überqueren einer Lichtung begegnete sie einem Priester aus der nahe gelegenen Chartreuse. Sie kannten sich. Sie wünschte ihm viel Erfolg beim Pilzesuchen. Und er ihr Gottes Segen: *la bénédiction divine!*

Tatsächlich, dachte Isabelle, würde Alices Beschreibung auch auf ihn zutreffen. Er war von sanftem Gemüt, war (vermutlich) kinderlos und (ganz sicher) unverheiratet … und ein Ödipus-

komplex wäre ein hinreichender Grund, den weltlichen Freuden zu entsagen und hinter Klostermauern Trost im Gebet zu suchen.
Ergo ließ sich mit Alices Theorie nicht viel anfangen. Sie traf auf unzählige Männer zu.
Isabelle kam zu ihrer üblichen Wendestelle, einem bemoosten Markstein. Auf dem Rückweg steigerte sie ihr Tempo. Ob dadurch die Durchblutung ihres Gehirns angeregt wurde? Jedenfalls schoss ihr plötzlich ein Gedanke durch den Kopf, der sie fast ins Stolpern brachte. Sollte das wirklich möglich sein? Dann wäre sie bei ihren bisherigen Ermittlungen einem großen Irrtum aufgesessen, hätte einen idiotischen Fehler begangen. Isabelle verlangsamte ihre Schritte. Schließlich blieb sie stehen und stützte sich mit der Hand gegen einen Baum. Ihr gerade noch fliegender Atem beruhigte sich. Sie unterzog ihren Geistesblitz einer schnellen Plausibilitätsprüfung. Zu ihrem Erstaunen passte alles, gab es keine logischen Brüche. Im Gegenteil, nur so war alles schlüssig. Sie kam zu dem Ergebnis, dass sie den Fall soeben gelöst hatte. Dennoch fiel es ihr schwer, sich zu freuen. Denn es wurmte sie maßlos, dass sie erst jetzt draufgekommen war. Und noch mehr ärgerte sie sich darüber, dass sie sich hatte ins Bockshorn jagen lassen.

*

Als sie eine Stunde später ins Kommissariat kam und auf Apollinaires Chart blickte, zweifelte sie nicht daran, dass es von einer völlig falschen Grundannahme ausging. Sie hatte ihren Ödipus gefunden. Auch wenn sie es nicht beweisen konnte, noch nicht. Isabelle überlegte, ob sie Apollinaire ins Vertrauen ziehen sollte. Aber sie entschied, damit noch ein wenig zu warten. Stattdessen hatte sie einen Auftrag für ihn. Sie bat ihn, im Polizeicomputer nach einem vergleichbaren Fall zu suchen, der sich in einer bestimmten Stadt und in einem definierten Zeitrahmen ereignet haben könnte. Ob auch dort eine blonde Frau mit Ketamin betäubt worden war, wollte sie wissen, und als Andenken ein Armband aus geschliffenen Glaskristallen bekommen hatte. Natürlich war es mehr als unwahrscheinlich, dass er fündig wurde. Schon deshalb, weil nicht jeder Übergriff mit K.-o.-Tropfen zur Anzeige gebracht wurde. Die Idee war ihr auch gerade erst gekommen. Eine Bestätigung würde nichts beweisen – aber sie würde auf fast schon unheimliche Weise ins Bild passen.

Apollinaire sah sie verständnislos an.

»Madame, warum gerade dort? Die Entfernung von den bisherigen Tatorten in der Provence beträgt über achthundert Kilometer. Dann könnten wir ja auch überall sonst in Frankreich suchen. In der Bretagne soll es auch sehr schön sein …«

Isabelle lächelte.

»Da haben Sie natürlich recht, vor allem auf der Belle-Île.«

Sie erinnerte sich an einen Ausflug mit Rouven. Sie waren dort bei einem Empfang zu Ehren der großen Schauspielerin Sarah Bernhardt eingeladen gewesen, die vor über hundert Jahren auf der bretonischen Insel gelebt hatte.

»Aber ich habe natürlich meinen Grund«, erklärte sie. »Der allerdings nicht mehr ist als eine spekulative Annahme. Deshalb will ich ihn noch für mich behalten.«

»Am besten lege ich gleich los, umso eher erfahre ich von Ihnen, welche spekulative Annahme dieser Recherche zugrunde liegt.« Er drehte sich zu seinem Computer. »Wobei eine Spekulation ja eine Schwester des Ungewissen ist«, fügte er hinzu. »Sozusagen eine hypothetische Annahme …«

Isabelle war froh, dass er nicht weiter ins Detail ging. Stattdessen traktierte er seine Tastatur und wiederholte unablässig die Stadt, die sie ihm genannt hatte.

Ihre Gedanken schweiften zu Nick Rousseau, der sich unter anderem durch sein Handy verraten hatte. Das wäre dann der nächste Auftrag für Apollinaire. Aber Ödipus, den sie in ihren Gedanken immer noch so nannte, war überdurchschnittlich intelligent und handelte überlegt. Eine Handy-Ortung würde bei ihm mit höchster Wahrscheinlichkeit ins Leere laufen.

Sie suchte in ihren Unterlagen nach den Namen der beiden jungen Leute, die Manon Michot auf Saint-Honorat zu Hilfe gekommen waren. Wie Laffargue hatten sie aus dem Gebüsch ihre Rufe gehört. Bei einem von beiden war die Telefonnummer protokolliert. Isabelle hatte Glück. Sie erreichte ihn auf Anhieb. Sie hatte nur eine kurze Frage. Die Antwort fiel ebenso kurz aus … und bestätigte ihre Erwartung. Dieselbe Frage könnte sie Laffargue stellen. Aber seine Antwort kannte sie schon.

Isabelle stand auf und ging ans Fenster. Unten stand ihre funkelnde Harley. Offenbar hatte Morgan die Maschine vor der Übergabe waschen und polieren lassen. Sie überlegte, ihm das Motorrad zu schenken. Ihm würde sie eine Freude machen. Und sie selbst wäre gezwungen, sich endlich nach einem vierrädrigen Ersatz umzusehen. Für gelegentliche Ausflüge könnte sie sich die Harley ja immer noch bei ihm ausleihen.

Isabelle zuckte zusammen, als Apollinaire plötzlich mit der flachen Hand auf seinen Schreibtisch schlug.

»*Je ne le crois pas …*«, rief er. »Ich glaub es nicht!«

»Was ist passiert?«

»Sie hatten recht … Wie konnten Sie das wissen? *Mais non*, das war ja nur eine spekulative Annahme … Aber dass der Vorfall gleich so tragisch endet, hätten Sie bestimmt auch nicht gedacht …«

»Geht's etwas konkreter?«

»Konkreter? Aber natürlich. Der Fall ist aktenkundig und immer noch Gegenstand polizeilicher Ermittlungen. Im fraglichen Zeitraum ist im vierzehnten Arrondissement eine unbekleidete Frau von ihrem Balkon im fünften Stock gestürzt. Glücklicherweise mitten in der Nacht um zwei Uhr dreißig ...«

»Warum glücklicherweise?«

»Weil sie auf der Terrasse eines Bistros aufgeschlagen ist. Aber um die Zeit war niemand da, den sie hätte treffen können. Die Frau hat einen Genickbruch erlitten und war sofort tot. In ihrem Blut wurde ein Cocktail verschiedener Betäubungsmittel festgestellt, darunter Ketamin. Offenbar wollte die benebelte Frau auf ihrem Balkon frische Luft schnappen, dabei hat sie das Gleichgewicht verloren ... oder sie wurde gestoßen, das konnte bislang nicht geklärt werden. Interessant sind die Fotos des Opfers. Mit ihr sind es nun vier Frauen, die sich einander verblüffend ähneln. Ach so, und am Handgelenk trug sie ein Armband aus geschliffenen Glaskristallen ...«

Isabelle hörte ihm erstaunt zu. Denn sie hatte nicht wirklich geglaubt, dass Apollinaire einen Treffer erzielen würde – und schon gleich nicht so schnell.

Sie stand auf und ging zu ihm. Er zeigte ihr auf dem Computer die digitale Ermittlungsakte. Die ums Leben gekommene Frau hieß Dorothée Roux ... und sie sah aus wie ein Klon von Clodine. Etwas unheimlich war das schon.

»Sie wurde nicht gestoßen«, sagte Isabelle leise.

»Wie können Sie das wissen?«

»Weil unser Täter seine Opfer fürsorglich behandelt. Er will ihnen nicht wehtun. Keinesfalls würde er sie vom Balkon stürzen.«

»So gut kennen Sie ihn?«

»Sagen wir so, ich habe eine sehr genaue Vorstellung von ihm.«

Apollinaire rieb sich das Kinn.

»Unter fürsorglicher Behandlung verstehe ich was anderes, als dass zwei von vier Frauen hinterher tot sind.«
Da hatte er zweifellos recht, dachte Isabelle. Die Bilanz musste den Täter deprimieren.
»Es können sogar viel mehr als diese vier Frauen gewesen sein. Von den anderen wissen wir nur nichts. Um auf diese Dorothée Roux zurückzukommen, ich könnte mir vorstellen, dass unser Ödipus …«
»Sagten Sie gerade Ödipus?«
»Pardon, ich habe mich versprochen. Ich wollte sagen, dass unser Täter bei Dorothée Roux zu Besuch war. Er hat sie in ihrer Wohnung mit K.-o.-Tropfen betäubt, er hat sie entkleidet, sich mit ihr vergnügt, auf welche Weise auch immer, und sie schließlich alleine gelassen. Als sie wieder zu sich gekommen ist, war sie ähnlich verwirrt und orientierungslos, wie wir das von Clodine kennen. Ich vermute, sie ist hinaus auf den Balkon getorkelt, hat sich am Geländer festgehalten und dort das Übergewicht bekommen.«
»Ein älterer Nachbar hat zu Protokoll gegeben, dass gegen elf Uhr bei Dorothée Roux geläutet wurde. Zufällig habe er durch den Spion geschaut … *zufällig* finde ich lustig … Er habe vor ihrer Tür einen Mann mit einem Blumenstrauß und einer Flasche Champagner gesehen. Leider so unscharf, dass er ihn nicht näher beschreiben konnte.«
»Klingt unlogisch, wenn er gleichzeitig erkannt hat, dass es sich um Champagner handelte.«
Apollinaire lächelte.
»Ist vielleicht seiner Fantasie entsprungen. Bei einem nächtlichen Damenbesuch entspricht das seiner Vorstellung.«
»Könnte aber trotzdem stimmen. Gibt es im Protokoll noch einen weiteren Hinweis auf ihren Gast?«
Apollinaire fuhr sich aufgeregt durch die Haare.

»Ich bin zwar durch meine frühere Tätigkeit im Archiv ein geübter Schnellleser, aber um Ihnen eine seriöse Antwort geben zu können, müssten Sie mir bitte etwas Zeit lassen.«

»Die Sie natürlich bekommen. Gründlichkeit geht vor Schnelligkeit.«

»Das eine muss das andere nicht ausschließen. Madame, bitte erlauben Sie mir eine Frage. Sie neigen nicht dazu, sich zu versprechen. Warum haben Sie vorhin von Ödipus gesprochen?«

Isabelle schmunzelte. War ja klar, dass er darauf zurückkam.

»Ich hatte ein langes Gespräch mit Alice Renault ...«

»Der Psychologin?«

»Richtig, Sie kennen sie ja. Alice hat sich unsere Protokolle genauer angeschaut und auf meine Bitte hin ein Täterprofil erstellt. Dabei hat sie die Hypothese entwickelt, dass unser Mann unter einem Ödipuskomplex leiden könnte. Ich weiß nicht, ob das zutrifft, aber ich tu mir immer leichter, wenn die Zielperson, nach der ich suche, einen Namen hat. Ödipus klingt jedenfalls individueller als Dupont.«

»Wusste ich doch, dass das kein normaler Versprecher war. Was bitte ist ein Ödipuskomplex?«

Isabelle schmunzelte. Ihr allwissender Apollinaire offenbarte eine Bildungslücke.

»Müssen Sie googeln«, schlug sie vor. »Hat was mit der Liebe eines Sohnes zu seiner Mutter zu tun.«

»Das ist doch normal und kein Komplex?«

Sie deutete auf seinen Computer.

»Bevor ich es Ihnen falsch erkläre, lesen Sie es nach! Aber bitte erst, nachdem Sie sich das Protokoll genauer angeschaut haben. Vielleicht versteckt sich doch irgendwo ein Hinweis auf den Täter ...«

»Auf Ödipus«, korrigierte Apollinaire grinsend.

# 55

Die nächsten Stunden verbrachte Isabelle damit, im Internet einige Recherchen durchzuführen. Wobei sie sich speziell für die Vita einer bestimmten Person interessierte. Anschließend führte sie erneut einige Telefonate.
Als sie damit fertig war, teilte Apollinaire ihr mit, dass er im Protokoll leider keine weiteren Hinweise auf den nächtlichen Besucher gefunden habe. Die Polizei bezweifle sogar, dass es ihn wirklich gegeben habe.
Er sah sie fragend an. Jetzt würde ihn interessieren, wie sie weiter vorgehen wolle.
Das war die Frage der Fragen …
Vielleicht half ihr das nächste Telefonat weiter?
Sie erreichte Baptiste Laffargue auf Anhieb.
»*Madame le Commissaire,* welche Ehre«, begrüßte er sie herzlich. »Ich denke immer wieder mit Vergnügen an unser Treffen in der *Maison de Bâcon*. Ich hoffe, Ihnen geht es gut und Sie machen Fortschritte bei Ihren Ermittlungen.«
Die machte sie wirklich, dachte sie. Aber wohl anders, als er sich das vorstellte.
»Erreiche ich Sie gerade bei einem Ihrer ausgedehnten Spaziergänge?«, fragte sie.
»In der Tat. Fast ist es mir peinlich zuzugeben, dass ich heute nur auf der Festungsmauer von Antibes entlangschlendere. Das habe ich wohl schon hundertmal gemacht, aber ich liebe den Kontrast der Altstadt auf der einen Seite und des Meeres auf der anderen. Kulturell geadelt durch das *Musée Picasso* im alten

Grimaldi-Schloss. Dazu die Bronzeskulpturen von Germaine Richier … Pardon, mit mir geht schon wieder die Begeisterung durch. Ich vermute, Sie haben mich nicht angerufen, um sich meine heutige *promenade à pied* schildern zu lassen?«

»Sie haben recht. Wie Sie wissen, haben wir dank Ihrer Beschreibung einen Tatverdächtigen ermittelt. Aber es hat sich herausgestellt, dass er unschuldig ist. Jetzt hoffe ich, dass Sie mir weiterhelfen können.«

Statt einer Antwort hörte sie zunächst nur das Kreischen einer Möwe.

»Das würde ich natürlich gerne«, reagierte er schließlich. »Aber ich habe Ihnen bereits alles erzählt. Ich wüsste nicht, was ich Ihnen noch sagen könnte, zu meinem größten Bedauern.«

»Sie haben wirklich keine Idee?«

»Madame, Ihre Hartnäckigkeit ist verständlich und liegt in Ihrem Beruf begründet, aber nein, ich habe keine Idee.«

Isabelle beschloss, den Druck zu erhöhen.

»Monsieur Laffargue, ich bin mir sicher, dass sich die Ereignisse auf Saint-Honorat anders zugetragen haben als von Ihnen geschildert.«

Es überraschte sie nicht, dass seine Reaktion erneut auf sich warten ließ. Laffargue war kein Mann, der sich schnell zu einer unüberlegten Äußerung hinreißen ließ.

»Dann habe ich mich wohl getäuscht, eine andere Erklärung fällt mir nicht ein.«

»Wäre schön, wenn es so harmlos wäre. Ich denke, Sie wissen genau, worauf ich hinauswill.«

Erneut eine lange Pause. Die Möwe war immer noch da.

»Bitte geben Sie mir irgendeinen Anhaltspunkt, damit ich Ihnen besser folgen kann.«

Isabelle lächelte. Ihr Gespräch war wie ein Spiel mit verdeckten Karten. Jetzt wollte er herausfinden, ob sie bluffte.

»Sie sind Manon Michot nicht zu Hilfe geeilt, und Sie haben auch niemanden davonrennen sehen.«
Schade, dass sie jetzt sein Gesicht nicht sehen konnte.
»Diese Unterstellung erstaunt mich. Warum sollte ich mir so etwas ausdenken?«
Das war eine ebenso provokante wie riskante Frage, dachte Isabelle. Schließlich musste er damit rechnen, dass sie ihn jetzt mit der Wahrheit konfrontierte.
»Darüber sollten wir nicht am Telefon reden. Wann können Sie morgen in meinem Kommissariat in Fragolin sein?«
»Ist das eine Vorladung? Madame, Sie können einem den schönsten Spaziergang verderben.«
Das nannte man wohl Galgenhumor.
»Nennen Sie es, wie Sie wollen. Ich habe viele Fragen, die ich Ihnen stellen möchte. Zum Beispiel interessiert mich, wie es Ihnen in Paris gefallen hat. Vor allem im vierzehnten Arrondissement.«
Spätestens jetzt musste er wissen, was auf ihn zukam. Entsprechend lange dauerte es, bis er zu einer Antwort fähig war.
»Darf ich Ihnen einen anderen Vorschlag unterbreiten?« Seine Stimme klang heiser. »Ich würde Sie gerne in meine Villa auf Cap d'Antibes einladen. Nicht dass ich den Weg nach Fragolin scheuen würde, aber es wäre der Sache dienlich.«
Auch unter Stress bewahrte er sich seine gezierte Ausdrucksweise. Was er wohl unter einer »dienlichen Sache« verstand? Aber rein ermittlungstechnisch wäre ein Besuch in seiner Villa zweifellos spannend.
»*D'accord.* Aber Sie sollten wissen, dass das kein Höflichkeitsbesuch werden wird.«
»Das ist mir mittlerweile klar. Wie wäre es gegen zwölf Uhr?«
»Notiere ich mir gleich in meinem Terminkalender: zwölf Uhr Treffen mit Dominique!«

»Sagten Sie gerade Dominique?«
»Pardon, ist mir so rausgerutscht.«
Lange Pause. Ohne die Hintergrundgeräusche würde sie annehmen, er hätte aufgelegt.
»Mein Name ist Baptiste Laffargue, nicht Dominique!«

# 56

Apollinaire, der das Gespräch mitgehört hatte, sah sie mit großen Augen an.

»Ich bin verwirrt«, gab er zu. »Einerseits habe ich alles verstanden, andererseits aber doch nicht. Warum haben Sie Laffargue am Schluss mit Dominique angesprochen? Das war doch der Tarnname, mit dem sich unser Täter das Vertrauen von Clodine oder Manon erschlichen hat …«

»Ganz genau.«

Er kratzte sich am Kopf.

»Das würde ja nur Sinn machen, wenn Laffargue der Mann wäre, nach dem wir suchen.«

Sie hob eine Augenbraue.

»Davon gehe ich aus.«

»*Mon Dieu* … aber Laffargue ist doch unser Zeuge, er kann sich doch auf Saint-Honorat nicht selber gesehen haben …«

Wenn etwas konträr zu seinen bisherigen Annahmen lief, stellte Isabelle amüsiert fest, brauchte Apollinaire etwas Zeit, seine Gedanken neu zu sortieren.

»Aha, jetzt kann ich Ihnen folgen«, fiel bei ihm der Groschen, »Laffargue hat sich das alles ausgedacht, um den Verdacht von sich abzulenken.«

Isabelle nickte.

»Und wir sind darauf reingefallen. Das ärgert mich am meisten.«

»Damit konnte man aber auch nicht rechnen …«

»Wir sollten immer mit allem rechnen. Das mache ich mir zum Vorwurf.«

»Jetzt verstehe ich auch Ihre Bemerkung bezüglich des vierzehnten Arrondissements …« Er langte sich an die Schläfen. »Ich muss mich konzentrieren. Wie habe ich mir den Ablauf auf der Klosterinsel vorzustellen?«

»Ich erkläre es Ihnen in wenigen Sätzen. Nicht Peyrot, sondern Laffargue hat Manon Michot auf die Insel gelockt und in ihre Wasserflasche K.-o.-Tropfen gegeben. Als Manon auf dem Uferweg ohnmächtig wurde, hat er sie hinter die Büsche auf eine kleine Lichtung gezerrt und entkleidet. Aber sie hatte nicht ausreichend vom Wasser getrunken und ist wieder zur Besinnung gekommen. Also nicht wirklich, aber doch so sehr, dass sie um Hilfe rufen konnte. Bevor Laffargue sie erneut betäuben konnte, hat er gehört, wie sich die beiden jungen Leute ihren Weg durch die Büsche gebahnt haben. Laffargue blieb keine Zeit mehr, zu türmen. Er hat blitzschnell reagiert und so getan, als ob auch er gerade Manon zu Hilfe geeilt wäre. Er hat ihr noch schnell das Armband übergestreift, sie dann wach gerüttelt und ihr zu trinken gegeben, natürlich nicht von ihrem eigenen Wasser. Und er hat spontan einen Mann erfunden, den er vertrieben und nur noch von hinten gesehen hat.«

»Das war ziemlich genial«, stellte Apollinaire fast bewundernd fest.

»Es wird noch genialer. Als er später von uns erfahren hat, dass wir von einem weiteren Opfer in Aix-en-Provence wissen, hat er beschlossen, uns einen falschen Verdächtigen zu präsentieren. Laffargue war ja bei Adèle im Hotel gewesen und hatte dort einen auffälligen Mann mit Glatzkopf und Gehstock gesehen. Jetzt musste er nur noch vorspiegeln, er könne sich plötzlich erinnern, dass der Flüchtige auf Saint-Honorat von hinten genau so ausgesehen hat.«

»Uns so in die Irre zu führen war heimtückisch …«

»Während wir den falschen Mann verfolgt haben«, fuhr sie fort,

»ist Laffargue nach Paris gereist, wo er sein nächstes Opfer ausspioniert hat.«

»Dorothée Roux«, murmelte Apollinaire, »im vierzehnten Arrondissement.«

»Laffargue hat mir erzählt, dass er wegen der Kunst in Paris war. Das glaube ich ihm sogar. Aber sobald ich ihn im Verdacht hatte, lag nahe, dass es noch einen weiteren Anlass in Gestalt einer Frau geben könnte.«

»Ist für Dorothée Roux leider tragisch ausgegangen …«

»Ja, eine Katastrophe. Andererseits hätte es sonst keine polizeiliche Ermittlung gegeben, die Sie im Computer hätten finden können.«

*»C'est juste.«*

»Ich vermute, dass das Aufspüren dieser Frauen neben Spazierengehen seine bevorzugte Beschäftigung war. Ich habe ihn gegoogelt: Baptiste Laffargue hat nach dem frühen Tod seines Vaters eine Firma geerbt, die auf die Herstellung und den Vertrieb von pharmazeutischen Produkten spezialisiert war. Vermutlich zählte auch das Narkosemittel Ketamin dazu. Er hat die Firma später verkauft und lebt seitdem vom ererbten Vermögen.«

»Da sieht man mal wieder: Wer keiner geregelten Arbeit nachgeht, kommt schnell auf dumme Gedanken.«

»Dumme Gedanken sind eine starke Untertreibung.«

»Sie haben recht. Hiermit entschuldige ich mich bei all seinen Opfern, insbesondere bei Adèle und Dorothée, die die Begegnung mit ihm nicht überlebt haben.« Apollinaire langte sich an den Kopf. »Aber was um Himmels willen treibt ihn an? Ich würde ja verstehen, wenn er die Frauen vergewaltigt …«

Sie hob eine Augenbraue.

»Das würden Sie verstehen?«

Er erschrak.

»Nein, natürlich nicht ... aber ... aber das wäre das übliche Muster.«
»Sie erinnern sich an Ödipus?«
»Habe ich kurz recherchiert. Das ist der Königssohn, der seine Mutter geheiratet hat. Sigmund Freud hat nach ihm einen Komplex benannt.«
»Alice Renault vermutet, dass unser Täter unter genau diesem Komplex leidet. Er fühlt sich erotisch zu seiner Mutter hingezogen, er liebt ihr Antlitz und verzehrt sich nach ihrem entblößten Körper. Aber er würde sie nie vergewaltigen. Diese inzestuöse Hemmschwelle empfindet er in gleicher Weise bei allen Frauen, denen er nachstellt.«
»Was hat er dann davon?«
Isabelle hob die Schultern.
»Keine Ahnung. Wahrscheinlich kurze Momente des Glücks. Seine Mutter Éléanore ist vor einigen Jahren gestorben. Sie hat bis zu ihrem Tod in seinem Haus bei Antibes gelebt. Das geht aus einem Nachruf hervor, den ich im Internet gefunden habe. Éléanore Laffargue war Vorsitzende eines gemeinnützigen Vereins, der sich um Waisenkinder kümmert. Baptiste Laffargue, er ist übrigens unverheiratet, hat ihre Nachfolge angetreten.«
»Klingt eigentlich sympathisch.«
»Stimmt, aber er hat eben auch seine dunkle Seite.«
Apollinaire rieb sich das Kinn.
»Mir scheint, Sie haben nicht den geringsten Zweifel an seiner Schuld. Auch ohne Beweise.«
»Die Beweise werden wir nachtragen. Aber ich denke, das wird nicht nötig sein. Ich erwarte morgen ein Geständnis.«
»Oder er ist längst über alle Berge, wenn wir eintreffen.«
Apollinaire ging wie selbstverständlich davon aus, dass er sie begleitete. Tatsächlich sprach nichts dagegen.
»Eine Flucht wäre ja auch eine Art Geständnis«, stellte sie fest.

»Aber nein, er wird zu Hause sein. Laffargue hat eine Einladung ausgesprochen. Er legt großen Wert auf gute Umgangsformen. Dazu gehört, dass der Gastgeber persönlich anwesend ist.«

*

Am frühen Abend saß sie auf ihrer Terrasse und versuchte, Morgan zu erreichen. Es kam keine Verbindung zustande. Kurz darauf rief er zurück.

»Ich habe gerade auf dem Display gesehen, dass du mich sprechen wolltest. Bist mir zuvorgekommen, ich hätte dich auch gleich angerufen.«

Es war ihr nicht wichtig, ob das stimmte. Sie freute sich, ihn zu hören.

»Hattest du einen schönen Tag?«, fragte sie. »Was hast du so getrieben?«

»Ich war mit dem Helikopter unterwegs.«

»Du hast einen Helikopter?«

»Nein, aber die Luftrettung. Die haben mich freundlicherweise nach Toulon geflogen. Leider hat man von der Trage einen miserablen Ausblick.«

Isabelle erschrak.

»Ist was mit deinem Herzen?«

»Ich hatte eine kleine Attacke, Gott sei Dank in der Vinothek und nicht alleine irgendwo zwischen den Rebstöcken. Jetzt bin ich in Toulon in der Klinik. Das Essen ist miserabel, aber sonst geht's mir schon wieder prächtig.«

»Wäre schön, wenn's stimmt. Deine Herzklappe macht Ärger, habe ich recht?«

»Das blöde Ding, ja, hast recht. Aber kein Grund zur Sorge. Morgen bringt man mich nach Paris. Die kardiologische Abteilung des *Hôpital européen Georges-Pompidou* hat einen exzellenten Ruf. Dort wird man mich operieren, und alles ist gut.«

War er wirklich so zuversichtlich? Sie wünschte es ihm.

»Kann ich irgendwas für dich tun?«

»Mir ein besseres Essen vorbeibringen«, antwortete er. »Aber im Ernst: Es ist alles bestens organisiert. Meine Agentin kümmert sich um alles. Sobald feststeht, wann genau ich operiert werde, gebe ich dir Bescheid. Und übrigens: Angela muss nichts von der OP wissen, meine Schwester regt sich immer so schnell auf. Es reicht völlig, wenn sie hinterher davon erfährt.«

»Morgan, ich wünsch dir von Herzen alles Gute ...«

»*Von Herzen* passt gut«, sagte er lachend.

»Ich meine es ehrlich. Bitte halte mich auf dem Laufenden. Für dich bin ich immer erreichbar.«

»Das mache ich, versprochen.«

»Ich umarme dich.«

*»Moi aussi. Bisous ...«*

Isabelle stand auf und legte das Handy zur Seite. Sie hatte sich nichts anmerken lassen, aber sie machte sich um ihn wirklich große Sorgen. Morgan überspielte seine Herzerkrankung und tat so, als ob ihm nichts fehlen würde. Das gelang ihm sehr gut, auch sie selbst hatte zunächst nichts bemerkt. Aber das Organ, um das es ging, ließ sich nicht täuschen. Das Herz schlug etwa hunderttausendmal pro Tag – wenn es dazu plötzlich keine Lust mehr hatte, war man tot.

Sie ging hinunter in die Küche und goss sich einen Cognac ein. Sie wünschte keinem Menschen dieses Schicksal, aber Morgan Dumas ganz besonders nicht. Das wurde ihr gerade klar. Sonst hätte sie keinen flauen Magen und bräuchte keinen Cognac. Sie konstatierte, dass ihr Morgan Dumas ... nun ja, ans Herz gewachsen war. Und das in relativ kurzer Zeit.

# 57

Am nächsten Morgen spielte Isabelle den Gedanken durch, dass sich Laffargue doch unbemerkt abgesetzt haben könnte. Vielleicht hatte er ein Nummernkonto in der Schweiz und war schon dorthin unterwegs? Sich aus dem Staub zu machen wäre eine normale Reaktion. Aber Laffargue war alles andere als normal – und er war klug genug zu wissen, dass man ihn überall finden würde. Auch auf einer fernen Karibikinsel. Weshalb sie eher daran glaubte, dass er sich zu seiner Entlastung eine raffinierte Geschichte ausgedacht hatte. An Fantasie mangelte es ihm nicht. Aber sie konnte sich nicht vorstellen, wie diese aussehen könnte. Einer Überprüfung würde sie keinesfalls standhalten.

Oder vielleicht doch? Weil er ähnlich wie Sébastien Peyrot unschuldig war? Aber diese theoretische Möglichkeit hatte sie längst ausgeschlossen.

Sie traf sich mit Apollinaire vor dem Rathaus. Der Motor des Polizeiwagens lief bereits.

»So eilig haben wir es nun auch nicht«, sagte sie.

»Ist wegen der Klimaanlage. Ich weiß, das ist verboten, aber wer soll uns anzeigen?«

»Zum Beispiel die Gendarmerie«, antwortete Isabelle. »Die Gelegenheit würden sie sich nicht entgehen lassen.«

Apollinaire grinste.

»Dann schlage ich vor, wir fahren los. Sergeant Albertin kann ja gerne die Verfolgung aufnehmen.«

*

Fast auf die Minute genau erreichten sie ihr Ziel. Jedenfalls behauptete das ihr Navi: *Vous êtes arrivés à destination!* Aber hier war nur eine große Wiese.

Apollinaire schüttelte entgeistert den Kopf.

»Monsieur Laffargue hat sich nicht nur aus dem Staub gemacht, sein Haus hat er gleich mitgenommen.«

Die Vorstellung amüsierte sie.

»Oder Sie haben eine falsche Adresse eingegeben.«

»Das kann ich ausschließen. Aber wie es scheint, überfordert das Cap d'Antibes nicht nur den Geldbeutel Normalsterblicher, sondern auch das Navigationssystem der *Police nationale*.«

»Fahren Sie mal ein Stück weiter«, schlug Isabelle vor. »Möglicherweise stimmt nur die Hausnummer nicht.«

»Das wäre eine Möglichkeit. Für die Hausnummern gibt es zwar ein verbindliches Ordnungssystem, aber vielleicht wurde es auf dem Cap der Schönen und Reichen außer Kraft gesetzt.«

Nach etwa hundert Metern entdeckte Isabelle am Straßenrand einen dort geparkten grauen Renault. Sie bat Apollinaire, neben dem Wagen kurz zu stoppen. Hinter dem Steuer hatte es sich ein Mann mit zurückgestellter Lehne bequem gemacht. Sie öffnete die Seitenscheibe und begrüßte ihn.

»Hallo, Kollege, vielen Dank fürs Observieren. Gibt's was Neues?«

»Nein, alles ruhig. Auch Yves von der Nachtschicht hat nichts beobachtet. Kann ich jetzt Schluss machen?«

»Na klar, und beste Grüße an Ihren Chef.«

Er deutete mit zwei Fingern an der Schläfe einen Gruß an.

*»Bonne chance!«*

»Apollinaire, Sie können weiterfahren. Gleich da vorne ist Laffargues Haus.«

Apollinaire sah sie von der Seite an.
»Sie waren sich wohl doch nicht so sicher, dass Laffargue auf uns wartet?«
Isabelle lächelte.
»Eine kleine Vorsichtsmaßnahme.«
Das Tor zum Grundstück stand offen.
Apollinaire kniff die Augen zusammen, um besser lesen zu können. »Wir sind richtig. Auf dem Messingschild steht *Villa Laffargue*.«
»Sie sollten sich eine Brille kaufen.«
Kurz darauf hielten sie vor einer ockerfarbenen Villa, die diesen Namen verdiente. Das Gebäude war zwar schon in die Jahre gekommen, zeugte aber von gediegenem Wohlstand.
Auf den Stufen vor dem Eingang erwartete sie ein grauhaariger Mann im schwarzen Anzug.
»Ist das Laffargue?«, fragte Apollinaire.
»Nein, wohl eher sein Concierge.«
»Oder sein Butler. Der blasierte Gesichtsausdruck würde passen.«
»Mein Name ist Bonnet«, stellte sie sich vor. »Wir haben einen Termin bei Monsieur Laffargue.«
»Ich weiß, der gnädige Herr erwartet Sie bereits …«
Isabelle und Apollinaire warfen sich einen schnellen Blick zu. Laffargue war also auch nicht durch einen Hinterausgang getürmt.
»… auch hat er vermutet, dass Sie in uniformierter Begleitung kommen. Ich muss mich noch vorstellen: Ich bin Aubrey, seit Jahrzehnten der gute Geist des Hauses.«
Er sah missbilligend auf Apollinaires Schuhe. Ihn störten nicht die verschiedenfarbigen Strümpfe, sondern die Sohlen mit dem groben Profil.
»Bitte sorgfältig abstreifen!«

Sie folgten ihm ins Haus. Isabelle stellte fest, dass es die Einrichtung mit Aubreys Alter aufnehmen könnte. Allerdings, überlegte sie, passte das Ambiente zum Hausherrn und seinen Umgangsformen, die ja auch irgendwie aus der Zeit gefallen waren.

»Ich darf vorausgehen. Monsieur Laffargue erwartet Sie im ersten Stock.«

Oben angelangt, blieb er vor der Tür kurz stehen.

»Das ist das Teezimmer von Madame Éléanore, der seligen Mutter des Hausherrn.«

Aubrey klopfte und öffnete die Tür.

»Bitte treten Sie ein, ich warte draußen.«

Der Raum wurde dominiert von einem riesigen Ölgemälde über dem Kamin.

Apollinaire erging es nicht anders als Isabelle. Beide starrten gebannt auf das Porträt einer schönen Frau.

»Clodine«, flüsterte er fast andächtig.

Die Ähnlichkeit war wirklich frappierend, dachte Isabelle. Natürlich nicht nur mit Clodine, sondern ebenso mit Adèle, Manon und Dorothée.

»Das ist die hochverehrte Madame Éléanore Laffargue«, erklärte Aubrey.

Dann schloss er die Tür. Jetzt waren sie mit Baptiste Laffargue allein. Offensichtlich saß er mit dem Rücken zu ihnen in einem Ohrensessel vor dem Bild seiner Mutter. Sie konnten seinen rechten Arm sehen.

»Monsieur Laffargue«, rief Isabelle, die sich wunderte, dass er keine Anstalten machte, aufzustehen.

»Vielleicht trägt er Kopfhörer und hört Musik?«, spekulierte Apollinaire.

Isabelle ging entschlossen zum Ohrensessel.

»Monsieur Laffargue«, rief sie erneut.

Als sie vor ihm stand, war klar, warum er nicht reagierte: Baptiste Laffargue ... er lebte nicht mehr!
Er saß zusammengesunken auf dem hohen Ledersessel. Fast sah es so aus, als ob ein leises Lächeln seine Lippen umspielen würde. Jedenfalls wirkte er nicht unglücklich. Nur seine toten Augen störten den Eindruck.
»Jetzt hat er sich doch vom Acker gemacht«, flüsterte Apollinaire, der ihr gefolgt war.
Isabelle fand seine Wortwahl unpassend, aber in der Sache hatte er recht. Laffargue hatte sich seiner Verhaftung entzogen. Was einem Schuldeingeständnis gleichkam.
Sie fühlte mit dem Handrücken seine Stirn. Sie war noch warm. Laffargue war erst wenige Minuten tot. Wahrscheinlich hatte er noch ihr Kommen abgewartet. Vielleicht sogar aus dem Fenster beobachtet, wie sie mit dem Polizeiwagen durch das Tor fuhren ...
Ihr Blick fiel auf einen großen Cognacschwenker, der vor ihm auf einem Art-déco-Tischchen stand. Das Glas war geleert, aber man konnte noch erkennen, dass es mit einer blauen Flüssigkeit gefüllt war. Es gab keinen blauen Cognac. Sie roch am Glas ... und es gab keinen mit dem Aroma von Bittermandeln.
Isabelle war überzeugt, dass Aubrey nicht wusste, dass Laffargue tot war. Sonst hätte er sich anders verhalten.
Neben dem Cognacschwenker lag ein Briefumschlag auf dem Tischchen. Er war mit einem Füller an *Madame le Commissaire* adressiert. Die Schrift sehr akkurat, leicht verschnörkelt – ohne die geringste Unsicherheit.
Sie nahm den Umschlag in die Hand. Er war nicht zugeklebt. Ein Armband fiel heraus. Geschliffene Glaskristalle, die aussahen wie Brillanten, dazwischen blaue Saphire.
Isabelle hatte einen Abschiedsbrief erwartet, doch bis auf das

Armband war der Umschlag leer. Sie hatte Baptiste Laffargue als leidenschaftlichen Redner kennengelernt. Doch in der Stunde seines Todes genügte ihm ein Armband. Mit ihm war alles gesagt.

# Épilogue

*Aubrey erlitt einen Nervenzusammenbruch, als Apollinaire ihn ins Teezimmer bat und er dort mit dem Tod von Baptiste Laffargue konfrontiert wurde. Eine Welt brach für ihn zusammen. Sie konnten ihn gerade noch davon abhalten, sich zur Beruhigung in Laffargues bereitstehenden Cognacschwenker einen Brandwein einzuschenken. Die örtlichen Kollegen von der* Police nationale *waren verständigt und würden in Kürze eintreffen. Isabelle atmete tief durch – der Täter hatte sich gestellt. Wenn auch anders, als sie gedacht hatte. Sie ging davon aus, dass sie im Haus weitere Hinweise finden würden. Etwa Selfies mit den betäubten Frauen. Oder eine Schmuckschatulle mit dem Originalarmband seiner Mutter. Wie auch immer: Der Fall war abgeschlossen. Endlich!*

*Seltsamerweise tat ihr Laffargue irgendwie leid. Weil sie ihn als sympathischen Mann kennengelernt hatte? Allerdings gab es für Mitgefühl keinen Anlass, denn zwei Frauen hatten durch ihn den Tod gefunden. Und eine unbestimmte Anzahl weiterer Frauen war traumatisiert. Da half es nichts, dass Laffargue ihnen nichts Böses hatte antun wollen. Schuld war die unstillbare Sehnsucht nach seiner verstorbenen Mutter gewesen … eine gefährliche Begierde – nicht nur für ihn, sondern vor allem für seine Opfer.*

*Sie informierte Maurice Balancourt. Ihr Chef gratulierte ihr zum Ermittlungserfolg. Der Fall sei zwar nicht von staatstragender Bedeutung gewesen, aber das Leid unschuldiger Frauen rechtfer-*

*tige ihren Einsatz. Es wäre zu wünschen, dass auch Ignoranten wie Commandant Richeloin die Notwendigkeit erkennen würden, solch sensiblen Spuren zu folgen. Abgesehen davon würden K.-o.-Tropfen ein für ihn unerklärliches Zeitphänomen darstellen. Früher habe der Mann noch die Kunst der Verführung beherrscht und sich nicht unlauterer Mittel bedient. Das sei primitiv und vulgär … Balancourt beendete das Gespräch mit der obligatorischen Ankündigung eines neuen, überaus wichtigen Auftrages. Isabelle musste lächeln. Denn nach ihrer Erfahrung wusste er selber nicht, wie dieser aussehen könnte.*

*Isabelle erreichte die Psychologin Alice Renault und bedankte sich für ihre Fallanalyse und die daraus abgeleitete Täterbeschreibung. Diese habe sich als ausgesprochen hilfreich erwiesen. Vor allem sei sie mit ihrer Vermutung eines Ödipuskomplexes absolut richtiggelegen. Alice Renault sagte, dass sie mit dem Täter gerne einige Interviews führen und die Ergebnisse in einem Fachaufsatz zusammenfassen wolle. Dass dies nicht möglich sei, erschütterte sie – aber den Fachaufsatz werde sie trotzdem schreiben.*

*Während Isabelle telefonierte, steuerte Apollinaire ihren Polizeiwagen zurück nach Fragolin. Er fuhr so langsam, dass er von hinten angehupt wurde. Was von dem Verkehrsteilnehmer mutig war, denn ein Einsatzfahrzeug der* Police nationale *trieb man nicht zur Eile an. Dennoch ließ sich Apollinaire dazu verleiten, jetzt schneller zu fahren. Mit dem Ergebnis, dass er eine Geschwindigkeitskontrolle auslöste und geblitzt wurde.*

*Isabelle schickte Nicolas eine kurze Textnachricht nach New York. Sie fragte, wie es um seine Inspirationen bestellt sei? Im Garten seiner Bastide hätten Jugendliche eine Party gefeiert, teilte sie ihm mit. Dabei habe Apollinaire mit einer leeren Weinflasche einen Schlag auf den Kopf bekommen. Es sei also nicht so, als ob in Fragolin gar nichts passieren würde. Aber natürlich kein Vergleich mit New York.*

*Isabelle erhielt eine Nachricht von Morgan Dumas. Er sei bereits in die Klinik nach Paris verlegt worden. Morgen früh werde er operiert. Sie wünschte ihm alles Gute und versprach, an ihn zu denken. Dass sie mehr tun würde, als nur an ihn zu denken, verschwieg sie. Mit dem TGV waren es nach Paris nur wenige Stunden.*

*Drei Tage später sorgte ein Flugzeugunglück für Schlagzeilen. Der Privatjet des Milliardärs und berühmten Kunstmäzens Rouven Mardrinac sei über den Pyrenäen abgestürzt. Noch sei unklar, wer alles an Bord gewesen sei und ob es Überlebende gebe …*

*Der Auftragsmörder wider Willen entführt in die Provence!*
*Mehr von Bestsellerautor Pierre Martin*

PIERRE MARTIN

## Monsieur le Comte und die Kunst des Tötens

Lucien Comte de Chacarasse entstammt einem alten französischen Adelsgeschlecht, das seit Generationen eine besondere Fertigkeit ausübt: die Kunst des Tötens! Luciens Vorfahren sollen als äußerst diskrete Auftragsmörder für Napoleon, den Vatikan oder die Medici tätig gewesen sein. Zwar wurde auch der junge Comte in der Familientradition ausgebildet, doch er betreibt lieber ein Bistro in Villefranche-sur-Mer und genießt die Frauen, den Wein – und die kulinarischen Genüsse der provenzalischen Küche. Bis er ans Sterbebett seines Vaters gerufen wird: Der lässt ihn schwören, dem Erbe der Familie treu zu bleiben. Nur, wie begeht man einen Auftragsmord, wenn man sich weigert zu töten?

## Monsieur le Comte und die Kunst der Täuschung

Lucien de Chacarasse hat sich auf seine ganz eigene Weise damit arrangiert, dass ihn die Familientradition zum Auftragsmörder wider Willen macht: Der junge Comte wird zwar weiterhin geheime Mordaufträge annehmen und zur Zufriedenheit seines Onkels zum Abschluss bringen – aber ohne dabei einen Menschen zu töten. Selbst wenn er dafür zum Beichtvater werden muss! In Marseilles führt Lucien als Priester verkleidet ein äußerst ungewöhnliches Gespräch mit seinem neuen Opfer. Ob es dem ebenso charmanten wie trickreichen Comte mithilfe der Kunst der Täuschung gelingt, dass die Zielperson am Ende tot ist – und gleichzeitig am Leben bleibt?